Peter Lovesey

UN FLIC EN SOLITAIRE

Traduit de l'anglais par Pascal Loubet

Librairie des Champs-Élysées

Ce roman a paru sous le titre original :

DIAMOND SOLITAIRE

1

Le hurlement lancinant et suraigu de la sirène d'alarme déchira le silence d'Harrods. Dans la salle du central de surveillance, le garde de service, Lionel Kenton, se redressa sur son siège. Il rajusta son nœud de cravate. Sur le panneau de contrôle, l'une des diodes rouges clignotait. Si le système fonctionnait correctement, quelqu'un – ou quelque chose – avait déclenché un capteur au septième étage. Il appuya sur le bouton qui mettait en marche les caméras vidéo de l'étage. Rien ne bougea sur les moniteurs.

Kenton était le chef des gardes de service ce soir-là. Il était tellement ancien qu'il avait une étagère réservée à son usage exclusif au-dessus du radiateur. Il y avait installé des photos de sa femme, de ses deux filles, du Pape et de Catherine Deneuve, un éléphant en ébène et une rangée de cassettes d'opéra. Puccini le tenait éveillé des nuits durant, expliquait-il aux béotiens qui s'interrogeaient sur la présence des cassettes dans le central. Ecouter de la musique était une attitude plus professionnelle que de lire un journal ou un bouquin. Ainsi, ses yeux ne quittaient pas le tableau de contrôle et ses oreilles entendaient le moindre bruit qui venait troubler la musique.

Il réduisit Pavarotti au silence et pressa le bouton qui le mettait en contact direct avec le poste de police de

Knightsbridge. Ils avaient déjà dû être eux aussi alertés électroniquement. Il s'identifia et dit :

– Signale une présence au septième étage. Meubles. Section 9. Rien à l'écran.

– Message reçu, 22 h 47.

– Vous envoyez quelqu'un?

– C'est la règle.

Evidemment, que c'était la règle. Il était en train de trahir sa nervosité. Il essaya à nouveau le septième. Il ne voyait rien de louche, mais il faut dire qu'il n'avait pas grande confiance dans le système vidéo. Tous les terroristes savent rester hors de portée d'une caméra.

Et il était censé se placer dans le cas de figure d'une action terroriste.

Il y avait vingt-deux vigiles postés à différents endroits du magasin. Il lança une alerte générale et demanda à ce que l'on vérifie pour la deuxième fois que les ascenseurs étaient bien arrêtés. Les portes de sécurité entre les différentes sections étaient déjà en place depuis que le personnel d'entretien était parti. Dans le domaine du contre-terrorisme, rien n'est jamais acquis, mais il était impossible de pénétrer chez Harrods par effraction. L'intrus – si c'était bien de cela qu'il s'agissait – devait s'être caché avant la fermeture. Et si tel était le cas, c'était que quelqu'un n'avait pas fait son travail. Quelqu'un qui aurait dû vérifier la section 9. On n'a pas le droit de commettre d'erreur, dans ce genre de job.

George Bullen, son second, entra précipitamment. Il était en train de faire sa ronde lorsque l'alarme avait retenti.

– D'où ça vient?

– Septième.

– Tu penses!

Le rayon ameublement était une zone à haut risque : un cauchemar à surveiller. Armoires, placards, commodes et meubles de toutes sortes. Son inspection quotidienne était une véritable corvée. Il était concevable

– mais en aucun cas excusable – que le garde de service ait été si occupé à inspecter chaque meuble qu'il n'avait pas vu quelqu'un dissimulé dans ce fichu fouillis.

Une autre lumière clignota sur la console et l'un des moniteurs montra les faisceaux de torches qui balayaient la zone de livraison. La police avait impeccablement réagi. Kenton confia le central à Bullen et descendit retrouver les policiers.

Il y avait déjà trois voitures et deux fourgonnettes, dont descendaient des tireurs d'élite et des maîtres-chiens. Les gyrophares des autres véhicules qui arrivaient projetaient une lumière bleue surnaturelle dans la zone de livraison. Kenton sentit son estomac se nouer. Les policiers n'allaient pas l'élire meilleur garde de l'année si l'alerte avait été déclenchée par un mauvais fonctionnement des appareils.

Un policier en civil descendit d'une voiture et accourut vers lui.

– Vous êtes?

– Kenton.

– Le chef?

Il acquiesça.

– C'est vous qui avez donné l'alerte?

L'estomac crispé, il hocha la tête.

– Septième?

– Rayon ameublement.

– Points d'accès?

– Deux escaliers.

– Deux seulement?

– Cette section est isolée par des portes de sécurité.

– Pas d'ascenseurs?

– Eteints.

– Vous avez des hommes dans l'escalier?

– Oui, c'est la procédure. Ils surveillent les escaliers au-dessus et au-dessous du septième.

– Montrez-nous le chemin, alors.

Une trentaine de policiers en uniforme, maîtres-chiens et hommes en civil, plusieurs d'entre eux armés, le suivirent tandis qu'il traversait le rez-de-chaussée au pas de course en direction du premier escalier. Une patrouille d'une douzaine d'hommes les monta en courant pendant qu'il emmenait les autres vers le deuxième escalier.

Monter sept étages était une épreuve sportive pour Lionel Kenton. Il fut soulagé quand on lui dit de s'arrêter après six étages et demi, et encore plus lorsqu'il trouva quatre de ses hommes en position comme il l'avait annoncé. Maintenant, il allait pouvoir reprendre son souffle pendant qu'on établissait le contact radio.

– Quelle est la disposition des lieux, ici?

Les tireurs d'élite voulaient principalement savoir sur quelle couverture ils pouvaient s'appuyer. L'un des hommes de Kenton, un ancien officier du CID, un costaud du nom de Diamond, leur décrivit rapidement les environs des escaliers. Peter Diamond était ce soir-là l'homme responsable de cette section. Pauvre vieux, pensa Kenton. Tu as l'air encore plus mal que moi.

Un groupe de trois tireurs d'élite monta les dernières marches, tandis que d'autres prenaient position en retrait. Le reste des hommes redescendit sur le palier inférieur.

C'était le pire : devoir attendre on ne sait quoi, tandis que les autres montent s'en occuper.

Kenton accepta avec reconnaissance le chewing-gum qu'on lui offrait.

Six insupportables minutes s'écoulèrent avant que le talkie-walkie de Kenton ne grésille et qu'une voix n'annonce :

– Négatif pour le moment.

On envoya deux maîtres-chiens à la rescousse.

Diamond était juste à la gauche de Kenton. Il avait les mains jointes, les doigts entrelacés, comme s'il priait, sauf que ses ongles en étaient blancs tellement il les serrait.

Kenton était à bout lorsque soudain, la voix grésilla dans le talkie.

– Ça y est, on l'a trouvé!

– Vous l'avez capturé? demanda-t-il.

– Venez voir.

– Vous êtes sûr qu'il est seul?

– Absolument sûr.

La voix se voulait rassurante. Bizarrement, comme si la tension s'était accrue. Les policiers et les vigiles se précipitèrent dans les escaliers.

Les lumières du septième étage étaient toutes allumées. Les tireurs d'élite avaient tous convergé vers la section où étaient exposés des fauteuils et canapés. Mais ils n'étaient pas en état d'alerte. On aurait dit qu'ils étaient à un cocktail. Deux étaient assis sur les accoudoirs des fauteuils. Et on ne voyait personne en état d'arrestation.

Kenton eut des sueurs froides et alla les rejoindre.

– Mais vous aviez dit que vous aviez trouvé quelqu'un!

L'un d'eux désigna du regard un canapé.

C'était un vaste sofa recouvert de velours noir, le genre que l'on trouve dans le hall des agences de publicité. Des coussins multicolores étaient empilés à un bout du canapé.

Le visage qui apparaissait sous le tas de coussins était celui d'une petite fille avec une frange de cheveux noirs et des yeux bridés. C'était tout ce qu'on voyait d'elle.

Kenton en resta stupéfait.

– Ah, fit l'inspecteur de police.

2

– Vous me virez, dit d'un ton de reproche Peter Diamond, le garde qui était chargé de la section neuf le soir où l'enfant avait été découverte. Je connais la chanson.

Et la chanson n'était pas très drôle. Il n'était plus tout jeune. Quarante-huit ans, selon son dossier. Marié. Domicilié à West Kensington. Sans enfants. Ancien policier. Il avait atteint le grade de superintendant, puis il avait démissionné du CID d'Avon-Somerset à la suite d'une dispute avec l'assistant du Chief Constable. Un malentendu, avait dit quelqu'un qui connaissait quelqu'un qui... Diamond avait été trop fier pour réclamer sa réintégration. Après avoir quitté la police, il avait fait toute une série de petits boulots à mi-temps avant de déménager à Londres et de se faire embaucher dans l'équipe des vigiles d'Harrods.

– Je n'irais pas jusqu'à dire cela, Peter, lui répondit le directeur de la sécurité. Mais vous êtes sacrément malchanceux. Hormis cet incident, vos états de services ici sont irréprochables. Vous auriez pu obtenir un poste plus élevé.

– Les règles sont les règles.

– Malheureusement, oui. Nous ferons de notre mieux pour vous donner des références, mais, euh...

– En ce qui concerne le boulot de vigile, je suis fini, c'est ça? demanda Diamond.

Son visage restait impénétrable. On a souvent l'impression, en regardant leur visage, que les hommes gros – et il était gros – sont toujours sur le point de se fâcher ou d'éclater de rire. Le tout, c'est de deviner lequel des deux.

Le directeur ne tenta pas de dissimuler son embarras. Il secoua la tête et leva les bras d'un air découragé.

– Vous pouvez me croire, Peter, ça me fait mal au cœur.

– Epargnez-moi ce refrain.

– Je suis sincère. Je ne suis même pas sûr que j'aurais pu repérer la gosse, à votre place. Elle était pratiquement invisible sous les coussins.

– J'ai regardé sous les coussins, dit Diamond.

– Ah?

– Elle n'était pas sur ce sofa lorsque j'ai fait ma ronde. Je suis certain d'avoir vérifié, je le fais toujours. C'est un endroit évident pour planquer une bombe. La gosse devait être ailleurs lorsque je suis passé.

– Comment avez-vous pu ne pas la voir?

– J'imagine que je l'ai prise pour l'une des gosses des femmes de ménage. Elles les amènent parfois avec eux. Certaines sont vietnamiennes.

– Elle est japonaise, je crois.

Diamond se ressaisit soudain.

– Comment ça, « vous croyez »? Personne n'est venu la chercher?

– Pas encore.

– Elle ne sait pas son nom?

– Elle n'a pas dit un mot depuis qu'on l'a découverte. Au poste de police, ils ont passé toute la journée d'aujourd'hui avec une tripotée d'interprètes pour essayer de lui faire dire quelque chose. Pas un mot.

– Elle est muette, non?

– Apparemment non, mais elle ne dit rien. Elle n'a pas l'air d'avoir la moindre réaction.

– Elle est sourde?

– Non. Elle réagit aux bruits. C'est un mystère.

– Il faudra qu'ils la fassent passer à la télé. Quelqu'un la reconnaîtra. Une gosse trouvée chez Harrods en pleine nuit, c'est le genre d'affaire qu'adorent les médias.

– Sans doute.

– Vous n'avez pas l'air convaincu.

– Je suis convaincu, Peter, beaucoup trop facilement convaincu. Mais il y a d'autres questions qui entrent en ligne de compte, et notre réputation n'est pas la moindre d'entre elles. Je ne suis pas très chaud pour crier sur les toits qu'une petite fille a réussi à déjouer notre système de surveillance. Si la presse vous interrogeait, je serais content que vous ne fassiez aucune déclaration.

– Sur la sécurité? Bien sûr que non.

– Merci.
– Mais vous ne pourrez pas museler la police. Ils n'ont aucun intérêt à garder l'affaire confidentielle. Elle finira bien par être rendue publique, et dans pas longtemps.
Le directeur poussa un soupir et il y eut un silence gêné.
– Bon, quand est-ce que je vide mon casier? demanda Diamond. Maintenant?

3

Le prêtre plongea son regard dans les yeux confiants de la veuve et lui dit inconsidérément :
– Ce n'est pas la fin du monde.
Ces paroles réconfortantes étaient prononcées lors d'une belle soirée d'été dans le salon d'une villa de la campagne lombarde, entre Milan et Crémone. Soins pastoraux : c'est ainsi que le Père Faustini qualifiait cela. Réconfort accordé aux brebis accablées par le deuil, obligation sacrée du prêtre. Certes, le réconfort, en l'occurrence, s'était prolongé plus que d'ordinaire, pendant l'année suivante, pour tout dire. Mais Claudia Coppi, devenue tragiquement veuve à vingt-huit ans, était un cas exceptionnel.
Giovanni, son mari, avait été tué d'une manière extraordinaire : il avait été frappé par la foudre sur un terrain de football.
– Pourquoi fallait-il que ce soit mon mari et pas un autre, alors qu'il y avait vingt et un joueurs, un arbitre et deux juges de touche? demandait Claudia au prêtre à chacune de ses visites. Est-ce la volonté du Seigneur? Mon Giovanni, alors qu'il y avait tous ces hommes?
Le Père Faustini ne manquait jamais de rappeler à Claudia que les Voies du Seigneur sont impénétrables.

Elle levait alors vers lui ses grands yeux noirs et expressifs (elle avait été mannequin) et il ajoutait qu'il ne fallait pas vivre dans le passé.

Le prêtre et la jeune veuve étaient assis sur des coussins disposés autour du plancher surbaissé. Comme d'habitude, Claudia avait aimablement ouvert une bouteille de Barolo, un cépage très apprécié des environs de Mascarello, et il y avait des biscuits au fromage à grignoter. Le soleil venait juste de disparaître sur l'horizon, mais allumer la lumière en une pareille soirée aurait été une insulte au paysage. Le parfum des giroflées, entêtant dans l'air frais, leur parvenait par les portes ouvertes du patio. La villa jouissait d'un beau jardin pourvu d'un arrosage automatique. Giovanni, qui ne manquait pas d'argent – il avait fait fortune comme photographe de mode – avait fait appel à un paysagiste lorsqu'il avait fait construire la villa. L'éloignement de la villa obligeait le Père Faustini à faire cinq kilomètres en mobylette, mais il ne s'en était jamais plaint. Bourru, les cheveux noirs et bouclés et une épaisse moustache, il avait quarante ans et était en pleine forme.

– Vous allez tellement mieux, maintenant, dit-il à la veuve.

– C'est une façade, mon Père. A l'intérieur, je suis encore très tendue.

– Vraiment?

Il fronça les sourcils, mais c'était dû seulement en partie à l'état de la jeune femme. C'était une bonne chose que l'obscurité eût commencé à tomber : ainsi, elle ne verrait pas son visage soucieux.

– Comme d'habitude, expliqua-t-elle. Le stress. Je le sens dans tout mon corps. J'ai une barre à la nuque.

– Comme avant?

– Comme avant.

Il y eut un silence. Le Père Faustini éprouvait une certaine tension, lui aussi.

– La semaine dernière, dit Claudia, vous avez vraiment bien réussi à me détendre.

– Vraiment? dit-il d'un air distrait.

– C'était miraculeux.

Il s'éclaircit la gorge. Le choix d'un tel mot était un peu malheureux.

– Merveilleux, disons, reprit-elle. Oh, quel soulagement! Vous n'imaginez pas à quel point je me suis sentie mieux.

– Et cela a duré?

– Des jours, mon Père. (Et pendant qu'il méditait cela, elle ajouta d'un ton plaintif :) Il n'y a personne d'autre à qui je peux demander cela.

On aurait dit un appel à la charité. Il arrivait au Père Faustini d'aller faire les courses pour des vieillards de sa paroisse. Il leur rapportait souvent leurs médicaments. Tout le monde savait qu'il coupait du bois et qu'il offrait à manger aux pauvres. Il pouvait bien masser les épaules endolories de Claudia, où était la différence? Seulement, cela agitait en lui des tourments intérieurs. Avait-il le droit de refuser à Claudia l'assistance de l'Eglise à cause de sa fragilité morale et spirituelle?

Il lui avait rendu ce service lors des deux derniers vendredis. Il aurait volontiers préféré lui couper du bois, mais la villa disposait du chauffage central au fuel. C'est avec allégresse qu'il serait bien allé lui faire ses courses, mais le meilleur supermarché de Crémone les lui livrait deux fois par semaine. Elle avait un jardinier, un cuisinier et une femme de ménage. Et au bout du compte, la seule aide que pouvait véritablement lui apporter le Père Faustini, c'était ce qu'elle lui demandait. La pauvre jeune femme ne pouvait pas se masser elle-même les épaules. Pas suffisamment en tout cas pour se soulager de cette tension.

Et il y avait autre chose qui le faisait hésiter. Il entendait Claudia Coppi en confession chaque semaine et dernièrement – il ignorait combien de fois et il était hors de question de les compter – elle lui avait avoué avoir des pensées impures, des désirs charnels. Il n'avait pas l'habitude de demander des détails du moment que le péché était avéré, aussi n'était-il pas sûr qu'ils soient ou non liés aux visites qu'il lui rendait.

– J'ai quelque chose que vous pourriez utiliser, si vous voulez, dit-elle.

Il toussa nerveusement et croisa les jambes. Voilà qui était nouveau.

– De l'embrocation? demanda-t-il en tentant de limiter ses pensées à des questions purement musculaires et en se souvenant d'un produit qu'affectionnaient tout particulièrement les footballeurs et dont l'odeur était tellement insoutenable qu'elle vous mettait les larmes aux yeux.

– Plutôt une lotion. C'est meilleur pour ma peau. C'est très doux. Essayez.

Elle lui en versa un peu sur le dos de la main.

Il s'essuya immédiatement.

– C'est parfumé.

– Il y a un soupçon de musc, convint-elle. Si vous voulez bien me tenir le flacon, je vais ôter mon chemisier.

– Ce n'est pas nécessaire, dit-il précipitamment.

– Mon Père, c'est de la soie. Je ne veux pas le tacher.

– Non, non, *signora,* couvrez-vous.

– Mais je ne me suis même pas encore déboutonnée, dit-elle en riant. Il fait si sombre que cela?

– Je n'ai pas regardé.

– Très bien, de toute façon, je vous tourne le dos.

Pendant qu'elle parlait, il entendit l'étoffe glisser sur ses épaules. Maintenant, il affrontait un cruel dilemme. Elle semblait tellement simple, tellement nonchalante. S'il protestait, il risquait de transformer cela en une affaire morale. Elle aurait pu croire qu'il se laissait influencer par ce qu'elle lui avait dit sous le sceau de la confession.

– N'en mettez pas trop, l'avertit-elle, ça met longtemps à pénétrer.

Il balaya ses scrupules et versa précautionneusement un peu de lotion sur sa paume.

Claudia lui tournait effectivement le dos. Il s'approcha et appliqua un peu de la lotion sur son cou.

– Oh, mon Dieu, les bretelles de mon soutien-gorge vont vous gêner.

– Pas du tout, protesta le Père Faustini.

Mais sans plus attendre, elle avait déjà rejeté les bretelles sur ses bras.

Lors de ses précédentes visites, il s'était laissé convaincre de lui masser le cou sans lotion et à travers son T-shirt. Cette fois, c'était une nouvelle expérience. Le contact de sa chair le troublait bien davantage qu'il ne voulait se l'avouer. Il sentit sous ses doigts la chaleur de sa peau. Sa douceur était une révélation. Lorsqu'il parvint à l'extrémité des épaules que ses paumes entourèrent, il dut s'arrêter.

– Quelle bénédiction, dit-elle en soupirant.

Après ce répit, il sentit qu'il se maîtrisait suffisamment pour reprendre et versa généreusement de la lotion sur ses omoplates et le long de son cou. Elle penchait la tête en avant et ses long cheveux sombres lui retombaient sur le visage. Il s'attarda sur les deltoïdes, dont il palpa le contour. Bien que Claudia lui eût dit qu'elle était tendue, il la trouvait raisonnablement relaxée, mais aussi, il était le premier à reconnaître qu'il n'était absolument pas médecin.

– Dites-moi si je vous fais mal, lui dit-il.

– C'est tout le contraire, murmura-t-elle. Vous avez des mains fabuleuses.

Il continua à presser légèrement la base de sa nuque lorsque tout à coup, elle releva la tête et rejeta ses cheveux sur ses épaules.

– Cela suffit? demanda-t-il.

Il espérait bien. Ses cheveux qui lui avaient frôlé les

mains avaient suscité en lui une sensation physique qui n'est guère encouragée par les autorités de l'Eglise.

Mais Claudia Coppi n'était pas satisfaite. Elle lui confia qu'elle se sentait encore tendue dans le haut des bras.

– Là?

– Oui. Oh, oui, juste là. Cela ne vous ennuie pas que je m'appuie contre vous, mon Père? C'est plus confortable.

Et sans attendre sa réponse, elle joignit le geste à la parole.

Sa nuque reposait sur sa poitrine et il sentait ses cheveux sur sa joue. Dans le même mouvement, elle prit fermement ses mains dans les siennes et les attira à elle.

Il ne s'était pas aperçu qu'elle avait ôté son soutien-gorge. Elle guida ses mains sur ses seins. Des seins exquis et splendides, rigoureusement interdits, qu'elle lui proposait de toucher. Pendant quelques secondes qu'il n'oublierait jamais, le Père Faustini accepta l'offre. Il toucha les fruits interdits de Claudia Coppi, passa ses mains dessus, dessous et autour, en s'extasiant de leur plénitude et de l'excitation qui, d'évidence, les gagnait.

Un monstre de dépravation.

Puis, dans un effort surhumain pour écarter ces pensées charnelles, il bredouilla : « Ne nous soumettez pas à la tentation » et retira ses mains comme s'il s'était brûlé.

Tourmenté par la honte, il bondit sur ses pieds, passa résolument les portes du patio et contourna la maison sans se retourner. Il ne répondit pas à Claudia Coppi qui lui demandait s'il reviendrait le samedi suivant. Il savait qu'il fallait qu'il parte d'ici.

Il lui sembla qu'elle était derrière lui, probablement encore à demi nue. Il poussa sa mobylette sur la route aussi vite qu'il put, la démarra et s'éloigna à toute vitesse.

– Fornicateur, hurla-t-il par-dessus le bruit du

moteur. Etre faible, individu sans volonté, égaré, dégénéré, dévergondé, débauché, obsédé. Misérable pécheur.

L'engin l'emmenait à destination, mais il avait à peine conscience du trajet. Il ne pensait qu'à sa conduite dépravée. Un homme de Dieu, un prêtre qui se comporte comme une bête : c'est pire que tout, car Dieu lui a donné un esprit censé résister aux plus bas instincts.

Comment répondrai-je de cela le Jour du Jugement Dernier? se demanda-t-il. Dieu ait pitié de moi, pauvre pécheur que je suis.

A quel moment se rendit-il compte de ce qu'il avait devant lui, voilà qui est impossible à dire. Il avait sans aucun doute dû parcourir une certaine distance avant de prêter attention à autre chose qu'aux tourments qui lui agitaient l'esprit. Il fallait que ce soit spectaculaire. Et cela l'était. Le Père Faustini regarda devant lui et vit une colonne de feu.

Le ciel nocturne était en feu au-dessus de la Lombardie, il étincelait de centaines de points incandescents qui provenaient d'une colonne ardente située à trois kilomètres de là. Ce n'était pas un feu naturel, car il était plus vert qu'orange, d'un vert émeraude brillant, avec des langues violettes, bleues et jaunes. Le Père Faustini fut convaincu que le Jour du Jugement Dernier était arrivé. Sans quoi, il aurait soupçonné qu'on avait ajouté quelque chose au Barolo qu'il avait bu, car c'était une vision psychédélique. Il avait déjà vu des incendies, ou de gigantesques feux d'artifice, mais rien qui ressemblait à cela, même de très loin.

Que peut faire un pauvre pécheur à l'heure des comptes, hormis freiner, descendre de sa mobylette, tomber à genoux et implorer le pardon? Il se sentit envahi d'un mélange de panique et de remords à la pensée qu'il avait fallu que cela arrive précisément la nuit où il avait transgressé la loi divine, après avoir passé au service de l'Eglise toute une vie sans la moindre faute – ou presque. Il s'agenouilla dans l'herbe sur le bas-côté de la route, les mains jointes devant son visage angoissé, et s'écria :

– Pardonne-moi, Seigneur, car j'ai péché.

Il ne rejetait pas la possibilité que son moment d'égarement en compagnie de Claudia Coppi soit directement cause de ce qui était en train d'arriver. En s'imaginant que quelques secondes de tripotage des jolis seins de Claudia avaient suffi à hâter la fin du monde, il était peut-être un peu présomptueux, mais il ne pouvait s'empêcher de voir là une sinistre relation de cause à effet.

Il jeta un regard autour de lui. Le ciel semblait toujours aussi terrifiant. Des langues de feu montaient vers le firmament comme des fusées en laissant de longues traînées d'étincelles.

Pourtant, il n'y avait pas le moindre ange en vue, ni le moindre phénomène apocalyptique. Il n'entendit pas la moindre trompette, mais rien ne pouvait plus le surprendre.

Au lieu de quoi, il vit deux vives lumières, si aveuglantes qu'elles lui firent mal aux yeux. Et presque aussitôt, il entendit un grondement qui approchait. Cela n'avait rien de surnaturel. Une voiture arrivait pleins phares de l'endroit où jaillissait la colonne de feu. Le Père Faustini comprenait que les gens fuient ainsi la colère divine, mais il savait qu'ils se faisaient des illusions : il n'y avait nul moyen de lui échapper.

La preuve :

Le bruit du moteur augmenta en même temps que la lumière des phares. En temps ordinaire, le Père Faustini aurait fait de grands signes au conducteur pour lui faire comprendre qu'il l'éblouissait. Mais là, il n'était pas sur sa mobylette. Il était à genoux sur le bas-côté de la route. Il avait abandonné sa mobylette dès qu'il avait aperçu la colonne de feu. Abandonnée précisément là où il s'était arrêté, au milieu de l'étroite route de campagne.

Et la voiture fonçait dessus.

Il se frappa le front.

Il n'avait tout simplement pas le temps de dégager la route. Il n'avait plus qu'à espérer que le chauffeur verrait l'engin à temps et ferait un écart sur le côté. C'était peut-être un débat un peu hors de propos que de se sentir responsable d'un accident dans un moment pareil de l'histoire du monde, mais le Père Faustini avait toujours eu un grand souci de la sécurité et il ne pouvait supporter la pensée d'être cause de la mort de quelqu'un.

Cela dit, le conducteur de la voiture aurait lui aussi sa part de responsabilité, car il roulait à une vitesse excessive.

Ce qui se passa ensuite ne dura qu'un éclair et eut des effets dévastateurs, mais le Père Faustini le vit comme un film au ralenti, comme c'est toujours le cas lorsque notre cerveau doit affronter un danger en un temps record. La voiture fonça sur la mobylette sans ralentir du tout, jusqu'à la dernière seconde, lorsque le conducteur dut voir ce qui était devant lui. Les pneus hurlèrent en crissant sur le goudron. Le chauffeur braqua sur la gauche pour éviter la mobylette et réussit la manœuvre, mais il mordit sur le bord de la route, perdit le contrôle du véhicule et rebondit de l'autre côté. Le Père Faustini eut le temps de voir que c'était une grosse et puissante limousine. La lumière des phares disparut et fut remplacée par celle des feux arrière et l'éclair rouge intense des feux stop tandis que la voiture dérapait devant lui. Elle monta sur le bas-côté et passa par-dessus un talus qui bordait un champ. Les feux arrière s'élevèrent et décrivirent un arc alors que le véhicule faisait un tonneau, puis un autre, puis un troisième, les tonnes de métal rebondissant comme un jouet, avant de fracasser une barrière et de glisser sur le toit à travers le champ labouré.

L'un des feux arrière marchait encore. Il s'éteignit dans une gerbe d'étincelles. De la fumée commença à monter de l'épave.

Le Père Faustini avait les jambes aussi molles que de la pasta fraîche, mais il parvint à rejoindre la voiture en trébuchant pour voir s'il ne pouvait sauver personne avant qu'elle ne prenne feu.

Le poids du châssis avait écrasé la carrosserie. Le prêtre s'agenouilla à côté de l'interstice qui avait été la fenêtre du conducteur. Il aperçut une silhouette à l'intérieur, la tête inclinée selon un angle impossible. Trop tard pour l'extrême-onction.

De l'autre côté se trouvait le passager, à moitié sur l'herbe. Et ce n'était pas une façon de parler. L'autre moitié, les jambes, était restée coincée à l'intérieur. Il avait été sectionné à la taille.

Le prêtre se signa. Il avait le cœur au bord des lèvres, mais il fallait qu'il se maîtrise, car l'air sentait l'essence et l'épave menaçait d'exploser à tout moment. Inquiet néanmoins que quelqu'un ait pu survivre à l'accident et soit resté coincé dans le véhicule, il s'allongea pour essayer de voir ce qui se trouvait sur le siège arrière. Ce n'était pas la peine de s'inquiéter : il ne restait plus un centimètre d'espace libre entre les sièges déchirés et le toit.

Alors qu'il se relevait, il entendit quelque part sur sa droite un bruit qui évoquait le souffle implacable du vent de la Pentecôte. L'essence avait pris feu.

Il bondit sur ses pieds et partit en courant. Derrière lui, il y eut une série de craquements suivis d'une énorme explosion, sans doute le réservoir. Mais il avait déjà fait vingt mètres et s'était aplati sur le sol.

Il resta immobile pendant un moment. Il était à bout de nerfs. D'ailleurs, il sanglotait. Puis il pensa à dire une prière. Dans son esprit bouleversé, l'accident avait balayé le Jour du Jugement Dernier.

Il finit par s'asseoir. L'épave était encore en feu, mais le pire était passé. Une répugnante fumée noire s'élevait et l'âcre odeur de caoutchouc brûlé vint lui picoter la gorge et les narines. Il contempla les flammes. La carcasse de métal carbonisée et déformée évoquait à peine une auto.

Il tremblait de tous ses membres. Il se releva enfin avec difficulté et repassa près de l'épave pour reprendre sa mobylette intacte, restée au milieu de la route, témoin de sa sottise et de la responsabilité qu'il portait dans cette tragédie.

Au loin, l'immense colonne de feu qui avait attiré son attention déchirait encore le ciel nocturne. Les couleurs, si diverses et si intenses, étaient toujours aussi étranges. Malgré tout, le Père Faustini se demanda si, après tout, ce n'était pas le Jour du Jugement Dernier. Le choc causé par l'accident l'empêchait d'y voir clair. Il y avait tout de même une raison à ce phénomène mais il n'avait pas assez d'énergie pour tenter d'en trouver une.

Il enfourcha sa mobylette, la redémarra et partit informer la police de ce qui s'était passé.

4

En cette soirée au Metropolitan Opera, à New York, Placido Domingo et Mirella Freni étaient très en voix, devant une salle comble et captivée. La scène du tombeau approchait son paroxysme. Réunis dans l'émouvant duo de Verdi, les deux tragiques amants, Radamès et Aïda, s'enlaçaient dans la crypte tandis que les énormes dalles de pierre qui allaient les enterrer vivants descendaient avec une pénible lenteur. En coulisses, les prêtres et les prêtresses chantaient leur inlassable chœur, et la malheureuse Amneris priait pour le salut de l'âme éternelle de Radamès. Il y a des moments dans un opéra où personne ne se formalise trop si des gens se trémoussent et s'agitent sur leur siège en essayant de mieux voir ou de soulager leur postérieur endolori. Mais quand *Aïda* arrive à son poignant finale, lorsque la jeune esclave expire dans les bras de Radamès, et que les lumières diminuent lentement pour signifier que le tombeau se referme, l'immobilité du public est presque palpable, depuis les fauteuils d'orchestre jusqu'aux loges du sixième étage.

Ou du moins, cela aurait dû être le cas.

Ce soir-là, dans le Parterre Central, les places les plus chères du Met, il se passa quelque chose. En ce moment particulièrement émouvant, une série de bips s'élevèrent au beau milieu du grand air. C'était un signal d'appel considérablement plus fort que le bip des montres électroniques qu'on entend toujours dans les cinémas et les théâtres. Un béotien avait apporté son bipeur à l'opéra.

Les plus absorbés ignorèrent d'où provenait le bruit et refusèrent de gâcher leur soirée. Mais tout le monde ne fut pas aussi conciliant.

– Bon Dieu, mais j'y crois pas! s'exclama un homme juste derrière sans se soucier du bruit supplémentaire qu'il faisait.

D'autres se joignirent au chœur avec des « Fermez-la, voulez-vous? » et autres conseils plus fermes.

Au troisième rang, source des bips, un homme aux cheveux argentés et à lunettes à double foyer cerclées de noir, écarta le pan de sa veste de smoking, décrocha son bipeur de sa ceinture et arrêta l'appareil. L'incident n'avait duré au total que six secondes, mais il ne pouvait pas arriver à un pire moment.

Maintenant, tandis que le rideau se baissait et que l'on applaudissait les artistes, il y avait plus de regards foudroyants qui convergeaient dans le Parterre Central sur l'homme du troisième rang que sur Placido Domingo. Il avait beau faire semblant de n'en rien voir en applaudissant avec enthousiasme sans quitter la scène des yeux, il ne pouvait guère s'attendre à de l'indulgence de la part des spectateurs outrés qui l'entouraient. Les New-Yorkais ne sont pas connus pour leur caractère réservé.

– J'en connais un que j'enterrerais bien vivant, moi.

– Comment peut-on laisser entrer des crétins comme ça?

– J'ai acheté un billet pour voir un foutu opéra, pas pour assister à un conseil d'administration.

Le crétin en question continua d'applaudir énergiquement pendant six ou sept rappels, jusqu'à ce que les lumières se rallument. Puis il se tourna vers la personne qui l'accompagnait, une femme aux cheveux noirs, d'une stupéfiante beauté, de vingt ans plus jeune que lui, et tenta de se plonger avec elle dans une conversation si sérieuse que le reste de New York n'existait plus.

Elle resta de marbre. Ce fut une sorte de consolation pour les autres spectateurs qui se levaient de voir que la jeune femme n'avait nullement l'intention de laisser passer l'incident. En moins de temps qu'il n'en faut pour le dire, on entendit sa voix s'élever et le traitement qu'elle lui infligea menaça d'ébranler les candélabres.

– ...jamais été aussi humiliée de ma vie, et si tu penses qu'après ça, je vais m'éterniser avec toi pour aller dîner et baiser, tu te mets le doigt dans l'œil.

– Bravo! s'écria quelqu'un. Larguez-le!

Et c'est ce qu'elle fit. Elle s'élança brusquement entre les sièges tandis que son cavalier la regardait partir en secouant la tête. Il n'essaya même pas de la suivre. Il demeura assis en laissant habilement partir les gens qu'il avait scandalisés. Et lorsque tous eurent quitté les environs, il ressortit le bipeur de sa poche et composa un code.

Ayant lu quelque chose sur son écran, il replongea la main dans sa poche intérieure et, sans se soucier de ce qui l'entourait, sortit un téléphone portable et en déploya l'antenne.

– Sammy, essayais-tu de me joindre? Parce que si c'était le cas, tu aurais pu trouver meilleur moment, mon vieux. (Tout en écoutant, il posa ses pieds sur le dossier devant lui.) Rien à foutre. J'espère pour toi que ce que tu avais à me dire atteint 9,9 sur l'Echelle de Richter.

Ce qu'on lui répondit fut suffisant pour troubler visiblement Manfred Flexner. Il retira ses pieds du dossier et se pencha en avant comme pour mieux écouter, tandis qu'il passait sa main libre dans ses cheveux.

Six minutes plus tard, secouant la tête et tentant de rester calme, il sortait de l'opéra et prenait quelques bouffées d'air frais devant le Lincoln Center. A cette heure de la nuit, l'esplanade disparaissait sous les visons et les zibelines, le public du Philarmonic et des ballets jouant des coudes avec celui de l'opéra pour accaparer les taxis. Le chauffeur de Flexner l'attendait de l'autre côté de la rue avec la limousine, aussi n'avait-il aucune raison de se dépêcher, mais il ne voulait pas encore rentrer chez lui.

Il contempla la fontaine illuminée pendant un moment. Au cours de la dernière demi-heure, il avait dérangé une représentation d'opéra, perdu la femme qui l'accompagnait et chuté de quarante points sur le marché boursier. Il avait besoin de boire quelque chose.

Le monde n'était pas plus clément le lendemain. Il regarda les Alka-Seltzer se dissoudre en pétillant dans le verre d'eau sur son bureau et réfléchit. Les affaires de Manny Flexner étaient dans les produits pharmaceutiques.

Les produits pharmaceutiques.

Et voilà qu'il était en train de se soigner avec le produit d'un laboratoire concurrent. Il avait travaillé toute sa vie dans l'espoir de trouver un jour un produit leader comme l'Alka-Seltzer qui pourrait connaître un confortable succès. Son histoire était celle, typique, du gamin du Lower East Side qui a la bosse du commerce et qui a réussi à mettre de l'argent de côté en travaillant comme taxi, vécu modestement pendant un certain temps et investi ses gains. Comprenant rapidement, comme tous les entrepreneurs, que l'on n'arrive nulle part tout seul et avec quelques économies, il avait emprunté à sa banque pour acheter des parts dans une petite affaire qui fournissait des étiquettes aux laboratoires pharmaceutiques. Lorsque les étiquettes autoadhésives étaient apparues, il avait accaparé le marché et gagné assez pour emprunter encore davantage et entrer dans l'industrie pharmaceutique. Les années soixante et soixante-dix avaient été une époque bénie pour ce secteur. Manny Flexner avait racheté un certain nombre d'entreprises aux Etats-Unis et s'était étendu dans le monde entier en faisant astucieusement des acquisitions en Europe et en Amérique du Sud. L'un des produits Manflex, le Kaprofix, un médicament contre l'angine de poitrine, était devenu une importante source de revenus et connaissait un grand succès en Amérique comme en Europe.

L'histoire avait ses revers. L'industrie pharmaceutique s'appuie en grande partie sur le développement des nouvelles molécules. Les laboratoires ne peuvent pas s'en sortir sans d'importants programmes de recherche. Au début des années quatre-vingt, les scientifiques de Manflex avaient découvert un nouvel antihistaminique qui avait un potentiel dans le traitement des ulcères gastriques. Il fut déposé sous le nom de Fidoxine. Le marché des médicaments de ce type est énorme. A l'époque, c'était le Tagamet des laboratoires Smith Kline qui dominait le créneau avec des ventes évaluées à plus d'un milliard de dollars. Glaxo était en train de développer un produit rival du nom de Zantac, qui devait battre toutes les autres molécules en vente à l'époque. Mais Manny Flexner était aussi de la partie.

Les premières recherches sur la Fidoxine avaient été encourageantes. Manflex investit massivement dans des études et des tests sur le terrain de façon à satisfaire la FDA, la Food and Drug Administration, organisme qui délivre l'autorisation de mise sur le marché. Dès 1981, Manflex était prêt à battre ses concurrents dans cette course à un marché de milliards de dollars. C'est alors qu'on découvrit que la Fidoxine avait des effets secondaires à long terme. Presque tous les médicaments ont des effets secondaires indésirables, mais la possibilité de graves dommages rénaux est inacceptable. A contrecœur, Manny Flexner avait abandonné le projet.

Il avait trop compté sur ce seul médicament. Au cours des années suivantes, Manny avait refusé d'engloutir autant d'argent dans aucun programme de recherche. En 1991, la récession avait frappé Manflex plus sévèrement que ses rivaux. En grande partie grâce à son produit vedette, le Kaprofix, l'entreprise faisait toujours partie des dix plus grosses d'Amérique, mais elle était passée du quatrième au septième rang. Ou pire. Manny ne se donnait plus la peine d'aller voir plus loin.

Aujourd'hui, il n'avait jamais été aussi bas. Il avait le *Wall Street Journal* sous les yeux. Du jour au lendemain, son action avait à nouveau chuté à Tokyo et à Londres. Pourquoi?

– Le plus gros feu d'artifice de tous les temps, c'est ce qu'ils ont dit, expliqua-t-il à son vice-président, Michael Leapman, en lui jetant le journal. Un incendie de vingt millions de lires. On voyait les flammes jusqu'à trente kilomètres au sud de Milan. Ça fait combien?

– Pas aussi grave qu'on le pense. Disons dix-sept millions de dollars.

– Pas aussi grave qu'on le pense, répéta Manny sur un ton ironique. Une usine entière s'envole en fumée, un quart de nos actifs italiens, et ce n'est pas aussi grave qu'on le pense.

– L'assurance, murmura Michael.

– L'assurance rembourse l'usine et les matières premières. Il y avait des laboratoires de recherche, là-bas. Ils faisaient des tests sur un antidépresseur. J'espère qu'il leur en reste un peu, parce que je vais en avoir besoin. La recherche est irremplaçable, et le marché le sait. Avons-nous des nouvelles d'Italie? Est-ce que tout est complètement détruit?

– J'ai appelé Rico Villa il y a une heure, dit Leapman en hochant la tête. Ce n'est plus qu'un tas de cendres. (Il traversa la pièce et se dirigea vers le bar.) Je vous en sers un?

Manny secoua la tête en désignant l'Alka-Seltzer.

– J'espère que ça ne vous ennuie pas que je boive seul, alors?

Trente-sept ans, un mètre quatre-vingt-cinq, blond, Michael Leapman était moins expansif que son patron. Il était à moitié suédois. Sans doute était-ce cette moitié nordique qui le retenait de se mettre dans tous ses états. Il avait rejoint Manflex cinq ans plus tôt, involontairement, lorsque Flexner avait racheté la petite entreprise qu'il dirigeait à Detroit. Leapman s'était révélé le seul élément valable de cette acquisition. C'était quelqu'un de créatif, qui réfléchissait et avait des talents d'organisateur. Il s'était bien entendu avec son patron, un petit homme plutôt brusque. Et en un an, celui-ci lui avait demandé de se joindre au conseil d'administration.

– Il y a eu des morts? s'enquit Manny de la voix de celui qui n'attend de la journée que des nouvelles désastreuses.

– Apparemment non. Il y a eu sept personnes hospitalisées, dont deux pompiers. Ils avaient inhalé des gaz. Voilà.

– Des dégâts à l'environnement? (Leapman leva un sourcil. Son patron n'était guère connu pour ses sympathies écologiques.) Nous pourrions avoir beaucoup d'ennuis si c'était le cas, expliqua Manny. Vous vous souvenez de Seveso? Les vapeurs de Dioxine? C'était en Italie, n'est-ce pas? Combien de millions l'usine a-t-elle dû débourser à titre de dommages et intérêts?

– Aucune vapeur toxique n'a encore été signalée, dit Leapman en se servant un généreux verre de scotch.

L'inquiétude qui fronçait le visage de Manny se

dissipa légèrement. Il ôta ses lunettes et les essuya avec un mouchoir en papier Manflex.

– Nous pouvons nous en tirer, dit Leapman du ton rassurant qui était l'un de ses plus précieux talents. Bien entendu, on y laissera quelques plumes. Les marchés nous bouderont pendant une semaine ou deux, mais nous sommes assez puissants pour supporter le choc. L'usine de Milan n'était pas un gros centre de profit. Rico nous a toujours dit qu'il fallait la moderniser.

– Je sais, je sais. Nous avions prévu de faire quelques investissements à la fin de l'année.

– Maintenant, nous pouvons donner la priorité aux deux usines situées près de Rome.

Manny remit ses lunettes et dévisagea Leapman.

– Vous pensez qu'on ne devrait pas reconstruire celle de Milan?

– Dans un tel contexte économique?

Le ton de Leapman voulait tout dire : il était hors de question de reconstruire.

– Vous avez raison. Nous devons consolider la perte avec ce que nous avons là-bas. Nous n'avons qu'à vendre le site de Milan. (Ayant pesé le pour et le contre, Manny semblait satisfait.) Ce que je veux, maintenant, c'est que quelqu'un aille en Italie et s'occupe de la question : qu'il résolve les questions d'emploi et sauve ce qui peut être sauvé de ce désastre. (Il hésita comme s'il cherchait un nom.) Pensez-vous que David pourrait s'acquitter de ça?

– David? répéta Leapman, pris au dépourvu – il s'attendait à ce que ce soit plutôt lui que Manny charge de cette mission.

– Mon fils.

– Pas de problème.

Leapman savait que c'était inutile d'essayer de persuader son patron de lui confier cette mission. Le jeune David Flexner ne partageait d'évidence pas l'enthousiasme de son père pour les affaires, mais Manny caressait cependant l'espoir improbable que son fils finirait par s'y mettre un beau jour. Après quatre ans passés dans une école de commerce et trois au conseil d'administration de Manflex, David aurait dû être prêt à endosser des responsabilités. Mais c'était malheureusement à faire du cinéma amateur qu'il consacrait toute son énergie.

Vers la fin de la matinée, les écrans situés dans le grand bureau à côté de celui de Manny Flexner montraient une légère amélioration des cotations du titre. Wall Street, suivant l'exemple de Tokyo et Londres, avait un peu exagéré sa réaction à la nouvelle de l'incendie. Maintenant, le marché était en train de considérer les choses plus raisonnablement. L'action Manflex montrait une brusque baisse, mais ce n'était pas pour autant tragique.

Manny montra à quel point il était bien disposé en invitant son fils à déjeuner au *Quilted Giraffe,* un restaurant quatre étoiles de Madison Avenue. La fraîcheur était le concept maison de l'endroit. Même la carte des vins proposée était imprimée sur un listing d'ordinateur pour bien montrer qu'elle était quotidiennement mise à jour.

– Tu connais cet endroit, Dave?

– Non.

Manny avait divorcé deux fois et vivait désormais seul. Théoriquement. Car en pratique, il avait toujours des amies qui l'accompagnaient chacune leur tour à dîner dans les grands restaurants de New York ou qui passaient la nuit dans sa maison de l'Upper East Side. Et il fallait que ses menus lui permettent d'avoir toujours de l'énergie. Il avait soixante-trois ans.

En revanche, les déjeuners étaient strictement réservés aux affaires.

– Je te recommande le saumon à la moutarde sucrée-salée. Ou la salade de canard aux griottes. Non, goûte le saumon, c'est vraiment quelque chose. Tu as appris l'incendie de l'usine de Milan?

Manifestement, son fils n'avait pas lu la rubrique

affaires de son journal habituel, quel qu'il fût. David avait dépassé le stade de la révolte adolescente. C'était un rebelle adulte, dont les cheveux décolorés en blond descendaient jusqu'aux épaules. Des cheveux blonds, cela faisait mauvais genre, quand on est juif, pensait Manny. Quant à la veste en velours vert bouteille que David avait endossée, c'était une simple concession aux règles du restaurant. Car c'est en T-shirt qu'il assistait le plus souvent aux réunions du conseil d'administration.

Manny lui expliqua l'essentiel de ce pénible dossier et lui exposa son projet de l'envoyer négocier avec les Italiens.

– Tu veux que ce soit *moi* qui aille là-bas? Ça risque d'être difficile, Papa, dit immédiatement David. Quand ça?

– Ce soir, ça t'ennuierait?

David sourit. Son charmant sourire était à la fois un actif et un passif.

– Tu n'es pas sérieux?

– Totalement sérieux. J'ai près de deux cents personnes qui se retrouvent réduites au chômage, des syndicats sur le dos...

– Oui, mais...

– Une déclaration de sinistre à remplir pour l'assurance et, d'après ce que je sais, des procès qui ne vont pas tarder. Ce n'est pas en les ignorant que ces choses-là se résolvent toutes seules, David.

– Et pourquoi pas Rico Villa? Il est sur place et il parle la langue.

Manny leva les yeux au ciel.

– Rico serait incapable d'arbitrer un match de football en division minimes.

– Alors tu veux que ce soit moi qui aille à Milan jouer de la hache?

– Tu n'auras qu'à exposer les faits aux gens, rien de plus. Leur outil de travail est un tas de cendres, maintenant. Il ne sert à rien de le reconstruire. S'il y en a qui veulent être mutés à Rome, occupe-t'en. Vois avec les comptables pour les licenciements. Nous ferons de notre mieux pour les indemnités, nous ne sommes pas des ogres.

– Papa, je ne peux pas tout laisser tomber, soupira David.

Manny s'attendait à l'objection, mais il fit semblant d'être surpris.

– Qu'est-ce que tu dis, mon garçon?

– J'ai pris des engagements, j'ai promis des choses à des gens.

Manny lui jeta un regard scrutateur.

– Et ces engagements ont-ils à voir quoi que ce soit avec Manflex?

– Non, rougit son fils. C'est un film. Nous avons un planning.

– Ah ah...

– On doit tourner en extérieur au zoo du Bronx.

– Tu filmes des animaux, mm? Je croyais que c'était avec des gens que tu avais pris tes engagements.

– Je voulais parler de l'équipe technique.

Le serveur arriva juste avant que Manny n'éclate. Le père et le fils conclurent une trêve pour prendre les décisions d'ordre gastronomique. David choisit diplomatiquement le saumon que lui avait conseillé son père. Ce ne serait pas une épreuve. Une fois qu'ils furent de nouveau seuls, son père essaya une nouvelle tactique :

– Certains des meilleurs films que j'ai vus avaient été tournés en Italie.

– Sûrement. Le cinéma italien est parmi les meilleurs. Ça a toujours été le cas. « Le Voleur de Bicyclette », « Mort à Venise », « Le Jardin des Fitzi-Contini ».

– « Pour une Poignée de Dollars ».

David fit une moue qui évoquait assez bien celle du sphinx.

– Ah? Tu voulais parler des westerns-spaghettis.

Manny hocha la tête et dit avec un air magnanime :

– Tu pourrais faire partie de ces gens. Prends une

quinzaine de jours par la même occasion. Occupe-toi de Milan, mon garçon, après tu seras tranquille, tu pourras aller à Venise. Ça te paraît une offre raisonnable?

Un pareil altruisme de la part d'une telle bête de travail valait bien un long silence admiratif – et l'obtint.

– Je sais que tu veux que je marche dans tes traces un jour, Papa, avoua finalement David. Mais je crois qu'il vaut mieux que je te dise que l'industrie pharmaceutique me pompe l'air.

– Tu ne me dis rien de bien nouveau.

– Mais tu ne l'acceptes pas.

– Parce que tu ne veux pas accorder la moindre attention aux affaires. Ecoute, Dave. C'est l'industrie qui lance le défi le plus exaltant. Tu restes en tête, ou bien tu meurs. Le tout, c'est d'avoir des molécules nouvelles et de gagner de la part de marché.

– Ça, je suis capable de le comprendre, lâcha David.

– Une innovation ou une nouvelle molécule, et tu transformes toute ton existence. C'est ça qui me fait courir.

– Tu veux dire que ça peut changer l'existence de quelqu'un qui est malade.

– Naturellement, répondit Manny sans hésitation. Seulement, ce qui est bon pour les malades, c'est bon pour mon chiffre d'affaires aussi.

Il fit un clin d'œil à son fils, qui fut bien obligé de sourire. La déontologie était peut-être un peu bousculée, mais sa candeur était irrésistible.

– Les équipes de recherche, c'est comme les chevaux. Tu veux en avoir le plus possible. De temps en temps, il y en a une qui arrive première. Mais tu ne peux pas te permettre de dormir sur tes lauriers. Quand tu *as* la molécule, tu as quand même besoin de l'approbation du gouvernement pour la lancer sur le marché. (Les yeux de Manny étincelèrent à la pensée de ce nouveau défi. Ils ne souriait guère, ces derniers temps, mais occasionnellement, quelque chose passait sur son visage fatigué, le regard d'un homme qui a autrefois su miser sur les gagnants, mais qui n'a plus le coup.) Et les brevets expirent en un rien de temps, alors il faut continuellement trouver quelque chose de nouveau. J'ai des équipes qui travaillent tout autour du monde. A tout moment, elles peuvent trouver le remède à une maladie mortelle.

– Le département Recherche & Développement était très fort, à l'usine de Milan, dit David en hochant la tête.

– Tu en sais plus que tu ne veux le laisser croire, fit Manny, d'un ton appréciateur.

– J'imagine que tu penses vraiment que je saurai m'en tirer.

– Sinon, je ne t'aurais pas proposé, mon garçon. (Il appela le sommelier. Une fois qu'il eut choisi un bon bordeaux, il reprit :) Les problèmes que nous avons en Italie me tiennent à cœur. J'étais persuadé que j'avais une bonne étoile. Tu comprends ce que je veux dire? Peut-être que je devrais céder ma place.

– Papa, c'est ridicule, et tu le sais pertinemment. Qui d'autre pourrait diriger la boutique à ta place? (Il plongea ses yeux droit dans le regard pénétrant de son père.) Oh, non! Ce n'est pas du tout mon genre. Je me tue à te répéter que je ne suis même pas certain d'y croire. Si encore cela ne consistait qu'à fabriquer de nouveaux médicaments pour soulager les malades, d'accord. Mais tu sais aussi bien que moi que ce n'est pas le cas. Dans ce boulot, il faut tout autant faire des relations publiques et se trouver du bon côté des banques et des politiciens, que penser au chiffre d'affaires.

– Trouve-moi un secteur industriel où ce n'est pas le cas. Le monde où nous vivons est ainsi fait, David.

– Oui, mais les bénéfices ne sont pas dans les médicaments qui soignent les gens. Prends l'arthrite, par exemple. Si nous découvrions quelque chose qui l'élimine totalement, nous perdrions un marché énorme, alors nous nous contentons de créer des médicaments qui endorment la douleur. C'est à peine différent de l'aspirine, sauf que ça coûte cinquante fois plus cher. Combien de millions sont dépensés actuellement dans la mise au point de *me-too* pour soulager l'arthrite?

Manny ne répondit pas. Cependant, il remarqua avec satisfaction que son fils utilisait le jargon du métier. Un *me-too* était une imitation d'un médicament original déposé, légèrement modifié de façon à contourner la législation. Il existait plus d'une trentaine de *me-too* pour soulager l'arthrite.

– Mais en revanche, s'échauffait David, combien investit-on dans la recherche de médicaments contre la drépanocytose? Il se trouve que c'est une maladie concentrée dans le tiers-monde, alors évidemment, ça ne peut pas générer des profits suffisants.

– Moi aussi, j'étais un idéaliste quand j'avais ton âge, dit Manny.

– Et maintenant tu vas me dire que tu vis dans la réalité, mais c'est faux, Papa. Tant que quelque chose comme le sida n'aura pas forcé ton attention, tu ne t'intéresseras pas à la réalité. Je ne te vise pas toi en particulier, je parle de toute l'industrie.

– Arrête, l'industrie pharmaceutique a très rapidement réagi au sida. Wellcome a déposé le brevet du Retrovir en un rien de temps.

– Oui, et ils en ont profité pour faire monter le prix de 250 %.

– C'est la loi du marché, dit Manny en haussant les épaules. C'est Wellcome qui est arrivé le premier avec le médicament miracle.

David tendit les deux mains dans un geste qui signifiait que Manny apportait de l'eau à son moulin.

Le serveur s'approcha et fit goûter le vin à Manny. Après l'avoir approuvé, celui-ci déclara finement à son fils :

– Tu en sais bien plus que tu ne veux le laisser croire.

Quand tu seras président, tu seras Dieu. Tu auras tout le loisir d'essayer d'instiller un peu de déontologie dans l'industrie pharmaceutique, si tu y tiens.

David sourit. Malgré toutes ces années, son père avait encore tout le bagout d'un chauffeur de taxi.

– Eh bien, nous allons te prendre un billet pour le vol de Milan de ce soir, dit Manny en sortant son téléphone portable.

5

La Bibliothèque de Kensington n'a été bâtie qu'en 1960 et cependant, la salle des fichiers, à l'étage, dégage une atmosphère excessivement victorienne. La moquette est d'un vert olive déprimant et les sièges sont recouverts de cuir noirs. Un peu partout, des panneaux recommandent aux visiteurs de se méfier des pickpockets et de dénoncer immédiatement au personnel quiconque serait surpris à abîmer ou emporter un journal. Il est vrai que certains journaux sont particulièrement recherchés. L'*Evening Standard,* qui arrive en début d'après-midi, ne peut être consulté que sur demande, non pas parce que son contenu est inconvenant, mais parce que s'il était en libre consultation, il disparaîtrait immédiatement. Les employés de la bibliothèque finissent par reconnaître les types aux yeux cernés qui arrivent à partir de 2 heures et espèrent tous être le premier à repérer dans ses colonnes, qui une voiture d'occasion, qui un tuyau pour la course de lévriers, qui un travail.

Peter Diamond, ancien membre du personnel de sécurité d'Harrods, faisait partie de ces derniers.

Il finit par obtenir le *Standard* et en parcourut les petites annonces. Si l'un des postes proposés pouvait lui convenir, il se précipiterait sur le téléphone le plus proche. La plupart des annonces étaient rédigées dans un style décontracté – du genre *Appelez Mandy* ou *Pour plus d'informations, téléphonez à Patricia* – qui vous laissait imaginer à l'autre bout du fil une interlocutrice charmante qui ne demanderait rien de mieux que de vous persuader d'accepter un job à trente mille livres par an, avec primes et plan d'épargne-retraite à la clé. Aujourd'hui, comme toujours, il ne se trouvait aucune Mandy ou Patricia prête à offrir un poste à un ancien commissaire de quarante-huit ans à qui on ne pouvait même pas faire confiance pour faire des rondes de nuit chez Harrods.

Il laissa tomber. Le *Standard* faisait état d'une augmentation du chômage avec un gros titre : CHÔMEURS LONDONIENS : LE DÉSESPOIR. Le désespoir ne se voyait pas trop dans High Street Kensington, hormis dans les épaules tombantes de Diamond. Des jeunes femmes chargées de luxueux sacs bourrés de leurs achats dans les magasins du quartier attendaient un taxi au bord du trottoir. Des quadragénaires en joggings élégants trottinaient en direction de Holland Park. Et Al Gallo D'Oro, le restaurant italien d'en face, était rempli d'employés qui prenaient leur pause-déjeuner.

Durant les sept derniers mois, Diamond et sa femme Stephanie avaient survécu dans un *basement-flat* d'Addison Road, une rue en sens unique où le bruit de la circulation n'est pas supportable sans doubles vitrages et boules Quiès. L'appartement était situé au sous-sol d'une maison édouardienne de trois étages dont les chambranles de fenêtres pourris ne cessaient de trembler. En face se trouvait l'église de St Barnabas, un gros cube terni par le smog et pourvu d'une tour à chaque angle. A moins d'être nettoyé, le bâtiment ne vous donnait guère envie d'aller à l'église. On avait essayé d'en atténuer l'aspect sinistre en peignant les portes en bleu vif, mais on ne les voyait pas depuis le trou à rats qu'habitaient les Diamond. Hormis les tours de St Barnabas, tout ce qu'ils pouvaient voir en levant les yeux, c'étaient les derniers étages des immeubles d'en face. On était loin de la vue sur le Bath géorgien qu'ils découvraient chaque jour jusqu'à à peine l'année dernière.

Ne voulant pas rester à ne rien faire, Diamond avait passé sur les murs et les plafonds un coup de peinture qui s'annonçait comme « primevère » sur le nuancier. Il avait nettoyé jusqu'au dernier tiroir de chaque placard, graissé toutes les charnières, récuré la cheminée, vérifié chaque prise électrique, changé les joints des robinets et installé des cornières à toutes les portes. L'inconvénient de cet admirable accès de zèle, c'était qu'il n'était aucunement bricoleur : il fit des taches de peinture et d'huile dans toute la maison, les robinets se mirent à fuir plus que jamais, les portes à refuser de se fermer complètement et la suie à tomber dans le salon au moindre coup de vent. Quant au chat, il trouva refuge dans le placard-séchoir.

Stephanie Diamond l'y aurait bien rejoint si elle avait pu. Elle travaillait deux matinées par semaine dans une association d'aide à l'enfance et avait dû aller jusqu'à quatre matinées rien que pour pouvoir rester le moins possible à la maison. Pour endiguer cette vague de bricolage, elle commença à rapporter à la maison les puzzles reçus parmi les donations de jouets et demanda à Peter de les assembler afin de vérifier qu'ils étaient complets avant de les vendre. L'idée n'était pas aussi bonne que prévu. Elle se réveilla une nuit à 4 heures du matin. Quelque chose lui rentrait dans le dos.

– Mais qu'est-ce que?...

Elle alluma la lampe de chevet. Diamond se retourna pour regarder.

– Eh bien, dis donc! C'était la pièce qui me manquait.

– C'était bien la peine de râler, Peter.

– Tu veux une tasse de thé?

Elle se souvint du goût qu'avait le thé depuis qu'il avait détartré la bouilloire.

– Non, rendors-toi.
– Dieu sait comment elle a fait pour arriver là.
– Oh, laisse tomber.
Il y eut un silence, puis :
– Tu dors, Stephanie?
– Je dor*mais,* soupira-t-elle.
– J'étais en train de penser à la gosse.
– Quelle gosse?
– La gamine japonaise qui a été la cause de mon renvoi. Pourquoi l'a-t-on abandonnée? Elle était bien habillée, propre, absolument pas négligée.
– Peut-être qu'elle avait fait une fugue.
– Et qu'elle s'était réfugiée au septième étage d'Harrods? Je n'en crois pas un mot.
– Ruminer tout ça ne sert à rien, dit Stephanie. Tu n'es pas responsable d'elle.
– C'est vrai. (Il se tut un moment. Elle s'était presque rendormie lorsqu'il reprit :) Il doit y avoir un moyen de garder toutes les pièces en un seul endroit.
– Mm?
– Les puzzles. Je me demandais, si je te donnais un coup de main à l'association...
Elle se redressa d'un bond.
– C'est hors de question!
– Je voulais dire que je pouvais faire les puzzles là-bas et que si des pièces manquaient, on serait sûr qu'elles seraient dans les locaux.
– Si jamais tu mets ne serait-ce qu'un pied dans la boutique de l'association, tu en ressortiras sur une civière une fois que j'en aurai fini avec toi, Peter Diamond.
C'était un peu présomptueux, étant donné qu'elle pesait quarante-cinq kilos et lui cent dix, mais elle savait les dégâts qu'il risquait de causer – en toute innocence, précisons-le – dans tout ce fouillis. Elle savait, lorsqu'elle l'avait épousé, qu'il était spécialiste des accidents. Il avait une mauvaise coordination. Certains gros se meuvent avec grâce. Pas son mari. Il se

cognait à tout. Dans la rue, il trébuchait sur le moindre pavé de travers. Et s'il y avait une crotte de chien, elle était pour lui.

– Vieillir, ça ne me dit rien, dit-il le lendemain au petit déjeuner.

– Aller à la pêche? fit Stephanie. (Il haussa les épaules.) Bon, très bien, je vais te le dire : tu n'es pas si vieux que *ça*.

– Trop vieux pour travailler, apparemment.

– Arrête un peu, Pete.

– Tu devrais les voir, ceux qui font la queue au chômage. Des types plus jeunes que moi. Parfois même beaucoup plus jeunes. Des gosses, qui sortent à peine de l'école.

– Ça pourrait être pire, dit-elle en lui servant du bacon.

– Du genre, l'un de ces mômes au chômage pourrait être notre gosse?

Elle détourna les yeux et il se maudit d'avoir été aussi grossier. Lors de son premier mariage, avec un directeur de magasin, Stephanie avait fait trois fausses couches. Elle avait perdu un quatrième enfant de son mariage avec Diamond. Cette fois-là, elle avait eu des complications et il avait fallu lui faire une hystérectomie. La chirurgie avait été considérée comme la panacée dans les années soixante-dix. Elle avait perdu la possibilité d'enfanter, mais pas l'instinct maternel. Lorsqu'il l'avait rencontrée, elle était cheftaine dans un club de scouts et elle avait continué pendant des années, en en faisant plus que Baden Powell ne l'avait jamais demandé. Elle voulait toujours jouer la mère avec des enfants dont les parents ne s'occupaient pas assez. Ils avaient tous grandi, depuis, mais elle continuait à écrire à certains d'entre eux.

– Excuse-moi pour cette nuit, dit-il en prenant ses mains dans les siennes.

– Cette nuit? demanda-t-elle sans comprendre.

– Quand on était couché. (Elle écarquilla les yeux.) La pièce de puzzle.

– Oh! dit-elle en éclatant de rire. J'avais complètement oublié *ça*. Je croyais que tu parlais de quelque chose d'autre. Ça n'avait aucun sens.

La journée s'annonçait belle, après une semaine de pluie et de nuages, aussi, au lieu d'aller faire la queue à la bibliothèque, il alla acheter son exemplaire à lui de l'*Evening Standard* et alla le lire à Holland Park. Comme rien ne l'attirait dans les offres d'emploi, il posa le journal à côté de lui et fainéanta au soleil pendant un moment sur l'un des bancs de bois devant le lac à côté de l'Orangerie, en regardant les gens promener leurs chiens ou leurs landaus le long du cloître. Tout le monde, sauf lui, semblait avoir un accessoire, une raison de venir dans le parc. Un avion en modèle réduit, une raquette de tennis, un appareil photo ou une canne à bout ferré pour ramasser les papiers.

Il se leva, décidé. Bon sang, il n'avait aucune raison de rester oisif. Il venait de se rappeler qu'il avait quelque chose d'urgent à faire. Du jour au lendemain, des cloques étaient apparues sur le plafond fraîchement repeint de la cuisine. Stephanie n'avait rien dit, mais il était certain qu'elle les avait remarquées. Il allait passer un coup de papier de verre dessus.

Arrivé à la maison, afin de ne pas salir, il étala les pages du *Standard* sur le sol au-dessous de la portion de plafond qu'il voulait poncer. Puis il monta sur une chaise et jeta un coup d'œil. Il y avait deux cloques de la taille d'une prune. Rien à faire, il fallait les ôter. Il en tâta une du bout de l'ongle. La peinture était sèche, aussi tira-t-il légèrement dessus. C'était mou et ça s'étirait comme du plastique. Il tira un peu plus et soudain, un bon morceau de peinture se détacha du plafond et lui tomba sur la tête et les épaules comme un voile de mariée.

Il jura, descendit de la chaise et examina les dégâts. Il

ne s'agissait plus de poncer. Il allait falloir gratter tout le plafond et repeindre. Pire encore, il faudrait lessiver avant de repeindre. Le premier venu aurait compris qu'avant de peindre, il fallait nettoyer la graisse et la saleté accumulées au cours des années. Et la peinture n'avait pas pris. A vouloir faire vite, il avait gâché un pot entier de peinture. Et dans deux heures, Stephanie, qui rentrerait de la boutique, allait trouver sa cuisine à nouveau en état de siège.

Résigné à sa tâche, il ôta le reste de la peinture. Elle céda par lambeaux qui allèrent s'étaler un peu partout sur la cuisinière, le réfrigérateur et le reste des meubles. Une fois cela fait, il alluma la bouilloire. Il méritait une petite pause avant d'entreprendre le lessivage, puis la peinture.

Mais il ne fit ni l'un ni l'autre. Quelque chose de plus urgent l'en empêcha.

Lorsque Stephanie rentra, elle trouva la cuisine dévastée, les lambeaux de peinture décollée éparpillés un peu partout, le plafond dans un état aussi épouvantable que le jour où ils avaient emménagé, des journaux et du papier de verre aux quatre coins de la cuisine et une tasse de thé froid à moitié vide sur la table. Diamond n'était pas là. Il rentra finalement à 7 heures en se confondant en excuses.

– Mais j'ai passé un après-midi intéressant, Stephanie.

– C'est ce que je vois.

Il lui raconta l'épisode de la peinture :

– Quand j'ai eu terminé de la décoller du plafond, je me suis fait un peu de thé, et tout en le buvant, j'ai jeté un œil sur le *Standard* que j'avais étalé par terre pour ne pas salir, tu comprends?

– On s'y croirait.

– Je voulais simplement lire quelque chose pour m'occuper et...

– Tu as trouvé un boulot? Oh, Pete! dit-elle en se précipitant sur lui, les bras grands ouverts.

– Un boulot? Non.

Elle laissa retomber ses bras.

– Quoi d'autre, alors?

– J'essaie de te le dire. J'ai ramassé la page et voilà ce que j'ai lu, dit-il en lui tendant un morceau du journal.

L'ENFANT MYSTÉRIEUSE :
L'ÉNIGME RESTE ENTIÈRE

La petite fille qui a récemment été la cause d'une alerte à la bombe lorsqu'elle a été découverte au grand magasin Harrods il y a cinq semaines n'a toujours pas été identifiée et personne ne s'est manifesté pour la reprendre. L'enfant, qui a environ sept ans selon les autorités, n'est pas capable ou refuse de parler. Les annonces publiques visant à retrouver ses parents n'ont pour l'instant pas abouti, malgré une enquête approfondie dans les milieux japonais. Pour le moment, l'enfant est hébergée au service social de Kensington & Chelsea. Un porte-parole de la police a déclaré : « Nous ne parvenons pas à comprendre pourquoi personne ne s'est encore manifesté. »

– La pauvre petite, dit Stephanie, prête comme toujours à oublier ses préoccupations dès qu'il s'agissait de s'apitoyer sur un enfant. Elle doit être terrorisée. D'abord la police, et maintenant les assistantes sociales. Pas étonnant qu'elle refuse de parler.

– Alors ça ne t'embête pas que je m'y intéresse? demanda Diamond.

– Quand bien même, est-ce que tu te gênerais?

– J'ai découvert où elle est.

Stephanie fronça les sourcils, le regarda fixement, puis se radoucit.

– Et c'est pour *ça* que tu as tout laissé en plan et que tu es parti? Pour aller voir cette gosse? Peter, tu es un sentimental, au fond.

– Sentimental? Tu traites un ancien flic de sentimental?

– Tu trouves toujours du temps dès qu'il est question

de gosses, poursuivit-elle. Qui est-ce qui a travaillé comme Père Noël, l'année dernière?

– Ça, c'était un travail. En revanche, cette gosse abandonnée, c'est un défi, Stephanie. Une occasion de faire ce à quoi je suis bon au lieu de grimper sur une chaise pour lessiver un plafond – *oui,* je vais le faire, je te le promets. Regarde les choses en face : j'ai de l'expérience. J'étais un sacré bon flic.

– Avec un cœur d'or.

Exaspéré, il leva les yeux au ciel, et se retrouva à contempler le plafond maculé de traînées de graisse.

– Toujours est-il que je suis allé voir à la mairie, mais qu'ils n'ont rien voulu me dire. Je ne leur en veux pas, j'aurais très bien pu être un cinglé ou quelque chose de ce genre. Ils avaient parfaitement le droit de me flanquer dehors. Je suis passé à la police, je leur ai dit que j'étais un ancien de la maison, et ils m'ont donné une adresse. Evidemment, quand je suis arrivé là-bas, la gosse était déjà partie ailleurs. Il aurait fallu que je sois aussi fort que Sherlock Holmes pour la retrouver. Je me suis retrouvé à parler à un psychiatre pour enfants, qui ne m'a été d'aucune utilité, mais sa secrétaire m'a pris en pitié et m'a donné l'adresse d'une école spécialisée d'Earl's Court.

– Spécialisée? dit Stephanie d'un air dubitatif. Tu veux parler d'une école pour enfants attardés? (Il hocha la tête.) Elle est handicapée mentale?

– Personne n'a rien dit de tel, mais c'est là-bas qu'on l'a envoyée, en tout cas.

– Alors c'est qu'ils doivent le penser. C'est quel genre d'endroit?

– Plutôt résidentiel. Je n'y suis pas allé aujourd'hui, mais je vais y passer demain. Apparemment, ils n'ont pas complètement abandonné. Une prof japonaise vient la voir régulièrement pour essayer de la faire parler, mais elle n'a toujours pas réussi.

Stephanie fronçait les sourcils.

– Si tout le monde a échoué, qu'est-ce que tu vas pouvoir faire de plus, toi? Tu ne parles pas japonais.

– Je n'ai jamais dit que j'allais essayer. Peut-être que tout le monde s'obsède à vouloir la faire parler et qu'il y a d'autres possibilités.

– Du genre?

– Il faut d'abord que je gagne sa confiance, répondit-il sans trop s'avancer. J'ai le temps pour ça. Pour une fois dans ma vie, je n'ai personne derrière moi qui me fait suer.

– Eh bien... commença Stephanie en levant les yeux vers le plafond.

– Je sais. Je vais m'en occuper ce soir, de ce foutu plafond.

6

L'une des choses les plus utiles que Diamond avait apprises lorsqu'il était policier, c'est que quiconque fait un tant soit peu preuve d'autorité peut entrer partout, sauf peut-être au 10, Downing Street. L'institut pour enfants était une maison victorienne indépendante située juste derrière le hall d'exposition d'Earl's Court. Les chambranles des fenêtres étaient en mauvais état et le stuc de façade était un peu mité. Les autorités locales avaient d'autres priorités.

C'est une femme en tablier qui vint lui ouvrir. Il souleva le feutre qu'il portait toujours en souvenir des grands détectives d'avant-guerre.

– Bonjour, madame. Vous êtes sans doute Mrs...

– Straw.

– Mrs Straw, Mrs Straw... répéta-t-il pensivement comme s'il était en train de se demander si elle valait la peine qu'il l'invite à passer des vacances dans les Antilles.

Elle attendit, intriguée.

– Vous n'êtes pas la responsable de cette école? demanda-t-il.

– Non, dit-elle en tripotant son tablier. Je m'occupe de l'entretien. C'est Miss Musgrave, que vous devez voir.

– Miss Musgrave, mais bien sûr! dit-il en s'avançant et en la forçant à le laisser passer. Peter Diamond, chère madame. Pourriez-vous m'annoncer à Miss Musgrave?

– Vous avez un rendez-vous, réussit-elle à dire. (Elle avait commencé sur un ton interrogateur, mais il la coupa en plein milieu de sa phrase par un sourire désarmant et elle finit sa phrase sur un ton pratiquement neutre, avant d'ajouter cependant :) Miss Musgrave est très occupée.

– Comme si je ne le savais pas! dit Diamond.

– Vous connaissez Miss Musgrave? dit-elle, soulagée.

Il haussa les épaules d'une façon qui voulait dire tout et son contraire.

– Elle acceptera de me recevoir, je pense. (Il était déjà dans le hall tandis que Mrs Straw fermait la porte. Du bout d'un couloir leur parvenaient des cris d'enfants.) Elle n'est pas en train de faire cours, si?

– Si vous voulez bien attendre, je vais lui dire que vous êtes là.

Au même moment, un visage apparut par une porte un peu plus loin dans le hall.

– Ah, vous voilà, Miss Musgrave! s'écria Diamond.

Cela n'avait pas été un coup d'épée dans l'eau. Le regard qui le toisa était celui d'une vraie directrice.

– Peter Diamond, dit-il, en s'avançant la main tendue. (Un homme de sa corpulence était difficile à arrêter.) Mrs Straw me disait justement combien vous étiez occupée, mais je me demandais si vous ne pourriez pas m'accorder une minute. Je ne suis pas représentant, ne vous inquiétez pas.

Miss Musgrave devait avoir la trentaine. Elle était

grande et mince, avec des cheveux blonds ramenés en arrière et noués en queue de cheval par un petit ruban noir. Elle ne tendit pas la main immédiatement et demanda :

– De quoi s'agit-il, alors?

– C'est au sujet de l'un de vos pensionnaires, dit-il en souriant. La petite Japonaise. Je crois pouvoir vous aider.

– Dans ce cas, entrez.

Son bureau servait manifestement aussi de salle de classe. Il y avait trois petits bureaux d'enfants. Le sien était décoré d'une guirlande de masques faits avec des boîtes à œufs décorées et le sol était maculé de taches de peinture. Sur une commode trônait une ménagerie d'animaux empaillés et des dessins d'enfants, depuis le plus épouvantable barbouillage jusqu'au plus compétent, étaient scotchés sur les murs. Diamond trouva l'endroit sympathique. Ne trouvant pas de siège à sa taille, il s'assit sur une commode qu'il jugea capable de supporter son poids.

Miss Musgrave lui demanda s'il désirait du café. Elle-même avait une tasse pleine sur son bureau.

– Non, merci. Je ne veux vraiment pas vous déranger. (Il pensa qu'il était plus sage de ne pas se mettre en position de demandeur pour l'instant.) Je suis un ancien superintendant de police. Je dis bien « ancien », car je veux que vous compreniez que je suis venu vous voir pour des raisons strictement personnelles. (Il lui expliqua qu'il avait perdu son travail chez Harrods.) J'ai vu la petite ce soir-là et je suis effaré qu'après – combien cela fait-il, déjà? Six semaines? – on n'ait pu retrouver sa famille.

– Je suis certaine que la police fait de son mieux, dit Mrs Musgrave.

– Je n'en doute pas.

– En attendant, nous nous en occupons du mieux que nous pouvons. Elle n'a pas besoin de traitement particulier. Cela, c'est *mon* domaine, Mr Diamond.

Elle semblait sur la défensive, quoique maîtrisant parfaitement la situation. D'après le regard méfiant avec lequel elle persistait à le considérer, elle n'avait guère apprécié la manière un peu cavalière de Peter Diamond pour obtenir une entrevue.

– J'imagine que ce ne doit pas être facile avec une enfant qui ne parle pas.

– Nous faisons face à des problèmes très divers, ici.

– Avec des moyens limités, je suppose.

– Si vous voulez dire par là que Naomi ne reçoit pas les soins qu'exige sa situation, Mr Diamond, vous vous méprenez. Elle a été l'objet d'une enquête et d'examens approfondis.

– Naomi? Vous connaissez son nom?

– Il faut bien que nous l'appelions par un nom quelconque, dit Miss Musgrave en secouant la tête. L'un des employés de l'Ambassade du Japon a proposé ce nom qui existe en japonais comme en anglais.

– Naomi? Un prénom japonais. Je voyais plutôt ça comme provenant de l'Ancien Testament.

Alleluia! Ses années passées comme enfant de chœur venaient de lui servir à quelque chose. Miss Musgrave se radoucit. Un homme qui connaît la Bible ne peut pas être foncièrement mauvais.

– Pour quelle raison êtes-vous venu nous voir exactement, Mr Diamond?

– Pour aider cette gosse à retrouver sa famille.

– Ah? Et comment réussirez-vous là où tout le monde a échoué?

– En jouant à Sherlock Holmes. Sauf que ce sera gratuit.

– Je n'y vois pas d'inconvénient, mais j'ignore comment la police prendra cela.

– La police est dans la merde jusqu'au cou, comme le disait souvent Sherlock à Watson.

Elle porta sa main à sa bouche. Peut-être, pensa Diamond, pour dissimuler un léger sourire.

Il désigna la tasse.
– Votre café va être froid.
Elle baissa la main et il put voir qu'elle souriait effectivement.
– C'est du viandox. Etait-ce là un exemple de votre savoir-faire en matière de déduction?
Il porta à sa tempe une main en forme de pistolet et fit semblant de tirer.
– Naomi ne peut répondre aux questions, dit Miss Musgrave, redevenue sérieuse. Je ne vois pas ce que vous allez bien pouvoir faire.
– Je peux l'observer.
– Et en déduire des choses? demanda-t-elle avec un regard moqueur.
– Avouez que cette gosse a besoin qu'on l'aide.
C'était là un argument de poids face à Miss Musgrave. Elle prit une longue gorgée de viandox.
– Si vous êtes sérieux, revenez à 2 heures cet après-midi. Je m'occupe de la classe des autistes. Ici même. Vous pourrez y assister. Peut-être que vous comprendrez à quel point c'est difficile.

Une chaise pour adulte avait été installée tout près de la porte spécialement pour Diamond. Il était impossible qu'un homme de sa stature ne se fasse pas remarquer dans un endroit aussi petit, mais Miss Musgrave n'y voyait pas d'inconvénient et les enfants firent à peine attention à lui. C'est Mrs Straw qui les amena, accompagnée d'une autre dame qui avait l'air particulièrement soulagée de pouvoir s'en débarrasser.
L'un d'eux, un petit garçon, était en train de hurler, apparemment plus de colère que de douleur. En entrant dans la pièce, il échappa à Mrs Straw, courut à la bibliothèque, vida la première étagère, se réfugia dans l'étroit espace ainsi libéré et continua à crier.
– C'est Clive, dit Miss Musgrave à Diamond en haussant la voix pour dominer le vacarme. (Elle ne se

donna pas la peine de ranger les livres éparpillés ni de calmer l'enfant.) Et celui-là, c'est Rajinder.

Rajinder se déplaçait d'une manière incertaine, d'un pas sautillant, les bras pliés et les mains pendantes. Il alla s'asseoir sur l'une des chaises d'enfants et se mit à se balancer, apparemment en rythme avec les hurlements de Clive.

– Allez, vous deux, dit la deuxième femme aux derniers enfants qui semblaient peu décidés – on les comprend – à entrer.

– Tabitha, Naomi, on ne va pas vous attendre toute la journée.

Elle poussa doucement une gamine blonde de sept ans à l'air inquiet, qui devait probablement être Tabitha. Elle portait d'épaisses lunettes attachées sur sa nuque par un mince bandeau, comme les joueurs de tennis. Elle était à peine entrée dans la pièce que Miss Musgrave fit remarquer à l'autre femme :

– Je crois qu'il faut la changer. Vous voulez bien vous en occuper?

L'autre rappela Tabitha et fit entrer Naomi à la place. Diamond avait brièvement vu l'enfant cette fameuse nuit chez Harrods, et se rappelait à quel point elle semblait impassible, malgré les vigiles qui l'entouraient. Aujourd'hui, elle avait la même expression absorbée, comme si elle ne voyait personne. Il était évident que son cerveau fonctionnait parfaitement à un certain niveau, car elle se déplaçait normalement, et elle alla s'asseoir, très calme, indifférente aux hurlements de Clive et au balancement de Rajinder comme à la présence des adultes. On lui avait attaché les cheveux avec un ruban blanc et elle portait une robe en velours rouge, des bas noirs, et des chaussures de sport.

– Elle restera comme ça tout le temps, dit Miss Musgrave. J'arrive à communiquer avec les autres. Extérieurement, ils ont l'air beaucoup plus dérangés qu'elle, mais Naomi est inaccessible, et ce n'est pas seulement une question de langue. Ce doit être une forme d'autisme.

Diamond avait vu une émission à la télévision sur les enfants autistes qui ont l'air physiquement normaux, mais qui sont repliés sur le monde intérieur. Ils montraient toute une gamme de comportements divers, comme l'agitation, les grimaces, le refus de tout contact humain, des réactions anormales, comme de rire lorsque quelqu'un est blessé, voire, dans certains cas plus rares, des talents exceptionnels, comme le don de jouer un air qu'ils n'avaient entendu qu'une seule fois ou de dessiner le plan complexe d'un bâtiment qu'ils n'avaient visité que très brièvement. D'après ce dont il se souvenait, les traitements de l'autisme étaient l'objet de controverses. Il avait vu un film troublant où des mères enlaçaient de force leurs enfants jusqu'à ce qu'ils finissent par accepter, ce qui prenait parfois des heures. Dans certains cas, les résultats étaient encourageants.

Miss Musgrave ferma la porte et prit un crayon et un bloc à dessin qu'elle tendit à Clive. A la surprise de Diamond, celui-ci les prit et se tut pour commencer à écrire ou dessiner, toujours dans la même position, recroquevillé sous l'étagère. Rajinder accepta lui aussi son crayon et son bloc et s'y plongea à son tour, bien qu'il fallût lui donner de longues explications sur ce qu'il était censé en faire.

– Occupons-nous de Naomi, maintenant, dit Miss Musgrave en lui tendant un crayon.

Naomi regarda le crayon sans faire un mouvement. Doucement, Miss Musgrave lui prit la main droite et y plaça le crayon.

– Je ne veux pas intervenir mal à propos, dit Diamond, mais êtes-vous sûre que les Japonais tiennent leurs crayons comme ça? (Il prit un stylo dans sa poche et lui montra.) Je croyais qu'ils le tenaient plutôt ainsi.

Miss Musgrave lui lança d'abord un regard noir, puis elle comprit la justesse de la remarque.

L'enfant la laissa replacer le crayon différemment. Miss Musgrave déposa une feuille de papier blanc sur la table devant elle. Puis elle se mit derrière elle et guida sa main pour dessiner.

– Maintenant, montre-moi que je me trompe, Naomi, dessine quelque chose.

Mais Naomi regardait dans le vague et, à peine Miss Musgrave s'écarta-t-elle que la main redevint immobile.

– Je me suis occupée d'enfants muets, dit Miss Musgrave, mais on arrive à les convaincre d'utiliser un crayon.

– Elle est muette?

– Elle ne parle pas, en tout cas. Mais elle n'est pas muette. Elle pousse de petits cris quand elle est surprise.

– C'est déjà quelque chose.

– Certains autistes n'apprennent jamais à parler.

Rajinder sembla prendre cette dernière phrase comme un défi et commença à répéter « Miss » jusqu'à ce que Miss Musgrave vienne regarder son dessin, le félicite et lui rapporte du papier. De la bibliothèque sortit un nouveau bruit. Clive, fatigué de dessiner, avait sorti une petite voiture de sa poche et faisait tourner les roues avec son doigt en les observant fixement.

– Il va rester comme ça pendant toute la classe si on le laisse faire. C'est une obsession, dit Miss Musgrave. C'est l'exemple même de l'enfant autiste.

– C'est-à-dire?

– Il se ferme à la présence d'autrui. Il ne regarde pas les autres. Il refuse qu'on le touche et il se met en colère s'il a l'impression qu'on envahit son espace personnel.

– Et Naomi est comme ça?

– Non, elle c'est le type replié sur soi-même. Le fait qu'elle ne fasse aucun bruit en est un symptôme.

– Vous avez essayé de la câliner?
– Elle reste indifférente. Passive. C'est aussi un signe commun à tous ces enfants.
– Et les autres, Rajinder et Tabitha, ils sont autistes aussi?
– Oui.
– Est-ce que Clive parle?
– Oui, mais il a tendance à simplement répéter ce qu'il entend, comme un perroquet.
– Est-ce qu'il fait des progrès?
– Un peu. Ecoutez, dit-elle, si vous voulez essayer de communiquer avec Naomi, essayez.
L'invitation était tentante, mais il jugea préférable de ne pas l'accepter. Au premier abord, un homme de sa taille terrifiait toujours les enfants qu'il approchait.
– Pour le moment, dit-il innocemment à Miss Musgrave, je préfère communiquer avec vous. C'est l'objectif de ma journée.
– Que voulez-vous dire? demanda-t-elle en se raidissant.
– Je veux vous convaincre que je ne vais pas vous déranger. Je veux pouvoir revenir, plusieurs fois. M'asseoir dans un coin et me contenter d'observer, ou vous aider si vous le voulez, mais en tout cas, je veux être là. Je ne me leurre pas, je ne ferai pas de miracle avec Naomi. J'ai l'intuition que si elle doit me donner le moindre indice, ce ne sera pas du jour au lendemain. Est-ce que vous accepteriez que je vienne régulièrement?
Elle ne répondit pas immédiatement. Elle alla s'occuper de Clive qui s'était remis à hurler en la voyant approcher. Elle voulut le forcer à abandonner sa petite voiture et elle poussa un cri lorsqu'il la mordit.
– Si je ne fais pas ça, toute ma leçon est gâchée, dit-elle. Bon, tu vas me la donner, maintenant? (Elle arracha le jouet des mains de Clive qui laissa échapper un cri perçant.) Je te la rendrai tout à l'heure. Maintenant, dessine-la-moi. Dessine la voiture.

L'enfant finit par céder et reprit son crayon.

Tout en se frottant la main, Miss Musgrave se retourna vers Diamond.

– Avant que je ne vous dise ce que je pense de votre proposition, pouvez-vous me parler un peu de vous?

– Que voulez-vous savoir?

– Très bien. Pourquoi avez-vous quitté la police?

Il hésita.

– J'ai donné ma démission. J'ai piqué une colère devant l'Assistant Chief Constable.

– A quel propos?

– D'un gosse. Un gamin de douze ans. On m'avait accusé de lui avoir cogné la tête contre le mur.

Elle le dévisagea, puis :

– Au moins, vous êtes franc.

– OK, dit-il en reprenant son chapeau. Je vois que je ne suis pas le genre de personne qu'on peut réinviter. Oubliez ma suggestion.

– Asseyez-vous Mr Diamond, lui dit-elle d'un ton sans réplique. L'aviez-vous fait?

– Fait quoi?

– Aviez-vous frappé ce gosse?

– Non, mais c'est une pure question de dialectique. Il m'a poussé et il est allé se cogner lui-même la tête contre le mur. On a refusé de croire à ma version et j'ai dit des choses que j'ai été amené à regretter.

– Et vous-même, avez-vous des enfants?

Il secoua la tête.

– Etes-vous marié?

– Oui.

– Mais vous les aimez?

– Les enfants? Oui.

– Appelez-moi Julia, dit-elle en lui tendant enfin la main.

7

– Avez-vous la moindre idée de la façon dont ça a pu se produire?

David Flexner regardait deux piliers noircis qui se dressaient à quelque trois mètres au-dessus du tas de décombres qui avait naguère été l'usine Manflex de Milan. Une chaleur intense avait fait fondre ces piliers et les avait transformés en des spectres à la Dali qui dominaient un champ de cendres. Sans compter un ciel parfaitement pur. Quel décor pour un film, pensa-t-il.

C'était Rico Villa qui l'avait conduit sur place. Le costume Emilio Zegna et les chaussures D'Anzini du directeur de l'usine n'étaient pas une tenue particulièrement bien choisie pour arpenter les décombres. Rico était toujours habillé en cadre supérieur, mais David, vêtu comme à l'accoutumée d'un jean blanc, d'un T-shirt noir et de vieilles tennis rouges délavées, le considérait comme quelqu'un de sympathique, l'un des rares employés de son père avec qui il aurait pu envisager de prendre un verre.

– Un défaut dans l'installation électrique, je suppose, dit Rico. N'est-ce pas une cause d'incendie assez courante?

– Ou une cigarette mal éteinte.

– Il est interdit de fumer, ici.

Dans un pareil décor, l'usage du présent fit sourire David. Il détourna le visage de façon à ce que Rico ne s'en aperçoive pas.

– Les fumeurs trouvent toujours un moyen de fumer en cachette.

– C'est exact, mais l'équipe du samedi avait fini lorsque le feu a éclaté. L'usine était vide, à l'exception de deux vigiles.

– Un feu peut prendre du temps avant de s'étendre, fit remarquer David, qui ajouta, avec un peu plus de tact : Mais je suppose que les pompiers feront une enquête.

– Ainsi que les experts de l'assurance, dit Rico. Les types de Prima Roma Assurance sont venus le lendemain chercher d'éventuels indices.

– Des hypothèses?

– S'il y en a, on ne m'en a rien dit.

– Et si c'était un incendie criminel? Causé par quelqu'un qui aurait voulu nuire à la société?

– Criminel?

– Quelqu'un a-t-il été licencié au cours des six derniers mois?

Rico était surpris. Il porta une main à ses lèvres comme s'il refusait d'admettre cette éventualité.

– Je crois qu'il a dû y avoir cinq ou six licenciements pour absentéisme et menus larcins. Les archives du service du personnel sont parties en fumée avec le reste. Nous n'aurons plus leurs coordonnées.

– Les ordinateurs n'étaient donc pas reliés aux bureaux de Rome?

– En partie. Mais pas les dossiers du personnel. Cela irait à l'encontre de la législation « informatique et libertés ».

– Il faudra compter sur notre mémoire. Comment est la vôtre, Rico? (Rico eut un geste négatif.) Vérifions avec les employés du service du personnel. Faites une liste des gens dont ils se souviennent et de ceux qui auraient pu avoir des raisons de nous en vouloir.

– Je m'en occuperai.

– Très bien, dit David en regardant alentour. Ça a dû être un sacré incendie. Où était votre bureau, dans ce fouillis?

– Vers la droite, à une soixantaine de mètres de vous, répondit mornement Rico. Qui peut savoir?

– Avez-vous perdu quoi que ce soit de personnel?

– Mes diplômes, dit-il en haussant les épaules. Ils étaient encadrés et accrochés au mur. Certificat de l'Institut de Pharmacie, etc. Ça se remplace. Et quelques photos de ma famille. Ça, en revanche, ça ne se remplace pas.

– Qu'allez-vous faire? Voulez-vous être muté à Rome?

– Non, pas vraiment. J'ai cinquante-trois ans. Ici, c'est chez moi. Mon père est dans une maison de retraite, j'ai des enfants à l'école. Je suppose qu'il faudra que je négocie ma démission soigneusement.

– Bon sang, Rico, on ne peut pas se priver de vous, s'entendit dire David (Et c'était effectivement la chose la plus évidente à dire, sauf qu'il se surprit à prendre aussi facilement le rôle du porte-parole de la direction de Manflex. Jusqu'à présent il ne s'était jamais véritablement identifié à l'entreprise. Il se contentait d'assister aux conseils d'administration pour ne pas décevoir son père.) Nous trouverons une solution pour ne pas vous séparer de votre famille. Pour l'instant, on a besoin de vous à Milan, c'est évident. Nous avons besoin de locaux temporaires. Vous pourrez nous trouver ça?

– Michael, je suis en train de mourir.

Michael Leapman fit volte-face pour regarder Manny Flexner. Celui-ci avait l'air parfaitement sérieux, mais cela ne voulait rien dire. Manny était capable de garder son sérieux pour mener les gens en bateau et de mentir effrontément pour le simple plaisir de s'amuser. Et son style d'humour échappait le plus souvent à Leapman.

Sur le désir de Manny, ils étaient allés faire un tour dans le Marché Couvert d'Essex Street, dans le Lower East Side, après avoir déjeuné de blintzes et de bière chez Ratner's. Cet endroit bourdonnant de vie, envahi d'âcres senteurs de fromages et pains divers, semblait assez mal choisi pour faire une déclaration aussi morbide, mais on ne savait jamais, avec Manny.

– J'ai bien entendu?

– Comment voulez-vous que je le sache?

– Il m'a semblé que vous disiez que vous étiez en train de mourir.

– Exact.

– Vous êtes sérieux?

Manny hocha solennellement la tête.

– J'ai vu mon médecin ce matin. Il m'avait envoyé faire des examens il y a quelque temps. Il a reçu les résultats. C'est incurable. Il me reste peut-être six à neuf mois à vivre.

Leapman fixa Manny. Il ne trouva aucun indice qui pût trahir un désir de plaisanterie macabre.

– Mais c'est impossible!

– C'est exactement ce que j'ai dit au toubib. Je lui ai dit, j'ai toutes mes facultés. J'arrive encore à lire les journaux, je mange bien, je me fais une femme quand je veux, et je ne la déçois pas. Je ne suis pas un champion dans ce domaine, mais je me défends. Il m'a répondu que c'était tant mieux, que d'autres n'avaient pas cette chance, qu'ils s'étiolent et qu'ils cassent leur pipe. Au moins, moi, j'allais partir avec élégance. Je lui ai dit que je ne le croyais pas. Il m'a demandé si je voulais prendre le pari. J'ai dit OK, toubib, cinquante dollars que je suis encore là à Noël. J'étais très sûr de moi, mais il m'a demandé de mettre l'argent dans une enveloppe en kraft et de la confier à sa réceptionniste, parce qu'il ne voulait pas causer de problèmes à mes exécuteurs testamentaires. Ça m'a fait atterrir, Michael. Mes exécuteurs testamentaires. Il ne plaisantait pas. (Manny poussa un long soupir.) J'ai annulé le pari.

– Vous devriez voir quelqu'un d'autre, dit Leapman, qui essayait sincèrement de montrer de la sollicitude, tout en calculant ce que cette sinistre nouvelle allait changer à sa situation à lui. Il croyait Manny.

– Des examens supplémentaires pour avoir d'autres mauvaises nouvelles, non merci, grogna Manny. Je préfère passer mes derniers jours de manière agréable, à cambrioler des banques pendant qu'il me reste assez d'énergie. (Il se tourna vers une femme qui tenait un étal de fruits et légumes. Elle avait dû entendre sa dernière phrase, car elle ouvrait des yeux grands comme des soucoupes.) Ne faites pas attention, je suis sous le choc. Combien vous faites vos ananas, madame? (Il en choisit un et le tâta.) Vous achetez souvent des ananas, Michael? Ils ont parfois l'air bien, comme ça, comme moi, mais quand on plante un couteau dedans, on s'aperçoit qu'ils sont pourris à l'intérieur. Ne prenez pas ça mal, madame. Tenez, donnez-moi celui-là.

Ils arrivèrent au bout du marché et sortirent sur Delancey Street.

– Malgré tout, ce n'est pas catastrophique pour Manflex, dit Manny, altruiste. On peut changer la direction. (Leapman eut un frisson, tandis que Manny poursuivait :) Je léguerai mes actions à David. Il aura le contrôle, et il sera très bien.

– Comme Président? David? demanda Leapman en essayant vainement d'avoir l'air dégagé.

– Je ne peux pas vous le dire mieux que Shakespeare : certains types sont des managers nés, d'autres parviennent à diriger, et quant à certains, comme mon fils, ça leur tombe dessus.

– Le marché n'appréciera pas, dit Leapman, qui restait réfractaire à Shakespeare.

– Que David prenne ma succession?

– Que vous partiez.

C'était une réponse où il y avait plus de tact que d'honnêteté.

– Quelle est l'alternative?

Il y eut un silence.

– Effectivement.

– Il aura besoin de votre soutien, dit Manny.

– Il pourra compter sur moi.

– Et de votre savoir-faire. Vous êtes familier de ce secteur. Pas lui.

– Bien entendu, je le seconderai du mieux que je pourrai.

Michael Lipman était en train de fonctionner sur

pilotage automatique. La nouvelle de la maladie de Manny était déjà assez pénible. La perspective de voir son fils lui succéder comme Président était pire que tout.

Manny changea l'ananas de main et posa sa main libre sur l'épaule de Leapman.

– Merci, Mike. Pas la peine de me dire que les requins vont venir rôder, mais j'ai confiance en mon gosse. J'aime bien la façon dont il évolue. Pour tout vous dire, j'ai appelé Rico hier soir. David fait du bon boulot à Milan, et ce n'est pas facile de fermer une usine.

C'était un talent qui allait bientôt se révéler utile dans les environs, pensa cyniquement Leapman.

– Vous lui avez dit?

– Dit quoi?

– Ce que le médecin vous avait dit.

– Pas encore. Ça n'est pas très facile, au téléphone.

– Vous allez attendre, alors?

– David n'a pas encore besoin d'être mis au courant. Peut-être même que c'est inutile de lui dire.

– Mais vous m'en avez bien parlé à *moi,* dit Leapman en fronçant les sourcils. Vous lui devez bien ça. Il lui faut du temps pour se préparer.

– Mais vous ne m'écoutez pas, ou quoi, quand je vous disais que ça leur tombait dessus? Il vaut mieux qu'il n'ait pas le temps d'y réfléchir. Tel que je connais David, il chercherait à se défiler.

Leapman abandonna le sujet. Peut-être que Manny avait raison du point de vue de l'entreprise, étant donné cette accablante décision d'installer David Flexner comme son successeur. Après tout, à quoi cela rimait-il de se soucier des états d'âme de David, alors que les siens avaient été mis à rude épreuve?

Et maintenant, ce vieux cinglé jouait avec l'avenir de l'entreprise sans parler de l'évidente perspective d'une OPA sur Manflex, rendue vulnérable.

– Nous ne sommes pas au niveau que je voudrais,

mais nous ne sommes pas en mauvaise santé, pour le moment. Nous avons des liquidités.

– Surtout grâce au Kaprofix.

– Qu'est-ce que vous reprochez au Kaprofix? Des millions de gens soignent leurs angines de poitrine avec.

– Rien. Seulement c'est une valeur déclinante.

– Depuis que j'ai réduit les coûts de développement, nous avons dynamisé notre marge de 2,6 points. Vous me parlez du Kaprofix, comme si on n'avait que ça. Nous avons une large gamme de produits qui se vendent bien. L'excédent du fonds de retraite était supérieur à dix millions l'an dernier. Evidemment, nous ne cracherions pas sur une nouvelle molécule qui se vendrait encore mieux...

– Bientôt, dit Leapman.

– Quoi?

– Bientôt. Nous risquons d'en avoir besoin bientôt.

– Je refuse d'aborder ce sujet.

Leapman n'allait pas abandonner aussi facilement.

– Nous nous sommes laissé coiffer sur les bêtabloquants, le Salbutamol pour l'asthme, la L-dopamine pour la maladie de Parkinson, les anti-H2...

– OK, OK, dit Manny, agacé. J'ai compris. Nous avons trop misé sur la Fidoxine. C'est la plus grosse ânerie de ma carrière. Mais d'un autre côté, nous sommes impeccables. Personne ne nous a jamais fait le moindre procès. Je peux comparaître devant le Créateur la conscience tranquille : je n'ai jamais causé de tort à personne.

– Hormis la pollution, ne put s'empêcher de dire Leapman.

– Que voulez-vous dire?

– Nous avons eu des amendes pour avoir pollué des rivières en France et en Italie.

– Allez vous faire foutre, Michael.

Ils poursuivirent leur chemin en silence pendant un moment, conscients que la situation était délicate.

– Allez-vous parler au Conseil d'Administration pendant que David est absent? finit par demander Leapman.

– De mon état de santé? Inutile. Ils verront bien lorsque je casserai ma pipe.

– Donc vous voulez que je considère cette information comme confidentielle?

– Pour le moment, oui. Comment est-ce que j'ai pu en arriver à me confier à un *schmuck* aussi têtu que vous? Quelle sottise.

Il s'arrêta et regarda Leapman. Il y avait juste une petite lueur d'amusement dans ses yeux, mais le reste de son visage était triste, indéniablement triste. Cette fois, Manny Flexner ne plaisantait pas.

8

Trois limousines noires passèrent le long de la partie de la Huitième Avenue qui borde le lac de Central Park et s'arrêtèrent un peu plus loin pour laisser échapper un flot de costauds vêtus de survêtements. En nombre suffisant pour former une équipe de football, sauf que des footballeurs n'auraient jamais eu l'air aussi mal à l'aise. Ils ne cessaient de regarder par-dessus leurs épaules comme si quelqu'un de leur connaissance les avait épiés. Le dernier à sortir de la voiture était Massimo Gatti, un homme influent de la communauté italo-américaine – ou du moins cette portion de la communauté qui a besoin de gardes du corps vingt-quatre heures sur vingt-quatre. A la différence de ceux qui veillaient sur lui, Gatti était petit et obèse, affligé d'hypertension, et c'était la raison pour laquelle il s'était mis au jogging.

Pour commencer, il se lança dans un exercice d'échauffement, en levant les bras au ciel comme un leader politique et en courant sur place. Certains des hommes qui l'accompagnaient se mirent timidement à en faire autant. Puis Gatti se mit en route à petite allure et, avec son peloton de gardes du corps, on aurait pu le prendre pour une version un peu plus petite et un peu plus grassouillette de l'un des derniers présidents des Etats-Unis. Les limousines se mirent en route et suivirent parallèlement les coureurs.

Comme il est commun dans le parc, les dingues de la forme étaient sortis en masse. Ce matin-là, Michael Leapman était de ceux-là. Il avait demandé une entrevue d'urgence à Gatti et tel avait été l'arrangement convenu, ce qui changeait des petits déjeuners d'affaires. Ayant repéré le groupe, il accéléra l'allure et alla à leur rencontre. Michael Leapman faisait partie des rares êtres humains enviés qui prennent rarement de l'exercice, mais qui parviennent à rester en pleine forme.

– Bonjour, Mr Gatti.

Ils s'étaient déjà rencontrés, par le biais de toute une série d'intermédiaires dont il serait fastidieux de dresser la liste. Les connaissances qu'avait Leapman du monde des labos – les labos légaux – intéressaient Gatti. Dans le monde en crise de la finance, le secteur de la pharmacie était le seul qui promettait de confortables profits. Les médicaments étaient une nécessité, et par là, aussi peu sensibles à la récession qu'on pouvait le rêver. Leapman lui avait proposé une participation, et Gatti avait trouvé l'offre alléchante.

Gatti sembla hocher la tête en réponse au salut, à moins que ce hochement fît partie de son entraînement. Ce n'était pas dans sa nature de saluer les gens, même dans les circonstances les plus exigeantes. Après quelques minutes de jogging à petite allure, il gesticulait comme un pantin désarticulé en cherchant son souffle.

Une longue conversation était manifestement hors de question, aussi Leapman vint-il à sa hauteur et alla droit au but.

– Il y a un petit problème dans ce dont nous étions convenus, j'ai peur.

Gatti s'arrêta et tourna le dos à Leapman en faisant de grands gestes des mains pour que ses hommes s'éloignent. Ils reculèrent de quelques pas et la procession reprit.

– Qu'est-ce que vous voulez dire?

– Manny Flexner a récemment vu son médecin pour un check-up, reprit Leapman. Il a appris qu'il n'en avait plus que pour quelques mois à vivre.

– Et alors?

– Alors, voilà le problème.

– C'est son problème, pas le mien, dit Gatti.

– Permettez-moi : ce n'est pas aussi simple que ça. Il dit qu'il va quitter sa place.

– Se retirer?

– Oui.

– Quel est le problème?

– Il veut nommer son fils à sa place.

– Il a un fils?

– Oui.

– Vous ne me l'aviez pas dit.

– Pardonnez-moi, Mr Gatti. Je sais que j'aurais dû vous en parler plus tôt. Mais David Flexner me semblait quantité négligeable. Il ne s'intéresse pas aux affaires.

– Il fait partie du Conseil d'Administration?

– Oui, mais...

– Et vous le considériez comme quantité négligeable, hein?

– Eh bien, non.

– Le propre fils de Flexner, quantité négligeable?

Le ton de ces questions sembla inquiéter Leapman.

– Il assiste aux réunions, mais il ne dit pas un mot, dit-il, sur la défensive.

Massimo Gatti s'arrêta à nouveau de courir. L'escorte s'arrêta elle aussi, à bonne distance, pour ne pas écouter. De l'autre côté de la plate-bande de gazon qui séparait le parc de la rue, les trois limousines s'arrêtèrent également. Leapman attendit docilement que Gatti reprenne son souffle.

– Nous avions conclu un accord, Mr Leapman, réussit finalement à articuler le gros homme. Vous aviez besoin d'argent. Vous êtes venu nous voir avec une proposition. Parfait. Mes hommes ont été impressionnés par vos plans. Alors nous vous avons soutenu. Nous avons fait comme vous le proposiez, nous avons anéanti l'usine de Milan. Et deux de mes hommes ont été tués.

Horrifié, Leapman s'empressa de répondre :

– Ce n'était pas ce que je voulais, Mr Gatti. Vous vouliez acheter au prix le plus bas. Je n'ai jamais préconisé l'incendie de l'usine.

– Deux de mes hommes, tués, répéta Gatti. Pour rien.

– Pas pour rien. Voyons les choses en face : l'incendie a eu les conséquences recherchées. La cote de Manflex a chuté dès que la nouvelle a été connue. Elle est remontée un petit peu après que vous avez commencé à acheter. C'est vous, n'est-ce pas, *vous* et vos associés qui avez acheté à un prix dérisoire? (Il n'y eut pas de réponse.) Les actionnaires sont en train de perdre confiance, reprit Leapman. Manny Flexner ne peut plus tenir comme Président. Je suis certain que j'aurais pu réussir un putsch au Conseil d'Administration. Manny n'a pas de plan de sauvetage.

– Alors, en quoi est-ce différent?

– Il est en train de mourir, et cela a changé la donne. Les gens qui auraient été prêts à me soutenir vont se ranger du côté de son fils, par sympathie ou par loyauté pour les dernières volontés de Manny et toutes ces foutaises. Je n'ai plus aucun moyen d'agir, maintenant.

– Mr Leapman, dit Gatti en le fixant. Je n'en ai rien à foutre de qui est président. Vous avez conclu un accord d'un milliard de dollars avec moi, vous vous en acquittez. Vous savez ce qui arrive quand on ne remplit pas ses obligations dans un contrat.

Trois jours après son arrivée en Italie, David Flexner était installé dans des bureaux provisoires à Milan avec standard, fax, photocopieuse, traitements de textes, ordinateurs et une assistante du nom de Pia. Elle avait des cheveux courts d'un roux préraphaélite et des yeux verts. Pia était un tel personnage que David avait immédiatement décidé qu'elle serait sa vedette si jamais il tournait vraiment un film en Italie, quand bien même elle n'aurait eu aucun talent d'actrice. Le fait qu'elle parle un impeccable anglais de présentatrice de la BBC et qu'elle sache utiliser tout le matériel semblait le plus important. A en juger par la courbe de ses hanches, il conclut qu'elle n'était pas du genre féministe endurcie. Ce qui tombait bien, car lui non plus.

Si agréable à regarder que fût Pia, la crise suscitée par la destruction de l'usine ne laissa pas à David beaucoup de temps pour s'y attarder. Rico Villa avait arrangé d'innombrables rendez-vous avec les assureurs, les représentants des syndicats et du personnel ainsi qu'avec des journalistes qui permettraient d'informer tout le monde des décisions prises. Une réunion avec tous les employés de Manflex Italie était prévue pour le samedi suivant dans un cinéma du sud-est de la ville. D'ici là, David aurait quelque chose de positif à leur offrir en ce qui concernait leur reconversion. Il avait passé la veille avec les comptables. Il avait beau ne pas avoir très envie de consacrer sa vie à l'industrie pharmaceutique, il était capable de gérer les problèmes survenus en Italie avec dynamisme et compréhension. Des centaines de personnes avaient perdu leur gagne-pain et il ferait de son mieux pour les traiter avec décence et équité.

Vers la fin de l'après-midi de jeudi, Pia entra de son habituelle démarche ondulante, accompagnée de deux hommes qui n'étaient manifestement pas de l'entreprise.

Ils se comportaient avec beaucoup trop d'impudence pour n'être que des employés. Ils étudièrent David d'un long regard scrutateur, comme s'ils prenaient ses mesures pour faire son cercueil. Refusant de se laisser intimider, il leur rendit la pareille et leur fit bien comprendre que leurs costumes trop neufs et leurs cravates club sans intérêt ne l'impressionnaient pas. Le premier, la quarantaine, avait à peine un centimètre de cheveux sur le crâne.

– Ces messieurs sont de la police, dit Pia en cherchant leurs noms sur un papier.

Apparemment, ils ne parlaient pas l'anglais. Celui qui avait les cheveux courts était commissaire, ce qui avait l'air important. Il s'appelait Dordoni. L'autre devait avoir un rang trop peu élevé pour qu'on se donne la peine de le présenter.

– Avez-vous la moindre information en ce qui concerne l'incendie? demanda David en prenant l'offensive.

Pia traduisit, écouta et traduisit ce qui n'était d'ailleurs pas une réponse.

– Le commissaire voudrait la liste de tous les employés de l'usine.

– Aucun problème, nous pouvons la lui fournir.

– Il veut vérifier tout le monde.

– Vérifier?

– Oui, pour savoir s'ils sont encore en vie.

– Ce n'est pas si facile. Expliquez-lui que nous ne sommes pas en contact avec tout le monde. Nous avons une assemblée samedi et nous prendrons les noms là-bas. A quoi cela sert-il? D'après ce que je sais, il n'y a eu aucune victime.

La traduction reprit. Le commissaire parlait très vite, comme s'il avait été agacé par le temps perdu et regardait David avec des yeux noirs et brillants qui lui rappelèrent des crottes de mouton toutes fraîches.

– Il dit qu'une voiture... commença Pia qui s'assura qu'elle avait bien compris.... Une Alfa Romeo Veloce, une limousine, a eu un accident à trois kilomètres de Manflex le soir de l'incendie. Le réservoir a explosé et l'épave est réduite en cendres. On en a retiré les restes de deux hommes carbonisés également et qui n'ont pu être identifiés.

– Et il essaie de trouver un rapport entre cet accident et l'incendie ?

– Il dit que l'Alfa venait de l'usine. D'après les traces de freins sur la route, on a pu déduire qu'elle roulait très vite. Apparemment, elle a fait plusieurs tonneaux. On a trouvé cinq jerrycans d'essence vides dans le coffre.

David fronça les sourcils en hésitant.

– Je crois, lui expliqua obligeamment Pia, qu'il pense que ces deux hommes auraient pu mettre le feu à l'usine, mais il ne l'a pas dit formellement.

– Que veut-il de moi ?

Elle reprit sa conversation avec Dordoni puis se retourna vers David.

– Il dit que les enquêteurs n'ont pas totalement éliminé l'éventualité d'un incendie d'origine criminelle. Il demande si vous connaissez quiconque aurait pu vouloir détruire l'usine.

– La réponse est non.

Le commissaire Dordoni n'eut pas besoin qu'on lui traduise. Il se lança dans un grand discours frénétique.

Pia, prise entre deux feux et conservant admirablement son sang-froid, leva imperceptiblement les sourcils et expliqua :

– Il veut que je vous dise qu'il n'est pas raisonnable de refuser de coopérer avec la police.

– Si c'est une menace, Pia, vous pouvez dire à ce crétin arrogant que je n'apprécie pas. Je lui ai dit la vérité. Je n'ai aucune raison de soupçonner mes employés, anciens ou actuels. (Il se tut, puis, se reprenant, ajouta :) Non, attendez. Dites-lui plutôt ceci : je considère cette hypothèse comme tout à fait troublante, et je lui accorderai toute ma coopération.

Ce pas en avant détendit légèrement l'atmosphère. Dordoni et son second en vinrent aux faits et David leur fournit ce qu'ils demandaient : les noms des deux vigiles, les horaires des équipes, le nombre d'employés, etc. Il leur fallait également une liste des employés avec leurs adresses, mais David la leur promit seulement pour après l'assemblée du samedi.

– S'il nous décrivait ces deux hommes, nous pourrions faire une enquête et découvrir si quelqu'un les reconnaît, dit-il à Pia.

Dordoni eut un rire sinistre quand elle lui traduisit cette dernière proposition.

Pia traduisit sa réponse sans ciller.

– Les deux hommes étaient pratiquement en cendres. Il est possible que les légistes en tirent quelque chose, mais cela prendra probablement des semaines, sinon des mois.

– Et la voiture?

Dordoni leur apprit que les plaques d'immatriculation avaient été ôtées de l'Alfa. Le peu qui en restait n'était guère utile.

– Demandez-lui quelque chose pour moi. Si ces hommes n'ont pas été identifiés, existe-t-il le moindre indice qui les lie à notre entreprise?

Elle échangea quelques mots avec Dordoni.

– Il dit que non.

– C'est secondaire, donc.

– Je dois traduire?

– Pas la peine, dit-il. (Il n'était pas là pour marquer des points.) Demandez-lui plutôt comment cet accident est arrivé.

Pia sembla embarrassée.

– Il nous l'a déjà dit. La voiture allait trop vite, elle a fait plusieurs tonneaux.

– Oui, mais pourquoi? On la poursuivait?

Elle s'adressa à Dordoni et réussit à obtenir une réponse.

– Personne ne le sait.

Dordoni fit un signe de tête à son second et s'apprêta à partir. Il n'avait pas envie qu'on lui pose d'autres questions idiotes.

– Y avait-il un autre véhicule en cause?

Pia traduisit rapidement.

Dordoni haussa les épaules. Mais sur le seuil, il sembla se raviser et accepta de leur en dire plus. Il prononça quelques phrases.

Ce fut au tour de Pia de hausser les épaules.

– La voiture était sur une portion de route totalement en ligne droite. Le conducteur a perdu le contrôle du véhicule, mais ils ne savent pas pourquoi. Les traces de pneus indiquent qu'il n'y a pas eu de collision. Il s'est passé quelque chose d'extraordinaire. Ils disent que c'est – je crois qu'on peut traduire ça ainsi – la main de Dieu.

Un peu plus tard dans l'après-midi, David eut la possibilité d'avoir le point de vue de Rico Villa sur l'accident mystérieux. Il méprisait la possibilité d'un incendie criminel.

– Pourquoi n'admettent-ils pas que c'est arrivé par accident? C'est bien de la police de chercher toujours la solution la plus évidente. Il suffit que deux accidents aient lieu au même moment pour qu'ils veuillent les relier.

– Mais c'est arrivé à trois kilomètres, remarqua David, qui endossait les arguments de Dordoni.

– Deux ivrognes ont fait un tonneau. Qu'est-ce que ça a de si extraordinaire?

– Qu'est-ce qui vous fait croire qu'ils étaient ivres?

– Nous sommes en Lombardie, mon vieux. Avez-vous goûté à l'Oltrepo Pavese?

– Ils avaient des jerrycans d'essence vide dans leur coffre.

– C'étaient sûrement des fermiers. Quand on a des

engins à faire marcher, on a toujours des jerrycans d'essence en dépannage.

– Mais il paraît que la voiture n'avait pas de plaques minéralogiques.

– Des gosses les auront volées. Ils volent n'importe quoi.

David n'était pas convaincu, et il le lui dit.

– OK, répliqua Rico. D'ici la fin de la semaine, nous allons faire un pointage. Et nous saurons si nous avons des employés qui ont disparu. Vous voulez parier?

– Les types qui conduisaient la voiture ne sont pas forcément des employés de chez nous, dit David. Comme l'a dit Dordoni, ce sont peut-être d'anciens employés qui ont été licenciés. Ou des gens de l'extérieur qui nous en veulent.

– Laissez tomber, Dave, dit Rico en posant sa main sur son épaule. Nous avons des choses plus importantes à faire pour le moment. La police va mettre des mois à tirer tout cela au clair. Des années, même. Et il est fort probable qu'ils classeront l'affaire, faute de solution.

Pour la première fois, David Flexner se sentit mal à l'aise avec Rico.

9

– Que fais-tu exactement dans cette école? demanda Stephanie un soir avant le dîner – le poulet sauté qui mijotait dans le four remplissait la cuisine de son parfum, mais il fallait encore attendre sept minutes que les légumes aient fini de cuire dans le micro-ondes.

– Je suis surtout assis la plupart du temps.

– Tu ne peux pas te rendre utile d'une manière ou d'une autre?

– De temps en temps. Aujourd'hui, j'ai fait ce que je sais faire le mieux : un puzzle. Un puzzle de huit pièces, lâcha Diamond, parfaitement conscient que Stephanie profiterait de l'occasion pour faire de l'esprit – mais il prenait un malin plaisir à s'offrir en pâture aux remarques acerbes de sa femme.

– Et combien de pièces manquaient?

– Comme tu es dure! Aucune. Elles sont grosses comme ta main.

– C'est pour les enfants, j'imagine.

– Evidemment.

– Donc tu travailles avec eux, tu les aides à monter le puzzle?

– Tu parles, dit-il en souriant. Je monte le puzzle et ils le démolissent.

– Et Naomi, elle participe?

Sa voix changea de ton. La plaisanterie était finie.

– Naomi? Non.

– Pourquoi? Ce sont des puzzles faciles, une fois qu'on sait s'y prendre. Ça n'a rien à voir avec la langue.

– Elle ne participe à rien. Elle est totalement passive.

– Peut-être qu'elle a peur des autres.

– Elle était déjà comme ça avant d'arriver dans cette école.

– Elle avait peur?

Diamond hocha la tête. Elle avait sûrement vu juste.

– Mais ils continuent à penser qu'elle est autiste? demanda Stephanie.

– Le diagnostic n'est pas gravé dans la pierre, dit-il. En tout cas, pour autant que je sache, c'est une étiquette facile qu'on met sur toute une série de gosses qui ont des problèmes différents. Clive, par exemple, il pique des crises et veut toujours trouver un coin pour se réfugier à l'abri des autres. Naomi n'est pas comme ça. Elle reste assise là où on l'a mise. Elle se tait. Complètement débranchée. Son comportement n'a rien à voir avec celui de Clive, mais on les considère quand même tous les deux comme des autistes. C'est prêt?

Il avait été interrompu par cinq bips électroniques. Le micro-ondes était le symbole d'une époque plus prospère. Il l'avait acheté le jour où il avait donné sa démission, mais il avait l'air plus ancien que cela, taché comme il l'avait été quand il avait repeint la cuisine. Certaines des marques avaient été impossibles à enlever.

– Il faut laisser reposer les légumes, lui rappela Stephanie. Je ne sais pas si tu te souviens de Maxine Beckington, l'une des scouts. Elle n'était pas restée longtemps chez nous, mais elle était brillante.

– C'est probablement à cause de ça, dit Diamond.

– A cause de ça que quoi?

– Qu'elle n'est pas restée longtemps. Si elle était aussi brillante que tu le prétends, elle aurait probablement refusé de danser autour du totem en arguant que c'était un symbole phallique.

Elle lui lança un regard noir. Les scouts étaient un sujet qui ne souffrait pas la plaisanterie.

– Je voulais te dire que la mère de Maxine avait un autre enfant, un petit garçon, qui faisait l'envie de tout le monde tellement il était adorable. Il restait sans broncher dans son landau jusqu'à ce qu'on vienne le reprendre. Je l'ai vu : un beau bébé avec de grands yeux bleus. Il ne pleurait jamais. Ils n'étaient jamais obligés de se relever la nuit. Mais au bout d'un moment, ils ont commencé à s'inquiéter, tellement on aurait dit un ange. Ils se sont rendu compte qu'il ne pleurait pas, même quand il avait faim. S'ils ne lui avaient pas donné son biberon régulièrement, il aurait pu mourir d'inanition, et sans un cri. C'était étrange. Et ce qu'ils avaient tout d'abord pris pour une bénédiction s'est révélé un grave souci, et non sans raison. On s'est aperçu qu'il était autiste. Ta Naomi me fait penser à lui.

Diamond réfléchit.

– Oui, j'imagine qu'elle devait être comme ça étant

bébé, mais il ne faut pas faire ce genre de comparaison.

– Pourquoi pas?

– Parce que ce n'est pas scientifique, voilà pourquoi. Si j'ai appris quelque chose auprès de Julia Musgrave, c'est que l'autisme doit être diagnostiqué par un expert. On ne peut pas s'en tenir à un seul symptôme. Tous – l'introversion, les gestes bizarres, les problèmes de parole – peuvent résulter d'un autre problème. On reconnaît l'autisme à toute une série de choses très différentes. Tous les bébés autistes ne se comportent pas comme le gosse dont tu viens de parler. Certains se débattent et hurlent à peine ils voient le jour et refusent qu'on les touche.

– Ce doit être épouvantable pour la mère, dit Stephanie. Et ils ont l'air d'enfants normaux.

– Et ils sont même parfois encore plus beaux. Tu as dit de ce bébé qu'on aurait dit un ange, les enfants autistes ont généralement de grands yeux et des traits particulièrement symétriques. Ils ont vraiment l'air de venir d'une autre planète.

– Et Naomi, elle est comme ça?

– Eh bien, oui.

– Elle crie et elle se débat?

– Jamais.

– Et si on la provoque?

Diamond fronça les sourcils à cette idée.

– Personne ne veut lui faire de mal. Elle a déjà été suffisamment choquée comme ça.

– Mais les autres enfants, ils ne l'embêtent jamais?

– Ils ne se disputent jamais les uns les autres. Ils sont trop repliés sur leurs mondes intérieurs.

Stephanie prit des gants et sortit le poulet sauté. Ils servirent le dîner. Après avoir savouré quelques bouchées, Diamond reprit :

– J'aimerais bien savoir comment les petits génies de l'Ecole de Police feraient en présence de Naomi. Elle mettrait leurs techniques de collecte d'information à rude épreuve.

– On dirait que tu es impatient de relever le défi.

– Moi? demanda-t-il en levant les sourcils et en feignant la surprise.

– Toi et cette gosse, vous me rappelez ce que notre professeur de sciences nous disait sur la force d'inertie. Comment vas-tu t'y prendre, alors?

Julia Musgrave fut plus facile à convaincre de son projet qu'il ne pensait pouvoir s'y attendre. Les dix jours qu'il avait passés à observer la classe et à y aider de temps à autre avaient dissipé les craintes qu'elle aurait pu avoir à son égard. Après les cours, dans la salle du personnel, il lui avait montré, par ses questions, qu'il avait rapidement évalué les difficultés que représente l'enseignement aux enfants handicapés.

Le personnel, comme on aurait pu s'y attendre dans une école spécialisée, était très engagé dans sa mission. Il était composé de quatre assistantes à plein temps et de trois autres, à mi-temps, à quoi s'ajoutait la redoutable Mrs Straw, qui, outre la garde de l'entrée, s'occupait d'une multitude de choses, notamment de surveiller les récréations, fournir les premiers soins, gérer l'administration générale et réchauffer les plats apportés tout prêts par un service de restauration.

Diamond avait convaincu Julia Musgrave de dispenser Naomi de cours lors de la dernière heure du vendredi après-midi. En tête à tête, il allait essayer patiemment de démanteler le mur d'indifférence édifié par l'enfant. Ils seraient dans la salle des professeurs tout seuls. Cette petite pièce située à l'arrière de la maison servait à la fois de salle de travail et de salle de repos. Il y avait des bureaux alignés le long du mur et une petite table avec une cafetière électrique et des tasses, sous une fenêtre, à l'autre bout. Trois fauteuils étaient disposés autour d'une table basse couverte de magazines et de journaux. Diamond avait apporté l'une des petites chaises et longuement réfléchi à l'endroit où il allait la placer. Il décida finalement de la mettre devant l'un des fauteuils. Puis il se servit un café et s'assit dans le fauteuil.

Mrs Straw apparut sur le seuil.

– Mrs Musgrave m'a demandé d'amener Naomi ici.

D'après le ton de sa voix, elle tenait à lui faire comprendre qu'elle pensait que la directrice avait eu tort. Elle en voulait encore à Diamond de la façon dont il s'était introduit dans l'école. Néanmoins, elle s'écarta pour découvrir Naomi cachée dans ses jupes et la fit entrer dans la pièce.

L'air toujours aussi absorbée, Naomi s'assit en face de Diamond. Elle portait sa robe de velours rouge et ses collants noirs.

– Ne vous inquiétez pas, assura Diamond à Mrs Straw. Ce n'est pas la peine de rester. (Et comme elle s'attardait, il ajouta :) Voudriez-vous fermer la porte en partant?

Resté seul avec Naomi, il essaya de lui adresser ce qu'il pensait être un sourire rassurant. La petite fille resta de marbre et son regard ne cilla pas. Elle semblait fixer quelque chose à l'autre bout de la pièce, bien que la silhouette massive de Diamond y fît obstacle.

Au cours de sa carrière de policier, il avait à plusieurs reprises interrogé des enfants timides ou mal disposés à son égard. Aucun n'avait réussi aussi bien que Naomi à lui donner l'impression qu'il était aussi inexistant. Elle restait assise sagement, les mains posées sur ses genoux, les chevilles croisées, et ne montrait absolument aucun intérêt à cet environnement qu'elle ne connaissait pas.

Diamond tendit la main pour prendre son café et il lui vint à l'esprit que Naomi voudrait peut-être boire quelque chose. Les sodas du commerce étaient interdits dans l'école sous le prétexte que certains additifs étaient nocifs pour les enfants, mais il y avait du lait. Il se leva et remplit un demi-gobelet avec du lait qu'il trouva près de la bouilloire. Il le tendit à Naomi et elle s'en saisit des deux mains avant de le porter à ses lèvres.

Ce n'était pas une grande victoire, et il le savait. Elle devait forcément manger et boire ne serait-ce que pour rester en vie. Mais en tout cas, c'était une action positive. Il la regarda vider son gobelet.

– Encore? demanda-t-il en désignant le gobelet. Naomi.

Pas de réaction.

Il tendit la main pour qu'elle lui rende le gobelet. Elle ne lui prêta pas attention.

– Très bien, dit-il calmement. Garde-la si ça te chante.

Il alla remplir sa propre tasse de café et se rassit dans son fauteuil. Confronté à une telle indifférence de la part d'un être aussi petit, il ne s'en sentait que plus énorme. Aussi, en grande partie par amour-propre, il déclara mentalement une mi-temps pour pouvoir terminer son café.

Sous sa frange de cheveux noirs, les yeux en amande de Naomi fixaient droit devant eux sans ciller. Si elle voyait quoi que ce fût de Diamond, c'était l'endroit où sa cravate rejoignait les revers de sa veste, mais en fait, ce n'était pas ce qu'elle regardait. Et même si Diamond se penchait de côté pour arriver à son niveau, il ne parvenait jamais à rencontrer vraiment son regard.

Cette absence de contact visuel était, comme il le savait, une caractéristique du comportement autistique. Si on rapprochait cela de son refus de parler et de son indifférence à ce qui se passait autour d'elle, le diagnostic d'autisme était presque certain. D'après ses conversations avec Julia Musgrave et ce qu'il avait lu, Diamond savait que les parents, et parfois les professeurs, avaient les plus grandes difficultés à accepter la réalité de cette affection, et encore moins le fait qu'elle soit incurable. Voyant que ces enfants n'étaient aucunement handicapés à bien des égards et d'apparence normale, les gens qui s'occupaient d'eux tentaient en vain de libérer leurs personnalités emprisonnées. Peut-être était-il lui-même en train de se livrer au même exercice vain.

Son café terminé, il se redressa dans son fauteuil et tendit la main vers l'enfant jusqu'à ce que son index touche presque sa poitrine.

– Naomi.

Elle ne réagit absolument pas.

Il retira sa main et la retourna sur lui-même en désignant sa propre poitrine.

– Diamond.

Donner les identités était le premier pas pour se comprendre. Les bébés apprenaient à dire « Maman » et « Papa » et « Bébé » avant quoi que ce soit d'autre. Une fois que le concept de signification était compris, l'univers du langage pouvait s'ouvrir.

Toujours pas de réaction.

Il répéta les gestes et les mots plusieurs fois sans résultat.

Si elle ne voulait pas réagir verbalement, peut-être qu'il pouvait l'amener gentiment à faire un geste. Il se pencha et lui ôta le gobelet des mains. Puis il prit ses doigts dans sa main et les posa sur sa propre poitrine en disant son nom.

Pas une lueur dans ce regard. Il lâcha la main qui retomba mollement sur les genoux.

Sans grand espoir, il répéta : « Diamond ».

Si seulement il pouvait obtenir ne serait-ce qu'une réaction, ce serait un point de départ. Il s'avança jusqu'au bord du fauteuil et se pencha si près qu'elle n'avait qu'à lever le doigt pour le toucher. Il répéta : « Diamond? »

Naomi se pencha en avant et, l'espace d'un instant, il crut qu'elle avait compris ce qu'elle devait faire. Ses yeux étaient sur lui. Et tout à coup, ses dents se refermèrent sur son nez et elle le mordit sauvagement.

– Bon Dieu!

Il avait vraiment mal. Il hurla et recula brusquement

en portant la main à son nez qui saignait abondamment.

Il se leva et chercha du regard quelque chose pour s'éponger. Ne trouvant rien, il sortit en laissant Naomi qui était redevenue immobile, assise, les mains sur les genoux.

Dans la cuisine, Mrs Straw ne tenta pas de dissimuler son amusement.

– Qu'est-ce qu'elle a fait? Elle vous a tapé sur le nez, ce petit bout de chou?

Il ouvrit le robinet d'eau froide et se mit le visage dessous.

Mrs Straw sortit du coton et du désinfectant de son armoire à pharmacie. Diamond lui demanda de ramener Naomi à Miss Musgrave. Le tête-à-tête était fini pour aujourd'hui. Avantage à Naomi.

Pourquoi les nez font-ils rire les gens?

Si c'était sur le menton qu'il avait eu un sparadrap, les gens auraient simplement souri en le voyant. Il savait qu'il avait l'air ridicule, mais le pansement était nécessaire. Il avait continué à saigner, bien que ce fût une petite blessure. Les dents aiguës de Naomi avaient déchiré le bout de son nez et la coupure refusait de sécher.

Si Julia Musgrave avait souri, du moins était-ce avec compassion.

– C'est l'un des risques du métier, je le crains. J'ai été mordue un peu partout, mais j'ai toujours réussi à sauver mon nez, pour l'instant. Comment a-t-elle fait ça?

Il lui raconta.

– Vous avez envahi son espace, expliqua-t-elle. Ils ont une peur pathologique des gens qui s'approchent trop près d'eux. Vous avez vu comment Clive se précipite sous son étagère dès que vous entrez.

– Quand vous dites « ils », vous voulez dire les enfants autistes?

– Eh bien, oui.

– Naomi n'est pas comme ça, insista Diamond. Elle reste assise là où on l'a mise, elle ne s'enfuit pas.

– Ne vous ai-je pas déjà dit que leurs comportements sont tous différents? C'est un désordre mental, Peter, pas une maladie comme les oreillons, dont les symptômes sont toujours les mêmes. Chez certains, il prend une forme agressive, chez d'autres, une forme passive.

– Vous me l'avez expliqué l'autre jour.

– Eh bien, vous voyez.

– Alors pourquoi elle m'a mordu? Personne n'avait jamais encore envahi son espace?

– Je vois ce que vous voulez dire, dit Julia Musgrave en hochant la tête. C'est la première fois qu'elle mord quelqu'un ou qu'elle se montre violente.

– Serait-il possible qu'elle ait appris cela au contact de Clive?

– Mordre? Je suppose, oui, mais ils n'ont pas tellement tendance à s'imiter. Ils sont trop indépendants.

– Vous n'arrêtez pas de dire « ils », objecta Diamond avec humeur. (La morsure et l'amusement qu'elle avait suscité l'avaient rendu irritable. Certains de ses anciens collègues de la police auraient dit qu'il était en train de laisser transparaître son véritable caractère.) Imaginons que Naomi ne soit pas autiste. Supposons qu'elle a un autre problème qui l'empêche de parler. Est-ce qu'elle ne serait pas influencée par ce que font les autres?

– Je ne peux pas m'empêcher de penser que vous vous précipitez dans une impasse, soupira Julia Musgrave. Les gens ont toujours du mal à accepter que leur gosse soit autiste.

– Naomi n'est pas ma fille.

Elle lui lança un long regard, non dénué de sympathie, mais accompagné du léger sourire qui n'avait pas quitté ses lèvres depuis qu'elle l'avait vu arriver avec sa blessure.

– Disons que vous vous intéressez particulièrement à elle. C'est ce qui est le plus terrible avec ces enfants. Ils ont l'air brillant, ils montrent parfois des étincelles d'intelligence, et même d'intelligence supérieure, dans certains cas. Les scientifiques les appellent des imbéciles savants.

– C'est cruel, dit Diamond.

– C'est un mal cruel.

– Pour les parents, je voulais dire.

– Oh, oui. C'est encore plus difficile d'accepter cela que d'avoir un enfant mongolien. Certains enfants autistes sont capables de chanter des airs très complexes avant même d'avoir atteint l'âge d'un an. J'ai connu un enfant de quatre ans qui se souvenait exactement de la moindre mesure d'une symphonie de Beethoven. Ils sont capables de faire des choses incroyables avec les chiffres. Ils peuvent cacher l'un de leurs jouets et le retrouver sans aucun problème des semaines, des mois après. Les gens s'émerveillent en voyant cela et se persuadent qu'il y a en eux un génie qui essaie de se libérer, qu'il s'agit simplement de trouver le remède miracle. Mais ce n'est pas cela, Peter. Ces enfants sont handicapés à vie. Leur mémoire fonctionne peut-être d'une manière exceptionnelle, mais le reste de leur cerveau est mort. Ils sont incapables de raisonner comme vous et moi. Ils ne savent pas interpréter les faits qu'ils connaissent. C'est incroyablement frustrant, mais il faut l'accepter quand on travaille avec eux.

– Evidemment.

– Cela ne vous a pas découragé?

– Je ne suis pas du genre qui renonce, Julia. Je suis près pour le prochain round.

Elle le regarda avec une sorte de pitié.

– Ce n'est pas un match de boxe, même si les apparences laissent croire le contraire.

Il ôta son sparadrap dans le métro sur le chemin de la maison, car il ne voulait pas que Stephanie le voie. La coupure était presque sèche, mais il avait encore mal. C'était sans doute trop espérer que Stephanie ne la remarque pas à la minute même où elle le verrait.

– Tu as bu? demanda-t-elle.
– Non. C'est Naomi.
– Je croyais qu'elle n'était pas plus haute que ça?
– Oui, mais j'étais assis dans un fauteuil.
– Avec l'enfant sur les genoux? Intéressant.
– Pas sur mes genoux, bon sang. Je n'ai pas envie qu'on me flanque des histoires d'attentat à la pudeur sur le dos en plus du reste. Non, j'étais penché en avant et j'essayais de l'obliger à me toucher.
– Peter, cela semble encore plus dégoûtant.
– Pour qu'elle m'identifie. Pour qu'elle me montre qu'elle avait compris mon nom.
– Elle est japonaise, mon chéri.
Il alluma la télévision.
– Peut-être devrais-tu tenter une autre approche, dit-elle un peu plus tard.
– De quel genre? répondit-il aigrement.
Il se sentait toujours aussi irritable.
– Tu as l'air d'essayer de communiquer avec elle en partant du principe qu'elle n'est pas autiste. Est-ce que tu as pensé à la prendre par l'autre bout? Je veux dire, t'assurer qu'elle l'est vraiment?
– Et comment je ferais?
– Tu n'as qu'à demander.

Après deux séances tout aussi peu fructueuses en tête à tête avec Naomi, mais à distance, dans la salle des professeurs, il n'était pas loin de penser qu'il n'y avait rien à faire et s'en ouvrit à Julia Musgrave. Ils étaient dans le jardin de l'école au moment de ce que l'emploi du temps décrivait avec optimisme comme la récréation. Rajinder et Naomi étaient assis sur des balançoires à nacelles et Mrs Straw les poussait. Aucun des trois ne semblait prendre le moindre plaisir à l'exercice. Tabitha, qui suçait son pouce, regardait la scène d'un air lugubre et Clive se cachait derrière un sac de semences dans la cabane à outils du jardinier.
– Je dois dire que j'admire votre opiniâtreté, Peter,

dit Julia Musgrave. Mais je crois aussi que vous avez raison. Vous êtes devant un mur. Avez-vous parlé à la police? Ils ont emporté les habits que portait Naomi quand on l'a découverte. Je me demande s'ils ont découvert le moindre indice.

– Arrêtez de vous demander, dit-il. Je connais l'un des inspecteurs. On a envoyé les habits de la gosse au labo et, cinq semaines après, on a reçu un rapport de cinq pages qui disait – je vous résume – que les vêtements avaient été portés par une petite fille aux cheveux noirs. Ah, j'oubliais : et qu'ils avaient une étiquette de chez Marks & Spencer. Ce qui réduit les investigations à environ cinq millions de gosses. (Il cueillit un brin de lavande et le roula entre ses doigts en regardant les fleurs tomber sur le chemin. C'était le parfum préféré de Stephanie.) Ma femme pense que je m'y prends du mauvais côté.

– Que voulez-vous dire?

– Elle dit qu'au lieu de chercher des preuves que Naomi n'est pas autiste, je devrais chercher des preuves qu'elle l'est. Elle dit que la normalité est impossible à prouver.

– C'est un concept intéressant, en tout cas. Votre femme semble brillante, dites-moi.

– Plus que moi, ça c'est sûr.

– Pourquoi ne parlez-vous pas au Dr Ettlinger? Il doit venir examiner Naomi cet après-midi.

Ettlinger était un psychiatre pour enfants qui s'occupait de l'école. C'était un petit homme qui évoquait un gnome et avait une tignasse hirsute de cheveux noirs. Diamond ne savait pas s'il avait été nommé à ce poste par les autorités sanitaires ou s'il avait réussi à convaincre Julia que c'était un avantage pour les enfants. Comme Peter Diamond lui-même ne devait sa présence ici qu'à l'amabilité de Julia, il n'était pas en position d'émettre des réserves, mais il pensait néanmoins qu'il ne fallait pas laisser Ettlinger à moins d'un kilomètre de jeunes enfants. L'homme était brusque, têtu et dépourvu d'humour. Malgré cela, il semblait avoir convaincu tout le monde dans l'école qu'il était une sommité internationale de l'autisme – ce qui était probablement le cas.

– Je vous préviens, ne me faites pas perdre mon temps, dit-il à Diamond lorsque celui-ci vint le retrouver dans la salle des professeurs. Je suis d'origine allemande. Je ne m'intéresse pas au temps qu'il fait, ni au crocket, ni aux voitures.

Dans la bouche de n'importe qui, la phrase aurait été une plaisanterie. Pas dans celle d'Ettlinger.

– C'est une question professionnelle, docteur, l'assura Diamond, qui n'appréciait guère d'être obligé de faire des courbettes, maintenant que l'époque où il pouvait rabattre leur caquet à des médecins légistes prétentieux était révolue. Je m'intéresse à Naomi, la petite Japonaise. On l'a placée ici parce qu'on pense qu'elle est autiste.

– Exact.

– Donc vous pensez également qu'elle est autiste?

– Je n'ai pas dit cela. Je confirmais la justesse de votre déclaration.

– Mais vous êtes-vous fait une opinion?

– Non.

– Est-ce parce que vous doutez?

– Certainement pas, coupa Ettlinger. Le doute est antiscientifique. Moi, j'ai l'esprit ouvert. Saisissez-vous la différence? *Vous,* vous pouvez douter. Moi, j'ai l'esprit ouvert. (Diamond allait répliquer que l'esprit du docteur l'intéressait moins que celui de Naomi, mais il se reprit.) Il faudrait que je puisse examiner cette enfant d'une manière plus systématique que je ne peux le faire en venant ici de temps en temps. Elle ne fait pas partie de mes patients.

– J'ai cru comprendre qu'elle montre un certain nombre de symptômes classiques de l'autisme.

– *Classiques* ? répéta Ettlinger en s'étouffant presque sur le mot tellement il était indigné. *Classiques* ? Ce trouble mental n'a reçu son nom qu'en 1943 et n'a pas été étudié sérieusement avant les années soixante. Et vous parlez de symptômes classiques?

– Eh bien, typiques, alors.

– Je pourrais en dire tout autant de ce mot.

Diamond ne lui en laissa pas l'occasion.

– Elle ne parle pas. Elle évite le contact visuel. Est-ce là le profil d'une enfant autiste? Parce que, si c'est le cas, Naomi l'épouse parfaitement.

– Ce que vous venez de me décrire, Mr Diamond, peut indiquer l'autisme. C'est également le comportement normal d'une jeune fille bien élevée dans toute l'Asie. Y avez-vous pensé? On ne peut pas laisser de côté la possibilité que son comportement soit, du moins dans une certaine mesure, dicté par sa culture.

C'était un point d'une grande justesse et Diamond l'accepta en se disant qu'il le soupçonnait sans l'avoir formulé jusque-là.

– Mais qu'elle refuse de parler même à une femme de l'Ambassade du Japon?

– Cela, je dois vous l'accorder, c'est exceptionnel.

– Comment reconnaît-on l'autisme, alors? (Ettlinger soupira et jeta un coup d'œil à la pendule.) Bon, d'accord. Comment quelqu'un qui n'est pas scientifique peut-il reconnaître l'autisme? Est-ce qu'il y a des examens spéciaux?

– Que voulez-vous dire?

– Je ne sais pas, moi, les rayons X, des examens sanguins, des scanners.

– Il n'existe aucun examen objectif de cette sorte, répondit dédaigneusement Ettlinger. Il faut observer le comportement. Je dirais que tout enfant qui souffre d'autisme souffre aussi obligatoirement à un certain degré d'un problème de langage, qui peut aller du mutisme à l'aphasie, qui est la confusion de l'ordre d'énonciation des phonèmes et des mots. Tout enfant, Mr Diamond. (Diamond cocha mentalement la case mutisme en pensant à Naomi.) Il est également vrai par définition que l'enfant autiste est manifestement indifférent à autrui, et en particulier aux autres enfants. Autisme vient du grec, comme vous le savez sans doute, de *autos,* soi-même. Vous comprenez? (Il cocha une autre case.) Cependant, on peut s'attendre à constater d'autres handicaps, tels que des problèmes moteurs.

– Une façon de marcher bizarre, comme Rajinder?

– Oui.

– Naomi n'est pas comme ça. Elle a l'air très bien coordonnée.

– Certains le sont, dit Ettlinger en hochant la tête. Curieusement, ils sont parfois doués d'un meilleur sens de l'équilibre que bien des enfants. Ils grimpent sur les meubles et sautent avec assurance. Ils seraient probablement capables de prodiges s'ils étaient funambules. (Ce qui ne serait pas facile à tester avec Naomi, pensa Diamond.) En outre, ils n'ont pas de vertiges lorsqu'ils tournent.

– Ça, je ne le savais pas.

– C'est très commun.

– Autre chose?

– Beaucoup d'autres choses, dit Ettlinger en écartant les mains. Comportements répétitifs – comme se cogner la tête contre les murs, ou se balancer, se regarder dans un miroir ou faire tourner des objets. Les roues d'une petite voiture, par exemple. Vous avez dû voir Clive le faire.

– Bien sûr. Mais je ne crois pas que Naomi le fasse.

Ettlinger était déjà parti sur d'autres symptômes de l'autisme.

– Réactions anormales à certains stimuli sensoriels comme la douleur, le froid ou le chaud. Refus d'être touché, même légèrement, ajouta-t-il en souriant imperceptiblement.

– On vous a dit ce qui m'était arrivé?

– Je le vois.

– Etait-ce le comportement d'une enfant autiste?

– Ils mordent, oui.

– Non, je veux dire : est-ce que c'est un signe qui permet d'appuyer le diagnostic?

– Très léger. La prochaine fois, essayez d'être un peu plus fort en gueule, vous verrez bien si elle réagit. En général, ils adorent qu'on chahute.

L'idée qu'on puisse objecter moralement à ce qu'un gros homme se mette à « chahuter » en compagnie d'une petite fille ne semblait pas effleurer le Dr Ettlinger.

– Connaît-on la cause de la maladie?

Ettlinger eut un profond rire de gorge.

– La cause, dites-vous? Personne ne sait. Cause et remède inconnus. Il y a bien des théories, plus de théories que je n'aurais de temps pour vous le dire, mon ami. Personnellement, je pense que c'est un problème organique, plutôt que mental. Cela n'a rien à voir avec la façon dont les enfants sont élevés, comme on l'a autrefois soupçonné. Selon moi, la cause remonte à un choc physique ou à une maladie pré ou péri-natals qui ont affecté le cerveau. Et ne me demandez pas ce qu'on peut faire. Toutes les semaines, pratiquement, je lis un article sur un confrère qui prétend avoir obtenu des résultats sensationnels, quand ce n'est pas une complète guérison. Ces enfants, on peut les cajôler, les récompenser, les punir, les isoler, les mettre au régime. On peut même les dresser, d'une certaine manière, je ne le nie pas. Mais on fait la même chose avec les chimpanzés. Et personnellement, je préférerais dresser des chimpanzés. Ils sont capables d'affection, voyez-vous, tandis que les enfants autistes, non. Ce sont des tyrans.

Diamond avait écouté le discours avec un dégoût croissant.

– Ce n'est pas très scientifique, comme mot, ça, tyran.

Le petit docteur le fixa.

– Trouvez-en un meilleur. Passez tout le temps que

vous voudrez avec Naomi et trouvez-en un meilleur, si vous pouvez.

Puis il lui tourna le dos et s'adressa à quelqu'un d'autre.

10

Ce matin-là, Diamond s'équipa d'un bloc de papier et d'un feutre. Si cette intraitable petite fille refusait de réagir aux sons, pensait-il, c'était peut-être à cause d'un problème de langue. Il allait voir si des symboles allaient être plus efficaces. Il approcha son siège du sien et posa le bloc sur la table basse devant eux. Puis il dessina un gros rond surmonté d'un petit. Un corps et une tête, qui lui rappelèrent des souvenirs de chasse aux coccinelles de son enfance. Sauf que cette fois, il avait voulu se représenter, lui. Il ajouta quatre bâtons pour figurer les jambes et les bras, puis détailla le visage et alla même jusqu'à gribouiller quelques cheveux au-dessus de chaque oreille pour marquer les limites de son crâne chauve. Il leva le bloc devant Naomi, sourit d'un air encourageant et dit « Diamond » en se désignant de l'index.

Il se persuada qu'elle avait jeté un coup d'œil à son petit chef-d'œuvre. Ce qui était sûr, c'est qu'elle ne s'y était pas attardée. Et qu'elle restait silencieuse.

Il toucha le dessin et se toucha ensuite la tête.

– Tu vois? Diamond?

Elle ne broncha pas.

Refusant de se laisser décourager, il prit une nouvelle feuille et dessina une silhouette plus petite avec une vague jupette et des cheveux noirs pas trop mal représentés.

– Naomi.

Il la désigna. Puis il désigna les cheveux. Et il ajouta un petit bandeau sur les cheveux.

– Ça te plaît? dit-il en gloussant et en se rendant compte à quel point c'était forcé. C'est toi.

Non seulement cela ne l'amusait pas, mais en plus, elle ne regardait même pas.

Résolu à ne pas se laisser décourager, il revint à la première feuille, la déchira du bloc et la posa sur la table à côté de la seconde pour bien faire ressortir la différence de taille.

– Gros Diamond. Et petite Naomi. Diamond. Naomi. Moi et toi.

Elle semblait pétrifiée.

Plusieurs autres tentatives pour lui faire comprendre le sens des dessins n'aboutirent à rien.

– Tu veux dessiner, *toi* ?

Il fit glisser le bloc devant elle. Une fois, à la télévision, il avait vu un petit garçon autiste qui était capable de faire de remarquables dessins de monuments de mémoire. Au retour d'une visite à Londres, il avait dessiné St Paul et d'autres monuments tout aussi compliqués. On avait publié ses dessins dans deux livres.

Diamond ne s'attendait pas à ce que Naomi fasse dans le chef-d'œuvre. Il était prêt à se contenter d'une simple marque sur le papier, quelle qu'elle fût. Il lui prit la main gauche et en referma les doigts sur le feutre. Il avait remarqué qu'elle se servait de sa main gauche pour tenir son gobelet. Il avait mûrement réfléchi.

Naomi refusa de tenir le feutre et le laissa tomber de sa main.

– Je suis sûr que tu sais le faire, dit-il, plus pour se remonter le moral que celui de l'enfant. J'en suis sûr et certain. (Il replaça le feutre dans la main de l'enfant qu'il guida pour tracer un rond sur la feuille.) Oh, tu as vu ça!

Naomi s'en désintéressait complètement.

– Comme tu voudras, jeune fille.

Plus déçu qu'il ne voulait le montrer, il tourna le dos

à l'enfant et se dirigea vers la table à café. Autant mettre la bouilloire en marche maintenant, comme ça les professeurs n'auraient pas à attendre lorsqu'ils arriveraient à l'heure du déjeuner. Ce serait la conclusion de cette leçon. Il vérifia le niveau d'eau, pressa l'interrupteur et regarda par la fenêtre en écoutant la bouilloire entonner son gémissement qu'on aurait pu prendre pour les pleurs d'un enfant.

C'est alors qu'il sentit quelque chose dans sa main droite.

Sans qu'on lui demande, Naomi s'était levée de sa chaise et était venue lui prendre la main.

Il baissa les yeux, stupéfait. Fou de joie. Allait-il oser le montrer? Elle ne le regardait pas, mais ce qu'elle venait de faire était suffisant. C'était le premier geste positif qu'elle avait fait envers lui, ou envers quiconque dans l'école, pour autant qu'il le sache. Il referma doucement ses doigts sur la petite main. Naomi et lui restèrent ensemble devant la fenêtre sans rien dire, dans une espèce d'harmonie, la force irrésistible et l'objet immobile.

L'eau était en train de bouillir, mais le système qui permettait à la bouilloire de s'éteindre toute seule ne marchait plus. Il la laissa bouillonner un moment, puis il se baissa pour la débrancher. Naomi sembla interpréter cela comme un signal. Elle enleva sa main et retourna à sa place. Il lui sourit pour lui faire comprendre qu'il ne prenait pas cela comme un rejet. Elle ne réagit pas.

Il avait les yeux tout embués. Bon sang, se dit-il, je m'attendris, ou quoi? Moi, Peter Diamond, un ancien du CID?

A l'heure du déjeuner, il raconta à Julia Musgrave sa séance de dessin. Ils étaient assis tous les deux sur un banc auprès d'un sycomore et mangeaient leurs sandwiches. Entre-temps, il était revenu à un point de vue plus objectif et pensait que c'était une erreur d'attacher trop d'importance à l'incident.

– Non, dit-elle, nous avons besoin d'encouragement, dans ce travail. Certains enfants n'ont jamais fait de tels gestes d'amitié spontanés à quelqu'un. Jamais. C'est merveilleux, Peter. Regardons les choses en face : personne n'a pu faire de progrès avec elle. Je crois que la femme de l'ambassade désespérait de parvenir à un résultat. Elle n'est pas venue du tout cette semaine. Elle a téléphoné. Il semblerait qu'on ait l'intention d'envoyer Naomi à Boston dans une école spécialisée dans l'autisme, tenue par des Japonais.

– A Boston? fit Diamond. L'envoyer en Amérique? Mais cette enfant ne va plus rien comprendre.

– Ils ont obtenu des résultats remarquables. Plusieurs enfants d'ici y ont été envoyés. C'est peut-être la meilleure solution pour elle. Nous ne faisons aucun progrès, ici. En tout cas, aucun jusqu'à ce matin. (Elle se tut et le regarda avec un air très sérieux.) L'école s'appelle la Boston Hagashi School. Je crois que *hagashi* signifie « espoir » en japonais. Vous ne trouvez pas que c'est une magnifique idée?

Si c'était le cas, il n'y était guère sensible.

– Ecoutez, je sais que vous voulez le bien de Naomi, mais imaginez qu'elle ne soit pas autiste?

– Ce n'est pas vraiment moi qui décide, Peter. Ce sont les autorités.

– Qui seront soulagées de ne plus avoir à s'en occuper, ça, je n'en doute pas.

– Voilà que vous faites du cynisme.

– Dites-moi une chose, dans ce cas. Qu'est-ce que l'on fait exactement pour retrouver ses parents?

– La police enquête, soupira-t-elle. Personne n'a communiqué la moindre information valable, d'après ce que je sais. Personne ne l'a déclarée perdue. Où sont les parents? Il est évident que quelqu'un s'est occupé d'elle jusqu'au moment où elle a été découverte, puisqu'elle était propre et correctement habillée. Elle a été abandonnée, Peter, je ne pense pas que ses parents vont changer d'avis. On a vu des mères venir réclamer leurs enfants qu'elles avaient abandonnés à leur naissance, mais c'est une autre histoire.

– Tout à fait d'accord.

– Je rencontre souvent des parents qui ne peuvent plus supporter d'avoir un enfant handicapé mental. Seulement, ils ne se contentent pas de les lâcher en plein milieu d'Harrods avant de s'enfuir.

– Combien cela fait de temps, maintenant? Six semaines? demanda Diamond, qui cherchait davantage à appuyer un argument qu'à entendre la réponse, qu'il connaissait, d'ailleurs.

– Presque.

– La première semaine, sa photo était dans les journaux.

– Et à la télévision. Ça n'a servi à rien.

– C'était une simple photo, et elle n'est passée que dans les journaux régionaux, dit-il pensivement. J'aimerais bien la faire passer dans une émission de télévision nationale, comme *Crimewatch*.

– Rien ne nous dit qu'il y a quelque chose de criminel dans cette histoire, dit Julia Musgrave en fronçant les sourcils.

– Et abandonner une enfant, ce n'est pas criminel?

– Ce n'est pas le meilleur moyen de retrouver ses parents, dit-elle en secouant la tête. Quelque part, il y a une mère en détresse.

– OK. Eh bien, voyons si nous pouvons faire passer Naomi dans une émission débat.

– Un *débat* ?

– Oui, c'est vous qui parleriez, mais des millions de gens la verraient.

– Peter, je ne crois pas que ce soit une bonne chose de mettre une petite fille qui a des problèmes devant des caméras de télévision.

Il comprenait sa réticence sans la partager.

– Je serais d'accord avec vous si c'était une demeurée ou une gosse terrifiée par les gens, comme Clive. Mais vous savez aussi bien que moi comment elle se comporterait à la télévision. Elle resterait aussi calme que d'habitude. Absorbée. Elle ne panique jamais, vous ne pouvez pas le nier. Et si on la voit en direct, cela aura un bien meilleur impact qu'une simple photo. Il y a de grandes chances que quelqu'un la reconnaisse.

– Cela ne me plaît pas du tout.

– Et moi, ça ne me plaît pas du tout qu'on expédie la gosse aux Etats-Unis alors que ses parents sont peut-être encore en Angleterre. Laissez-moi me renseigner. C'est exactement le genre d'affaire dont la télé raffole. C'est une gosse tellement attendrissante.

– Exactement, dit-elle en s'animant soudain. Je ne veux pas qu'on se serve d'elle. Nous n'avons pas le droit de la transformer en objet de curiosité. Si elle passe à la télévision, je suis certaine que les journaux s'empareront de l'affaire et que nous aurons des tas de gens bien intentionnés qui offriront de l'adopter, qui lui enverront des jouets...

– Elle n'a pas de jouets?

– Cela ne l'intéresse pas, Peter. Nous avons toute une ménagerie d'animaux empaillés.

– Et un jouet avec des roulettes? demanda-t-il, se rappelant soudain la remarque du Dr Ettlinger.

– Non, elle n'a pas ce symptôme-là, rassurez-vous. Ecoutez, la télévision est faite pour distraire. Naomi n'est pas un chien de cirque, c'est une enfant vulnérable qui souffre d'un grave trouble mental.

– Mais enfin, Julia, les gens ne vont pas rire en la voyant, bon sang!

Elle le regarda sans broncher.

– S'il s'était agi de Clive ou de Rajinder, vous les auriez emmenés à la télévision?

– Probablement pas dans un débat, concéda-t-il.

– Et pourquoi non?

– Leur comportement ne leur rendrait pas service – mais ils sont différents. Vous savez comme moi que Naomi se tiendrait impeccablement bien.

– Ah oui? dit-elle avec une étincelle dans le regard.

Et qu'est-ce qui vous prouve qu'elle n'irait pas mordre le nez du caméraman?

Il fut bien obligé de rire en s'imaginant la scène.

L'attention de Julia fut distraite par l'arrivée de Mrs Straw. A voir la façon dont elle approchait en roulant des hanches et en agitant les épaules, elle devait avoir quelque chose d'affreux à annoncer et allait faire en sorte que la nouvelle soit accueillie avec la plus grande attention.

– Que se passe-t-il, Mrs Straw? demanda Julia.

– Je crois que vous devriez venir voir dans la salle des professeurs, Miss Musgrave. Quelqu'un a eu la sottise de laisser un feutre traîner. La petite Japonaise l'a trouvé et a gribouillé partout sur les murs, alors qu'on vient de refaire les papiers peints il y a à peine trois mois. Je n'ai jamais vu ça!

Cet acte de vandalisme permit à Diamond d'exercer ses talents de policier pour la première fois depuis sa démission. Son auteur avait bien travaillé, car les murs étaient couverts de gribouillis. Et les meubles n'y avaient pas échappé. Couverte de lignes noires et épaisses jusqu'à mi-hauteur, la pièce évoquait ce qu'un professeur appela du Pollock. La référence échappa à Diamond, mais il jugea qu'elle devait être juste.

Il apprit en interrogeant Mrs Straw que personne n'avait effectivement vu Naomi à l'œuvre avec le feutre. On avait découvert l'enfant plus tard dans la salle à manger et elle avait refusé de le lâcher.

– Il a fallu que je lui ouvre les doigts un par un, affirma Mrs Straw. Elle était prête à continuer sur le reste de l'école.

Il apparut par la suite que c'était une fausse accusation. Doutant que Naomi était la coupable, Diamond s'était mis en devoir de prouver son innocence. Il avait examiné les murs et conclu que les marques allaient plus haut que ne pouvait le permettre la taille de l'enfant. Et le vrai coupable fut découvert dans sa cachette habituelle derrière le sac de semences de la cabane du jardinier. Non seulement Clive pouvait atteindre une quinzaine de centimètres plus haut que tous les autres enfants, mais en outre, ses habits étaient couverts de marques noires. Il s'était en fait introduit dans la salle des professeurs alors qu'il n'y avait personne et avait gribouillé sur les murs. Puis il avait jeté le feutre dans le jardin et Naomi l'y avait ensuite ramassé.

– Je crains que Mrs Straw ait voulu se venger, dit Julia Musgrave à Diamond. Elle fait beaucoup pour l'école, cependant. Je ne vois pas comment nous nous en sortirions sans elle.

– Elle avait raison sur un point, malgré tout, avoua-t-il. J'ai eu tort de laisser le feutre sur place.

Poursuivant dans la même veine, il alla jusqu'à promettre de refaire les peintures de la salle des professeurs – ce qui était effectivement une véritable pénitence. Cette petite digression les avait éloignés de la question la plus cruciale : fallait-il ou non faire passer Naomi à la télévision? Mais il y reviendrait avant longtemps.

Alors qu'il partait en calculant la quantité de peinture dont il aurait besoin, Julia l'appela et courut après lui dans le couloir.

Il s'arrêta en se demandant ce qui l'attendait.

– Vous pouvez reprendre votre feutre, dit-elle. Croyez-le si vous voulez, mais il reste de l'encre dedans.

Il le mit dans sa poche, légèrement intrigué. Le feutre était à l'école. Elle devait bien le savoir.

– Vous savez, poursuivit-elle, vous n'êtes pas obligé de vous donner tout ce mal. Pour les peintures, je veux dire.

– Ça ne m'embête pas, mentit-il.

– J'apprécie votre offre, mais je ne veux pas que vous pensiez que cela changera quoi que ce soit.

– Si, la couleur des murs, dit-il dans un sourire.

Il faillit tomber sur Naomi en se retournant pour

reprendre son chemin. Elle devait être juste derrière lui, apparemment à l'attendre, car elle lui tendit la main. Ça fait deux fois dans la même journée, pensa-t-il. C'est trop beau pour être vrai.

Il lui tendit la sienne, mais elle retira immédiatement sa main. Finalement, elle ne voulait pas renouer le contact.

– Comme tu voudras, dit-il, en pensant avec ironie que même à l'âge le plus tendre, les femmes avaient tendance à jouer avec les sentiments des hommes.

Et pourtant, elle tendit à nouveau la main, mais cette fois, la paume ouverte, comme si elle avait demandé de l'argent.

– Qu'est-ce qu'il y a, Naomi? demanda-t-il en se penchant vers elle. Qu'est-ce que tu essaies de me dire?

Ses yeux avaient perdu leur aspect terne. Elle le regardait intensément, le front plissé. Elle commença à agiter la main devant lui comme un mendiant dans un souk du Caire.

– Tu as faim?

Quel que fût son problème, elle essayait vraiment de communiquer. C'était un immense progrès après ces six semaines de silence. Le moins qu'il pouvait faire en retour, c'était d'essayer de comprendre ce qu'elle voulait.

– Sûrement pas de l'argent.

Et, tandis qu'il se penchait encore vers ce visage tourné vers lui, elle attrapa sa veste, l'ouvrit et plongea sa main libre dans sa poche intérieure.

– Jeune fille, dit-il, tu es encore plus rusée que je pensais.

Seulement, ce n'était pas après son portefeuille qu'elle en avait. C'était après le feutre qu'il venait de mettre dans sa poche. Naomi s'en saisit prestement et le serra contre sa poitrine comme si elle n'avait rien eu de plus cher au monde.

– Mon Dieu! lui dit-il. Qu'est-ce que je vais faire, maintenant?

C'était un véritable dilemme. S'il la laissait garder l'objet, quelqu'un – Mrs Straw, à tous les coups – allait tomber dessus et informer le reste de l'école qu'ils avaient un traître dans leurs rangs. Julia Musgrave se sentirait trahie. D'un autre côté, s'il insistait pour qu'elle le lui rende, les premiers bourgeons de l'affection qu'il avait cultivée seraient piétinés et détruits à jamais. Il se souvint que Mrs Straw avait dit avoir été obligée de desserrer les doigts de l'enfant un par un. Manifestement, le feutre était un véritable trésor pour elle.

Il se résolut à le lui laisser et à courir le risque que Clive le lui prenne et recommence sa crise de graffitis. Mais il sentait que Naomi ne se laisserait pas si facilement reprendre son bien.

Doucement, il posa sa main sur son épaule et la dirigea vers la salle des professeurs. Elle était redevenue aussi docile qu'avant, maintenant qu'il lui avait fait comprendre qu'il ne reprendrait pas le feutre. En entrant dans la pièce, il fut surpris de l'étendue des dégâts qu'avait commis Clive. Il n'y avait personne, ce qui était assez compréhensible. Il alla avec Naomi jusqu'au mur où les gribouillages étaient les plus nombreux.

– Tu vois ce qui est arrivé? dit-il en espérant qu'elle partagerait son indignation, même si les mots ne signifiaient rien pour elle. C'est Clive qui a fait ça. Tu ne ferais pas ça, hein? ajouta-t-il en agitant les mains pour bien lui faire comprendre.

Elle resta solennellement en face du mur graffité. Craignant d'avoir été un peu brusque, il étendit la main pour lui caresser les cheveux et se retint. Un tel geste pouvait être mal interprété par les gens, sinon par l'enfant elle-même. Mais sa main était déjà posée sur la tête, aussi se contenta-t-il de lui ébouriffer les cheveux, tout en se disant qu'il n'aurait pas dû prendre une telle liberté.

Le bloc qu'il avait utilisé un peu plus tôt était resté sur la table, ouvert à la page où il avait dessiné Naomi. Il le prit et le donna à l'enfant.

– Ça, c'est pour dessiner. Tu peux le prendre. C'est pour toi. Toi. D'accord?

Elle sembla comprendre. Leurs regards se rencontrèrent brièvement et elle mit le bloc sous son bras.

– Maintenant, voyons voir où tu devrais être à cette heure-ci.

Il trouva les autres en train de suivre ce que l'emploi du temps annonçait comme une leçon de musique et qui consistait en un vacarme de tambourins, tandis que le professeur, une jeune fille coiffée d'un chapeau-cloche noir, jouait un air sur sa guitare. Naomi s'assit en tailleur par terre loin des autres en continuant de serrer contre elle le bloc et le feutre. Elle refusa de prendre le tambourin que Diamond lui tendit. Il fit un signe de tête au professeur et partit.

Maintenant, il fallait annoncer à Julia Musgrave qu'il avait pris la décision de laisser le feutre à Naomi. Il ne voulait pas qu'elle l'apprenne de la bouche de Mrs Straw, ni de personne d'autre. Il pensait pouvoir la convaincre.

Julia n'était pas seule dans son bureau, mais elle le fit entrer. Son visiteur était un barbu dégarni qui portait une veste en velours avec des empiècements aux coudes. Il avait un dossier sur ses genoux et un stylo qui pendait à son cou au bout d'un cordon, indices d'après lesquels Diamond conclut qu'il s'agissait de quelqu'un des services sociaux. Il se trompait.

– Le Dr Dickinson est un psychiatre pour enfants, expliqua Julia. Il est venu examiner Naomi.

– Encore? dit Diamond sans trop s'engager, car il pressentait quelque chose.

– Pour le compte de l'Ambassade du Japon, poursuivit le Dr Dickinson, sur le mode vous-savez-comme-moi-comment-les-choses-se-passent qui ne souffre pas le désaccord. Ils veulent que je détermine si cette enfant est autiste. L'idée est de l'envoyer à l'Ecole Hagashi de Boston si elle entre dans cette catégorie. Elle a beaucoup de chance.

– Et pourquoi donc?

– Les frais de scolarité sont extrêmement élevés, dit Dickinson en fronçant les sourcils. Rares sont les gens qui peuvent se permettre de débourser trois mille livres par an.

– L'argent ne m'impressionne pas.

– Eh bien, quant à moi, coupa Dickinson, je suis très impressionné par ce que j'ai lu sur cette école. Et comme Naomi est, je crois, japonaise, ce sera une excellente solution.

– Vous trouvez?

– Mr Diamond est très réservé à ce sujet, intervint vivement Julia Musgrave.

– Ah? Et quelle est votre spécialité? demanda Dickinson d'un ton méprisant.

– Découvrir la vérité, répliqua Diamond. Je suis policier. Enfin, j'étais, jusqu'à récemment.

Dickinson reprit son souffle et se tourna vers Julia Musgrave.

– Vraiment? Je ne vois vraiment pas pourquoi un policier...

Julia Musgrave expliqua brièvement la raison de la présence de Diamond dans l'école et conclut en soulignant que sa persévérance avait porté ses fruits ce matin même.

– Vraiment? Et en quoi?

– Naomi s'est levée et est venue me prendre la main, expliqua Diamond. Ça peut paraître léger, mais c'est un grand progrès.

– Espérons-le, lâcha le psychiatre d'un ton qui signifiait exactement le contraire. Malheureusement, l'autisme est un mal où les fausses rémissions sont fréquentes. Ce n'est pas que je mette en doute ce que vous me racontez. Mais avec ces enfants, on est toujours extrêmement tenté de tirer de leur comportement des conclusions dépourvues de fondement scientifique. Quand elle a pris votre main, vous avez conclu qu'elle voulait exprimer une sorte de confiance, ou d'affection. Au contraire...

– Mais je n'ai pas dit ça! le coupa Diamond. Tout ce que j'ai dit, c'est qu'elle s'était levée et qu'elle était venue me prendre la main. Et puisqu'on parle de conclusions dépourvues de fondement scientifique, je suis supris que vous parliez d'autisme à propos de Naomi sans l'avoir vue.

– Je suis spécialiste de l'autisme, répliqua Dickinson, glacial. On ne m'aurait pas demandé de venir ici si cette enfant ne présentait pas des symptômes d'autisme.

Julia Musgrave jugea qu'il était temps d'interrompre cette conversation.

– Peter, que vouliez-vous me dire? Etait-ce urgent?

– Quelque chose que je préférais vous apprendre avant que quelqu'un d'autre ne vous en informe, répondit-il. (Il lui expliqua l'épisode du feutre.) Cela ne vous ennuie pas? demanda-t-il finalement, encouragé par les hochements de tête dont elle avait ponctué son récit.

– C'est un risque, mais je suis prête à le prendre, répondit Julia. Tout est préférable à cette passivité qu'elle a adoptée depuis si longtemps. Oui, je suis vraiment heureuse. Enfin, elle se montre positive.

Sans vraiment beaucoup de tact, Dickinson proposa son interprétation.

– C'est très caractéristique. Les enfants autistes sont fréquemment possessifs à l'égard de certains objets. A un degré exceptionnel, je veux dire. Les miroirs, les roues, les morceaux de papier chiffonné. Ils refusent d'en être séparés. C'est un comportement compulsif.

Il sortit un bloc-notes et griffonna quelque chose.

– Oh, c'est un stylo? J'avais pris ça pour un collier, fit Diamond.

Il regretta d'avoir été si désobligeant. Non qu'il se souciât le moins du monde, mais parce qu'il n'était guère malin de jeter de l'huile sur le feu et d'accroître les mauvaises dispositions de l'homme à son égard. Au contraire, cela risquait d'influencer son diagnostic. Parler sans réfléchir et le regretter ensuite était l'un des défauts qui avait causé du tort à Diamond dans le passé et cela continuerait. Il eut la présence d'esprit de partir après cette sortie.

Il s'effondra dans un fauteuil de la salle des professeurs en se plaignant intérieurement de son manque de pouvoir dans cette école. A l'époque où il était dans la police, il aurait écarté d'un revers de main tous les Dickinson de la terre si les intérêts d'un enfant avaient été en jeu. Il n'aurait pas supporté qu'on lui sorte ces âneries sur les comportements compulsifs. Enfin, pensa-t-il, je ne l'ai pas supporté non plus. Seulement, à l'époque, je l'aurais foutu à la porte.

Il n'était pas très sûr de la façon dont Julia Musgrave réagirait. Sa personnalité équilibrée était un atout précieux dans une école de ce genre. Elle était accessible et ouverte aux suggestions. Ce qui signifiait malheureusement que des gens comme Dickinson pouvaient avoir son oreille. Soumise aux pressions des psys, de l'Ambassade du Japon et des services sociaux, elle risquait d'avoir des difficultés à s'accrocher à Naomi. Elle était totalement désarmée. Et un policier déchu qui venait prétendre que tout le monde se trompait, ce n'était pas exactement le chevalier blanc qui vient au secours de la veuve et de l'orphelin.

Le cours de ses pensées fut interrompu par un bruit de tambourins qui lui parvenait du couloir, et il vit entrer la professeur de musique avec ses instruments sous le bras et sa guitare en bandoulière, toujours coiffée de son chapeau-cloche noir. Elle laissa tomber le tout sur un fauteuil et se dirigea vers la bouilloire.

– Vous voulez un café?

– Je ne dirai pas non.
– Merci de m'avoir amené Naomi. Je ne savais pas où elle était.
Il hocha la tête.
– La musique l'intéresse?
– Pas que je sache. Vous voulez plutôt du thé?
– Comme vous.
Ils attendirent que la bouilloire ait terminé de chauffer. La fille demanda :
– Vous vous appelez Diamond, c'est ça?
– Oui.
– Attendez, alors, j'ai quelque chose à vous montrer. Je ne serai pas longue.
Et elle le laissa préparer le café.
Elle revint l'instant d'après avec une feuille de papier.
– Vous saviez que vous aviez une admiratrice secrète? demanda-t-elle en lui tendant la feuille.
Il la regarda, incrédule.
– C'est Naomi qui a fait ça?
– Qui voulez-vous que ce soit? dit-elle. Et dans mon cours. La petite chipie ne daigne pas toucher un tambourin, tellement vous lui occupez l'esprit.
Le dessin était suffisamment grand et d'une forme parfaitement explicite.

11

Un rectangle bleu se dessinait entre le World Trade Center et le gratte-ciel de la New York Telephone Company. C'était l'Hudson. Vue du bureau de Manny Flexner, au vingt et unième étage du Manflex Building sur West Broadway, elle étincelait dans le soleil matinal. Les fenêtres du bureau de Manny allaient du sol au plafond et leur moitié supérieure s'ouvrait en coulissant à hauteur d'homme. Il avait insisté pour cela, car il préférait une climatisation naturelle. Et aujourd'hui, c'était l'une de ces journées touchées par la grâce où le vent était léger et la température idéale.

Tout en contemplant la rivière, il téléphonait à David à Milan, et ce que son fils lui en disait lui plaisait considérablement. Pourquoi tous les lundis matin n'étaient-ils pas comme celui-là?

– L'assemblée s'est passée encore mieux que je ne l'espérais, disait David. Bon, d'accord, on a eu quelques questions délicates sur la décision de fermer l'usine, mais la plupart des gens ont compris le problème et ont apprécié que nous nous occupions de les reclasser. Tout s'est passé d'une manière incroyablement civilisée.

– Grâce au dur travail que tu as fourni la semaine dernière, approuva Manny. Tu as bien bossé. Les gens aiment ça. Combien veulent être mutés à Rome?

– Entre quinze et vingt. Une vingtaine d'autres veulent encore un peu de temps pour réfléchir.

– Combien d'entre eux sont des chercheurs?

– Huit, au dernier recensement.

– Pas mal. Il faut que le taux de chercheurs soit élevé. La norme de l'industrie est d'un tiers pour la recherche et deux tiers pour le développement. J'ai toujours essayé de faire un peu mieux. Qu'est-ce qu'il en est de l'offre de rachat?

– Les syndicats veulent davantage, mais c'est leur rôle. J'ai l'impression qu'ils finiront par accepter.

Manny laissa échapper un long soupir de contentement.

– Dave, tu as fait du beau travail. Est-ce que tu as eu d'autres informations sur les origines du feu?

– Non, la police n'est pas revenue nous voir. Je leur ai envoyé la liste de tous ceux qui ont assisté à la réunion. J'imagine que ça ne va pas tellement leur plaire, parce que nous avions prévu de leur donner tous les noms des employés. Les flics que j'ai vus sont convaincus que c'est quelqu'un de l'usine qui a fait le coup.

– Ils n'ont toujours pas identifié les corps trouvés dans l'Alfa Romeo?

– Non, pas que je sache.

– Et les assureurs ont-ils une meilleure idée?

– J'en doute. Tout le monde se résigne à attendre longtemps. Papa, si tu es toujours d'accord, je crois que je vais rester quelques jours de plus à la fin de la semaine pour aller visiter Venise, comme tu me l'avais proposé. Rico peut s'occuper de la boutique.

– Venise? (Manny réfléchit un peu avant de prendre sa décision.) Bien entendu, mon garçon, tu l'as bien mérité. Je suis fier de ce que tu es en train de faire. Mais n'attends pas, vas-y maintenant. Aujourd'hui. Ah, et puis, Dave, ne dis pas à Rico où tu descendras. Que ce soit de vraies vacances, compris?

– Papa, je ne suis pas pressé. J'ai encore quelques rendez-vous demain matin.

– Annule-les, répondit Manny. Fais cela pour moi. Je sais ce que je dis. Fiche le camp de là pour aller voir Venise si c'est ce que tu veux. Et puis, Dave...

– Oui?

– Je t'aime, mon garçon.

– Moi aussi, Papa, répondit David, un peu interloqué.

– Fais attention à toi.

– Ne t'inquiète pas.

Manny reposa le téléphone. Sur son bureau attendait une pile de lettres manuscrites. Il prit celle qu'il destinait à son fils et écrivit sur l'enveloppe : « J'espère que Venise était magique ». Puis il se leva et se versa un grand verre de cognac de son bar et l'avala d'un trait.

Il ôta ses lunettes de lecture et les replaça dans leur étui posé sur le bureau. Après quoi, il sortit le portefeuille qui contenait ses cartes de crédit et quelques billets et le posa à côté.

A l'autre bout de la pièce se trouvaient une table ovale en acajou et quatre chaises assorties. Manny prit l'une d'elles, la porta près de la fenêtre et monta dessus pour grimper sur un classeur à tiroirs. Il agissait mécaniquement et, pour un homme atteint d'une maladie grave, avec des gestes vifs. Il pouvait aisément enjamber l'une des fenêtres. Ce qu'il fit. Il se retrouva debout sur le chambranle et s'y tint en équilibre en s'aidant des mains. L'espace était suffisamment grand pour qu'il n'ait pas besoin de s'accroupir.

Manny ne baissa pas les yeux. Son regard fixait le ruban étincelant de la rivière, au loin. L'Hudson. Et au-delà, le New Jersey. Pour Manny, dans l'état d'esprit où il se trouvait, cela aurait aussi bien pu être le Jourdain, et derrière, la Terre Promise. Une pensée réconfortante. Il la regardait toujours lorsqu'il sauta. Il continua à regarder ce lointain rivage en tombant et continua tant qu'il put tout au long de sa chute.

12

Ce matin-là, Diamond était déjà dans la salle des professeurs avant tout le monde, sauf Mrs Straw, et avait commencé à empiler les meubles au milieu de la pièce. Il s'était rendu de bonne heure dans un magasin de bricolage d'Hammersmith et avait acheté deux boîtes de trois litres de peinture glycéro mate abricot. Sur le nuancier, la couleur promettait de bien aller avec les meubles. Du moins s'en était-il convaincu en voyant qu'elle bénéficiait d'une promotion exceptionnelle. Avec l'argent ainsi économisé, il était allé dans une boutique de jouets en face et y avait acheté une petite voiture. Il avait l'intention de la donner à Clive. Il avait une petite tendresse pour le vandale en herbe, malgré le travail que celui-ci l'obligeait à faire.

Il était donc en salopette dès 9 heures moins 10 en train de passer le rouleau sur le mur de la porte lorsque le premier professeur fit son apparition.

– Qu'est-ce que c'est que tout ça? demanda Sally Truman, qui était chargée des petits.

– Du maquillage.

– Ah, c'est vous.

Il plongea le rouleau dans le bac à peinture et passa une deuxième bande d'abricot. Ce n'était pas parce que les gens commençaient à arriver qu'il allait laisser tomber les outils, au moment même où on commençait à reconnaître son dévouement.

– Et comment allez-vous ce matin? demanda-t-il à Sally.

– Fatiguée, jusqu'à maintenant. Cette couleur m'a réveillée.

– Ça vous plaît?

Elle éluda la question.

– Je suppose que ça pâlit en séchant. C'est généralement le cas, non? C'est quoi, comme couleur?

– Abricot.

– Je trouve que ça fait plutôt tomate, moi. Bon, ça ne vous embête pas que je soulève cette bâche pour essayer de retrouver mon bureau?

Il eut droit aux félicitations de tout le monde pendant la demi-heure suivante, quoique l'opinion générale fût qu'il aurait dû dépenser une ou deux livres de plus et acheter du magnolia ou une couleur insipide du même genre. Il écouta tout cela sans se froisser et continua de dissimuler les gribouillages étourdissants de Clive. A 10 heures, il décida qu'il était temps de faire une pause-café, ce qui l'obligea à déplacer les meubles pour accéder à la bouilloire. Il avait fait deux murs. Avec le recul, cela faisait effectivement plus rouge qu'abricot.

Malgré tout, l'atmosphère générale était à la bonne volonté et personne ne s'était plaint du dérangement causé par les travaux. Chacun récupéra une chaise sous la bâche et s'assit avec sa tasse pour papoter des derniers événements. La nouvelle du dessin qu'avait fait Naomi était le grand sujet de conversation de la matinée. Dans une école aussi petite, tous les professeurs connaissaient les élèves.

– C'est une bonne nouvelle, Peter, dit le sous-directeur, John Taffler. Ça, vous méritez qu'on vous encourage, après tout le dévouement et le temps que vous avez consacrés à cette gosse.

Diamond était moins enthousiaste. Il avait eu toute la nuit pour y penser.

– Je serais plus encouragé si c'était quelque chose que je lui avais appris.

– Ne soyez pas si ingrat, le gronda Taffler en agitant l'index. Elle vous a reconnu. C'est votre nom. Elle a enregistré votre existence.

– Je n'en suis pas si sûr.

– Oh, allons! Pourquoi donc aurait-elle dessiné un diamant, alors? Elle connaît votre nom.

Il regarda autour de lui les visages des autres professeurs.

– Comment aurait-elle su le représenter symboliquement? Je ne lui ai rien dit, ni personne d'autre, que je sache.

– Peut-être qu'elle adore les bijoux.

Il y eut quelques rires.

– Cela prouve qu'elle parle anglais, dit Sally Truman. Ça, c'est évident, non?

Diamond fit tristement remarquer qu'elle ne parlait rien du tout.

– Bon, disons qu'elle le comprend, alors, insista Sally. Elle a entendu votre nom et elle a fait le rapprochement avec la forme. Elle essaie de communiquer.

Ce fut quelqu'un d'autre, l'un des professeurs à mi-temps, qui se fit la voix des incertitudes que Peter Diamond éprouvait.

– N'interprétons pas trop la portée de ce dessin. La petite peut très bien avoir dessiné cette forme au hasard et ne plus jamais recommencer.

– Peut-être n'en aura-t-elle jamais l'occasion, dit Taffler, du ton de celui qui en sait plus que les autres. Enfin, pas ici, en tout cas. Savez-vous qu'Olly Dickinson, le psy qui est venu hier, a confirmé le diagnostic d'autisme? Elle part pour l'Amérique dès qu'ils pourront s'en occuper.

Cela faisait longtemps que Diamond redoutait d'entendre cela, mais il avait beau être préparé, la nouvelle lui fit monter le sang à la tête. Il reposa violemment sa tasse sur la table.

– Alors, c'est la solution la moins embêtante pour tout le monde, hein? dit-il, furieux. Cette école se défait d'une gamine pour laquelle elle ne peut rien faire et les services sociaux s'en déchargent eux aussi. La police a arrêté l'enquête. Dickinson empoche ses honoraires. L'ambassade casque, histoire d'avoir la conscience tranquille. Là-bas, en Amérique, ils vont toucher leur chèque et rajouter un nom dans la liste de leurs pensionnaires. C'est parfait pour tout le monde, sauf pour la pauvre petite gamine qui ne peut rien dire pour empêcher tout ça.

Sur ces mots, ils se leva et sortit à grandes enjambées pour aller retrouver Julia dans son bureau. Il ouvrit la porte en grand d'un seul coup.

– Quand est-ce qu'elle est censée partir? demanda-t-il sans préambule.

Julia leva la tête des papiers qu'elle examinait sur son bureau. Elle écarquilla les yeux, sans doute en voyant la salopette. Il faut dire qu'elle n'était pas encore allée faire un tour du côté de la salle des professeurs.

– Peter, pourquoi ne vous asseyez-vous pas un instant?

– Parce que je suis bien trop en colère, figurez-vous. Dites-moi simplement combien de temps il me reste. C'est tout ce que je veux savoir.

– Combien de temps il vous reste? Que voulez-vous dire?

– Parce que ça n'est pas évident? Mais pour retrouver sa famille, voyons!

Elle était devenue toute pâle.

– Peter, dit-elle. Je ne suis pas ingrate. Je sais tous les efforts que vous avez faits avec Naomi, mais je dois vous rappeler que c'est vous qui l'avez choisi. Cela ne vous donnait aucun droit sur son avenir.

Il ne brandit pas tout à fait le poing sous son nez, mais en tout cas, il le serra et martela l'air devant lui en déclarant :

– Et vous parlez de son avenir. Alors que moi je m'échine à essayer de reconstruire son passé. Vous et vos copains, vous allez tout foutre en l'air.

Elle le regarda comme s'il l'avait frappée.

– Cela me fait de la peine que vous me disiez cela, dit-elle en essayant de garder son calme. Cela me fait énormement de peine. Si vous voulez savoir, je me suis mise en colère, j'ai supplié pour que Naomi puisse rester jusqu'à ce que nous ayons épuisé toutes les solutions. J'ai été la seule.

Il y eut un silence tendu.

– Excusez-moi, dit-il, sa colère retombée. (Il fit quelques pas vers elle en levant les mains dans un geste de regret.) Bon Dieu, c'est tout moi, ça, avec ma grande gueule. J'accuse sans connaître les faits. Julia, je suis vraiment désolé.

Elle secoua la tête comme si tout ce qu'il aurait pu

dire n'aurait pu que la peiner encore plus. Elle répondit simplement :

– Probablement dimanche.

Dimanche.

Quatre jours

Lorsqu'il revint dans la salle des professeurs, tout les autres étaient partis. Au lieu de reprendre son rouleau, il sortit le téléphone et l'annuaire de dessous la bâche et commença à appeler les chaînes de télévision et demanda à parler aux responsables des émissions où il avait pensé faire passer Naomi. Lorsqu'on lui passait un second couteau, il n'avait aucun scrupule à user de son ancien statut de policier et exigeait de parler à un supérieur. Dans le style énergique de l'époque de la brigade criminelle, il écuma méthodiquement la BBC, Thames TV et Sky TV, toutes les émissions matinales, les débats du midi, de la soirée et de la nuit. Il ne négligea aucun argument pour vendre son idée : le mystère encore irrésolu d'une petite fille qui avait déclenché les alarmes chez Harrods et n'avait toujours pas été identifiée deux mois après. Il en fut pour ses frais la plupart du temps. D'autres lui dirent d'appeler telle ou telle personne, certains prirent son numéro en lui promettant de le rappeler si leur équipe (ou Dieu sait qui) s'intéressait à l'affaire.

Après quoi, il ne lui resta plus rien d'autre à faire qu'à reprendre son rouleau. Avant le déjeuner, la peinture fut terminée et personne n'avait rappelé. Il avait mal au dos et la gorge sèche. Mrs Straw entra, refusa obstinément de voir les murs fraîchement repeints et lui fit remarquer qu'il y avait des taches par terre. Il l'assura que c'était de la peinture à l'eau et qu'elles s'en iraient facilement. Dans l'état où il était, comme il ne nettoyait pas immédiatement les taches criminelles, Mrs Straw se mit en devoir de faire un petit numéro et, armée d'un seau et d'une serpillière, entreprit de laver le sol au moment même où les professeurs arrivaient pour la pause-déjeuner.

Mais il se passa quelque chose qui le réconforta, même si ce n'était pas un compliment sur son travail de décorateur. John Taffler le prit par le bras et lui dit :

– Venez voir un peu, mon vieux.

Diamond le suivit dans le jardin où les enfants étaient en train de jouer. Naomi était assise sur un petit mur non loin du potager, le bloc sur ses genoux, le feutre à la main, très absorbée.

Diamond s'approcha discrètement pour regarder ce qu'elle faisait par-dessus son épaule. Elle avait dessiné une quinzaine de losanges, à peu près de la même taille et bien distincts.

– Qu'est-ce que vous dites de ça? fit Taffler. Dessin au hasard, mes fesses, oui. Elle nous fait des séries.

Diamond avait beau être ravi par le dessin, il n'en était pas moins intrigué.

Taffler s'accroupit à la hauteur de Naomi et commença à lui parler.

– C'est joli, ma chérie. Très joli! Des diamants! (Il désigna de l'index les formes une à une.) Diamant, diamant, diamant. (Puis il montra Peter.) Mr Diamond. C'est ce que tu essaies de nous dire, mon petit chou, hein?

L'enfant s'interrompit et leva effectivement les yeux vers Diamond. Malheureusement, il n'y avait rien dans son regard qui vienne étayer la théorie de Taffler, rien qui pût indiquer que Diamond lui occupait ne serait-ce que très légèrement l'esprit. Elle se rembrunit et se détourna.

– Contentons-nous de ce que nous avons, dit Diamond, qui avait décidé d'être positif. Elle utilise un feutre, c'est déjà un progrès.

– Oui, sans doute, dit Taffler en se relevant. Au moins, elle sort de sa passivité. D'un autre côté, ajouta-t-il alors qu'ils revenaient vers la maison, c'est un peu inquiétant qu'elle ne dessine rien d'autre. Peut-être que c'est obsessionnel.

Diamond n'était pas en état d'affronter cette effrayante perspective. Pas plus qu'il ne fut transporté de joie en tombant sur le Dr Ettlinger en revenant dans la salle des professeurs. Le psychiatre faisait un grand discours devant un auditoire (qui se réduisait en fait à une seule personne, Mrs Straw) sur la couleur dans l'environnement de travail. Apparemment, la nuance abricot, ou orange, comme l'appelait Ettlinger, était un choix tout à fait déconseillé pour une pièce commune, car elle risquait de stimuler l'agressivité. Bien évidemment, comme tout psychiatre, il y voyait des connotations sexuelles. Le rouge et l'orange, couleurs chaudes, étaient celles de la passion. En entendant cela, Diamond fut impatient de pouvoir assister aux orgies à l'heure du café et des sandwiches. Non content d'avoir perturbé l'esprit de Mrs Straw avec ces insinuations perverses, Ettlinger prétendit que celui qui avait fait un aussi mauvais choix de couleur avait besoin de se faire soigner d'urgence. C'était indubitablement une personnalité bornée et dangereusement agressive.

Ce à quoi Diamond, toujours vêtu de sa salopette tachée de peinture, répondit :

– N'ayez crainte, Docteur, si je le trouve, je l'étranglerai de mes propres mains.

Quand elle entendit cela, Mrs Straw quitta la pièce en oubliant son seau et sa serpillière.

Ettlinger, oui, l'austère Dr Ettlinger esquissa un

sourire. Il était capable de reconnaître une pointe d'humour, même si elle était dirigée contre lui.

– Je ne savais pas que vous aviez des tendances suicidaires, dit-il sentencieusement. Mais l'autostrangulation est quelque chose d'assez difficile à réaliser, il me semble.

Bizarrement, cette étrange conversation eut pour résultat de permettre aux deux hommes de mieux s'entendre. Diamond avoua qu'il était en colère – cela n'avait rien à voir avec des envies de suicide – à cause de la décision prise sur Naomi. Ettlinger n'était pas au courant. Il partagea l'indignation de Diamond. Après tout, n'était-il pas le psy attitré de l'école?

Diamond lui proposa un café et alluma la bouilloire.

– Je ne devrais pas dire cela d'un confrère, déclara Ettlinger, mais tant pis. Oliver Dickinson devrait avoir honte. Je mets n'importe quel psychiatre au défi de diagnostiquer l'autisme en une seule séance, d'autant plus avec une enfant comme Naomi, qui a surtout un comportement passif.

– Il pourrait s'être trompé?

– Je ne rejette aucune possibilité, j'ai l'esprit ouvert.

– Oui, je m'en souviens, dit Diamond, qui voyait là une occasion d'extorquer quelques renseignements supplémentaires à ce nouvel ami. Mais, sans vous engager personnellement, voyez-vous une autre explication au fait qu'elle refuse de parler?

Ettlinger cligna des yeux derrière ses grosses lunettes.

– Vous voulez envenimer les choses?

– Pas vraiment, mais son cas m'intéresse.

– Eh bien, il ne serait pas impossible qu'elle soit affligée de mutisme électif.

– De quoi?

– De mutisme électif. C'est un trouble mental qui affecte certains enfants à partir de l'âge de trois ans. Quelque chose les empêche de parler. Dans certains cas, cela n'arrive qu'à l'école, et ils parlent normalement chez eux. Les cas les plus sérieux deviennent totalement muets et le restent pendant des mois, voire des années.

– Ça se soigne?

– Il n'y a pas de remède en tant que tel. Ils s'en sortent, on peut parfois les y aider, mais on ne peut pas dire ce qu'ils seraient devenus sans aide. La meilleure thérapie, c'est le tête-à-tête. Mettre des enfants de ce genre dans une classe est une très mauvaise tactique, surtout si les autres enfants sont eux aussi affligés de troubles. L'enfant risque de les imiter, consciemment ou inconsciemment.

– Et ils se comportent comme eux?

Ettlinger hocha la tête.

– Par exemple, ils pourraient mordre?

L'autre eut un léger sourire.

– Pourquoi pas?

Diamond trouvait que le mutisme électif était une théorie tout à fait plausible.

– Cela pourrait-il aussi expliquer qu'elle évite le contact visuel?

– Je ne considère pas que ce genre de comportement puisse être remarqué par un enfant, dit Ettlinger. Cependant, si elle veut éviter de parler, il est très probable qu'elle court-circuite également les situations où on pourrait la solliciter. C'est pour cela qu'elle pourrait éviter de regarder les gens.

– Et vous dites que personne ne connaît la cause de ce mutisme... Comment dites-vous?

– Electif. (Ettlinger haussa les épaules.) On ne peut pas faire de généralisation. Parfois, on pense que c'est la phobie de l'école qui le produit. Il arrive qu'il suffise de changer l'enfant d'école ou de classe pour qu'il recommence à parler. Mais dans la plupart des cas, la cause remonte bien plus en amont dans la vie de l'enfant et le problème n'est pas aussi simple à résoudre.

Il peut avoir été causé par un trouble émotionnel que les adultes n'ont pas remarqué.

Diamond prépara du café et lui tendit une tasse fumante.

– Dans le cas de Naomi, elle a été séparée de ses parents. Abandonnée, peut-être. C'est le genre de trouble émotionnel auquel vous faites allusion?

– Oui. Un événement aussi grave peut même causer un traumatisme.

– Un traumatisme? Vraiment?

– Le traumatisme est une blessure émotionnelle, une blessure de l'âme.

– Cela peut rendre une enfant muette?

– Certainement.

– Et ça peut se soigner?

– Disons que l'état de choc est limité dans le temps.

– Donc elle va retrouver la parole?

– Je ne m'occupais d'aucun cas particulier en vous expliquant cela.

Diamond en convint d'un hochement de tête.

– C'est donc une autre explication possible. Pour l'instant, nous avons l'autisme, le mutisme électif, et maintenant, le traumatisme.

– Tout est-il suffisamment confus, maintenant? demanda Ettlinger en souriant.

Diamond acquiesça. Evidemment, le but du jeu n'était pas de brouiller les pistes, au contraire. Il avait eu recours à un expert pour remettre en question le diagnostic d'autisme de Naomi. Evidemment, il n'avait pas le bras assez long pour empêcher qu'on la mette dans l'avion de Boston dimanche, mais il sentait désormais qu'il était parfaitement en droit de protester contre cette décision.

Un peu plus tard dans l'après-midi, il y eut un autre coup de pouce du destin sous la forme d'un appel de la BBC. Un producteur bien intentionné qui ne lui avait donné aucun espoir le matin même avait parlé au cours du déjeuner à l'assistante d'un autre producteur. Celle-ci en avait parlé à son patron, lequel était désormais à l'autre bout du fil. Une nouvelle émission dont Diamond n'avait jamais entendu parler, *Du Côté des Enfants* passait depuis maintenant deux semaines le vendredi après-midi sur la BBC2. C'était un programme pour enfants présenté par des enfants, composé surtout de petites séquences de deux à trois minutes, chansons, danse, numéros de cirque, dressage d'animaux, jeux de lettres, démonstrations de jouets, interviews d'enfants qui faisaient l'objet d'une actualité ou d'adultes, écrivains ou artistes, qui travaillaient pour les enfants.

Ce devait être une épouvantable pagaille, mais Diamond prit bien garde de n'en rien dire.

– Je suis sûr que les gosses adorent.

– Bizarrement, les chiffres de l'audimat ne sont pas si encourageants que ça, avoua le producteur, qui répondait au doux nom de Cedric Athelhampton. Mais il faut dire qu'il y a Tintin sur une autre chaîne à la même heure. Nos dirigeants sont disposés à nous laisser continuer avec un score modeste du moment que nous poursuivons dans la ligne éducative, avec des sujets sociaux, etc. Nous essayons aussi de présenter des sujets qui ont plus de poids.

Prenez-moi, sourit intérieurement Diamond. En fait, il se sentait le cœur léger, en ce moment même.

– Vous cherchez des sujets sérieux?

– Exactement. Mais ils doivent être présentés simplement et directement. Et il faut qu'ils concernent des enfants, et c'est pour cela que j'ai dressé l'oreille quand j'ai entendu parler de votre petite Japonaise. C'est la gosse qu'on a retrouvée chez Harrods?

– Oui.

– Et elle ne parle toujours pas?

– Pas un mot.

– Et personne ne l'a identifiée depuis tout ce temps? Je vais vous dire comment je vois ça, Mr Diamond. J'ai une idée tout à fait créative. Nous allons présenter cela comme un concours. Vous me suivez?

Diamond se retint et, avec un courage admirable, répondit qu'il suivait.

Cedric Athelhampton s'enflammait à la perspective de l'émission.

– Nous allons vraiment impliquer notre public. Les mômes adorent jouer aux détectives. On va leur demander de chercher s'ils la reconnaissent pour l'avoir vue à l'école, ou dans un jardin public, ou dans la rue. Dites-moi, Mr Diamond, quelle est la nature exacte de vos relations avec cette enfant?

Il avait une réponse toute prête :

– Je m'intéresse simplement à cette affaire. Et puisque nous parlons de détectives, je suis un ancien policier.

– Comme c'est divin.

C'était bien la première fois qu'il entendait ainsi qualifier ce métier.

Malheureusement, il y avait une ombre à ce tableau idyllique : Cedric prévoyait l'émission pour la semaine d'après.

– Désolé, c'est impossible, dit Diamond. Vous ne pouvez pas la glisser dans l'émission de ce vendredi?

– Je serais ravi, coco, mais nous avons bouclé l'émission de cette semaine.

– Et vous ne pouvez rien changer? demanda-t-il en essayant de ne pas se laisser démonter sous prétexte qu'on lui donnait du coco.

– C'est en direct, Mr Diamond. Nous ne pouvons pas prendre plus de risques que nous n'en prenons déjà.

– Un direct pour les enfants? Ça se fait?

– Tout ce que nous faisons est de l'innovation. C'est pour cela que notre émission est si passionnante. Pouvez-vous venir vendredi en huit?

– Non. Elle sera déjà aux Etats-Unis.

– Aux Etats-Unis! Mais pour quoi faire?

– Une émission en *prime-time*. Il paraît que l'Amérique entière l'attend, répondit-il sans hésiter.

Lui aussi était capable de créativité, quand il le fallait.

13

David Flexner retourna l'enveloppe pour la énième fois et regarda les mots hâtivement griffonnés dessus : *J'espère que Venise était magique*. Du sentimentalisme de pacotille, du pur sirop, se dit-il, tandis qu'une vraie larme embuait son regard. Papa, tu as toujours su comment faire donner les violons. Et tu as toujours réussi.

Ça, Venise avait été magique. Il avait suivi le conseil de Manny et s'y était rendu le soir même. Il avait tout laissé tomber ou presque. Tout excité d'avoir si bien mené sa première mission d'importance, il avait invité l'avenante Pia à l'accompagner. A son grand plaisir, elle avait ri, lui avait pris la main dans la sienne et avait accepté. Ils avaient passé trois jours et deux nuits inoubliables dans un palace, l'Hôtel Cipriani, au bout de l'île de la Guidecca, face au Lido. Venise avait été magique. Et Pia aussi.

Tout cela n'avait rendu le retour à Milan que plus déprimant. Le « Où étiez-vous? Nous ne savions pas où vous joindre. » de Rico n'était peut-être pas une récrimination, mais cela en avait tout l'air. En apprenant le geste de Manny, David avait été submergé par la culpabilité. Ce n'est qu'après, dans l'avion qui le ramenait à New York, qu'il revit mentalement l'enchaînement des événements et qu'il comprit et accepta que son père ait voulu que les choses se passent ainsi, qu'il s'en aille et prenne des vacances avant d'apprendre l'affreuse nouvelle.

Manny était tombé de vingt et un étages sur le parking de l'immeuble et était mort sur le coup. Le cancer l'aurait emporté en quelques mois. Ce fut un double choc pour David.

A son arrivée à JFK, il fut accueilli par Michael Leapman, qui le prit avec compassion dans ses bras et lui donna la lettre de son père. Il ne l'ouvrit pas immédiatement. Le message que portait l'enveloppe au dos était tout ce qu'il pouvait encaisser pour le moment. Sur la proposition de David, ils se rendirent directement à la morgue et subirent l'épreuve nécessaire de l'identification. Par extraordinaire, le visage de Manny était intact. La base du crâne avait subi quelques fractures, expliqua le médecin, mais il était tombé les pieds les premiers. Lors de l'identification, seul le visage fut découvert. David, qui s'attendait à devoir affronter un visage fracassé et tellement défiguré qu'il n'aurait pu reconnaître son père, fut surpris et profondément ému de revoir les traits qu'il connaissait et adorait. Il se pencha pour embrasser le front de son père et murmurer des paroles d'adieu et au même instant, ses cheveux, qu'il retenait par un catogan, se détachèrent et tombèrent sur le visage blême de Manny. Il les écarta vivement et l'œil gauche de Manny s'ouvrit. C'était sans doute le frôlement des cheveux qui en avait été cause, mais l'effet fut saisissant. On aurait pu croire que son père lui avait fait un clin d'œil. Immédiatement, il passa sa main sur le visage et referma la paupière. L'incident avait duré si peu de temps que les autres n'avaient peut-être pas remarqué. En tout cas, personne ne fit le moindre commentaire.

Une fois qu'ils furent sortis, Michael Leapman proposa qu'ils aillent prendre un verre avant de rentrer au bureau. Ils entrèrent dans un bar irlandais des environs.

– Peut-être voulez-vous lire la lettre, proposa Leapman une fois qu'ils furent assis.

Au-delà de la compassion, il y avait dans ses manières quelque chose qui n'était pas sans rappeler le respect. Pourtant, lorsqu'ils se rencontraient naguère dans les conseils d'administration, il témoignait à peine du mépris à David. Mais après tout, les autres membres du Conseil en faisaient autant.

– Plus tard.

– Ne vous méprenez pas. Je ne veux pas vous ennuyer, mais je crois que vous devriez y jeter un coup d'œil dès maintenant, avant que nous ne passions au bureau. Si c'est une lettre du même genre que celle que j'ai reçue, nous allons avoir des choses à faire tout de suite.

David découvrit que Leapman avait raison. C'était bien le même genre de lettre. Il n'y avait qu'une seule phrase pour expliquer le suicide : *Désolé que les choses se soient passées ainsi, David, mais tu me connais : je n'ai jamais pu attendre quoi que ce soit.* Puis elle enchaînait sur les affaires : *Je veux que tu prennes ma succession à la Présidence de la société. Tous mes biens, y compris mes actions, te reviennent. J'ai exprimé à Michael Leapman mes dernières volontés et il m'a promis qu'il t'aiderait. Il te proposera comme Président lors d'une Assemblée Extraordinaire que je lui ai demandé d'organiser. Le Conseil te soutiendra. Il est essentiel que tu ne tardes pas et que tu ne manifestes aucune réticence, sinon la cote va chuter et les rapaces nous dévoreront. Gère cette situation aussi positivement que tu as géré nos problèmes à Milan et nous nous en sortirons sans aucun dommage. Mieux encore, nous prospérerons. Tu peux me croire, David, quand tu auras pris les rênes, tu connaîtras l'ivresse des sommets. Souviens-toi simplement que c'est toi le patron. C'est toi qui prends les décisions. Si tu as besoin d'un conseil technique, demande. Mais ne laisse personne te marcher sur les pieds. Je n'ai pas honte d'avouer que Manflex manque de nouvelles molécules qui assureront l'avenir dans les dix prochaines années. Tu auras d'importantes décisions à prendre. Dans cette industrie, on ne peut pas jouer sans risques pendant très longtemps. Je pourrais continuer comme ça pendant des pages, mais je crois que c'est suffisant. Tu réussiras. Je le sais.*

Et c'était signé : *Ton papa qui t'aime.*

David resta assis très droit et relut la lettre. Parfois, on encaisse choc sur choc et on se retrouve dans un état catatonique. Il avait l'impression que c'était presque le cas. *Président de Manflex.* Ça faisait tout drôle. Il n'avait jamais envisagé sérieusement une telle situation. Il avait toujours pensé que la famille conserverait les parts, mais que la direction serait confiée à quelqu'un de l'extérieur. Il se serait bien contenté de garder son siège au Conseil d'Administration sans avoir à se soucier de prendre des décisions stratégiques. Ce qui l'intéressait, c'était la créativité, pas ces saloperies de gélules.

Il se radossa à la banquette et leva les yeux au ciel.

– Vous êtes surpris? s'enquit Leapman.

– Ce n'est rien de le dire.

– Je l'ai supplié de vous parler, de vous expliquer ses projets. Il a refusé. Il a prétendu qu'il fallait que le pouvoir vous tombe dessus. Que vous fonctionneriez mieux si vous le receviez sans être prévenu.

David fixa Leapman.

– Vous voulez dire qu'il vous a dit qu'il avait l'intention de se tuer?

– Non. En tout cas, ce n'est pas ce que j'ai compris, répondit Leapman en tripotant nerveusement sa cravate.

– Il vous a dit qu'il avait un cancer?

– Oui.

– Et que vous a-t-il dit exactement à ce sujet?

Leapman contempla sa bière, comme si la réponse à la question de David allait apparaître dans la mousse.

– Allons, insista David. Je veux savoir.

– Hum... euh, c'est... gênant. Il a dit qu'il voulait... quitter le sommet.

Les lèvres de David se détendirent progressivement dans un sourire, puis il éclata d'un rire qui pour la première fois, brisait l'atmosphère lugubre qui avait suivi l'annonce de la nouvelle de la mort de Manny.

– Et il a effectivement quitté le sommet. Il a sauté de vingt et un étages. C'est tout Papa, ça. Une blague de mauvais goût sur son suicide. Allons, Michael, riez de bon cœur, ça ne me gêne pas. Papa ne vous en voudrait sûrement pas. Pensez s'il a dû rire en vous disant ça.

Leapman réussit à esquisser un vague sourire. Il n'avait jamais très bien compris l'humour de Manny. David trouvait cela très drôle, d'autant plus qu'il imaginait désormais son père en train de rire intérieurement tandis qu'il se confiait à son solennel bras droit.

– Et est-ce qu'il vous a dit qu'il voulait que je... grimpe au sommet?

Leapman hocha la tête.

– Est-ce que vous avez pensé qu'il délirait? Soyez franc.

– C'était inattendu. Mais vous pouvez compter sur mon soutien le plus total, ajouta vivement Leapman.

– Je vais en avoir besoin.

De la part de David, c'était une déclaration d'intention. Brusquement, intuitivement, mais d'une manière irréversible, il venait de prendre la décision de sa vie. Il allait consacrer à sa nouvelle fonction toute son énergie, malgré le mépris qu'il éprouvait à l'égard du monde des affaires. Depuis sa mission à Milan, il se sentait capable de devenir un dirigeant. Manny avait été sage dans sa décision, pour ne pas dire d'une grande finesse. Il avait raison de dire qu'on éprouvait l'ivresse quand on était aux sommets.

– Il faut rassurer les actionnaires, reprit David, comme si la question lui avait occupé l'esprit depuis des semaines. Qu'est-ce qu'il en est du titre? J'ai vu dans l'avion que la cote avait nettement chuté à l'annonce du décès de mon père.

– Nous avons encore perdu six points ce matin. Quelqu'un risque de mettre sur pied une offensive, si nous ne renversons pas la tendance.

– Une OPA, vous voulez dire?

– C'est le danger qui nous guette. Ces ordures savent qu'il y a de la valeur, ici. Tout est une question de perte de confiance. Nous déclinons et eux attendent le moment opportun pour frapper.

– Et ils nous brisent les reins.

– Cela pourrait arriver très vite.

– A moins que nous agissions.

– Exactement, dit Leapman en caressant du bout de l'index le rebord de son verre. Pour retrouver la confiance du marché, nous devons communiquer quelque chose de positif. Grâce à votre père, nous avons la réputation d'être solides comme un roc. Du moins était-ce le cas jusqu'à ces derniers temps. Nous avons une bonne base, ce sont les produits parallèles.

– Parallèles?

– Oui, les produits qui se vendent sans ordonnance. Les produits de marque. Et puis, il y a le Kaprofix, qui est toujours l'une des prescriptions leaders dans le traitement de l'angine de poitrine.

– Une position qui pourrait être menacée très bientôt.

– Elle l'est déjà. Adalat-Procardia nous a dépassés.

– Qui le fabrique?

– C'est le produit d'un développement conjoint de Bayer et Pfizer. Et Marion M-Dow est en train de faire une percée avec son nouveau médicament.

– Nous devons avoir une quantité de choses en phase de développement.

– Pas pour le marché de l'angine de poitrine, dit Leapman en secouant la tête. Et le brevet du Kaprofix expire en 1993.

– Ce qui signifie que nos concurrents vont commencer à faire des génériques?.

– C'est ça.

Il y eut un silence lugubre, puis David reprit :

– Il ressort manifestement de cela que j'ai besoin de renforcer notre département Recherche & Développement. Vous en êtes plus familier que moi, Michael. Pour le moment, ont-ils quelque chose d'intéressant sous le coude? Mon père semble dire dans sa lettre que nous allons devoir prendre bientôt des décisions.

– Ça, ce n'est pas simple, avança Leapman. Bien évidemment, je peux examiner les différents scénarios avec vous, seulement, je préférerais le faire au bureau, avec les chiffres sous la main.

– Très bien. Allons-y.

Leapman hésita.

– Je voulais vous dire quelque chose. Il faudrait que vous rencontriez quelqu'un. Le professeur Alaric Churchward, de l'Université Corydon.

– Corydon? Mais où est-ce que c'est?

– A Indianapolis. Ils sont spécialisés dans les sciences biologiques. Je crois que l'établissement a été fondé sous l'administration Kennedy, ou juste après, à l'époque où le potentiel de la génétique a commencé à se faire jour.

– Après la découverte du code de l'ADN?

– Oui. Churchward a quitté Yale pour les rejoindre en 1981, je crois. S'il fallait choisir un futur lauréat du Prix Nobel, vous ne vous tromperiez pas en le prenant.

– Et vous pensez qu'il nous serait utile?

– Il l'est déjà. Nous avons des liens très étroits avec Corydon, grâce à votre père. Nous finançons une grande partie des recherches qu'ils mènent là-bas.

– Dans le génie génétique? interrogea David, un peu mal à l'aise.

– Vous n'êtes pas obligé de faire la grimace, le gronda plaisamment Leapman. Les médicaments produits par le génie génétique représentent l'avenir de notre industrie. Les grands progrès qui seront désormais accomplis dans le domaine de la santé sont du ressort des généticiens. Ils nous ont déjà apporté une insuline plus pure et meilleure, pour les diabétiques. Dans les vingt prochaines années, ils vont produire des vaccins pour toutes les maladies que vous voulez. (Il se tut et but une gorgée de bière.) Mais comme par hasard, la dernière innovation ne doit rien à la biotechnologie.

– Une innovation? Vous êtes sûr?

Leapman eut un petit sourire.

– Oui, une innovation de la bonne vieille chimie.

– Un médicament?

Leapman hocha la tête.

– Pour quoi... Pour quelle maladie?

– Une maladie qui nous guette tous.

– Le cancer.

– La vieillesse, David. La vieillesse.

14

Les obsèques de Manny Flexner se déroulèrent sur la Cinquième Avenue, dans le Temple Emanu-El, la plus grande synagogue du monde. Les deux cent cinquante personnes qui y assistèrent en disaient long sur la popularité du défunt : Juifs, goys, un large échantillonnage de la société new-yorkaise.

– C'était un homme très aimé, dit le rabbin au cours de l'éloge funèbre.

C'était un cliché, on en conviendra, en pareille occasion, mais en l'occurrence, une vérité à bien des égards, que n'auraient pas démentie les nombreuses et très belles femmes présentes.

Plus tard le même après-midi, tandis que la plus grande partie de la famille était encore réunie dans la maison familiale de l'Upper East Side à manger des sandwiches et à échanger des anecdotes sur les innombrables hauts faits de Manny tant sur le plan sentimental que celui des affaires, une Assemblée générale Extraordinaire avait lieu dans les bureaux du siège de

Manflex. David Flexner se présenta comme nouveau Président et fut élu à l'unanimité. Michael Leapman, qui proposait la candidature de David, avait bien fait comprendre que c'était le vœu de Manny. Les sept directeurs et deux membres sans mandat du Conseil applaudirent poliment et on ouvrit une bouteille de champagne. La cote de Manflex, qui n'avait cessé de plonger de toute la semaine, remonta de quelques points à la clôture des cours.

– Enfin de bonnes nouvelles, remarqua David, quand Leapman lui en fit part.

– Excusez-moi, mais ce n'est pas le cas. La cote a monté suite à une rumeur selon laquelle quelqu'un est en train d'acheter des actions en grandes quantités. Le marché a perçu une offre de rachat.

– Déjà?

– Les requins sont vifs. Nous avons pris un sacré coup et ils sentent le sang.

Avec sa spontanéité habituelle, David répliqua :

– Qu'ils aillent se faire foutre, Michael. Aucun de ces vautours ne viendra grignoter Manflex. C'était toute la vie de mon père. Et des milliers d'autres vies en dépendent. Je suis responsable de nos employés.

Leapman posa sa main sur l'épaule de David.

– Ne vous en faites pas, David. C'est comme ça que fonctionne le marché, malheureusement.

– Tout repose sur la confiance, c'est ça? dit David. Nous devons faire la preuve que Manflex a de l'avenir sous ma direction.

– Exact. Et si nous manœuvrons bien...

– Je sais ce que vous allez dire, coupa David, mais il me paraît incroyable que la survie d'un grand groupe pharmaceutique comme le nôtre ne dépende que d'une simple molécule. Bon sang, nous vendons des centaines d'autres produits.

– Tout comme nos concurrents. Mais où en serait Glaxo sans le Zantac, ou SmithKline Beecham sans le Tagamet? En fait, ce qu'il nous faut, c'est un flot constant de nouveaux produits, mais cela nécessite un énorme investissement dans la recherche. Pour un médicament à succès, avez-vous une idée du nombre d'autres qui sont testés et brevetés? Cinq mille, David. Cinq mille pour un seul. Voilà les statistiques de notre secteur. Nous ne sommes pas équipés pour nous battre à une telle échelle, plus maintenant.

– OK, je vois. Il faut que je rencontre ce professeur Churchward dès que possible. Est-ce que ça signifie qu'il va falloir aller à Indianapolis?

Leapman hocha la tête.

– Quand voulez-vous que nous y allions?

– Avec le prochain vol, je suppose. Il faudrait vraiment que je retrouve la famille à la maison, maintenant. J'espère qu'ils seront indulgents pour cette absence.

– Vous savez ce qu'ils diront? « N'est-ce pas que c'est tout le portrait de son père! »

Ils prirent l'avion le soir même et passèrent la nuit au Hilton d'Indianapolis. Après le petit déjeuner, ils prirent un taxi pour se rendre à l'Université Corydon, à quinze minutes à l'ouest sur Washington Street, un peu après l'aéroport. Leapman lui fit un petit topo sur l'homme avec qui ils avaient rendez-vous.

– Ce n'est pas lui qui a découvert le PDM3, mais c'est le premier à en avoir perçu le potentiel. Il travaille sur un traitement de la maladie d'Alzheimer depuis au moins dix ans. Au départ, c'était sa thèse de doctorat, je crois. Il y a cinq ans, il a commencé à tester une molécule qui semblait avoir une influence sur les pertes de mémoire associées au syndrome d'Alzheimer. Nous l'avons appelée le Prodermolate, c'est-à-dire le PDM3. Les premiers résultats étaient prometteurs, sans plus, mais dernièrement – et quand je dis dernièrement, ce sont ces dernières semaines – il a obtenu des résultats qu'on ne peut que qualifier de sensationnels, David. Ils ne concernent pas seulement la maladie d'Alzheimer, mais aussi les capacités mentales de toute la population.

– Et vous disiez que mon père était au courant? demanda David.

– Bien sûr, que Manny était au courant. Il a rencontré le professeur Churchward plusieurs fois.

– Et alors? Qu'est-ce qu'il en pensait?

– De Churchward?

– Non, du PDM3.

– Il a soutenu le projet.

– Vous voulez dire qu'il était prêt à risquer l'avenir de Manflex dessus?

Leapman secoua la tête.

– Il n'avait pas à sa disposition l'information que nous avons maintenant.

– Mais cela ne fait qu'une semaine qu'il est mort. Les progrès n'ont été découverts que si récemment?

Leapman porta sa main à son visage comme s'il voulait faire comprendre qu'on touchait là à un sujet délicat.

– Eh bien, David... Manny était un type extraordinaire et nous l'adorions...

– Mais?

– Mais, ces derniers temps, il avait l'esprit occupé à autre chose. Je ne lui en veux pas. Quand il m'a fait part du mal incurable qui le rongeait, j'ai entrevu les conséquences que cela allait avoir sur la société et j'ai fait ce que n'importe qui dans ma position aurait fait : j'ai pris discrètement le pouls de nos affaires. J'ai demandé un état à jour de toutes les recherches que nous étions en train d'entreprendre, dans le monde entier. Et c'est comme cela que j'ai appris que Churchward était presque prêt à publier ses fabuleux résultats obtenus avec le PDM3.

– Vous n'en avez pas discuté avec Papa?

– J'ai trop tardé.

Le campus de l'université Corydon était un bâtiment massif et sans fioritures. Pas la moindre feuille de lierre en vue. C'était un immeuble en béton des années soixante, doté de quelques gadgets modernes. Des caméras de sécurité à l'entrée. Un réceptionniste en uniforme noir flanqué d'écrans vidéo et d'une console. Il entra leur nom dans l'ordinateur et les regarda apparaître sur l'un des moniteurs. Après quoi suivit le rituel de la photo d'identité pour les badges. Enfin, la secrétaire du professeur Churchward arriva : une jeune femme timide qui portait à la ceinture de sa jupe un badge au nom de Bridget Cadillac. C'était le genre de fille qui aurait certainement rougi si quelqu'un avait fait des plaisanteries sur son nom. Et c'est d'une démarche réservée et dépourvue du moindre déhanchement suggestif – elle avait dû s'exercer devant une glace, ce n'était pas possible autrement – qu'elle les escorta jusqu'à l'ascenseur.

Ils pénétrèrent dans un laboratoire bas de plafond, tout clinquant d'appareils divers, d'énormes cylindres de verre, de câbles électriques et de tubulures métalliques. Des panneaux jaune clair accrochés partout mettaient en garde contre les risques de contamination. Le bourdonnement insistant des ordinateurs situés à l'autre bout attira leur attention sur une série de claviers et d'écrans qui trônaient sur une longue table. Une espèce de périscope pointait son nez au-dessus. Un homme aux cheveux noirs, vêtu d'une blouse blanche, était en train de le manœuvrer.

Bridget Cadillac les annonça.

– Un instant, dit le professeur sans lever les yeux de l'oculaire.

Il manipula un bouton. A côté de lui, sur un moniteur vidéo, bougea légèrement un diagramme qui ressemblait à un idéogramme chinois et que David reconnut comme une représentation graphique de l'ADN, le cœur de la génétique. Le professeur continua ses réglages pendant quelques minutes. Puis il se recula finalement, toujours sans accorder un regard à ses visiteurs. Il fit glisser sa chaise à roulettes sur la droite et tapa quelque chose sur le clavier de son ordinateur.

Miss Cadillac écarta les mains d'un geste désolé comme pour excuser son patron et apporta deux tabourets. David et Leapman s'y assirent en attendant.

Finalement, le professeur Churchward se retourna et leur adressa la parole.

– Alors, messieurs, nous parlons affaires? dit-il tout en claquant des doigts et en désignant la porte.

Miss Cadillac quitta la pièce.

Manifestement, le grand homme avait des choses plus intéressantes à faire que parler à deux hommes d'affaires venus de New York. Malgré tout, il leur proposa du café en leur désignant un becher d'eau qui bouillonnait sur un bec Bunsen. A côté se trouvaient des tasses ébréchées et des cuillères sales. Ils répondirent presque en chœur qu'ils venaient de prendre leur petit déjeuner.

Churchward ressemblait à un coureur de marathon, tellement il était émacié, mais son métabolisme n'avait pas besoin de sport pour qu'il reste en forme. C'était le genre d'individu qui brûle des calories sans avoir besoin de se lever de sa chaise. Ses yeux d'un bleu intense, enfoncés dans son visage osseux, examinèrent brièvement les vêtements de ville de David, sans rien omettre. Impossible de savoir ce qu'il en avait déduit. Lui-même portait une cravate marron et il avait les cheveux aussi courts qu'un Marine.

– David est le nouveau Président de Manflex depuis hier, annonça Michael Leapman.

Churchward hocha la tête comme s'il était déjà au courant. Pas une parole de condoléances sur le défunt.

– Vous voulez donc les dernières nouvelles sur le Prodermolate. Vous connaissez l'historique?

– Faisons comme si je ne savais rien, dit David, qui effectivement ne savait pas grand-chose.

– Comme vous voulez. La molécule que nous avons baptisée PDM3 a été découverte il y a longtemps, en 1975, par une équipe de chez Cornell. Ils étaient financés par Beaver River Chemicals, qui est maintenant une filiale de Manflex, comme vous le savez certainement. La formule a été déposée avec des millions d'autres, mais elle n'a pas été considérée comme digne d'intérêt commercial jusqu'à il y a environ cinq ans, lorsque nous avons pris l'initiative, dans ce département, de faire des recherches sur les agents protecteurs. Vous voyez de quoi je parle?

David fronça les sourcils. La question s'adressait directement à lui et il jugea nécessaire de répondre, pour faire impression.

– Les contraceptifs?

Le professeur ferma les yeux et prit une longue et profonde inspiration avant de les rouvrir.

– Les agents protecteurs sont des molécules qui semblent empêcher certaines cellules nerveuses du cerveau de mourir. Personne ne comprend pourquoi. Votre père, qui se tenait au courant des développements, savait que certains de ses concurrents étaient en train de travailler dans ce domaine. Celui qui trouvera le remède à la maladie d'Alzheimer sera le roi de l'industrie.

– Ça au moins, je le sais, dit David.

Churchward hocha la tête.

– Des laboratoires comme Janssen et Miles avaient déjà commencé les protocoles d'essais précliniques avec des molécules qu'ils avaient déposées, aussi votre père nous a demandé de voir si nous avions quoi que ce soit qui aurait un éventuel potentiel dans le traitement de la maladie d'Alzheimer.

– Et quelqu'un s'est souvenu du PDM3?

– Absolument pas, dit le professeur, qui ne se gênait pas pour diminuer David à la moindre occasion. Les choses ne se passent pas comme ça. Le PDM3 faisait partie des nombreux produits qu'on a ressortis et testés. C'est rarement en effectuant des recherches ciblées qu'on découvre quoi que ce soit, en pharmacie. Les premiers résultats étaient intéressants, mais pas exceptionnels. Le PDM3 ne promettait rien d'extraordinaire dans les tests précliniques. Avez-vous la moindre idée de ce dont je parle? Savez-vous ce qu'est la procédure de tests? demanda-t-il d'un air menaçant. (Cette fois, David se contenta de lever les sourcils d'une manière ambiguë.) Je parle de la série de tests qu'une molécule doit subir avant d'obtenir une approbation.

– Ah, je vous suis, répondit David. Au stade préclinique, les tests sont faits seulement sur les animaux.

– Exact, concéda Churchward, comme à regret. Si les tests sont satisfaisants, on passe à la Phase Un, qui est tout au plus la vérification sur un petit échantillon humain que la molécule n'est pas nocive. Dans la Phase Deux, on teste son efficacité, toujours en utilisant un petit échantillon humain. Nous sommes passés par toutes ces étapes. Le PDM3 a subi les tests de Phase Deux et maintenant, nous sommes prêts à entreprendre la troisième phase, celle des essais cliniques à grande échelle. En admettant qu'ils se passent bien – et nous n'avons aucune raison de penser le contraire – nous soumettrons la molécule au FDA. La Food and Drug Administration, ajouta-t-il, comme s'il parlait à un enfant.

– Et s'ils donnent leur autorisation, nous faisons des affaires?

– Et comment! murmura Leapman.

– Vous pensez vraiment que cette molécule est particulière? demanda David.

– Particulière? (Le professeur hésita, comme s'il réfléchissait à sa réponse.) Ce que nous avons là, Mr Flexner, est l'équivalent, en pharmacologie, de la fission de l'atome.

David en eut la chair de poule. D'après ce qu'il en savait, les scientifiques ne lançaient pas ce genre de déclaration à la légère.

Le Professeur Churchward reprit :

– Le PDM3 n'est pas un agent protecteur. C'est un régénérateur. Il permet aux cellules mourantes de se régénérer. Aucune autre substance de notre pharmacopée n'en est capable.

– Les cellules du cerveau, se *régénérer* ?

– Oui. Vous entrevoyez les possibilités? Cela va bien au-delà du traitement de la maladie d'Alzheimer. Nous avons les moyens de maintenir nos capacités mentales indéfiniment. Il n'y a aucune raison pour que nous ne commercialisions pas cette molécule pour les gens bien portants. Les jeunes. Des hommes et des femmes de quarante ans pourront espérer voir leur cerveau continuer à fonctionner aussi efficacement à quatre-vingts ans. Ce médicament abolit le processus du vieillissement.

– Vous voulez dire du vieillissement mental?

– Soyez raisonnable, rougit Churchward. Je n'étais pas en train de dire que nous pourrions rajeunir les vieillards. Ça, c'est du ressort de la chirurgie esthétique.

– Donc, c'est un produit qui n'augmente pas l'espérance de vie?

Il étendit les mains en signe d'exaspération.

– Que voulez-vous de moi, Mr Flexner?

– J'essaie de saisir l'ampleur de la découverte, répondit calmement David. Si vous désirez qu'on vous félicite, très bien : je vous félicite. Mais je veux surtout être sûr que je vous comprends parfaitement.

– David, le potentiel est fabuleux, intervint vivement Leapman. Les gens seront capables de travailler plus longtemps s'ils le souhaitent. Les charges sociales en seront allégées. Ils pourront rester autonomes plus longtemps. Les génies pourront continuer à enrichir le monde tout au long de leur vie au lieu de sombrer dans la sénilité.

– Et nous sommes en avance dans ce domaine?

– Il n'y a personne d'autre en lice, dit Leapman.

– Il y a des recherches en cours sur le facteur de croissance des cellules nerveuses secrété par le cerveau, Churchward jugea bon d'ajouter. Mais elles n'en sont qu'à un stade préliminaire et ne concernent évidemment que l'aspect organique du problème.

– Et cela ne peut pas entrer en concurrence avec une molécule chimique, dit Leapman.

– Vous êtes certain qu'elle est dûment déposée?

– Vous pensez bien!

– Et les effets secondaires indésirables? demanda David.

– Comme vous le savez sans aucun doute, dit Churchward sans chercher à dissimuler son ironie, tous les médicaments ont des effets secondaires indésirables. Le tout est de les mettre en balance avec les bienfaits qu'ils apportent. Le PDM3 a quelques contre-indications temporaires. Il cause de légers maux de tête à certains sujets, des nausées et des vertiges, mais nous avons également remarqué ces effets sur l'échantillon testé qui recevait un placebo.

– Au même degré?

– Pas tout à fait le même, admit le professeur. Cependant, une large proportion des sujets n'ont manifesté aucun symptôme.

– Quelle proportion?

– Soixante-huit pour cent.

Le chiffre était censé impressionner David et y réussit.

– Et les effets à long terme? demanda-t-il.

– Nous n'avons aucune raison de penser qu'il y ait des effets à long terme, dit le professeur.

– Evidemment, n'est-ce pas? Avez-vous détecté le moindre symptôme suspect dans les tests animaux?

– Dans quelques rares cas, une légère élévation du taux enzymatique du foie.

– N'est-ce pas un peu problématique?

– Problématique est un mot un peu fort en l'occurrence. Le foie a une excellente faculté de régénération, aussi si le dosage est soigneusement respecté, il n'y a aucun danger.

– Comment le surveillera-t-on, professeur?

– En faisant des prises de sang.

– Si nous voulons vendre ce médicament, nous ne pouvons pas exiger des gens qu'ils se soumettent à des prises de sang, dit David, qui s'aperçut au moment où il la disait que sa remarque était naïve.

Churchward claqua sa langue et ne répondit pas.

Leapman s'éclaircit la gorge et dit :

– Je crois qu'il y a une petite confusion.

– Je suis certain que nous pourrons trouver une solution à ce petit détail au cours des essais, dit Churchward. Il s'agit simplement de trouver la posologie adéquate, si ce terme est clair pour tout le monde ici.

Presque tout ce que le professeur avait dit au cours de la conversation était teinté de mépris et David ne parvenait pas à comprendre pourquoi. Il se sentait stupide. Il était certain que son père aurait mené cet entretien avec moins de heurts – pour tout dire, avec un mélange d'humour et d'insolence – et pourtant, Manny n'aurait pas manqué d'obtenir une réponse claire sur les points les plus importants.

– Ne vous méprenez pas sur moi, dit David. J'essaie simplement d'aborder la question sous tous ses angles. Je sais ce que sont les effets secondaires. Je suis d'accord avec vous : tous les médicaments en ont, à un degré plus ou moins prononcé. Si vous voulez enrayer votre cancer, vous vous fichez pas mal de perdre vos cheveux, n'est-ce pas? La différence, c'est qu'avec le PDM3, nous ne soignerions pas une *maladie*.

– Nous soignerions la maladie d'Alzheimer, dit Leapman.

– Oui, mais le professeur envisage de commercialiser ce médicament pour les gens bien portants.

– Attendez, dit Churchward. la première chose, c'est que le PDM3 est remarquablement efficace en ce qui concerne le traitement de la maladie d'Alzheimer, originellement l'objet de mes recherches. Nous pouvons donc passer en toute sécurité à la Phase Trois.

– Mais vous êtes également certain qu'il améliore le fonctionnement du cerveau.

– Améliore, non, le corrigea Churchward. Plus exactement, il prolonge la durée de bon fonctionnement.

– Très bien. Mais si nous le vendons aux gens qui ne sont pas malades, nous ne mettons pas en balance les fameux effets secondaires, nausées, vertiges, maux de tête, avec une maladie mortelle. Nous leur demandons d'accepter de prendre des risques.

– Je n'accepte pas ce terme. Ne parlons pas de risques. Les risques, nous les éliminons. Disons qu'il y aura quelques inconvénients, quelques sensations désagréables, dit Churchward. Mais c'est leur problème. Il y a des quantités de boissons ou de denrées alimentaires qui produisent des symptômes bien plus désagréables que le PDM3. Prenez les produits diététiques : si vous absorbez un complexe multi-vitaminé, il y a de grandes chances que vous soyez constipé.

– Donc, le PDM3 est aussi sûr qu'un cachet de vitamines?

– Si la posologie est respectée, oui.

– C'est ce que Manny n'a cessé de chercher pendant toute sa vie, dit Leapman en détachant bien ses mots et en prenant le ton d'un évangéliste en plein prêche. Un produit totalement sûr qui balaie littéralement le marché.

David pensa à son père. Il se souvint de ce clin d'œil bizarre dans la morgue. L'incident n'avait pas de sens, mais il ne l'oublierait jamais.

– Alors, quand rendons-nous la nouvelle publique?

– Disons demain, si nous voulons que Manflex reste à flot, dit Leapman. (Remarquant immédiatement la réaction alarmée de David, il ajouta vivement :) A ce stade, nous nous contenterons d'annoncer demain que nous tiendrons prochainement une conférence de presse concernant une nouvelle molécule dans le traitement de la maladie d'Alzheimer. C'est suffisant pour retrouver la confiance du marché.

La suggestion ne pouvait être rejetée. David sentit des sueurs froides lui coller son T-shirt à la peau. Il regarda Churchward d'un air interrogateur.

– Aucune objection, messieurs, dit le professeur, d'un ton tout à fait amical. Je suis prêt à publier mes résultats.

– Nous n'allons pas entreprendre encore la production, dit Leapman pour rassurer David.

– Oui, mais une fois que nous aurons publié ce communiqué, nous ne pourrons pas reculer, sinon, ce serait jouer avec la cote de l'entreprise.

– Exact, dit Leapman, chaleureusement.

David n'était toujours pas rassuré.

– La prochaine étape, c'est de trouver un financement. Il faudra des millions, probablement. Les essais cliniques à grande échelle coûtent cher. Et si nous obtenons l'autorisation de la FDA, nous allons avoir besoin d'un investissement massif pour lancer le produit.

– Donc, nous lèverons des fonds.

– En pleine crise économique?

– Il faut avoir de l'audace, David, dit Leapman. Sinon, franchement, Manflex est fini. (Il s'approcha et ajouta sur le ton de la confidence :) D'ailleurs, j'ai une proposition à vous faire en ce qui concerne le financement. Je vous en parlerai plus tard.

15

Son bloc à dessin fourré sous son bras et son feutre serré dans son poing, Naomi monta dans le taxi qui l'attendait avec autant d'assurance qu'une princesse. Comme il craignait que la petite fille fût moins à l'aise qu'elle ne le paraissait, Diamond essaya d'animer le court voyage en lui montrant les autobus qui passaient auprès d'eux. Au dixième, il abandonna : Naomi n'avait pas besoin qu'on la distraie.

Pour l'occasion, Julia Musgrave avait voulu lui acheter une nouvelle robe avec un col à lavallière lorsque Diamond lui avait rappelé la raison exacte du passage de l'enfant devant les caméras. Aussi avait-elle des vêtements semblables à ceux qu'elle portait lorsqu'on l'avait découverte : une robe marron et blanc de chez Marks & Spencer, des collants blancs et des chaussures de sport.

Au moment où le taxi faisait le tour de la fontaine devant l'immeuble de la télévision de Shepherd's Bush, une petite main vint se loger dans celle de Diamond et la serra très fort. Inquiète? Probablement pas, se dit Diamond. Peut-être qu'elle a l'impression que j'ai le trac.

Au cours de sa carrière de policier, il avait participé à de nombreuses émissions de télévision, aussi n'avait-il aucune raison de s'angoisser. Mais il était rongé par le doute : un appel à témoin sur *Crimewatch* préparait-il en aucune façon à *Du Côté des Enfants* ?

On lui avait demandé de se présenter avec Naomi à la réception à 10 heures le vendredi matin, en lui recommandant d'être patient, car Cedric allait les glisser entre deux sujets au moment opportun. Et il n'y avait pas moyen de savoir exactement quand.

On les emmena dans un petit salon. Le but de ce genre de pièce est normalement de mettre les visiteurs à l'aise. L'assurance de Diamond s'évanouit d'un seul coup lorsqu'il entra. L'endroit n'était pas fait pour lui. Des boîtes de Coca-Cola, des assiettes de beignets et des biscuits attendaient sur une table et des jouets divers étaient soigneusement éparpillés un peu partout sur les sièges tout cuir et acier. Pour sa part, Naomi sembla aussi indifférente aux friandises et aux jouets que Diamond. Elle s'accroupit sur la moquette et s'absorba rapidement dans ses dessins.

Dans toute entreprise déraisonnable, il y a des

moments cruciaux, lorsqu'on est contraint de reprendre son souffle, de regarder autour de soi et d'évaluer la situation. Ce ne furent pas les jouets ou les beignets qui mirent Diamond dans tous ses états. Ni l'arrivée de trois petites filles en robes de satin rose, ni le gamin coiffé à l'iroquoise qui arriva sur un skateboard. Non, le pire, ce fut Sally, un chimpanzé femelle à l'allure traîtreusement docile, accompagné d'une dame à cheveux gris qui portait des gants. A peine Sally avait-elle été apportée et déposée à l'autre bout du canapé où Diamond était assis qu'elle se mit à piailler et à sautiller. L'animal n'était pas terrifié, expliqua la dame. Elle n'était pas inquiète non plus de passer à la télévision. Sally, apparemment, était une habituée, l'un des piliers de l'émission. Non : Sally hurlait à pleins poumons parce qu'elle était *contente*.

En plus, elle voulut partager son bonheur avec Diamond. Retenue par un harnais de cuir rouge et une laisse qui lui donnait néanmoins une marge de manœuvre suffisante, elle put s'approcher à près d'un mètre de Diamond (sa maîtresse avait eu raison de ne pas lui accorder davantage) et agiter les bras dans sa direction. Après quoi elle découvrit les dents et reprit ses hurlements.

Parce qu'elle était contente.

Au petit déjeuner, il avait expliqué à Stephanie où il se rendait, en soulignant d'un ton morne qu'une émission télévisée pour enfants n'avait pas grand-chose à voir avec son métier de policier. Stephanie avait fait remarquer qu'il était désormais indépendant. S'il acceptait de jouer au cerceau pour rendre service à la petite Naomi, très bien, mais il ne fallait pas non plus qu'il oublie que c'était lui qui s'était imposé cette tâche.

– En fait, ce que tu essaies de me dire, résuma-t-il, c'est : « Arrête de râler ».

Elle ne l'avait pas contredit.

Aussi, si Peter Diamond, dont la réputation de tempérament sanguin n'était plus à faire, voulait partager un canapé avec une guenon hurlante, c'était que quelque chose de fondamental était arrivé dans son existence. Et c'était le cas. Son destin était lié à celui d'une petite fille qui refusait de parler. Et pourtant, tout ce qu'elle avait fait, c'était glisser quelques fois sa petite main dans la sienne.

Ne voulant pas faire de vagues, il endura au moins quinze secondes le numéro de Sally la guenon avant de changer de siège. Il alla même jusqu'à faire un sourire aimable à sa maîtresse, soupçonnant que, s'il y avait du scandale, ce serait lui et Naomi qu'on jetterait dehors, et pas Sally.

Le chimpanzé continua de faire de grands gestes dans sa direction.

– Elle vous aime, déclara la dame avec le réflexe typique des propriétaires d'animaux qui terrorisent les gens. Elle s'est vraiment entichée de vous.

C'est à son grand soulagement qu'arriva une jeune femme aux yeux lumineux qui se présenta sous le nom de Justine en expliquant qu'elle était l'assistante de Cedric. Elle était accompagnée d'un petit garçon noir qui devait avoir l'âge de Naomi.

– Je vous présente Curtis, dit-elle. C'est lui qui vous interviewera. (Et comme Diamond écarquillait les yeux :) Toute l'émission est présentée par des enfants.

Et sur ce, elle sourit et s'éclipsa.

Curtis fit un clin d'œil. Il portait une casquette de base-ball rouge et un T-shirt noir sur lequel était imprimé le titre de l'émission en lettres blanches. Il tendit la main à Diamond.

– Pete – ça vous embête pas que je vous appelle Pete? – Je suis vraiment désolé de ne pas pouvoir vous dire quand on passe à l'antenne, dit-il avec le ton professionnel de quelqu'un qui aurait eu cinq fois son âge. Mais j'ai pensé que vous et Naomi seriez contents de pouvoir voir le studio avant.

– Nous serions ravis, répondit Pete.

La seule personne qui utilisait ce diminutif était

Stephanie. De toute évidence, Curtis méritait que l'exception s'étende à lui. Personne dans le salon n'avait eu droit à l'invitation d'aller voir à quoi ressemblait le studio.

Il fallut lever Naomi, qui était toujours plongée dans ses dessins.

– C'est du japonais? demanda Curtis.

– C'est une jolie suggestion, mais je crains bien que non, répondit Diamond après avoir jeté un coup d'œil à la page, qui était une fois de plus remplie de losanges. Tu sais qu'elle ne parle pas, bien sûr?

« Vous pensez bien, Pete » : telle fut la réponse.

Curtis les emmena d'un pas sautillant à travers quelques portes jusqu'au studio, un endroit sombre comme une caverne, à l'exception d'un décor de vaisseau pirate où les techniciens s'affairaient. En leur recommandant de prendre garde aux câbles, Curtis se dirigea vers un plateau plongé dans l'obscurité qui représentait une salle d'attente d'aéroport à l'échelle des enfants. A travers la fenêtre, on voyait un avion en modèle réduit qui attendait sur une piste tout à fait réaliste.

– C'est l'un de nos décors permanents, je vous jure. C'est vraiment nul, hein? s'excusa Curtis. Vous êtes censés imaginer que l'action se déroule ici. Le jet-set, si vous voyez ce que je veux dire. C'est là que Cedric veut nous filmer.

Avec le vol que Naomi devait prochainement prendre pour Boston, le choix n'était pas si mauvais, et Diamond s'en ouvrit à Curtis.

– Le seul problème, c'est que je vais avoir l'air de King-Kong, dans ce décor, ajouta-t-il.

– Vous faites pas de bile, Pete, l'assura Curtis. Le cameraman va s'occuper de ça.

Que cette si touchante confiance fût ou non justifiée, c'était un autre problème, mais le gamin ne pouvait être plus rassurant lorsqu'il leur expliqua le genre d'interview qu'il entendait faire.

– L'idée que j'ai, c'est qu'il faut raconter comment Naomi a été découverte. Vous étiez chez Harrods cette nuit-là, c'est bien ça? (Diamond hocha la tête.) Bon, alors on va expliquer qu'elle a déclenché une alerte générale et je vais vous demander qui elle est et comment elle s'est introduite là-bas et vous direz que personne ne le sait, OK? A ce moment-là, il faut que vous disiez qu'elle ne parle pas du tout. Cedric dit qu'on va pas se lancer dans trop d'explications. Il faut rester simple.

– D'accord, dit Diamond, qui commençait à se sentir mieux.

Il ne voulait pas qu'on affuble Naomi de l'étiquette d'autiste ni qu'on sous-entende qu'elle était handicapée mentale. C'était bien mieux de présenter son mutisme comme un simple état de fait.

– Bon, continua Curtis. Ce que je dois faire passer, c'est qu'on a besoin d'aide pour résoudre ce mystère. (Il fit une pause pour souligner que c'était la question qu'il poserait :) Qui est Naomi? Là, gros plan de coupe sur Naomi. Il faut que les gens la regardent et se disent : « Bon sang, mais où est-ce que j'ai déjà vu cette môme? »

Pas de doute : le gamin était un pro.

– Et c'est tout?

– A moins que vous ayez quelque chose d'autre à ajouter.

– Tu as fait le tour de la question.

– Vous voulez voir les autres plateaux?

Pendant tout ce temps, Naomi était restée à côté de Diamond, son bloc à dessin serré contre sa poitrine. Maintenant que la conversation avait pris un tour moins animé, elle commença à se dandiner comme si elle voulait partir.

Curtis la désigna du regard et demanda :

– Elle veut aller chez les dames?

– Quoi? demanda Diamond, interloqué.

– Chez les dames. Aux chiottes. Comment vous faites pour savoir quand elle veut y aller?

C'était un détail auquel il n'avait pas songé. Etre responsable d'une petite fille n'était pas simple.

– Tu ferais mieux de nous montrer où c'est, Curtis.

Les toilettes étaient situées à côté du salon. A peine Naomi vit-elle les portes qu'elle tendit son bloc et son feutre à Diamond et qu'elle s'y précipita. Il remarqua qu'elle avait dû comprendre les symboles, car elle n'hésita pas une seconde entre les toilettes des hommes et celles des dames.

Curtis regarda la pendule et promit de les retrouver après le déjeuner, lorsqu'il faudrait les maquiller. Il leur indiqua la cafétéria, puis, sur un clin d'œil et un sourire, il abandonna un Diamond un peu désemparé devant les toilettes. Impossible de savoir si la petite allait savoir se débrouiller sans aide et, bien entendu, il n'y avait pas la moindre femme en vue à qui il aurait pu demander de s'en occuper.

« Bon sang, si les copains de la police me voyaient », songea Diamond.

Un instant plus tard, Naomi ressortit, toute proprette et toujours aussi absorbée. Les choses s'accéléraient.

Déjeuner. Maquillage. Retour au salon.

Curtis, qui portait maintenant une chemise rouge et un nœud papillon noir, les informa du déroulement de l'émission. Apparemment, ils allaient passer entre les trois gamines en satin rose et le petit punk. Pendant ce temps, Naomi dessinait toujours.

– Peut-être qu'elle essaie de dire quelque chose. Vous y avez pensé? demanda Curtis.

– Avec ses dessins? Oui, bien sûr, j'y ai pensé, dit Diamond. Seulement je n'ai pas trouvé quoi.

Curtis jeta un coup d'œil par-dessus l'épaule de Naomi.

– Ce serait pas un logo? demanda-t-il. Vous savez, comme les trucs qu'on voit dans les pubs?

– Le losange en forme de diamant? Là, comme ça, je

ne vois pas la moindre marque qui aurait ça comme logo.

– Vous avez remarqué qu'elle ne les colorie pas? Quand les gosses dessinent ce genre de forme, la plupart du temps, ils les colorient.

Voilà un point qu'il n'avait pas envisagé. Sur le moment, il ne vit pas à quoi cela pouvait bien rimer, mais Curtis le devança.

– Ça pourrait être quelque chose où on voit à travers, comme les fenêtres bizarres qu'il y a dans les vieilles maisons.

Des vitraux.

– C'est une très intéressante suggestion, ça Curtis.

– Oh, j'ai pas de mérite, dit Curtis. Il faut que je retourne en régie, là. Bougez pas.

Et il sortit tout en claquant des doigts et en fredonnant une chanson.

Diamond réfléchit à l'idée de Curtis. Si Naomi avait habité dans une maison avec des fenêtres à vitraux, ce pouvait être un véritable indice. Il souleva sa masse de son siège et vint s'agenouiller lourdement auprès d'elle.

Elle cessa de dessiner.

Il examina les formes qu'elle avait tracées sur la page. Certaines, en tout cas, se touchaient aux angles. Peut-être que c'était inévitable, à force d'en dessiner autant sur la même feuille. Il tendit la main et demanda :

– Je peux prendre ton feutre?

Elle le lui tendit. Non seulement elle avait compris, mais en plus, elle lui faisait suffisamment confiance pour lui donner son précieux feutre. C'était un bon signe.

Il prit une page vierge et commença à dessiner des losanges reliés aux angles. Il aurait été plus simple de dessiner deux séries de lignes obliques qui se croisent, mais il savait que Naomi dessinait ses losanges un à un. Aussi fit-il de même pour aboutir à une espèce de grille.

Elle le regarda dessiner, ce qui l'encouragea, bien

qu'elle restât impassible. Il termina son dessin en entourant ses losanges d'un carré qui représentait un cadre, et il obtint une fenêtre à vitraux relativement correcte. Il lui tendit le bloc.

– Qu'est-ce que tu en penses?

Elle accorda toute son attention au dessin, l'étudiant avec le sérieux d'un membre de la Commission Artistique de l'Académie Royale. Elle tendit la main et repassa sur les lignes du bout des doigts. On aurait dit que quelque chose ne la satisfaisait pas.

– Tu veux qu'on mette des rideaux? demanda Diamond.

Il voulut reprendre le bloc, mais elle refusa de le lui laisser. Et elle tendit la main pour qu'il lui rende le feutre.

Ce qu'il fit.

Elle se concentra profondément, se pencha sur le bloc au point que ses cheveux retombèrent dessus en découvrant sa petite nuque blanche. Elle était en train de dessiner sur l'espace vierge au dessus du dessin de Diamond. Il ne put rien voir jusqu'au moment où elle se redressa.

Cette fois, elle le laissa stupéfait : elle avait ajouté deux rectangles et un petit cercle.

Il commençait à se demander si ce n'était pas une sorte de jeu destiné à des gens qui avaient un QI plus élevé que le sien. Il n'avait jamais réussi à faire le Rubik's Cube. Il avait abandonné après qu'une des scouts de Stephanie avait montré qu'on pouvait réussir la chose en deux temps trois mouvements.

Curtis arriva à temps pour l'interrompre dans sa séance de torture de méninges et lui annonça qu'ils allaient passer à l'antenne. Naomi se leva immédiatement. Non seulement elle semblait avoir compris, mais elle avait l'air impatiente d'arriver enfin à ce pour quoi ils étaient venus. La visite des studios l'avait rendue plus vivante. Dommage que Julia Musgrave n'ait pas été là pour voir ça.

Sur le plateau, on avait apporté une chaise à la taille de Diamond. Elle n'avait qu'un défaut : elle était si basse qu'il soupçonna qu'on avait scié au moins une quinzaine de centimètres des pieds.

– Ne me demande pas de me lever devant les caméras, dit-il à Curtis, qui était debout à côté de lui.

Naomi était perchée en face d'eux sur un petit banc d'enfant. Elle semblait beaucoup plus intéressée par le modèle réduit d'avion qu'on apercevait par la fausse fenêtre que par les caméras et il fallut que le chef de plateau claque des doigts pour attirer son attention.

Puis on leur donna l'antenne.

Curtis s'adressa aux caméras. Partout, dit-il, les enfants s'imaginaient en détectives. Maintenant, ils allaient avoir la possibilité de résoudre un vrai mystère. En quelques phrases imagées, il expliqua l'affaire, l'alerte chez Harrods et la découverte de la petite fille, ce qui lui permit de présenter Diamond.

L'interview se déroula exactement comme prévu, sans la moindre question piège ni le moindre bafouillement dans les réponses. Après quoi, ils purent revoir la prise et Diamond fut ravi de voir ce qu'avait donné l'appel à témoins. Cedric Athelhampton finit par sortir de la régie et serrer la main de Diamond. C'était un homme maigre, vêtu tout en blanc.

– Sensationnel, mon chou, sensationnel. Vous êtes fait pour la télévision, jusqu'au bout de vos grosses mains, on ne vous l'a jamais dit? Quelle présence fascinante, quel merveilleux contraste avec cette petite enfant! Le seul problème, c'est que je n'ai pas prévenu la BBC qu'il y aurait des appels. Je suis sûr que le standard est déjà complètement bloqué. On va me donner des coups de bâton pour ça, mais c'était un grand moment de télévision, et c'est ce que je leur dirai, pour ma défense.

– Et les appels, alors? demanda Diamond, soudain inquiet.

– Que voulez-vous dire?

– Qui les prendra?

– Pour le moment, ils sont transmis à mon bureau, à mon assistante, Justine. Entre nous, ce sera n'importe quoi à quatre-vingt-dix-neuf pour cent. Le fatras d'âneries habituelles. Les gosses se laissent embarquer par le charme de Curtis quand il lance ce genre d'appel à témoins. Vous ne trouvez pas qu'il est irrésistible?

Diamond n'était en état de discuter le charme de quiconque. Il était furieux de ne pas avoir réfléchi. Il s'était bien trop soucié de l'émission.

– Pour le moment, ce qui m'intéresse, ce sont les appels, le un pour cent sérieux. Justine sera-t-elle capable de faire la différence?

Cedric eut un sourire espiègle.

– Les vrais? Qu'est-ce que j'en sais? (Puis, voyant le regard noir que lui lançait Diamond :) Elle est brillante, aussi brillante qu'un bouton de vareuse de soldat un jour de revue de détail. Ne vous inquiétez pas. (Il serra le bras de Diamond.) Nous vous informerons si nous avons trouvé quelque chose.

Mais Diamond ne voulait pas en rester là. Il exigea

qu'on l'emmène dans le bureau où étaient passés les appels.

Justine était en train de répondre, un bloc-notes et un crayon à la main.

– Merci, mon petit ange. Maintenant, redonne le téléphone à maman. (Elle leva les yeux vers Diamond.) Ces mômes, quelle plaie! (Elle appuya sur un autre bouton et répondit d'un ton sans enthousiasme.) *Du Côté des Enfants,* j'écoute?... Et où l'as-tu vue exactement... Ah, dans « Le Roi et Moi »? Tu veux parler du film avec Yul Brynner?... Merci, je le note...

Peut-être valait-il mieux ne pas lui demander si elle avait eu un appel intéressant.

– Ce sont leurs parents qui leur donnent les idées. Ce n'est pas possible autrement. Ils sont encore plus crétins que leurs mômes. Je sais bien pourquoi vous êtes là. Je fais cela depuis une heure et ça n'arrête pas. Soyez gentil, allez me chercher un sandwich et un jus d'orange à la cafétéria, s'il vous plaît. En attendant, je vais me débrouiller comme je pourrai.

Il ne discuta pas : il dépendait d'elle.

Elle ôta son casque lorsqu'il revint et dévora son sandwich.

– Merci, qu'est-ce que je vous dois?

– Un petit topo, dit-il. On a touché le jack-pot ou pas?

– C'est vous qui êtes seul juge. En tout et pour tout, j'ai eu douze appels de gamins qui prétendent la connaître, de l'école ou d'un cours de danse, enfin, ce genre de choses. J'ai pris leurs numéros. Vous pouvez les rappeler. Ah, et puis il y a eu un appel bizarre.

– Qu'est-ce que vous voulez dire par là?

– Eh bien, un appel qui ne m'a pas plu. Une Japonaise. Enfin, je crois que c'était une Japonaise, d'après la voix.

– Elle a donné son nom?

– Non, c'est ça le problème. Elle a refusé. Et elle n'a pas dit si elle connaissait Naomi ou pas, comme tous les autres. Tout ce qu'elle a dit, c'est de vous transmettre un message. Un taxi viendra vous chercher à 7 heures.

– Ici?

– Oui. Si vous voulez vraiment aider Naomi, il faut que vous preniez ce taxi.

– Naomi aussi?

– Oui.

– Et c'est tout? Elle n'a pas dit où le taxi irait?

– Non. Vous allez le prendre?

– Est-ce qu'elle vous a donné l'impression qu'elle était sérieuse?

– Mr Diamond, elle était tellement sérieuse, que si j'étais vous, j'y réfléchirais à deux fois avant de prendre ce taxi.

– Je n'ai pas envie de rire, dit Diamond. Il est quelle heure?

16

Pour réussir, il faut réagir vite. Mais cela peut aussi vous apporter des pépins. Dans le taxi, Diamond se souvint qu'il n'était plus policier. Il agissait en professionnel et suivait la seule piste qui lui avait été offerte à l'issue de l'émission. Seulement, s'il avait encore été dans la police, il aurait prévenu ses hommes par radio de ce qu'il était en train de faire.

Il demanda au chauffeur où ils allaient.

– Je reste muet comme la tombe, mon vieux.

– Oh, ça va!

– OK. On va au Royal Albert Hall.

– Allez vous faire voir.

Il aurait dû appeler l'école, ou au moins demander à quelqu'un d'avertir Julia Musgrave. Pour un homme de son âge, trimballer une petite fille dans Londres sans prévenir la personne qui en était responsable n'était pas seulement une imprudence : cela lui vaudrait l'indignation de tous. Ce n'était pas que Julia le soupçonnerait de chercher à détourner l'enfant – elle lui faisait suffisamment confiance, désormais – mais d'autres en seraient bien capables. Les violences sexuelles sur des enfants, un crime qu'il ne parvenait pas à comprendre, étaient depuis quelque temps sous le feu des médias et il n'en faudrait pas plus à quelqu'un comme Mrs Straw pour le désigner comme un pervers. Cela dit, il fallait être juste : n'importe quel policier était obligé de tenir sérieusement compte de ce genre d'allégation, d'où qu'elle vienne. Aussi résolut-il de téléphoner dès que possible une fois qu'ils seraient arrivés à destination.

Et ce fut bien le Royal Albert Hall.

A peine furent-ils descendus sur Kensington Gore, en face de la porte nord, qu'une Japonaise les aborda. Diamond prit Naomi par l'épaule et la rapprocha de lui pour la protéger. Il ne voulait prendre aucun risque.

La femme s'inclina cérémonieusement. Elle devait avoir la soixantaine, ce qui était trop vieux pour qu'elle soit la mère de Naomi. Elle avait une verrue au-dessus de la lèvre.

– Mr Diamond?

– Oui.

– Veuillez venir avec moi, je vous prie.

– Un instant, madame.

Il régla la course. Lorsqu'il baissa de nouveau la main, il sentit celle de Naomi lui empoigner fermement les doigts. De toute évidence, elle ne considérait pas cette femme comme un membre de sa famille. Ils la suivirent néanmoins en direction du bâtiment et il remarqua que Naomi levait la tête, comme pour voir en entier la construction de briques rouges. Une cocotte-minute pour les dieux, avait toujours pensé Diamond en voyant le Royal Albert Hall. On aurait imaginé sans peine une main divine en soulever le couvercle, y plonger une cuillère en bois et en remuer le contenu, tandis que la salle retentissait des accents de *Land Of Hope and Glory*.

La femme monta vivement quelques marches et pénétra dans la voûte de l'entrée du Royal Albert Hall comme s'il s'était agi de sa propre maison. Elle portait de coûteux vêtements occidentaux, un tailleur en soie fauve et un pantalon assorti. Ses lunettes cerclées d'or étaient retenues par une longue chaîne qui dansait sur ses épaules.

Dès qu'ils furent entrés dans le bâtiment, Naomi serra si fort les doigts de Diamond qu'ils en étaient tout engourdis. La femme tourna à droite et les emmena le long du couloir principal qui fait le tour de la salle de concert. Il y avait d'autres gens autour d'eux, des jeunes pour la plupart, qui avaient l'âge et l'allure d'étudiants. Pourtant, Diamond n'avait pas l'impression que la salle servait ce soir-là pour un concert, de rock ou de musique classique. Il ignorait quel était le programme de la semaine. Tête de linotte, se morigéna-t-il. Tu aurais dû demander pendant que tu étais à la BBC.

Leur guide s'arrêta devant une porte où était écrit « Privé » et frappa.

Diamond n'était pas très à l'aise d'emmener Naomi dans un endroit fermé.

– Voudriez-vous m'expliquer de quoi il s'agit? demanda-t-il.

La femme se retourna.

– Je suis désolée. Ce n'est pas à moi de vous le dire.

– Qui êtes-vous? Je ne connais même pas votre nom.

– Je ne suis rien. Ne faites pas attention à moi.

– Vous parlez un excellent anglais.

– C'est la seule raison de ma présence ici.

La porte s'ouvrit sur un jeune Japonais costaud qui portait un survêtement noir. La femme s'inclina. Le jeune homme baissa brièvement la tête dans un salut destiné moins à la femme qu'à Diamond, qui remarqua qu'il avait les cheveux ramenés sur la nuque en une sorte de chignon. Il y eut quelques mots échangés en japonais.

– Veuillez entrer, dit la femme en s'effaçant et en les invitant du geste.

L'écœurante odeur d'un parfum fleuri les envahit. Elle provenait des cheveux du jeune homme. C'était du camélia, nota Diamond, dont la femme utilisait un parfum semblable, mais plus discret. Cela ressemblait de moins en moins à une réunion de famille, mais l'invitation n'avait rien de menaçant. Il fit entrer Naomi.

Ils furent accueillis par un spectacle inattendu : une énorme paire de fesses nues, à l'exception d'une bande de soie noire qui les séparait.

Pour des raisons trop complexes pour être abordées ici, l'obésité est un trait physique qui n'est guère l'objet de l'admiration dans les sociétés occidentales. C'est parfois l'objet de moqueries, ou, plus positivement, l'occasion d'un certain avantage lorsqu'on joue dans une équipe de rugby. Ces fesses-là avaient manifestement des ambitions supérieures. Elles étaient monumentales, aussi impressionnantes, à leur manière, que le Royal Albert Hall lui-même.

Immobiles, couleur d'or pâle, lisses comme des panneaux de signalisation, massives comme deux tonneaux placés côte à côte, elles dominaient le centre de la pièce et une bonne partie des côtés. Le reste du corps de leur propriétaire était pour le moment invisible, penché en avant qu'il était dans une position qui devait être très pénible.

Vu de la hauteur de Naomi, le spectacle devait être aussi imposant que le Fuji-Yama.

Diamond se souvint, mais un peu tard, qu'il avait vu quelque chose aux informations quelques jours plus tôt. Un festival japonais avait lieu en ce moment et l'un des spectacles présentés était des combats de sumo. Ce sport avait un grand succès à Londres. Il murmura :

– Sumo?

L'homme qui les avait fait entrer hocha la tête.

Bien que Diamond n'eût guère assisté à ce genre de combats qu'à la télévision, il avait une certaine sympathie pour un sport où l'entraînement consistait à se gorger de nourriture et où les matches ne duraient tout au plus qu'une quinzaine de secondes.

Les fesses frémirent et changèrent de position avec une étonnante rapidité, tandis que leur propriétaire, sans se soucier de la présence de ses invités, se redressait et se livrait à un exercice physique consistant à lever le pied droit jusqu'à hauteur d'épaule et à en frapper violemment le sol.

– Le *shiko,* murmura la femme depuis le seuil. C'est pour effrayer les esprits malins et l'adversaire.

– Dites-lui que son adversaire n'est pas là, chuchota Diamond.

Le rite du *shiko* fut répété, cette fois avec le pied gauche. Les énormes globes de chair terminèrent le mouvement, frissonnèrent, puis s'immobilisèrent. En tout cas, l'odeur écœurante de camélia n'en était désormais que plus entêtante. Le lutteur, tout comme son serviteur, devait en être enduit de la tête aux pieds.

– Je crois que c'est un malentendu de nous avoir invités ici, insista Diamond.

Scandalisé que quelqu'un eût pu oser parler pendant que l'exercice rituel avait lieu, l'homme en survêtement leva la main pour lui imposer le silence.

Le lutteur leur offrit à nouveau le spectacle de ses fesses en se penchant si bas que sa tête devait toucher ses genoux. Il portait la large bande de soie noire qui est réservée aux *sumotori* du rang le plus élevé. Cette intimité forcée avec un postérieur gigantesque mettait Diamond mal à l'aise et il ne voulait pas penser à l'effet que cela devait produire sur l'enfant. En fait, la pièce n'était pas si petite. Ce devait même d'ailleurs être la loge des vedettes. Mais lorsqu'on partage ce genre d'endroit avec un lutteur de sumo et deux têtes beurrées de baume parfumé au camélia, il devenait exigu. Diamond se retourna pour voir si la femme était encore là. Elle restait sur le seuil comme pour ne pas gêner.

– Etes-vous certaine que vous ne vous trompez pas? lui demanda Diamond.

Elle hocha la tête et lui fit signe de se taire en posant un doigt sur ses lèvres.

Le lutteur grogna, se redressa et se retourna brusquement. Il était énorme. De partout. Il avait des cuisses si grosses qu'elles auraient probablement pu servir de piliers à un pont et, dans un certain sens, il valait mieux, car elles étaient surmontées d'un ventre si gros qu'il passait par-dessus la ceinture de soie noire et donnait l'impression qu'il était tout nu. La masse des pectoraux barrait son torse d'un épais pli frémissant. Et au-dessus de tout cela, irréelle, était posée sa petite tête lunaire. La seule fantaisie était son chignon ramené sur le devant en forme d'éventail, coiffure réservée aux *sumotori* du rang le plus élevé. Il jeta un bref regard à l'homme en survêtement qui prit immédiatement une sorte de veste semblable à une robe d'avocat et en enveloppa les colossales épaules.

Le gigantesque personnage s'inclina alors pour saluer Diamond, qui en fit autant. Pour une fois dans sa vie, il se sentait physiquement inférieur, mince, pour ne pas dire efflanqué. L'autre lui tendit la main. Connaissant l'agilité des lutteurs japonais, il n'aurait été nullement surpris de se retrouver étalé sur le dos à l'autre bout de la pièce. Mais l'homme se contenta de la lui serrer fermement. Quelques mots en japonais furent prononcés d'une voix rauque et aiguë.

Toujours derrière Diamond, la femme traduisit :

– L'*Ozeki* Yamagata vous souhaite la bienvenue dans ses appartements temporaires du Royal Albert Hall.

Diamond se présenta et présenta Naomi. On apporta des chaises. Yamagata s'assit sur un banc de bois et dit quelque chose à son valet, qui s'adressa à son tour à la femme.

– J'ai l'honneur de servir d'interprète à Mr Yamagata. Il me demande de vous expliquer qu'*Ozeki* est le deuxième rang le plus élevé au sumo. Mr Yamagata est un très important personnage au Japon et le plus ancien de ce tournoi. Vous êtes invités à assister aux combats qui auront lieu ce soir, si vous le souhaitez.

– Nous sommes très honorés, en effet, dit Diamond, qui avait pris lui aussi le pli de cet échange cérémonieux. Mais je crois que l'enfant est trop jeune.

La réponse fut traduite à Mr Yamagata, qui sembla l'accepter avec bienveillance, car il hocha sagement la tête.

Naomi serrait toujours les doigts de Diamond. Pour une raison ou pour une autre, elle considérait ce cérémonial avec la plus grande suspicion.

Yamagata reprit la parole et l'interprète traduisit que, par hasard, le très important personnage avait vu l'émission *Du Côté des Enfants*. Une télévision portable avait en effet été installée dans sa loge pour lui permettre de regarder une émission de Channel 4 sur le sumo, mais qu'il avait cessé de la regarder car elle portait surtout sur une écurie rivale. Aussi avait-il changé de chaîne.

– Mr Yamagata a été très profondément ému par la malheureuse situation de cette enfant japonaise qui est passée à la télévision britannique et ne parle pas. Il m'a demandé de me renseigner et c'est ainsi que j'ai appelé la BBC, expliqua la femme.

Les espoirs de Diamond s'évanouirent.

– Vous voulez dire qu'il n'a pas reconnu Naomi?

Elle secoua la tête.

– Il ne sait pas qui c'est?

– C'était seulement une émission de télévision.

– Bon sang! s'écria Diamond en se levant brusquement, ce qui eut pour effet de remettre debout Naomi qui lui agrippait toujours les doigts. Vous nous avez amenés ici pour rien, simplement parce que ce... ce tas de graisse a vu la gosse à la télé? C'est grotesque. Et vous allez faire venir qui d'autre, pendant que vous y êtes? La Reine?

– Je vous en prie! Je ne peux pas traduire des choses pareilles à Mr Yamagata.

– Ne vous fatiguez pas. On s'en va. On s'est laissé avoir par ce tas de viande.

Il s'apprêtait à quitter la pièce, mais il se retrouva face à l'homme en survêtement, penché en avant en position de combat, l'air belliqueux. Naomi sursauta, lâcha son précieux bloc et passa ses bras autour de la taille de Diamond – ou du moins ce qu'elle put en attraper.

Ce n'était pas une très bonne manière de conclure une première entrevue avec un lutteur de sumo.

– Excusez-moi, dit Diamond d'un ton de politesse forcée tout britannique. Nous voudrions partir.

Yamagata se mit à débiter quelque chose en japonais et l'interprète s'interposa entre le survêtement et Diamond.

– Mr Diamond, je vous en conjure! Mr Yamagata n'a pas fini de parler. Vous ne pouvez pas partir tout de suite.

– Il n'y a rien d'autre à ajouter, dit Diamond. La seule raison pour laquelle j'avais accepté de venir, c'était pour apprendre qui était Naomi. Il ne sait pas. Il n'en a pas la moindre idée.

– Il désire vous aider.

– En lui posant des questions en japonais? Les gens de l'Ambassade ont déjà essayé. Elle ne répond pas. Maintenant, soyez aimable de demander à ce bouffon de me laisser passer.

– Il ne faut pas tourner le dos à Mr Yamagata.

Elle avait prononcé sa phrase comme on énonce une vérité universelle. C'était probablement le cas dans le monde du sumo. Diamond jeta un coup d'œil pardessus son épaule.

Grâce à Dieu, Yamagata n'avait pas bougé de son banc. Il fit signe à Diamond de reprendre son siège.

« Après tout, se raisonna Diamond, peut-être que ce type avait quelque chose d'intéressant à proposer. Je ne gagnerai rien à tenter une sortie en colère. Je ne devrais pas laisser la déception me monter à la tête. Si j'avais eu à interroger quelqu'un, je l'aurais fait dans l'espoir de découvrir quelque chose d'utile, non? »

– OK, dit-il en posant la main sur l'épaule de Naomi. Deux minutes.

Ils se rassirent.

– Mr Yamagata voudrait entendre de votre bouche l'histoire de la petite fille.

– Je croyais que c'était *lui* qui avait quelque chose à me dire.

– Je vous en prie, Mr Diamond.

– Comme vous voudrez.

Et, faisant de son mieux pour prendre les choses du bon côté, Diamond entreprit de dire ce qu'il savait, en commençant par l'alerte à la bombe d'Harrods et en concluant par les dessins que faisait Naomi, qu'elle accepta de lui laisser montrer à Yamagata.

– C'est moi qui l'ai fait, dit Diamond, en se rendant compte du ridicule de sa phrase : on aurait dit un artiste amateur partant à la pêche aux compliments. Le dessin du dessus est de Naomi. A un moment, j'ai cru que c'était du japonais qu'elle écrivait, mais on m'a dit que non.

La femme traduisit et Yamagata secoua la tête. Il avait l'air aussi perplexe que n'importe qui en ce qui concernait les dessins. Il referma le bloc et le rendit gracieusement à Naomi, en le tenant des deux mains, comme s'il s'était agi de quelque précieux objet d'un rite sumo. Puis il lui dit quelque chose en japonais, mais elle ne réagit pas. Il se tourna alors vers Diamond et réussit à articuler quelques mots d'anglais.

– Yamagata aime petite fille.

Diamond redoutait depuis un moment d'entendre quelque chose de ce genre.

– Non. C'est hors de question. Absolument impossible, dit-il en faisant un geste de dénégation. (Yamagata fronça les sourcils.) Je ne l'ai pas amenée pour vous la donner, expliqua Diamond. D'ailleurs, ce n'est pas ma fille, de toute façon. Je la remmène à l'école ce soir, un point c'est tout. (Il se tourna vers l'interprète.) Pour l'amour du Ciel, expliquez-lui.

Il y eut un conciliabule en japonais. Après s'être inclinée à nouveau, la femme expliqua alors à Diamond qu'il se méprenait :

– Pardonnez-moi de vous dire cela, mais je crois que vous avez mal compris Mr Yamagata. Il voulait vous dire qu'il avait eu une petite fille de l'âge de Naomi, qu'il aimait beaucoup, mais qui est morte d'une méningite l'an dernier.

Les yeux de Yamagata s'embuèrent de larmes tandis qu'elle parlait.

– Je suis désolé de l'apprendre, dit Diamond, en toute sincérité. Perdre un enfant est la chose la plus douloureuse qui soit. Mais faites en sorte qu'il comprenne bien que Naomi appartient à quelqu'un d'autre.

– Il le sait.

Yamagata reprit la parole en japonais en se frappant la poitrine pour appuyer sa déclaration.

– Il dit qu'il veut aider la petite fille.

– Naomi? Il veut aider Naomi?

Yamagata hochait la tête.

– C'est très gentil, dit Diamond. j'apprécie cette offre, mais que pouvez-vous faire? Vous me comprenez? Que pouvez-vous faire pour l'aider?

Elle traduisit et obtint rapidement la réponse :

– Il dit que c'est à vous de le dire.

Voilà qui mettait Diamond à l'épreuve. Il ne voulait pas avoir l'air ingrat. Il finit par répondre :

– Je suppose que vous pourriez faire ce que j'ai essayé de faire : ameuter les gens.

Une fois cette suggestion traduite, Yamagata eut une

moue manifestement méprisante. Il reprit la parole. L'interprète informa Diamond :

– Mr Yamagata a entendu votre histoire et il vous fait confiance. Vous êtes un ancien policier, donc vous êtes très qualifié pour découvrir la vérité sur l'enfant. Mr Yamagata est un lutteur célèbre, pas un détective. Il est riche. Il paiera. Si vous voyagez, si vous prenez l'avion, si vous allez à l'hôtel, il paiera.

Un sponsor !

– Mais je n'avais pas l'intention d'aller nulle part.

– Mr Yamagata pense que ce sera nécessaire.

– J'en doute, répondit Diamond en secouant la tête.

Un autre conciliabule, puis :

– Mr Yamagata désire examiner encore une fois les dessins.

– Encore ?

Le bloc était à nouveau sur les genoux de Naomi. Elle permit à Diamond de le prendre et de le tendre à Yamagata.

Le lutteur tourna les pages jusqu'à ce qu'il parvienne au dessin de la fenêtre qu'avait fait Diamond. Il passa le doigt sur celui qu'avait fait Naomi et dit : « Avion » avant de poser le bloc sur ses genoux et de mimer un avion en écartant les bras.

– Quoi ?

On avait beau imaginer, il était impossible de voir comment ce genre de dessin pouvait évoquer, ne fût-ce que de très loin, un avion.

Yamagata demanda à l'interprète d'approcher et lui parla d'un air très sérieux. Elle se tourna vers Diamond.

– Il dit que vous devriez regarder de plus près le dessin.

Et en même temps, Yamagata reprit le bloc et le tendit à Diamond.

– Il dit qu'il pense que c'est ce qu'une enfant voit lorsqu'elle est assise dans un avion.

– Eh bien, je ne suis pas particulièrement un voyageur, mais j'ai déjà pris l'avion quelques fois, et je n'en ai jamais vu un seul avec des vitraux.

– S'il vous plaît, examinez le dessin avec Mr Yamagata.

Yamagata leva le bloc.

En parlant, il passa le doigt sur les lignes, tandis que la femme traduisait.

– La grille que vous croyez représenter une fenêtre, c'est peut-être quelque chose d'autre.

– C'est moi qui l'ai dessinée.

– Vous l'avez dessinée d'après les motifs que faisait la petite fille. Mr Yamagata croit que cela représente la pochette à documents qui se trouve au dos de chaque dossier.

Diamond comprit.

– Vous voulez dire, ce filet où ils mettent tout – les consignes de sécurité, le magazine, etc? C'est une idée. Effectivement, elle *serait* à cette hauteur si elle était assise dans un avion. Et l'autre dessin pourrait représenter le plateau où on pose les repas? Je crois qu'il a raison. (Il claqua des doigts.) C'est astucieux. Sacrément astucieux. Elle nous dit qu'elle a pris un avion.

– Ou un train.

Il y eut un silence gêné.

– Il a dit ça?

– Non, c'est moi qui le dis, répondit la femme. J'habite en Angleterre. Beaucoup de trains ont des dossiers de ce genre. Les avions que j'ai pris ont souvent des pochettes en tissu.

Elle avait raison.

– Attendez une minute, dit Diamond en agitant la main. Je peux récupérer le bloc?

Yamagata le lui tendit.

Il prit une nouvelle page, sortit un stylo de sa poche et fit rapidement deux dessins très schématiques qui représentaient un avion et un train.

– Maintenant, voyons voir, dit-il en les montrant à Naomi.

Il couvrit le train de sa main.

– Celui-là? (Elle resta impassible.) Alors, celui-ci? demanda-t-il en découvrant le train. (Après un long moment, l'enfant leva la main et toucha le dessin du train.) Celui-là? Celui-là, Naomi?

Elle posa à nouveau la main sur le train.

– Eh bien, vous aviez raison. Et lui avait presque trouvé. Il avait compris ce que représentait le dessin, dit Diamond à la femme, mais elle essayait de nous dire qu'elle avait pris un train.

– Japan Airlines, dit Yamagata en hochant la tête.

– British Rail, dit Diamond qui se tourna vers la femme. Bravo d'avoir trouvé.

– Tout le mérite de l'interprétation des dessins revient à Mr Yamagata, dit-elle.

– Disons que vous le partagez tous les deux, alors. Sacrément malin!

– Les Orientaux écrivent en idéogrammes. Nous avons l'œil pour déchiffrer les symboles.

Yamagata reprit la parole en japonais et son interprète déclara :

– Mr Yamagata doit se préparer pour le *basho*. Nous

ne devons pas le retarder. Il a dit qu'il paierait tout ce dont vous aurez besoin pour retrouver les parents de Naomi.

– Il paiera? répéta Diamond en écarquillant les yeux de surprise.

– C'est cela.

– Attendez que je comprenne bien. Il a décidé de m'engager?

– Oui.

– Il a vraiment dit « tout ce dont j'aurais besoin »?

Il y eut un autre conciliabule, puis :

– Mr Yamagata possède une carte American Express Gold.

– Je suis très impressionné, mais...

– Il va vous donner le numéro de sa carte. Si vous avez besoin de payer pour quoi que ce soit, vous donnerez ce numéro. Je vais vous l'écrire.

– Il me donne *carte blanche* pour dépenser son argent?

– American Express, répéta Yamagata en peinant pour prononcer les r.

– Mr Yamagata pense que vous êtes un homme d'honneur.

Si encourageant que cela fût d'avoir trouvé un financement quasi illimité et d'avoir été jugé un homme d'honneur, Diamond restait un peu dubitatif quant à cette rencontre. Ses espoirs que ces gens puissent reconnaître Naomi avaient été déçus. Il était content d'avoir eu une interprétation du dessin, mais il regrettait que cela ne signifie rien d'autre qu'un voyage dans un train anglais.

Après quelques révérences et poignées de main, il se retira avec Naomi et retrouva l'air pur et non parfumé de l'extérieur.

L'interprète les suivit et lui tendit une carte portant l'adresse à Tokyo de Yamagata. Au-dessous, elle avait inscrit le numéro de la carte de crédit de Yamagata.

– Mon numéro de téléphone personnel est inscrit au dos, ajouta-t-elle solennellement.

Il était difficile de résister à la tentation de sourire, lui faire un clin d'œil ou lui dire quelque chose de suggestif. Mais il y a des gens qu'on n'ose se risquer à provoquer et cette douairière était de ceux-là. D'ailleurs, le mot « téléphone » avait soudainement rappelé à Peter Diamond une question plus urgente. Il n'avait toujours pas appelé l'école. Il la remercia donc, empocha la carte et entreprit de trouver une cabine.

A son grand soulagement, ce fut Julia Musgrave qui répondit. Elle convint qu'il avait eu raison de répondre à la convocation du lutteur de sumo. Elle avait regardé *Du Côté des Enfants* comme tout le monde à l'école et les enfants s'étaient mis dans tous leurs états lorsque Clive avait reconnu Naomi. Julia était navrée que rien de vraiment tangible n'en soit sorti, hormis la proposition de Mr Yamagata, car – comme elle le rappela à Diamond, comme s'il avait pu oublier une chose pareille – le séjour de Naomi en Angleterre touchait à sa fin. Dans moins de quarante-huit heures, elle serait dans l'avion pour Boston.

Miss Musgrave était rentrée chez elle, apprit-on à Diamond une fois qu'ils furent arrivés à l'école.

Il avait bien fait d'appeler avant. Tout ce que Mrs Straw put trouver comme prétexte pour se plaindre, ce fut que l'enfant avait vraiment l'air d'une pauvre petite chose épuisée.

– Mais regardez-moi ça, elle tient à peine debout. Elle est à bout de forces.

Naomi lâcha la main de Diamond et courut jusqu'aux escaliers qu'elle monta vivement d'un petit pas léger, sans lâcher son bloc à dessin.

Il souleva son chapeau et abandonna Mrs Straw pour attraper son métro.

17

Le conseil que lui donna Stephanie au petit déjeuner était éminemment sensé. Bien que totalement inacceptable.

– Regarde les choses en face, Pete. Tu n'as plus le temps. Tu ne peux pas résoudre le problème que représente cette petite.

– Quel problème?

– Oh, ne sois pas tâtillon, mon chéri. Pas à une heure pareille.

Pour prouver sa bonne volonté, il lui proposa de lui préparer un toast.

– Je te demandais simplement de m'expliquer à quoi tu faisais allusion. Lequel de tous ses problèmes suis-je incapable de résoudre?

– Sa parole.

– Tu veux dire son absence de parole.

Elle soupira, reposa son menton sur ses mains croisées et lui lança un regard qui signifiait qu'il était raisonneur d'une manière déraisonnablement excessive.

– Je n'ai jamais pensé pouvoir lui rendre la parole! Tout ce que j'ai essayé de faire, c'est retrouver sa famille. Je suis policier. Pas orthophoniste.

– Tu n'es ni l'un ni l'autre, lui rappela-t-elle gentiment.

– Ancien policier, alors.

– Oui, mais à l'époque, tu ne t'occupais pas des enfants abandonnés.

– J'ai eu une formation. Je connais les procédures. Ecoute, Stephanie, tu me connais suffisamment. Je n'abandonnerai pas maintenant.

Elle se leva de table et porta son assiette dans l'évier.

– Que vas-tu faire? Nous sommes samedi. Tu ne

m'as pas dit que c'était demain qu'ils la mettaient dans l'avion?

– Exact.

– Tu ne vois pas que c'est probablement la meilleure chose à faire, Pete? L'école est dirigée par des Japonais. Ils ont une excellente réputation.

Il n'avait rien contre l'école.

– Tu veux savoir ce que je peux faire, moi? dit-il. Je peux la faire dessiner. Elle essaie de communiquer avec ses dessins, c'est indéniable. Elle a confiance en moi, maintenant. Elle me tient la main.

Stephanie baissa les yeux vers l'eau qui coulait sur la vaisselle. A son insu, elle souriait : alors, il avait suffi qu'une petite fille lui tienne la main, une petite fille qui ne parlait pas, et l'ours avait été dompté?

– Tu veux venir avec moi? proposa-t-il.

– A l'école?

– Nous pourrions l'emmener tous les deux.

Elle réfléchit un instant, flattée qu'il le lui ait proposé, puis elle secoua la tête.

– Elle ne me connaît pas. Elle ne risque pas de se laisser aller s'il y a une inconnue dans les parages. Elle a déjà eu son compte de dames bien intentionnées, d'assistantes sociales, d'employées de l'ambassade et de professeurs spécialisés qui ont essayé de lui faire dire quelque chose. Des gens très bien, j'en suis certaine, mais ce n'est pas le genre qu'une gamine accepte. Dieu sait pourquoi et comment, mais tu sembles avoir réussi à bien t'entendre avec elle. Tu n'as qu'à y aller tout seul, mon chéri, mais ne te fais pas trop d'illusions.

Comme il connaissait l'emploi du temps de l'école le samedi, il s'arrangea pour arriver pile avant 10 heures, juste après la fin du petit déjeuner, heure à laquelle les salles de classe étaient vides et les enfants habillés en train de jouer. C'était l'une de ces matinées londoniennes ensoleillées et sans nuages qui vous font croire que la pollution n'est qu'un mythe. Il entendait les enfants jouer dans le jardin derrière le bâtiment, aussi fit-il le tour de l'école. Clive le repéra immédiatement et se rua vers lui en courant, la voiture que Diamond lui avait offerte à la main, en faisant un bruit de moteur relativement bien imité. Diamond s'arrêta et ouvrit les bras pour l'accueillir, mais le petit garçon vira brusquement à gauche, comme s'il venait de se souvenir qu'il était autiste et qu'après tout, il n'était pas censé faire attention aux adultes.

Mrs Straw était de service, assise sur le banc sous le sycomore, en train de tricoter avec application quelque chose d'une couleur verte absolument insupportable.

Il la salua poliment et lui demanda si Miss Musgrave était dans les parages. Lorsqu'on parlait à Mrs Straw, il fallait toujours appeler les autres membres du personnel Miss, Mrs ou Mr.

– Elle est occupée.

– Dans son bureau?

– Occupée, j'ai dit.

– Oui, mais où puis-je la trouver?

– Elle ne veut pas qu'on la dérange.

– J'ai bien compris. Je vous demande où elle est.

– Elle est occupée avec le téléphone.

Certaines des phrases de Mrs Straw, si on les prenait au pied de la lettre, avaient quelque chose de surréaliste. En l'écoutant, Diamond s'imaginait Julia en train de faire une opération compliquée avec le téléphone.

– En fait, je ne vous ai pas demandé ce qu'elle était en train de faire.

Silence.

– Le téléphone de son bureau? demanda-t-il. (Il connaissait en tout et pour tout trois des téléphones de l'école.)

Toujours aucune réponse.

– Eh bien, je vais aller voir par moi-même. Où est notre jeune Naomi, ce matin?

Pour toute réponse, Mrs Straw pinça encore davantage les lèvres. Ce matin, elle était encore plus désagréable qu'à l'accoutumée. Elle continua de tricoter avec des gestes saccadés et un air constipé.

– N'êtes-vous pas de service? insista Diamond, piqué au vif par son petit numéro de mime. Ne devrait-elle pas être dehors avec les autres?

– Elle est partie.

– Que voulez-vous dire, « partie »? demanda-t-il en se raidissant.

– Partie. Ça veut bien dire ce que ça veut dire, non?

– Partie d'ici?

Elle hocha la tête.

– Partie pour de bon, c'est ça?

– On est venu la chercher ce matin.

Mrs Straw n'avait même pas daigné lever les yeux de son tricot. Elle avait lâché cela comme ça, comme si cela allait de soi, et sur ce, elle s'était attaquée à son deuxième rang.

Diamond était si abasourdi qu'il ne put répondre qu'un stupide : « Quoi? »

– Vous êtes sourd?

Il fit volte-face et alla à la recherche de Julia Musgrave.

Comme le lui avait dit Mrs Straw, Julia était au téléphone. En le voyant sur le seuil de son bureau, elle dit :

– Il est là, il vient d'arriver, je vais le lui dire moi-même. (Puis elle posa le téléphone.) J'étais en train de parler à votre femme.

– Ma *femme* ?

– J'essayais de vous joindre. Je ne savais pas que vous alliez venir. J'ai des nouvelles qui risquent de vous mettre de mauvaise humeur.

– Mrs Straw vient de me les donner.

Son visage se pinça.

– Cette bonne femme! Elle leur a remis l'enfant sans même m'informer, ni moi, ni les services sociaux ni quiconque.

– Vous n'étiez pas là?

– Tout s'est passé avant que je n'arrive. A 8 heures, ce matin, quand les enfants prenaient leur petit déjeuner. Les seules personnes présentes étaient Mrs Straw et la cuisinière malaisienne. Je suppose que cette Japonaise a simplement frappé à la porte, lui a annoncé qu'elle était la mère de la petite et qu'elle venait la chercher. Comme preuve d'identité, elle a sorti un passeport et une photo de Naomi. Il paraît que Naomi l'a reconnue sans équivoque, d'après Mrs Straw.

Il était en train d'essayer d'assimiler toute cette histoire.

– Un passeport et une photo, ou un passeport contenant une photo?

– La photo était à part, dit Julia en secouant la tête. Le passeport appartenait à la femme, mais l'enfant y était inscrite.

– Naomi?

– Un autre nom. Naomi, c'est le nom que nous lui avons donné, souvenez-vous.

– A quoi ressemblait cette femme?

– Vous savez ce que c'est que d'essayer d'extorquer la moindre information à Mrs Straw. J'étais tellement furieuse lorsqu'elle m'a raconté qu'elle avait laissé partir l'enfant sans se renseigner que je n'ai pas pu avoir la moindre conversation normale avec elle.

– Il vaudrait mieux la faire venir ici immédiatement, dit Diamond. Il faut qu'elle nous raconte précisément ce qui s'est passé.

– Très bien. Vous restez?

– Vous pensez! Je vais aller la chercher tout de suite.

Arrivé dans le jardin, il fut accueilli par un regard glacial, mais Mrs Straw plia tout de même son ouvrage et le suivit.

Ils s'assirent avec raideur parmi les jouets et les dessins d'enfants dans le bureau de Julia. Diamond sur le coffre en bois, Mrs Straw sur une chaise tout près de la porte, comme si elle voulait pouvoir s'enfuir à tout moment.

Julia expliqua qu'elle désirait connaître tous les détails de ce qui s'était passé le matin.

Ignorant ostensiblement ce qu'elle venait de lui dire, le menton levé d'un air de défi, Mrs Straw demanda :

– Qu'est-ce qu'il fait ici?

Diamond s'apprêtait à lui répondre à la volée, mais Julia fut plus rapide et sa repartie, prononcée d'une voix calme et mesurée, n'en fut que plus efficace :

– Mr Diamond, comme vous le savez très bien, s'intéresse tout particulièrement à Naomi. Il a été policier.

– Cela n'a rien à voir avec la police.

– Je n'ai pas dit que cela avait un rapport, mais je veux être certaine que la femme qui prétendait être la mère de Naomi n'était pas un imposteur.

– Impossible, dit Mrs Straw.

– Absolument pas. Il est tout à fait possible qu'une femme sans enfant ait vu Naomi à la télévision et se soit mis en tête de se faire passer pour sa mère.

Mrs Straw ne se laissa pas décontenancer :

– Elle avait apporté une photo de Naomi.

– Avant d'en venir à cette question, intervint Diamond, pouvez-vous tout nous raconter depuis le début, depuis l'arrivée de cette femme?

– Je l'ai déjà raconté à Miss Musgrave, dit Mrs Straw, sans jeter un regard dans sa direction.

– Vous m'avez dit l'essentiel, dit Julia. Maintenant, je veux en savoir plus.

Mrs Straw s'adossa à sa chaise, souffla bruyamment et croisa les bras.

– Il n'y a rien de plus, dit-elle.

– Alors, répétez-moi ce que vous m'avez raconté, que Mr Diamond entende exactement ce dont vous vous souvenez.

– C'est pourtant simple, répondit-elle en levant les

yeux au ciel. J'ai répondu à la porte quand les enfants étaient en train de prendre le petit déjeuner.

– A quelle heure? demanda Diamond.

– A peu près à 8 heures. Je n'ai pas de montre. C'était une femme japonaise. Elle a demandé si la petite fille qui était à la télévision hier était ici. Elle a dit : « Je suis sa mère. »

– Comment était-elle? Pouvez-vous nous la décrire?

– Elle était japonaise.

Apparemment, en ce qui concernait Mrs Straw, cela voulait tout dire.

– Et?... lui souffla Diamond.

– Pour moi, ils se ressemblent tous.

– Quel âge lui donniez-vous?

– Je ne sais pas. On ne peut pas savoir.

– Assez jeune pour être la mère de Naomi?

– Je suppose.

– Comment était-elle habillée?

– Il faut que je réfléchisse.

– Je vous en prie, réfléchissez. Maintenant.

Elle fit une pause, puis :

– Une veste grise et un pantalon assorti.

– Les chaussures?

– Noires, il me semble.

– A talons?

– Je n'ai pas remarqué.

– Diriez-vous qu'elle était bien habillée?

– Elle portait du Rohan, si c'est de cela que vous voulez parler.

Ce n'était pas de cela qu'il voulait parler. Il n'avait aucune idée de ce qu'étaient les vêtements Rohan ou comment on pouvait les reconnaître, mais d'après le ton de Mrs Straw, il jugea qu'elle devait en être certaine.

– Comment était-elle coiffée?

– Court.

– Très court?

– Non. Elle avait les cheveux permanentés.

– Frisés?

– Bouclés.

Petit à petit, il commençait à élaborer une image mentale, bien qu'impossible à distinguer de celle de millions d'autres Japonaises.

– Quelle taille avait-elle?

– Moyenne.

– Moyenne, pour une Japonaise?

Elle lui fournit une fois de plus une réponse tout aussi insatisfaisante.

– Je suppose.

Après quelques questions supplémentaires sur l'aspect et la couleur de la peau et le maquillage (la femme semblait très bien mise, apparemment), Diamond fit un signe de tête à Julia, qui dit :

– Continuons, maintenant. Vous avez fait entrer la femme.

– Seulement une fois qu'elle m'a montré la photo de Naomi et le passeport.

– Son propre passeport?

– Oui.

– Un passeport japonais?

– Le premier imbécile venu aurait bien vu qu'elle ne venait pas de Tombouctou, répondit Mrs Straw d'un ton méprisant.

Diamond se retint avec peine.

– Elle aurait très bien pu avoir un passeport australien ou américain, par exemple.

– Et comment je pourrais le savoir?

– Vous n'avez pas pu voir ce qui était écrit sur le passeport?

– Je ne sais pas lire le japonais.

– Donc, vous pensez que c'étaient des caractères japonais. On y arrive. Nous n'essayons pas de vous confondre, nous voulons simplement que vous nous disiez tout ce que vous vous rappelez.

– C'était une langue étrangère, c'est tout ce que je peux dire.

– Et elle vous a aussi montré une photo de Naomi?
– Oui.
– Vous êtes certaine que c'était bien Naomi?
– C'est ce que j'ai dit.
– Vous venez de nous dire que tous les Japonais se ressemblent, pour vous.
– S'ils ne me sont pas familiers. J'ai suffisamment eu l'occasion de voir Naomi.
C'était logique.
– Donc, c'était une photo récente de Naomi.
– Probablement.
– Elle a appelé Naomi comment? demanda Julia.
– Je ne m'en souviens pas.
– Allons, la pressa Diamond. Elle vous a sûrement dit un nom?
– Je vous dis que je ne m'en souviens pas. C'est de l'hébreu, pour moi. Enfin, dit Mrs Straw, qui souhaitait poursuivre afin d'éviter de s'appesantir sur la question du nom, toujours est-il que je lui ai dit que Miss Musgrave n'était pas là et elle m'a répondu qu'elle voulait voir sa fille. Elle n'arrêtait pas de le répéter. Il n'y avait pas moyen de s'en débarrasser, alors je l'ai laissée entrer dans la salle à manger.
Il ne faisait pas de doute que quelqu'un qui avait pu réussir à convaincre un cerbère comme Mrs Straw ne pouvait être que particulièrement insistant.
– Les enfants étaient tout seuls, expliqua-t-elle, pour justifier d'avoir été obligée de capituler. J'avais été forcée de les laisser pour aller répondre à la porte. J'en avais assez de discuter avec elle dans l'entrée.
– Continuez, je vous prie.
– C'est tout. Elle est entrée et elle est allée droit à Naomi. N'importe qui aurait pu voir que c'était bien sa mère.
– Et à quoi? demanda Diamond.
– Vous ne pouvez pas comprendre, lui répondit Mrs Straw avec condescendance. Il faut être une femme

pour comprendre ces choses, ajouta-t-elle en regardant Julia comme pour chercher confirmation.

Julia se refusa à l'aider.

– Nous voulons savoir exactement ce qui s'est passé, dit-elle. Naomi s'est-elle levée pour courir vers elle?

– Oui, évidemment.

Diamond avait levé la main trop tard pour intervenir et empêcher Julia de souffler quoi que ce soit à Mrs Straw, comme il l'aurait fait si jamais l'un de ses hommes, inexpérimenté, s'était mis à poser des questions trop directives. Mais le mal était fait et Mrs Straw était lancée.

– Elles se sont embrassées, elles ont même pleuré et elles ont parlé en japonais.

– Parlé? Naomi a *parlé* ?

– Non, la mère, je veux dire. Puis elle a dit qu'elle allait emmener Naomi chez eux, et j'ai répondu qu'il valait mieux qu'elle attende que Miss Musgrave soit là. J'ai fait de mon mieux pour la retenir, mais il ne faut pas oublier que j'étais seule, hormis la fille de cuisine. Il fallait s'occuper des autres enfants.

– Pourquoi ne voulait-elle pas rester? demanda Diamond. Pourquoi était-elle si pressée?

– Je n'en sais rien. On ne peut jamais savoir, avec les étrangers.

– Et ensuite?

– J'ai demandé à la cuisinière de garder un œil sur les enfants pendant que j'allais chercher les affaires de Naomi dans sa chambre. Je l'ai laissée emmener les habits qu'elle portait. Je savais que Miss Musgrave ne dirait rien.

– Et ensuite?

– Elles sont parties.

– Sans laisser ni nom ni adresse?

– J'ai oublié de demander.

– Bravo!

– Elle était pressée de partir, dit Mrs Straw, sur la défensive.

– Et vous étiez impatiente de la mettre dehors.

– Ce n'est pas juste. Et puis ce n'est pas vrai non plus. (Entendant les hurlements que poussaient comme par hasard les enfants dans le jardin, elle remarqua :) Dieu sait ce que les enfants sont en train de faire. Je ferais bien d'aller voir.

Diamond répondit sans se démonter qu'il n'en avait pas terminé avec elle. Il voulait voir la chambre de Naomi.

– Comme vous voulez. Il n'y a rien à voir, déclara Mrs Straw.

– Emmenez-nous y, je vous prie.

Elle poussa un soupir indigné et s'apprêta à protester en se tournant vers Julia, qui lui répondit avec la même fermeté qu'elle n'avait qu'à obéir.

Elle les précéda dans l'escalier comme si elle avait le feu aux fesses et ouvrit la porte d'une chambre où se trouvaient trois petits lits. Les couvertures et les draps étaient tirés.

– Lequel est celui de Naomi?

Mrs Straw désigna du doigt le plus proche de la porte. Un pyjama d'enfant vert était posé sur l'oreiller. Diamond s'en empara.

– Il appartient à l'école, l'informa Mrs Straw.

Il le rejeta sur le lit et ouvrit le placard situé à côté. Il était vide. Mais avant de se relever, il remarqua le bout de quelque chose qui dépassait entre le sommier et le matelas. Il y glissa la main.

Il se souvint d'une phrase que lui avait dite Julia. *Ils peuvent cacher l'un de leurs jouets et le retrouver sans aucun problème des semaines, des mois après.* Il venait de découvrir le bloc à dessin de Naomi. Il le sortit de sa cachette et feuilleta les pages pour s'en assurer.

– Elle a laissé cela.

– Elle a dû l'oublier, dit Mrs Straw d'un ton brusque.

– C'est peu probable. Elle le trimballait partout avec elle, vous le savez très bien. (Il fouilla un peu plus loin et découvrit le feutre.) Elle les cachait là parce qu'elle y tenait énormément. Il est improbable qu'elle soit partie sans eux. Pas de son plein gré.

Un pli se forma sur la bouche de Mrs Straw.

– Vous étiez là, fit remarquer Diamond. A-t-elle eu la possibilité de prendre ses affaires?

Elle ne répondit pas.

– Vous venez de nous prétendre que c'étaient des retrouvailles heureuses entre une mère et sa fille, commenta Diamond. Embrassades et baisers avec quelques larmes par-dessus le marché. C'étaient des larmes de joie, Mrs Straw, ou de chagrin? Voyez-vous, cette découverte a ébranlé ma confiance. Je commence à me demander si l'enfant n'a pas été emmenée d'ici contre son gré. Et si c'est le cas, vous feriez mieux de nous le dire, et vite.

Elle secoua énergiquement la tête, par méfiance ou pour contester son interprétation des faits.

Confronté à la situation familière du témoin qui refuse de coopérer, un policier aussi chevronné que Diamond aurait pu user de douceur pour lui extorquer la vérité, mais comme Naomi était peut-être en danger, il n'y alla pas par quatre chemins.

– Vous avez menti.

Mrs Straw plissa la bouche et lui lança un regard noir.

Il lui brandit le bloc sous le nez, ce qui la força à reculer.

– Elle ne serait pas partie sans ça.

– Ecartez-vous de moi, murmura-t-elle.

Il sentit que Julia Musgrave posait sa main sur son bras pour le retenir, sans y parvenir.

– Avouez. Cette femme a emmené Naomi de force. (Il décrivit la scène.) Elle a été obligée de traîner la pauvre enfant qui hurlait et qui se débattait.

– Non.

Il lui laissa le temps de réfléchir pour donner une réponse plus proche des faits.

– Non, ce n'est pas vrai, ajouta-t-elle. Les cris. Vous pouvez demander à la cuisinière.

– J'en ai bien l'intention.

– Elle s'est juste un peu débattue.

– Ah! Nous y voilà! dit Diamond.

– Mais elle n'a pas crié.

– Elle a pleuré?

– Non.

– Et il n'y a pas eu d'embrassades et de tendres baisers, n'est-ce pas, Mrs Straw? Vous nous avez raconté des histoires.

– Non.

– Mais vous venez de nous dire qu'elle s'était débattue. Allons, qu'est-ce que vous voulez nous faire croire? Qu'après ces touchantes retrouvailles, sa soi-disant maman a été obligée de l'emmener de force?

Elle émit un bruit entre hoquet et sanglot et se mordit la lèvre. Le dragon qui terrorisait les visiteurs se retrouvait acculé dans un coin.

Succombant sans doute à la tension, Julia intervint :

– Personne ne vous en veut, ce n'est pas votre faute, Mrs Straw.

Ce n'était probablement pas tout à fait exact, mais Diamond ne dit rien. Il était furieux. Et, ce qui était encore plus grave, il se rendait compte que le temps passait.

– C'est pourtant bien d'une faute qu'il s'agit, précisément, dit-il en regardant Mrs Straw droit dans les yeux. Vous vous êtes dit que vous pourriez éviter qu'on vous blâme davantage en nous racontant ces sornettes de baisers et d'embrassades. Vous ne voulez pas que nous sachions ce qui s'est réellement passé ici ce matin. Et pendant que vous nous racontez ces foutaises, la femme est en train d'emmener Dieu sait où une enfant dont vous aviez la responsabilité. Vous allez avoir des ennuis, Mrs Straw. Bon Dieu, vous feriez bien de nous cracher toute l'histoire.

La violence de ces paroles eut un effet dramatique. Le visage de Mrs Straw prit une teinte terreuse. Sa bouche pincée mollit et ses lèvres tremblèrent. Elle plongea la main dans la poche de son tablier et en ressortit un grand mouchoir rouge qu'elle pressa contre son nez et, au lieu de se moucher, elle poussa un long gémissement sourd et désespéré. Ses yeux rougirent et s'embuèrent de larmes. Cette crise soudaine n'en était que plus embarrassante, car elle avait toujours semblé inébranlable.

– Allons, allons, fit Julia, compatissante.

Impassible, Diamond fit remarquer :

– Nous n'avons pas de temps à perdre avec ces simagrées, Mrs Straw.

Essuyant ses larmes, elle se lança dans des aveux ponctués de sanglots.

– J'avais trop peur de vous raconter ce qui s'était vraiment passé. Naomi ne voulait pas partir. Elle s'est débattue. Ce que j'ai dit était vrai – en ce qui concerne la photo et tout le reste – et je suis certaine qu'elles se connaissaient. Seulement, lorsqu'il a été clair que la femme voulait emmener Naomi avec elle, elle est devenue folle – la petite, je veux dire. Elle a essayé de s'enfuir, la femme l'a agrippée par le bras et ne l'a plus lâchée. Qu'est-ce que je pouvais faire? Je ne suis qu'une gouvernante, ici. Elle n'arrêtait pas de répéter qu'elle était sa mère et elle me montrait le passeport comme preuve de ce qu'elle disait. Au bout du compte, je suis montée chercher les affaires de Naomi. J'ai menti en vous disant qu'elles étaient venues avec moi : Naomi n'était pas en état de faire quoi que ce soit, alors j'ai pris ses affaires. Je n'ai pas pensé au bloc à dessin. J'ai mis les vêtements dans un sac et je les lui ai donnés. Elle a été obligée de traîner Naomi jusqu'au taxi.

– Il y avait un taxi.

– Oui, il devait attendre. Je l'ai remarqué lorsque j'ai ouvert la porte. Et quand elles sont parties, Naomi se débattait et donnait des coups de pied sur la porte. Elle n'a fini par y monter que quand la femme lui a donné une claque sur la jambe.

– Oh, non! s'indigna Julia qui refusait qu'on frappe un enfant en sa présence.

– Quel genre de taxi était-ce? demanda Diamond, qui essayait de s'en tenir à l'essentiel, même s'il était lui aussi choqué du traitement infligé à Naomi.

– Le genre habituel. Je ne vais pas perdre ma place, n'est-ce pas, Miss Musgrave?

– Noir?

– Quoi?

– Le taxi, Mrs Straw. Il était noir?

– Oh, oui.

– J'imagine que ce serait trop d'espérer que vous ayez pris son numéro?

Elle secoua la tête.

– Il n'avait rien de spécial? Des publicités sur les portes, quelque chose? Essayez de vous souvenir.

– Je n'arrive pas. D'ailleurs, je ne le voyais pas très bien à cause de la haie.

– Quand sont-elles parties? Combien de temps sont-elles restées ici?

– Je ne sais pas... Vingt minutes, je pense. Peut-être moins. Disons vingt minutes.

– Avant 8 heures et demie, donc?

– Je crois, oui.

– J'appelle la police, dit Diamond à Julia. Nous allons avoir besoin d'elle.

Mrs Straw plongea son visage dans son mouchoir et se mit à se lamenter.

18

Le policier qui répondit au poste de police de Kensington doutait qu'il fût possible de retrouver une

Japonaise anonyme et une enfant qui seraient montées dans un taxi à Earl's Court à 8 h 30.

Cela faisait des mois que Diamond ne s'en était pas pris à un subordonné, mais il savait encore comment s'y prendre.

– Bon Dieu, pour qui vous prenez-vous? tempêta-t-il au téléphone. C'est une affaire urgente, nom d'un chien. Ce n'est pas à vous de juger de ce qui est possible et de ce qui ne l'est pas. Donnez l'alerte. Je suis un ancien policier, mon garçon, et je sais de quoi je parle. Nous sommes à l'heure de pointe et c'est le moment le plus difficile pour les taxis.

– Justement, dit le malheureux policier.

– Vous êtes quoi? Un civil? Passez-moi quelqu'un en uniforme, voulez-vous? Qui est l'officier de service?

– C'est moi.

– Dieu nous aide! Ecoutez, je ne suis pas en train de vous expliquer comment faire votre boulot, sergent, mais il y a des moyens pour retrouver un taxi. La plupart travaillent dans des compagnies et ils donnent régulièrement leur position par radio à la fille du standard, d'accord? Aux heures de pointe, il y a énormément d'appels pour avoir des taxis. S'il y en a un qui est resté en attente pendant vingt minutes devant une école, il y aura bien quelqu'un qui s'en souviendra, étant donné que ce taxi-là était indisponible pour les autres courses. Vous suivez?

– Oui, mais...

– Et ce chauffeur de taxi, qui que ce soit, va se souvenir qu'il a attendu devant chez nous. Il va également se rappeler qu'il a pris une Japonaise et une petite fille qui refusait de l'accompagner. Bon, je sais que vous ne pouvez pas poser la question à tous les taxis de Londres, mais vous pouvez au moins appeler les compagnies pour leur demander de poser la question à leurs contrôleurs ou je ne sais qui.

– Avez-vous une idée de ce que vous demandez, Mr...

– Diamond. Ex-Superintendant Diamond. Oui, je sais très bien ce que je demande et c'est la manière la plus logique de procéder, à part un interrogatoire des voisins, ce qui va sans dire. Si vous voulez que je vous donne un coup de main...

– Ce ne sera pas nécessaire.

– Bien. Je suis ravi que vous puissiez vous en débrouiller tout seul, dit Diamond, qui enchaîna, avant que le sergent ne puisse répondre : Dans ce cas, je vais venir directement au poste de police. Je serai probablement plus utile sur place.

Cela eut l'effet souhaité : l'état d'urgence était déclaré.

– Allez-vous m'écouter, monsieur? Je veux que vous restiez où vous êtes. Je vais envoyer quelqu'un prendre votre déposition.

– Rien à foutre. Je vous ai exposé les faits. Est-ce qu'il faut que je répète que cette enfant a été enlevée de l'école contre son gré? Kidnappée, sergent. Il faut que nous sachions où elle a été emmenée, et vite!

Il raccrocha.

Julia Musgrave avait entendu toute la conversation. Elle était pâle, manifestement troublée par les vociférations de Diamond, ignorant que c'était la meilleure façon de s'assurer que la police agisse.

– Vous avez dit que c'était une urgence.

Il répondit avec précaution.

– Je connais ce genre de type. Si on lui disait qu'il y a une alerte à la bombe à Buckingham Palace, ce serait le genre à vouloir qu'on fasse une déposition par écrit avant.

– Naomi est-elle en danger?

– Il faut partir du principe qu'elle est en danger. Qui que soit cette femme, même si c'est vraiment sa mère, elle a agi d'une manière bizarre.

– Peut-être. Mais on ne peut pas demander à une mère qui a été privée de sa fille d'agir de façon rationnelle. Elle est arrivée ici à l'heure du petit déjeuner. Faut-il vraiment trouver cela étrange? Si j'avais perdu mon enfant, je ne réfléchirais pas à deux fois avant d'aller frapper à la porte de quelqu'un, que ce soit le jour ou la nuit.

– Dans ce cas, pourquoi n'est-elle pas venue hier, juste après l'émission?

– Nous ne savons pas où elle était quand elle l'a vue. Si elle était à Manchester, par exemple, il aurait fallu qu'elle prenne le train jusqu'à Londres, non?

– Elle aurait pu téléphoner.

– Peut-être qu'elle a essayé. Vous m'avez dit vous-même que le standard de la BBC était bloqué.

Il ne risquait pas d'aller très loin avec ce genre de raisonnement, même si c'était lui qui avait commencé, aussi préféra-t-il invoquer un autre argument :

– Je ne crois pas qu'une vraie mère aurait frappé sa fille alors qu'elle vient de la retrouver.

– Le stress.

Il abandonna. Il savait qu'en fait il avait prétendu que c'était une urgence plus par instinct que par logique. Naomi avait fini par lui faire confiance – en tout cas, au point de lui tenir la main. Il n'aurait jamais avoué à Julia Musgrave ni à personne d'autre – à part Stephanie – que l'enfant l'avait conquis. Il lui avait suffi de sentir sa petite main glissée dans la sienne pour s'imposer désormais le devoir de la retrouver et de s'assurer qu'elle était en sécurité. Mais il ne voulait pas qu'on s'imagine que lui – le vétéran, celui qui avait enquêté sur une bonne douzaine d'assassinats – était un tendre, un vrai tendre. Et il ne voulait pas particulièrement se l'avouer non plus.

Ce n'était pas seulement là la question. Il trouvait la mère tout à fait suspecte. Comment avait-elle pu rester séparée de sa fille pendant si longtemps? Pourquoi n'avait-elle pas alerté la police, ou du moins son ambassade, dès que Naomi avait disparu? On pouvait concevoir que les étrangers soient un peu troublés quand ils se retrouvent dans un autre pays, mais n'importe qui, quelle que soit sa nationalité, ne pouvait que réagir immédiatement dans une situation aussi grave.

Aussi n'allait-il pas abandonner tant qu'il ne serait pas certain que la « mère » *était* bien la mère et qu'elle était capable de s'occuper de l'enfant.

Avant de mettre à exécution sa promesse (ou sa menace) de se rendre au poste de police, il avait décidé qu'il laisserait dix minutes à la voiture de patrouille pour arriver. Quelqu'un avait peut-être vu la femme forcer Naomi à monter dans le taxi et cela valait la peine de s'assurer qu'on posait les bonnes questions. Car pour le moment, il n'était pas particulièrement impressionné par le calibre du personnel du poste de police de Kensington.

Deux policiers – un homme et une femme – arrivèrent quelques minutes plus tard. On aurait dit des figurants pour une série télévisée. Mais pourquoi donc personne n'avait plus l'air vrai en uniforme, de nos jours? Cependant, il fallait leur rendre cette justice : ils s'acquittèrent de leur tâche avec efficacité et décidèrent de se répartir le travail – l'un frappait aux portes du voisinage et l'autre interrogeait Mrs Straw.

Diamond attendit suffisamment pour apprendre que personne n'avait été témoin de l'enlèvement de Naomi. Un homme leur donna de faux espoirs en disant qu'il avait effectivement remarqué un taxi qui attendait devant la porte. Mais hormis le fait que la voiture était noire et le conducteur blanc, il ne put leur en dire plus.

Au poste de police d'Earls Court Road, quelqu'un avait dû prévenir tout le monde d'une invasion imminente. Il y avait deux sergents et un officier du CID en civil – un inspecteur – pour repousser Diamond. Ils en furent évidemment pour leurs frais. Cela faisait longtemps qu'il s'était renseigné pour connaître le nom du Commissaire Divisionnaire. Et rien n'ouvre mieux une porte que de citer le nom du grand chef.

Mais comme nous étions un samedi matin, le Grand Chef Blanc n'était pas là. Aussi Diamond dut-il se contenter de ce qu'il y avait de plus approchant, le Chief Superintendant Sullins, autre nom qu'il avait judicieusement relevé dans l'annuaire de la police de la Bibliothèque de Kensington. Pour sa part, Sullins, une petite chose en chemise blanche et bretelles rouges, qui faisait de son mieux pour avoir l'air important, prétendait avoir entendu parler de Diamond, alors qu'ils ne s'étaient jamais rencontrés avant leur poignée de main dans les escaliers.

« Nous maîtrisons la situation » : telle était *la* phrase magique de Sullins pour la journée, en tout cas, celle qu'il destinait à Peter Diamond. Il accordait la plus haute priorité à cette affaire d'enfant disparue. La police savait tout de Naomi (« J'aimerais bien en savoir autant », lâcha Diamond au passage) depuis la nuit de l'alerte chez Harrods. Ils avaient fait l'impossible pour essayer de l'identifier. Et maintenant, on faisait tout le nécessaire pour retrouver le taxi. On contactait toutes les compagnies de taxis londoniennes. Aussi Diamond pouvait-il s'en aller avec l'assurance qu'il n'y avait rien à faire de plus pour accélérer les recherches.

– Merci, mais je préfère rester, répondit-il aimablement.

– Je crains que ce ne soit pas possible, dit Sullins.

– Pourquoi?

– Nous n'autorisons pas les gens...

– Je suis un ancien du CID, le coupa Diamond.

– J'apprécie votre offre de nous aider, Mr Diamond, mais nous avons des consignes.

– Vous voulez dire que vous avez besoin de l'autorisation du chef? C'est compréhensible, risposta-t-il avec un sourire désarmant. Je vais m'en occuper. Qu'est-ce qu'il fait, le samedi matin? Du golf, ou bien des courses avec sa chère épouse? Je suis certain qu'il emmène toujours son bipeur, où qu'il soit. Et s'il faut qu'il retourne à sa voiture pour prendre la communication, je suis sûr qu'il n'y verra pas d'inconvénient. Dois-je lui préciser que c'est vous qui vouliez que je lui demande son approbation, ou bien dois-je éviter de mentionner votre nom, Mr Sullins?

Aucun policier ambitieux ne pouvait rester insensible à ce genre de chantage.

– Un ancien du CID, dites-vous? répéta Sullins, comme s'il venait de l'apprendre seulement maintenant. J'imagine que vous pourriez peut-être nous aider. Mais c'est une procédure tout à fait irrégulière.

– Merci, dit Diamond avec un petit signe de tête. Je me ferai tout petit.

Ce qui était la phrase dont on pouvait douter le plus depuis le début de la matinée.

Dans la salle radio, une officier de police était en train de taper quelque chose sur un ordinateur. Diamond s'approcha d'elle pour jeter un coup d'œil sur la liste des appels.

– Vous avez des nouvelles des compagnies de taxis, pour la petite gosse japonaise?

– Rien pour l'instant, répondit-elle.

– Combien y en a-t-il?

– Des compagnies de taxis? Vous avez regardé les Pages Jaunes de l'annuaire?

Il prit l'annuaire sur son bureau et ce qu'il y découvrit le déprima.

– Combien en avez-vous appelé?

– Une douzaine.

– Continuez.

– Mais *qui* êtes-vous? lui demanda-t-elle avec un regard méprisant.

– C'est une gosse, dit-il.

– Japonaise, d'environ cinq ans, récita-t-elle sans regarder ses notes. En robe rouge, collants noirs, chaussures de sport blanches, accompagnée d'une Japonaise d'environ trente ans, d'allure élégante, cheveux noirs bouclés, coiffés court, tailleur-pantalon gris apparemment de marque Rohan.

Il en profita pour demander comment on faisait pour reconnaître les vêtements Rohan et elle lui répondit que le nom était imprimé dessus.

Donc, Mrs Straw n'était pas, finalement, une connaisseuse en matière de mode, mais son information était probablement juste.

– Ça n'est pas donné, ajouta la fille, mais c'est chic. Un peu sport. Rohan, c'est quelque chose, les pantalons. Toutes ces poches...

Il la remercia.

– Puis-je vous aider? En appelant les autres, peut-être?

– C'est une manière discrète de me dire de me remettre au travail? J'étais en train de le faire quand vous m'avez interrompue.

– Et s'ils rappellent?

– C'est Harry, là-bas, qui les prendra. Pour le moment, on n'a rien eu.

Harry-là-bas avait un casque sur la tête. Il leva les yeux de son magazine et lui fit un petit signe de la main.

– Eh bien, je vais vous laisser continuer, dit Diamond, rasséréné.

– Merci.

Il s'en alla. Il aurait bien voulu fumer une cigarette, maintenant. Lui qui n'avait pas fumé depuis des années et qui le tolérait mal autour de lui.

Se sentant inutile et étranger en ces lieux – une sensation qu'il n'aurait jamais crue possible dans un poste de police – il chercha la cafétéria. Cinq cigarettes et deux tasses de café noir plus tard, il remonta voir Harry, qui l'accueillit d'un geste négatif.

Une heure après, il y revint et l'opératrice lui annonça qu'elle avait réussi à appeler toutes les compagnies, sauf trois, qui avaient probablement fermé. La plupart avaient répondu qu'elles devaient procéder à des vérifications auprès de leurs chauffeurs, dont certains avaient terminé leur travail depuis le matin. Il était convenu qu'elles rappellent au cas où quelqu'un se rappellerait avoir chargé une Japonaise et une petite fille du côté d'Earls Court.

Harry était en train de remplir une grille de loto sportif.

– Toujours rien?

– Zéro.

Diamond se mit à la recherche du Superintendant Sullins, qu'il trouva dans un bureau à l'étage en train de dicter une lettre.

– Vous alliez partir, Mr Diamond?

– Apparemment, on a fait chou blanc avec les taxis.

– Il ne faut désespérer de rien. L'une des compagnies peut appeler d'un moment à l'autre.

– Je sais, mais cela fait six heures qu'elles sont parties.

– Ne sombrons pas dans le mélodrame, commenta imprudemment Sullins. Il ne s'agit pas d'un tremblement de terre.

– Comment ça, *mélodrame* ? Il s'agit d'une gosse qui a été enlevée.

– Rien n'est sûr.

– Vous avez alerté les aéroports et les principales gares?

– Les alerter pour quoi? Parce qu'une mère a donné une claque à sa fille? Gardons le sens de la mesure. A tous les coups, vous allez me dire que nous ne sommes pas certains que ce soit sa mère.

– Exactement.

– Mais elle a montré une photographie, Mr Diamond.

L'explosion était imminente. Heureusement, une sonnerie retentit juste à temps.

Sullins appuya sur un bouton.

– Oui?

– Monsieur, dit une voix de femme, nous avons un

appel d'une compagnie de taxis de Hammersmith, Instant Cabs.

– Passez-le-moi, ordonna Sullins.

– ...fini à midi, disait une voix d'homme, et nous venons seulement de le joindre. C'est votre chauffeur, pas de doute. Il a pris une Japonaise à 7 h 50 ce matin à Brook Green. Elle portait une valise bleu marine. Il l'a conduite à l'Ecole de Kempsford Garden, à Earls Court – c'est bien ça? – et a attendu jusqu'à 8 h 25 à peu près. Elle est revenue avec une petite fille, japonaise, comme elle. La gosse avait l'air insupportable, a-t-il dit. Il les a emmenées à l'aéroport.

– Heathrow?

– Oui.

– Quel terminal?

– Trois. L'intercontinental.

Diamond n'attendit pas la suite. Il était déjà sorti et dévalait les escaliers pour demander à Harry d'appeler l'Immigration.

19

Coincé dans le fauteuil 11B du Concorde, Diamond était aussi mal que peut l'être un homme un peu enrobé assis dans le siège d'un avion connu pour ses lignes élancées. Le 11B était situé immédiatement derrière la zone de service, ce qui lui assurait un peu plus d'espace pour allonger les jambes et pour abaisser complètement le plateau à l'horizontale. Position qui convenait mieux à son verre de champagne que s'il avait été à un siège normal, où son ventre aurait empêché le plateau de se baisser complètement.

C'était une série de rapides décisions qui étaient à l'origine de sa présence sur ce vol. Vers 17 h 30, il avait appris du service de l'Immigration d'Heathrow que quelqu'un avait remarqué une Japonaise et une petite fille qui avaient embarqué à 13 heures. Et, ce qui était encore plus important, la femme correspondait à la description, tout comme l'enfant. Peu après, le personnel du check-in de British Airways avait confirmé qu'une certaine Mrs Nakajima, accompagnée de sa fille Aya, s'était embarquée à bord du vol BA117 de 14 h 15, attendu à l'aéroport John F. Kennedy à New York à 17 h 05, heure locale.

New York. Ce n'était pas un jeu pour les amateurs, mais l'engagement de Diamond était total. Usant de son statut d'ancien policier, il réussit à extorquer aux Services d'Immigration de JFK la promesse que Mrs Nakajima et sa fille soient retenues pendant une heure. British Airways lui avait appris qu'en prenant le vol de 19 heures le soir même, il arriverait cinquante minutes après le BA117 – le genre de programme qui allait l'obliger à regarder sa montre pendant tout le voyage. Il avait pris un billet sur-le-champ en donnant le numéro de l'American Express de Yamagata. Il pensa un instant qu'il aurait dû appeler l'Albert Hall pour obtenir l'accord de son sponsor, mais il décida de ne pas le faire. « Mr Yamagata est riche. Il paiera. », avait promis l'interprète. Et sans doute que Mr Yamagata, homme d'honneur, n'allait pas faire une histoire pour la broutille de cinq mille livres. Cela dit, Diamond aimait mieux ne pas savoir.

Se rappelant juste à temps qu'il était un mari attentionné, il appela Stephanie pour l'avertir qu'il quittait le pays. Elle ne fut pas tout à fait aussi catastrophée qu'il l'aurait cru.

– Essaie de me rapporter des tennis de là-bas, des vraies. Blanches, évidemment. Et n'oublie pas que je mets du 7, mais que c'est du 8 et demi en taille américaine.

Comment savait-elle tout ça? se demanda-t-il.

Il vérifia à nouveau sa montre en pensant à ce qui allait arriver. Les officiers de l'Immigration américaine seraient la première épreuve. Ils étaient formés à repérer les imposteurs. Il allait falloir qu'il soit très malin pour les convaincre qu'il était là pour une enquête officielle. Ensuite, il y aurait cette Mrs Nakajima, qui avait réussi à terrasser la redoutable Mrs Straw. Ce serait un véritable défi. Même si elle cédait à l'interrogatoire et avouait qu'elle avait voulu kidnapper l'enfant, il fallait encore voir quels étaient les recours légaux qui lui restaient : les lois internationales n'étaient pas le fort de Diamond.

Une hôtesse s'approcha et lui tendit un télex qui avait été transmis à l'équipage.

Destinataire : Supt. Diamond
Expéditeur : Immigration Américaine
Heure : 1721 NY heure locale
Etes attendu à l'arrivée. Mrs Nakajima et enfant retenues.

Un fourmillement parcourut Diamond, causé par le mélange de champagne, d'impatience et de soulagement.

– Tout va bien, monsieur? lui demanda l'hôtesse.

Il lui fit un sourire très digne.

– On me confirme un rendez-vous, répondit-il.

Pour tout dire, cela méritait des applaudissements. Pendant un moment d'autosatisfaction, il se plut à s'imaginer comme l'Inspecteur Dew, qui avait traversé l'Atlantique en 1910 pour arrêter le Dr Crippen et sa maîtresse. Un message télégraphique, un simple message par-dessus l'océan, et Crippen avait été arrêté.

Mais la comparaison s'arrêtait là. Crippen était un assassin. Mrs Nakajima était tout au plus une ravisseuse d'enfant.

Le Concorde avait déjà commencé sa descente et l'ordre d'attacher les ceintures retentit dans les haut-parleurs.

Ils touchèrent le sol à 17 h 50, cinq minutes avant l'horaire prévu.

Quand les portes s'ouvrirent, il trouva une femme de l'Immigration qui l'attendait. Diamond se présenta.

– Puis-je voir vos papiers? lui demanda-t-elle en le toisant. Il ne ressemblait pas à l'image type qu'elle avait du détective anglais, à en juger par la façon dont elle regarda son ventre.

– Mon passeport suffira-t-il?

Heureusement, le passeport avait été émis quatre ans plus tôt et portait encore « officier de police » à la rubrique « Profession ».

– Veuillez me suivre, monsieur, je vous prie.

Le « monsieur » était encourageant. Ankylosé par le voyage et légèrement désorienté, mais impatient de retrouver Naomi, il franchit un cordon qui barrait l'entrée d'un couloir bordé de meubles-classeurs et la suivit. Ils passèrent une autre porte, empruntèrent un autre couloir, puis arrivèrent enfin dans une salle qui ressemblait à un décor pour une série policière américaine, avec des gens qui passaient, s'arrêtaient, échangeaient quelques mots, probablement pour faire avancer les différents ressorts de l'intrigue, et repartaient. Un officier de police qui portait des lunettes noires se fraya un chemin entre les bureaux et dit :

– Vous devez être le type de Scotland Yard.

– Peter Diamond, dit-il en lui tendant la main sans s'étendre davantage sur ses qualités. Les deux personnes sont toujours retenues, j'espère.

– Bien sûr.

L'homme n'avait pas besoin de décliner son identité : il portait un badge sur sa chemise qui le présentait comme Arthur Wharton.

– Elles font des problèmes?

– Non, monsieur.

– Que leur avez-vous dit?

– Comme d'habitude. Un petit problème technique avec leur passeport. Ils sont à vous.

Arthur Wharton fit un signe de tête à la femme qui avait accompagné Diamond. Elle se remit en chemin, passa entre deux personnes qui se croisaient et entra dans un autre couloir. Diamond se rappela qu'il était censé la suivre. Mais en essayant de la rattraper, il se rendit compte qu'il n'était pas aussi doué qu'elle pour éviter les collisions.

Il finit par la rejoindre devant une porte ouverte. Un policier de l'aéroport en uniforme était assis à côté et buvait un café dans un gobelet en carton.

Diamond regarda dans la pièce.

Et il resta les yeux ronds.

Il y avait une femme et une enfant dans la pièce, ça, pas de problème. Mais l'enfant n'était pas Naomi.

Elle avait facilement deux ans de moins. Assise sur une chaise, ballottant des jambes, la petite fille avait encore un visage de bébé et des joues rondes. Elle n'était même pas habillée comme Naomi. Elle portait une robe bleue, des chaussettes blanches et des chaussures noires vernies. Elle était japonaise, ça, oui. Seulement, la ressemblance s'arrêtait là.

Quant à la femme qui regardait Diamond d'un air angoissé, elle ne correspondait pas non plus au signalement qu'on lui avait donné. Elle portait une jupe et une veste rouges et des lunettes.

Stupéfait, il se tourna vers son guide, mais elle était déjà partie. Il s'adressa à l'homme qui gardait la porte :

– Ce n'est pas elles. Il y a une erreur.

Le flic haussa les épaules.

Il retourna tant bien que mal jusqu'au bureau de l'Immigration et passa son dépit sur Wharton.

– Vous n'avez pas arrêté celles qu'il fallait. Je n'ai jamais vu cette gosse et elles portent des vêtements différents, bon sang.

– Attendez, mon vieux, dit Wharton en brandissant un index menaçant. Ne me la jouez pas sur ce ton. On vous a arrêté les gens que vous avez demandés. Vous ne nous avez pas donné de signalement, juste un nom. Celle qui est dans la pièce, c'est Mrs Nakajima, il n'y a pas de doute là-dessus. Vous voulez voir son passeport? demanda-t-il en le lui tendant.

Diamond l'ouvrit. Pas de problème. Ces gens s'appelaient effectivement Nakajima.

– Mais elles ne correspondent pas du tout au signalement, dit-il.

– Vous voulez dire que ce passeport appartient à une autre femme?

– Non. Ce que je veux dire, c'est que les gens qui ont été aperçus à Heathrow étaient habillés différemment de cette Mrs Nakajima et de sa fille. (Au moment même où il parlait, il se rendit soudain compte de l'erreur qu'il avait commise.) Oh! Non!

Wharton le considérait de l'air de celui qui en a vu d'autres.

– Comme cette Mrs Nakajima et sa fille voyageaient seules, je n'ai pas réfléchi, j'ai cru qu'elles ne pouvaient être que celles qui avaient été aperçues à Heathrow dans la salle d'embarquement. Après avoir obtenu l'information de British Airways, j'ai oublié de vérifier auprès des autres compagnies aériennes. Elles ont dû prendre un autre vol et partir Dieu sait où.

Furieux contre lui-même d'avoir été si bête, il assena sur le bureau de Wharton un tel coup de poing que les trombones s'éparpillèrent partout.

Six mille cinq cents kilomètres en Concorde à poursuivre les gens qu'il ne fallait pas.

– Ecoutez, demanda-t-il à Wharton. Peut-être qu'il est trop tard, mais je voudrais contacter par fax le Terminal 3 à Heathrow. Je voudrais demander à chaque compagnie de vérifier sur ses listes de passagers si une Japonaise accompagnée d'une petite fille a pris un vol après 13 heures aujourd'hui. Vous pourriez m'arranger ça? (Et comme il sentait qu'il avait formulé sa requête d'une façon un peu abrupte, il ajouta :) Arthur?

– Vous voulez que je prenne la responsabilité de ces

fax? demanda Wharton d'un air qui ne présageait rien de bon.

– Vous avez tout le nécessaire, ici, répondit Diamond en toute franchise.

– Mais vous voulez que ce soit moi qui m'en occupe?

– Exactement. Si je donne mon nom, on perdra un temps fou en explications. Si la demande provient de l'Immigration Américaine, ils obéiront sans poser de questions. La clé du succès, dans cette affaire, c'est la rapidité.

– Vérifier les listes de passagers? Vous rigolez!

– Elles sont informatisées, fit remarquer Diamond, qui n'avait pas l'habitude de considérer la technologie moderne comme un allié, mais qui n'avait plus de scrupules, vu l'urgence. Ce sont juste deux ou trois touches à taper.

Wharton se massa la tempe.

– Ecoutez, enchaîna Diamond, pendant que vous vous en occupez, je vais aller m'excuser pour vous auprès de Mrs Nakajima. C'est donnant-donnant, non?

C'était surtout un marché de dupes, et il le savait pertinemment. Wharton aussi, d'ailleurs, mais l'urgence, telle qu'on la lui présentait, le fit céder.

– Vous feriez bien de m'écrire le message que vous voulez que je transmette, soupira-t-il.

La réponse cruciale de Londres arriva trois quarts d'heure plus tard. Entre-temps, Wharton à qui Diamond avait expliqué toute l'affaire par le menu, s'était totalement investi dans sa tâche.

– Hé! Ça y est, mon vieux! dit-il en lui tendant le fax qu'il venait de recevoir. Vous voulez des bonnes nouvelles? Finalement, elle est là!

Diamond était tout excité :

– Ici? A New York?

– Exactement. Elles ont pris un vol Pan Am. Une Japonaise et une gosse.

– Génial! Quand est-ce qu'elles ont atterri?
– A 17 h 20. Il y a une heure.
– Une *heure* ? fit Diamond, dont l'allégresse avait subitement fondu. Depuis le temps, elles ont passé les douanes et quitté l'aéroport.
– Pas cet aéroport-ci, dit Wharton avec un sourire rassurant. Il faut du temps pour passer l'Immigration à JFK. Le vol Pan Am? (Il regarda sa montre.) J'imagine qu'elles sont *tout au plus* arrivées aux douanes, mais je n'en mettrais pas ma main au feu.
– Où est-ce? demanda Diamond en sautant sur ses pieds.
– Attendez, Peter, répondit Wharton. Vous allez finir par vous blesser. Vous pouvez le savoir d'ici. (Il lui montra un ensemble de huit moniteurs accrochés au plafond.) Surveillance vidéo. Regardez si vous les voyez. Moi, je vais essayer de trouver l'équipage de l'avion.
Les caméras étaient placées de façon à faire un très lent panoramique sur la file d'attente qui s'enroulait comme un serpent le long des barrières jusqu'aux guichets où les passeports étaient examinés et visés. Diamond scruta chaque écran attentivement en cherchant une petite fille. Certains enfants étaient invisibles, cachés par des adultes. C'était rageant.
Pendant ce temps, Wharton était au téléphone.
– J'ai eu le chef de cabine du vol Pan Am, revint-il informer Diamond. Aucun doute, elles étaient bien à bord. Il s'est souvenu de Naomi en velours rouge et de la femme avec son blouson Rohan.
– Merveilleux. Mais où sont-elles, maintenant? J'aimerais bien le savoir. Je ne les ai pas vues dans la queue.
– Vous ne le pouviez pas. Il semblerait que le vol Pan Am ait passé l'Immigration. Regardez si vous les apercevez aux bagages, ce sont les moniteurs de droite. Elles devraient y être. Je vais essayer de savoir qui s'est occupé d'elles à la douane.

Diamond aurait nettement préféré se rendre aux bagages plutôt que de se fatiguer les yeux sur des écrans grisâtres. Les silhouettes massées autour des tapis roulants étaient aussi troubles et indistinctes que les images du premier homme sur la lune. C'est tout juste s'il parvenait à distinguer une personne de son voisin.

– Si vous pensez les avoir repérées, vous pouvez zoomer dessus, expliqua Wharton en ôtant le téléphone de son oreille. On pourra les voir de plus près.

– Merci.

Seulement, il ne les voyait pas et c'était facile de se l'expliquer : elles avaient très bien pu déjà prendre leurs bagages et s'en aller. Ou bien la femme détenait un passeport américain et était passée sans encombre une demi-heure plus tôt. Ou bien elles avaient seulement des bagages en cabine.

C'est alors que Wharton commença à parler avec animation. Il se tourna vers Diamond.

– OK, elles viennent de passer à l'Immigration. La femme s'appelle Tanaka – vous notez? – Mrs Minori Tanaka. Passeport japonais. La gosse voyage sur son passeport sous le nom de Emi.

– Emmy?

Wharton épela.

– Mrs Tanaka a donné le Sheraton de Park Avenue comme adresse. Nous pouvons vérifier à l'hôtel si elles ont fait une réservation.

Pendant ce temps, Diamond n'avait pas quitté le moniteur des yeux. Un moment plus tard, son attente fut récompensée par l'apparition de deux silhouettes troubles, une femme et une enfant qui s'approchaient du tapis roulant avec un chariot à bagages. L'enfant semblait avoir la coupe de cheveux de Naomi.

Il désigna l'écran.

– Les voilà. La deuxième en partant de la gauche. La petite fille.

Wharton prit la télécommande et actionna le zoom. Le visage de l'enfant grossit et envahit tout l'écran, avec son expression placide, le regard dans le vague, comme si elle était perdue dans ses pensées.

Naomi, il n'y avait pas de doute.

– Faites-moi voir la femme qui est avec elle, demanda Diamond.

– En gros plan?

L'écran se brouilla brièvement, puis il put enfin voir pour la première fois Minori Tanaka. Un visage intelligent, aux yeux vifs, aux pommettes saillantes qui encadraient un petit nez. La bouche, maquillée d'un rouge à lèvres prononcé, était plus grande qu'habituellement chez les Japonaises, et donnait l'impression d'un caractère volontaire, ou sensuel, selon l'interprétation. Elle devait avoir la trentaine.

– Pas mal, fit Arthur Wharton.

Soudain, le visage disparut de l'écran.

– Vous pouvez revenir en plan général? demanda Diamond, et tandis que la caméra reculait, il vit la femme se pencher sur le tapis roulant.

– Bon sang! Elle prend sa valise! Elle va ficher le camp!

A regarder l'écran, ils s'étaient laissés aller à oublier que le temps leur était compté. En quelques secondes, Mrs Tanaka avait le temps de passer la douane et d'arriver aux taxis pour s'en aller avec Naomi.

– Comment peut-on les rejoindre? demanda Diamond.

– Il vous faut mettre un visa sur votre passeport avant, répondit Wharton.

– Oh, mais c'est pas possible! La gosse a été kidnappée, bon sang!

– Passeport.

Il le lui tendit. Wharton l'ouvrit, choisit un tampon dans le tiroir de son bureau, modifia la date et tamponna le passeport.

– Maintenant que vous êtes en règle, nous pouvons aller les chercher, Peter.

Diamond en resta sans voix. Sans voix, puis le souffle

court, car Wharton l'emmenait au trot sur un trottoir roulant et le faisait descendre deux étages. Ils franchirent une porte et sortirent sur l'allée principale du terminal juste en face des arrivées. L'endroit était rempli de gens qui cherchaient à reconnaître des visages familiers parmi les voyageurs qui sortaient avec leurs chariots.

Ils arrivèrent juste à temps pour voir Mrs Tanaka sortir avec sa valise bleue sur son chariot à bagages. A côté d'elle – et là, plus aucun doute n'était permis – c'était bien Naomi.

La petite fille semblait indifférente à l'univers qui l'entourait et aux visages qui se tournaient vers elle. Elle marchait mécaniquement à côté de Mrs Tanaka, une main posée sur le chariot à bagages. Elles dépassèrent l'endroit où les chauffeurs de limousines attendaient avec des pancartes portant les noms de leurs passagers.

– Vous voulez les arrêter? dit Wharton en lui donnant un coup de coude. Alors vous feriez bien de vous y mettre tout de suite, mon vieux.

Diamond s'élança et s'aperçut pour la seconde fois de la journée qu'il n'était plus en forme pour éviter les gens et zigzaguer entre les obstacles. Un homme en fauteuil roulant dut s'arrêter pour le laisser passer et lui cria de regarder où il allait. Il n'avait pas le temps de s'arrêter pour lui faire remarquer que c'était précisément ce qu'il faisait et que c'était à ce qu'il y avait entre son objectif et lui qu'il ne faisait pas attention.

Au moment où il eut enfin la voie libre, il s'arrêta.

Quelqu'un venait de s'approcher pour parler à Mrs Tanaka. Un blanc, avec des cheveux noirs coupés très court et un nez comme celui de Charlton Heston, bien que la ressemblance s'arrêtât là. Il portait un blouson de cuir noir et un jean blanc. Mrs Tanaka hochait la tête en l'écoutant, puis elle fronça les sourcils, apparemment inquiète de cette rencontre soudaine.

Naomi regardait derrière l'homme, dans la direction de Diamond. Mais c'était avec le visage impassible et le regard impénétrable qu'il connaissait si bien. Rien ne laissait penser qu'elle le reconnaissait. Elle n'eut pas la moindre réaction, fût-ce de surprise, de plaisir ou de déplaisir, pour tout dire. Elle laissa simplement ses yeux se poser brièvement sur lui, puis elle s'en détourna lorsque retentit le carillon électronique qui précédait une annonce et leva les yeux en direction des haut-parleurs.

C'est son expérience professionnelle de filature de suspects qui avait fait s'arrêter Diamond juste avant de les aborder. L'homme pouvait très bien être l'un de ces petits arnaqueurs qui vous propose de vous aider à porter vos bagages moyennant un pourboire exorbitant – de l'argent facile, surtout quand les victimes sont une femme et un enfant. Mais sa présence pouvait aussi avoir une autre signification. Aussi valait-il mieux les dépasser, obliquer à gauche et se poster non loin de la queue du comptoir des renseignements sans perdre de vue la suite des événements.

D'après les gestes qu'elle faisait, Mrs Tanaka était d'accord avec ce qu'on lui proposait, quoique un peu à contrecœur. Après quelques hochements de tête et des gestes des mains, elle recula deux fois. Enfin, elle l'autorisa à s'occuper de son chariot et à le pousser vers la sortie la plus proche, si vite que Naomi, qui tenait toujours l'engin, dut trottiner pour suivre.

Diamond les suivit de près, rassuré par le fait qu'aucun des deux adultes ne le connaissait et que Naomi ne risquait pas de le trahir. Les laisser aller aussi loin sans intervenir était un peu risqué, mais cependant, leurs mouvements seraient limités par le chariot, quoi qu'ils fassent.

Ils se dirigeaient vers la file des taxis. Si c'était nécessaire, décida Diamond, il les laisserait monter dans un taxi et s'en aller, tandis que lui les suivrait dans le taxi suivant. Si l'homme au blouson accompagnait

Mrs Tanaka, cela répondrait à une question : lui aussi avait un rapport avec l'enlèvement.

Dehors attendait la file des taxis jaunes, supervisée par un homme qui avait un sifflet aux lèvres. Mais l'homme au blouson passa devant sans s'arrêter et traversa la rue. Ils allaient vers les navettes, alors? Apparemment non. Ils se dirigeaient vers le parking courte durée, une éventualité que Diamond n'avait pas envisagée. Du coup, il se frappa le front. Depuis son arrivée, il pensait complètement de travers. Ce devait être le décalage horaire.

Il dut traverser la route rapidement en zigzaguant entre les véhicules pour les suivre jusqu'au rez-de-chaussée du parking. Et là, les choses se compliquèrent. L'homme au blouson, Naomi et Mrs Tanaka n'étaient qu'à une vingtaine de mètres devant lorsqu'ils tournèrent à droite et s'engouffrèrent dans l'ascenseur. Et les portes se refermèrent avant qu'il ne puisse les rejoindre.

Et maintenant?

Il y avait des escaliers. Il ne savait pas du tout s'il devait descendre au sous-sol ou monter : l'ascenseur ne portait aucun voyant susceptible de lui donner la moindre indication.

Il allait falloir choisir au hasard en espérant qu'il les apercevrait en arrivant. Aucune direction n'était meilleure qu'une autre, aussi choisit-il de descendre quatre à quatre et ouvrit-il la porte en arrivant.

Il n'y avait personne en vue.

Derrière lui, les portes de l'ascenseur s'ouvrirent. Il était vide. Désormais, il était sûr qu'il aurait dû tenter les étages. Il monta dans l'ascenseur et appuya sur le deuxième en maudissant les portes qui ne se fermaient pas assez vite.

S'il ne les avait pas perdus, il aurait de la chance. L'ascenseur monta, les portes s'ouvrirent et il se mit à courir. Désormais, il n'était plus question de suivre furtivement sa proie. Si jamais ils montaient dans une voiture, il n'aurait plus aucune possibilité de les suivre. Il n'y avait pas de taxis dans les environs. Heureusement, il les repéra. Ils étaient à deux ou trois rangées sur la droite, à une soixantaine de mètres de lui. Il se mit à courir en criant.

– Mrs Tanaka!

Elle se retourna.

L'homme au blouson en fit autant. Il était en train d'ouvrir une portière.

Diamond était encore à une trentaine de mètres d'eux.

Mrs Tanaka dit quelque chose qu'il ne put entendre et ouvrit la portière avant de pousser Naomi dans la voiture.

– Je voudrais vous dire deux mots! cria Diamond.

Mais tout ce à quoi il eut droit, ce fut un chariot qui lui atterrit dans les jambes. L'homme au blouson s'en était servi comme d'un bélier qu'il avait lancé sur lui, de tout son poids, sans compter celui de la valise et de la force d'un homme jeune et costaud.

Diamond aurait pu se faire très mal aux chevilles s'il n'avait pas réagi une demi-seconde avant l'impact et sauté d'une vingtaine de centimètres – c'était une performance pour quelqu'un de son gabarit. Il retomba en visant la valise et sa tête heurta le panier de métal du chariot. Si le choc n'avait pas été dévié par la valise, sa tête aurait fini dans le panier comme dans celui d'une guillotine.

Il roula sur le côté et fit basculer le chariot avant de heurter l'aile d'une voiture de l'épaule gauche. Il n'était plus en état de se relever et de se battre.

L'homme au blouson n'avait pas l'intention de s'éterniser non plus. Il empoigna la valise, qui était fendue au milieu et gisait sous le chariot, la jeta à l'arrière de la voiture, claqua la portière et monta devant avec Mrs Tanaka.

La fumée du tuyau d'échappement n'arrangea pas Diamond. La voiture – une grosse Buick blanche avec des garnitures rouges – démarra en trombe. Les pneus crissèrent et elle s'éloigna dans un rugissement de moteur.

20

Une bonne dose de bleus, ça c'était sûr. Quelques écorchures à l'épaule et au bras droits, ce qui était vexant. Un mal de tête qui empirait à toute vitesse. A part cela, vraiment, il n'avait pas d'autre blessure, hormis à son amour-propre. Il avait tout gâché. Il avait fait six mille cinq cents kilomètres pour retrouver Naomi et il se l'était laissé embarquer sous le nez une fois de plus. Dieu sait où on l'emmenait.

Désespérant.

Il se remit péniblement debout, plus accablé de remords que de douleur. Nom d'un chien, il avait négligé les consignes les plus simples. Il n'avait même pas pris le numéro de la voiture.

Qu'allait-il bien pouvoir faire, maintenant?

Etait-ce vraiment la fin de la poursuite?

Il regarda autour de lui et vit le chariot, couché au même endroit à la place qu'avait occupée la voiture. Peut-être devrait-il regarder par-dessus la balustrade au cas où il pourrait repérer la Buick qui sortait, mais il était convaincu qu'il n'y voyait pas assez bien pour lire un numéro de si loin, quand bien même il aurait la chance de la repérer.

C'est alors qu'il réfléchit : une voiture qui sortait d'un parking devait se conformer à certaines formalités. Les concepteurs des parkings font en sorte que tout le monde soit obligé de payer en partant. Il devait donc y avoir une barrière en bas et un endroit où l'on paie. Peut-être que dans un parking aussi fréquenté que celui-ci, il fallait même *faire la queue*. Et quand bien même il y avait des barrières automatiques, on ne pouvait pas sortir plus vite que les voitures qui précédaient. En fait, il était même certain de ne pas avoir vu l'homme au blouson s'arrêter à une caisse de paiement à pied.

Donc, ils ne pouvaient pas s'en aller sans payer. D'ailleurs, une voiture avait beau être rapide, il fallait un certain temps pour arriver à la rue.

Il boîtilla jusqu'à l'ascenseur du plus vite qu'il put. La seule sortie se trouvait au sous-sol et c'était le moyen le plus simple de s'y rendre. Par chance – et il en avait un peu trop, dans une certaine mesure – les portes de l'ascenseur étaient restées ouvertes. Il monta dedans et appuya sur le bouton. Chaque seconde fut un supplice : le temps que la porte se referme, la lente descente – il récita une muette prière pour que l'engin ne s'arrête pas aux étages intermédiaires – et le temps qu'elle se rouvre. Il sortit et chercha des yeux un panneau qui indiquait la sortie et un raccourci qui y mènerait, puisqu'il n'avait pas besoin de suivre l'itinéraire compliqué auquel étaient contraints les véhicules.

Il décida de prendre à gauche, traversa une rangée de voitures, ce qui l'obligea à se faufiler et à tordre quelques rétroviseurs, mais le chemin se révéla le plus court : devant lui une demi-douzaine de voitures attendaient de monter la rampe vers la sortie. Il en dépassa quatre et eut juste le temps de voir la barrière se rabaisser tandis que la Buick – ou du moins une voiture rouge et blanc – sortait.

Il ne perdit pas davantage de temps. La voiture qui était maintenant en tête de file était une Chevrolet rose. Il ouvrit d'un seul coup la portière côté passager. La conductrice était en train de payer. Elle fit volte-face :

– Qu'est-ce que c'est que ça?

– Police, dit-il (et comme il n'avait rien d'autre que son passeport, il le sortit de sa poche et le brandit comme une plaque de police). Vous permettez que je monte? Voudriez-vous avoir l'obligeance de suivre cette voiture?

– Vous voulez bien répéter?

Elle était jeune, la vingtaine probablement, avec des cheveux noirs bouclés qui frémissaient quand elle parlait.

– Je vous demande de suivre cette Buick.

– Vous êtes anglais?

Il grogna intérieurement.

– C'est une question de vie ou de mort.

– Alors dans ce cas, montez tout de suite. Je vais vous emmener à Manhattan, si c'est ça que vous voulez.

Il ne prolongea pas la conversation.

Elle démarra à une allure pleine de promesses et ils se retrouvèrent bientôt hors de l'aéroport, sur le Van Wyck Expressway qui mène à Manhattan. Aucun signe de la Buick.

– On ne peut pas aller plus vite?

– Vous dites que vous êtes de la police?

– Oui.

– Et vous n'avez pas sur vous une petite sirène portable?

Elle voulait sans doute être sarcastique.

– Non.

– Est-ce que la police m'autorise à faire un excès de vitesse?

– C'est la vie d'une petite fille qui est en jeu, lui rappela Diamond.

Elle passa dans la file des véhicules rapides.

Trois kilomètres plus loin, Diamond lui demanda de ralentir. Il avait vu la Buick.

Elle roulait dans la file du milieu à une centaine de kilomètres-heure. Il voyait la silhouette de Mrs Tanaka assise à côté du conducteur.

– Pas trop près.

– Vous ne voulez pas que je les force à se garer?

– Pas pour le moment. Je préfère passer inaperçu.

– J'adore votre façon de parler, dit-elle en se glissant doucement trois voitures derrière la Buick. La petite, elle est anglaise aussi?

– Euh... oui. Comment vous appelez-vous? demanda-t-il pour changer de sujet.

Lui raconter le peu qu'il savait de Naomi risquait de l'embrouiller. Lui-même l'était déjà bien assez.

– Ken.

– C'est bien Ken que vous avez dit?

– Mmm.

– C'est un nom de fille, ici?

– Le diminutif de Kennedy. Je suis née la semaine où le président a été assassiné. C'est pénible, à chaque fois, il faut que j'explique.

– C'est bien d'avoir un nom pas commun. Le mien l'est : Peter.

– Peter... Comme Pierre le Grand, hein?

– Ce n'est pas très gentil.

– Pourquoi donc? demanda Ken. (Il donna une claque sur son ventre et elle sourit :) Ce n'était pas une allusion à cela.

Ils suivaient toujours la Buick. New York apparaissait au loin.

– Nous sommes à Long Island, c'est bien ça?

– Oui, nous venons de prendre le Long Island Expressway, confirma-t-elle. Nous allons vers le Queens et le tunnel à péage qui passe sous l'East River.

– Est-ce que je vous fais faire un détour?

– J'habite dans le Bronx, dit-elle en secouant la tête. Ça m'est égal. (Elle se tut, puis elle ajouta :) Vous avez éveillé ma curiosité. Vous n'êtes pas vraiment policier. J'ai peut-être l'air idiote, mais je sais faire la différence entre un passeport et une plaque de police. D'un autre côté, vous n'avez pas l'air du genre qui fait du stop. Ni d'un violeur. Vous vous battez avec votre femme pour avoir la garde de l'enfant?

Il lui expliqua que Naomi n'était pas sa fille. Il faillit lui dire, d'ailleurs, comment la petite Japonaise avait réussi à le faire succomber. C'est alors qu'ils entrèrent dans le tunnel et qu'il réfléchit à ce qu'ils feraient une fois sortis de l'autre côté.

– A quel endroit ça donne? demanda-t-il, comme s'il connaissait le plan de Manhattan par cœur.

– Sur la Trente-quatrième Est, répondit Ken. Ça ne sera pas facile de les suivre, après.

– Vous pouvez essayer de vous rapprocher alors?

Une fois qu'ils furent sortis du tunnel, elle réussit à dépasser l'une des voitures qui les précédaient tandis que la seconde tournait au carrefour suivant, ne laissant plus entre eux et la Buick qu'une seule voiture, une Volvo bleue. Mais la tension monta tandis qu'ils traversaient la ville et essayaient de ne pas se laisser distancer. Ils passèrent devant l'Empire State Building et Macy's, puis ils tournèrent à droite dans la Huitième Avenue, en direction du nord.

La Buick commença à accélérer.

– Pouvez-vous dépasser la Volvo? demanda Diamond.

Lorsqu'elle se déporta, le conducteur de la Volvo prit cela comme un jeu et leur bloqua le chemin. Et aux feux rouges suivants, il freina et les força à s'arrêter tandis que la Buick continuait.

Diamond poussa un juron et se retourna pour voir s'il y avait de la place pour manœuvrer, mais c'était impossible.

– Ils n'iront pas loin, le rassura Ken. Les feux les retiendront.

Il n'était pas si confiant que cela. Il les avait déjà vus passer au rouge au carrefour suivant.

– Il faut qu'on dépasse cette tête de nœud.

C'est ce qu'elle fit un peu plus loin, devant la gare routière du Port Authority, dans un concert de klaxons. Ils s'étaient laissé considérablement distancer. Ils aperçurent un fugitif éclair blanc loin devant : peut-être était-ce la Buick. En tout cas, il fallait y croire. Diamond scrutait la rue en collant son visage sur le pare-brise.

– Continuez tout droit. S'ils tournent, je vous le dirai.

Elle dépassait dès qu'elle pouvait et bien souvent, elle ne pouvait pas. Il ne pouvait pas lui reprocher sa mauvaise volonté. De temps à autre, il apercevait la voiture blanche au milieu des voitures, une centaine de mètres plus loin et il priait le Ciel que ce soit bien la Buick. Central Park apparut sur leur droite.

– Si on continue comme ça, on va arriver au Bronx et je serai chez moi, dit Ken.

Mais ils n'allèrent pas aussi loin. Ils avaient presque atteint la limite nord du parc lorsque la voiture blanche tourna à gauche.

– Vous pouvez la suivre?

– Pas de problème.

– Ça doit être la Cent-neuvième.

Elle maniait sa Chevrolet avec assurance. Elle accéléra, se faufila entre deux voitures et prit son virage à une telle vitesse que les pneus crissèrent. Seulement, ils ne trouvèrent pas de voiture blanche devant eux dans la Cent-neuvième Ouest.

– Peut-être qu'il a fait demi-tour dans Manhattan Avenue, suggéra Ken.

– Essayons, alors.

Elle reprit à gauche. Erreur : devant eux, ils ne trouvèrent que deux taxis et des limousines.

– Désolée. Je suis vraiment navrée, dit-elle d'un ton sincère. Vous voulez que je retourne?

– Où pensez-vous qu'ils allaient avant qu'on ne les perde?

– Pas très facile. Nous ne sommes pas loin de Columbia.

– L'université?

– Oui.

– Vous pourriez retourner dans cette direction? Avec

un peu de chance, on trouvera peut-être la voiture garée dans une rue.

Ils prirent à droite dans Amsterdam Avenue. Aucun signe de la Buick. Une énorme église se dressait sur leur droite.

– C'est le point de chute préféré des étudiants, fit remarquer Ken en passant.

– La cathédrale St John the Divine? demanda, incrédule, Diamond qui venait d'en lire le nom sur une pancarte.

– Non, la pâtisserie hongroise qui est juste à côté.

– Ah.

Ni lui ni elle n'eurent envie de rire. Le malentendu montrait à quel point ils étaient désorientés. Il n'y a rien de plus pénible que d'admettre qu'on a échoué. Ils pataugeaient tous les deux lamentablement et avaient beau essayer de s'aider mutuellement à grand renfort de paroles, rien n'y faisait.

– Le campus de Columbia est de ce côté à deux rues d'ici, l'avertit-elle.

– Il faudrait qu'on aille jeter un coup d'œil. Vous pourrez prendre à la suivante?

C'était la Cent-treizième, qu'ils descendirent jusqu'à Broadway, puis ils tournèrent deux fois à gauche pour reprendre la Cent-douzième. Il y avait trois voitures blanches garées là, mais aucune n'était la Buick. Dix minutes avaient passé depuis la dernière fois qu'ils avaient vu la voiture. Dix minutes qui devinrent vingt le temps de faire en vain le tour des rues avoisinantes.

– Je peux prendre un taxi, si vous voulez, proposa Diamond.

– Pas question, dit Ken. Je suis aussi impatiente que vous de retrouver cette voiture.

– Elle a probablement quitté le quartier, maintenant.

– Nous devons continuer à chercher, rien que pour cette petite fille.

Il n'avait pas besoin qu'on le lui dise.

Il leur fallut presque une heure pour retrouver la Buick. Elle était garée sur la Cent-quatorzième, côté Broadway. Ils l'auraient trouvée plus vite s'ils n'avaient pas décidé de commencer les recherches à la Cent-treizième et de remonter jusqu'à la Cent-huitième, mais l'énorme soulagement qu'ils éprouvèrent balaya leurs regrets.

– Qu'est-ce qu'on fait, maintenant? demanda Ken.

– Vous ne pouvez pas savoir à quel point je vous suis reconnaissant. (Elle fronça les sourcils devant cette tournure de phrase indirecte.) Je vais me débrouiller, maintenant.

– Hé! Vous ne vous imaginez pas que je vais laisser tomber maintenant? Je veux voir cette gosse, moi.

– Dans ce cas, je vais vous dire ce que nous allons faire. Du porte-à-porte.

Cette partie de la rue était composée d'immeubles résidentiels et de petits hôtels. Ils essayèrent d'abord les hôtels. « Je suis à la recherche d'un couple avec un enfant qui a dû prendre une chambre il y a une heure environ » : telle fut sa façon désarmante de formuler sa requête. « La femme et la petite fille sont japonaises. » Il essayait de se faire passer pour un Anglais plein de sollicitude, comme si des amis à lui avaient perdu quelque chose qu'il serait venu rechercher pour eux.

Après trois hôtels, beaucoup de regards soupçonneux et de signes de tête négatifs, mais aucune parole, il décida de changer d'approche avant d'entrer dans le Firbank, un bâtiment en briques délabré dont la fenêtre portait un écriteau qui indiquait « Chambres libres ». La fenêtre avait besoin d'un bon coup de chiffon.

La porte était ouverte et il aperçut un homme en jeans et en marcel noir assis derrière une table qui faisait office de comptoir.

– Mrs Tanaka a-t-elle pris une chambre ici?

– Qui vous êtes, vous?

D'une certaine manière, c'était mieux que le silence.

Diamond répondit qu'il appartenait aux services de l'Immigration.

– Et qui vous êtes, vous? ajouta-t-il.

– George De Wint.

– Directeur de l'établissement?

– J'ai pas de clandestins dans mon hôtel, dit De Wint, sur la défensive.

Pour un costaud tatoué dans son genre, avec son profil de boxeur, c'était un rien pathétique.

– Mais vous avez bien une Mrs Tanaka, qui est arrivée cet après-midi d'Angleterre, n'est-ce pas?

– D'Angleterre?

– Oui. Une Japonaise, avec un homme et une petite fille.

– Quel est le problème, exactement?

– Elle est là ou pas?

– Oui, elle est là. Vous voulez appeler sa chambre?

Mentalement, Diamond exulta.

– Je peux voir le registre?

George De Wint se pencha, posa une main sur un classeur et le fit glisser sur le comptoir.

Diamond l'ouvrit à la dernière page, qui portait le nom de Tanaka.

– Il n'y a qu'un seul nom, ici.

– Et alors? Les mômes ont pas à être inscrits.

– Et l'homme?

– Il séjourne pas ici. Il portait juste les bagages.

– Il est déjà parti?

– Pas que je sache. De quoi il s'agit exactement, monsieur? Je veux pas d'ennuis.

– Quelle chambre?

– Douze.

– Etage?

– Troisième étage. Elle voulait une double avec salle de bains, alors je lui ai donné ce que j'avais de plus grand.

– Montrez-nous le chemin.

Il flottait dans le Firbank une odeur de désodorisant

bon marché. Il n'y avait pas d'ascenseur et les escaliers grinçaient tellement qu'il était inutile d'essayer d'approcher la chambre discrètement.

A la poignée de la porte du 12 pendait un écriteau *Ne pas déranger*. Diamond frappa.

Pas de réponse.

– Ils ont l'air de s'être couchés, avança De Wint.

– Avec un enfant dans la chambre? dit Ken, incrédule.

– Pour dormir. Ils doivent être fatigués par le décalage horaire, s'ils viennent d'Angleterre.

– Il y a quelqu'un? appela Diamond.

Silence.

Il appuya sur la poignée. De Wint sortit un trousseau de clés.

La porte une fois ouverte, ils ne reçurent pas plus de réponse. Et la pièce n'était pas plongée dans le noir.

Diamond entra.

C'était une chambre de taille moyenne, avec des meubles quelconques. Deux lits, l'un défait, l'autre avec une valise ouverte posée dessus.

– Ils sont sortis, commenta De Wint. Les gens sont vraiment bêtes de laisser la pancarte *Ne pas déranger* sur leur porte. Quand est-ce que les femmes de ménage peuvent faire leur boulot, si c'est ça?

– Vous aviez dit qu'ils étaient dans leur chambre.

– Eh bien, je me suis trompé, monsieur. C'est un hôtel, ici, pas la prison.

Diamond alla jusqu'à la salle de bains, frappa une fois et ouvrit la porte. La lumière était allumée et une serviette trempée traînait sur le sol. La baignoire était remplie jusqu'à ras bord.

– Il y a quelqu'un, finalement, dit-il.

Le gérant s'approcha et eut une réaction moins réservée.

– Bon Dieu! Pourquoi est-ce qu'il a fallu qu'ils choisissent mon hôtel?

Allongée au fond de la baignoire sous une bonne

trentaine de centimètres d'eau, visage contre terre, gisait un corps vêtu d'un chemisier blanc et d'un pantalon gris. Elle avait des cheveux noirs coiffés court.

Diamond dit à Ken de ne pas regarder.

Découvrir un cadavre est toujours déplaisant. Mais ce qui rendait cette découverte encore plus désagréable, c'est que la femme avait les poignets attachés dans le dos et qu'une ceinture avait été nouée autour de ses chevilles.

Diamond ôta sa veste et la tendit à De Wint, qui continuait à se répandre en jérémiades. Il retroussa ses manches et se pencha sur la baignoire pour essayer de retourner le corps. La police de New York ne serait pas très contente qu'on l'ait touché, mais il avait besoin de s'assurer tout de suite de l'identité de la victime. Il empoigna les vêtements et essaya de le retourner, mais sa constitution physique n'était pas un atout pour ce genre d'opération et il dut demander de l'aide au gérant.

– Hé! C'est à vous que je parle, dit-il, voyant que l'autre ne bougeait pas.

– Je ne peux pas la toucher, pas question, dit De Wint en battant en retraite.

Heureusement, Ken était moins timorée.

– Je vais vous aider, dit-elle en s'avançant. Ça ne me fait ni chaud ni froid.

Ils s'éclaboussèrent copieusement, mais réussirent à la retourner à la deuxième tentative.

Sans aucun doute, le corps était bien celui de la Japonaise qu'il avait suivie depuis JFK, la femme qui avait enlevé Naomi.

Il se tourna vers De Wint, les bras dégoulinant d'eau.

– Est-ce la femme qui a pris cette chambre? Approchez-vous. Vous la reconnaissez ou pas?

– Oh, mon Dieu. Oui, c'est bien elle.

Il laissa la tête retomber dans l'eau.

Il restait à affronter une question que personne

n'avait osé envisager tellement elle était terrible : Où était Naomi?

Diamond se sentit flageoler. Il avait les jambes littéralement en coton et ce n'était pas à cause de ce qu'il venait de découvrir, mais de ce qu'il risquait de découvrir bientôt. Sans un mot, il se redressa et repartit dans la chambre en laissant le gérant à genoux, la tête plongée dans la cuvette des toilettes.

Il n'y avait pas beaucoup d'endroits où on pouvait cacher un cadavre d'enfant. Il n'eut pas besoin de tirer les lits pour savoir qu'il n'y avait rien de caché dessous. Quant à l'espace entre les deux, il était beaucoup trop étroit. Il ouvrit l'armoire. Elle ne contenait qu'un blouson de femme, gris, avec le mot *Rohan* brodé sur le devant en jaune.

Restait la fenêtre. Pour dire le vrai, il ne s'attendait pas à trouver le cadavre de Naomi dans la pièce. Son intuition et son expérience lui disaient qu'elle ne pouvait pas être là. Mais il se sentait moins sûr en ce qui concernait la fenêtre.

Elle donnait sur l'arrière d'un bâtiment de la rue d'après et sur une étroite courette bordée d'un mur de briques noircies par la suie.

Il dut prendre son courage à deux mains pour baisser les yeux.

Des poubelles en plastique. Quelques géraniums en pot épuisés. Des feuilles mortes et des bouts de papier qui tourbillonnaient dans le vent. Mais rien qui évoquât un cadavre. Un pigeon le dévisagea depuis le rebord de la fenêtre voisine.

Il se pencha encore un peu.

– L'escalier de secours, là-bas, à gauche, demanda-t-il à De Wint. Comment on y accède?

– Par la porte au bout du couloir.

– Et si je le descends, comment j'arrive à la rue?

– Il y a un passage qui donne sur la Cent-treizième. On ne peut pas le voir d'ici.

– C'est par là qu'il s'est enfui avec la petite, je pense, dit-il en quittant la fenêtre.

Chaque seconde était précieuse. Devant le dilemme – se lancer aux trousses de l'homme au blouson ou essayer de comprendre ce qui se passait en fouillant les affaires de la femme – il choisit cette dernière solution et entreprit d'inspecter rapidement la chambre. Il se ferait sûrement taper sur les doigts pour y avoir fourré son nez avant l'arrivée de la police, mais il n'en avait rien à foutre : la vie de Naomi passait avant tout le reste et, s'il y avait des indices dans le coin, il s'agissait de les trouver, et vite.

Il fouilla d'abord les bagages, une valise bleue sans marque et sans étiquette d'identification.

Les robes et sous-vêtements soigneusement pliés étaient d'excellente qualité. Il y avait aussi pour l'enfant quelques vêtements portant la marque Marks & Spencer.

Il passa plusieurs fois la main dans la pile de vêtements dans l'espoir de trouver des papiers ou un carnet d'adresses. Il ne trouva rien d'autre qu'un indicateur des rues de Londres et un exemplaire du *Times* vieux de trois jours, une trousse de toilette qui contenait savon, maquillage et quelques aspirines, une brosse et un peigne ainsi qu'un sèche-cheveux. C'était prévisible.

Il feuilleta l'indicateur et trouva une croix au crayon qui indiquait l'école. En tout cas, cela prouvait la relation avec Naomi.

Le visage d'un vert à peine moins pâle que les carreaux de la salle de bains dont il sortait, le gérant arriva pile pour répondre aux questions que voulait lui poser Diamond.

– Cet homme qui était avec elles, a-t-il dit quoi que ce soit quand ils ont pris la chambre? Pensez-vous que ce puisse être lui l'assassin? Vous allez me répondre, oui? Il a parlé? Il était anglais?

– Non, c'est la femme qui a accompli toutes les formalités. Elle essayait de calmer la gosse.

– L'enfant était agitée?

– Elle faisait un raffut de tous les diables.

– Oh, mon Dieu! fit Ken, qui était restée de l'autre côté de la chambre, jusque-là impassible, en se rendant soudain compte de ce dont l'enfant avait dû être témoin.

Diamond balaya ce que lui soufflait son imagination et poursuivit :

– Concentrons-nous un peu sur ce type. Quel était son comportement, quand ils sont arrivés?

– Il n'arrêtait pas de sourire.

– Alors que la gosse faisait son cirque?

– Oui, comme s'il avait été gêné.

– Est-ce qu'il donnait l'impression de tenir à elle?

– Non, dit De Wint en secouant la tête. Il se contentait de sourire et il laissait la femme s'en occuper. Je ne sais pas si ça peut vous aider, mais il avait une dent en or quelque part. Je l'ai remarquée quand il a souri.

– *Quelque part,* répéta Diamond, reconnaissant. Devant? Sur le côté? En haut ou en bas? Allez!

– En haut, de ce côté-ci.

– Côté gauche, donc.

Le fait d'avoir parlé de la dent semblait avoir ravivé les souvenirs du gérant.

– Il avait les yeux bruns et un nez qu'on n'oublie pas facilement, le genre étroit et élégant, comme celui d'un acteur de cinéma.

– Charlton Heston?

De Wint eut l'air impressionné par tant d'intuition. Il ignorait que Diamond avait eu droit à un coup de chariot assené par un homme qui avait le nez de Charlton Heston.

Diamond reprit ses investigations et trouva un sac à main renversé entre les deux lits. Son contenu – un peigne, du rouge à lèvres, des stylos, du blush, des clés, deux allumettes et un paquet de bonbons à la menthe – était éparpillé sur le sol. Il trouva un portefeuille qui contenait six cents dollars et une poignée de monnaie anglaise. On n'avait pas tué pour de l'argent.

Il s'empara du sac. On l'avait ouvert et intégralement vidé.

Donc, que manquait-il?

Le passeport.

La photo de Naomi que la femme avait montrée à Mrs Straw.

Probablement un chéquier et des cartes de crédit.

Les billets d'avion et les cartes d'embarquement. Elle avait très bien pu les jeter une fois arrivée à JFK, mais c'était improbable : les gens ont tendance à ne s'en débarrasser que plus tard.

Bref, tout document qui pouvait prouver l'identité de la femme et de l'enfant avait disparu.

Il retourna près des lits et regarda dessous. Il souleva les oreillers et les draps. Fouilla les poches du blouson qui était dans l'armoire.

Rien.

L'homme au blouson avait pris ce qu'il voulait aussi professionnellement qu'il avait tué. Sous les yeux terrifiés d'une enfant. Il devait n'avoir qu'une seule idée en tête ou un cœur de pierre.

Diamond se passa la main sur le crâne : y avait-il quoi que ce soit qui le retînt encore ici? La tentation de se lancer à la poursuite de l'assassin était irrésistible. L'homme avait emmené Naomi quelque part. Qui sait? Peut-être allait-il la tuer à son tour?

Oui, mais où?

L'homme au blouson pouvait être n'importe où à New York. Le retrouver n'était plus la mission d'un seul homme. Il allait falloir recourir à la police.

Il prit le téléphone et appela le 91.

On lui fit savoir qu'une patrouille allait arriver au plus vite. En attendant, qu'il reste sur place et ne touche à rien.

Pour ce dernier point, il était un peu tard.

Il était effondré. Quel gâchis. Les flics allaient lui passer un savon pour avoir déplacé le corps et fouillé les affaires de la femme. Et ils auraient tout à fait raison.

Il avait transgressé la loi pour Naomi et il n'était arrivé nulle part.

Il était tellement tendu qu'il lui fallut un moment avant de se rendre compte que Ken était en train de lui parler. Si la police devait venir, disait-elle, elle n'avait pas particulièrement envie de rester, d'autant plus qu'elle ne pouvait plus guère être utile.

Il la remercia le plus chaleureusement qu'il put en lui disant qu'elle était arrivée au bon moment et qu'elle s'en était bien tirée. Elle lui répondit qu'elle espérait qu'on sauverait l'enfant au plus vite, puis elle lui serra la main et s'en alla.

Ce n'était pas le moment de s'apitoyer sur soi-même, mais il était désolé de la voir partir.

Resté seul dans la pièce – De Wint en avait profité pour filer en prétextant qu'il raccompagnait Ken – il trouva cette attente insupportable. Comme il n'avait plus rien à faire dans la chambre, il retourna dans la salle de bains.

Le cadavre de Mrs Tanaka gisait au fond de la baignoire, sur le dos, les yeux fermés, la bouche ouverte. Ce n'était pas la peine d'essayer de la retourner, quand bien même il aurait pu y arriver tout seul. Il dirait aux policiers exactement tout ce qu'il avait fait.

En regardant le corps, il se rappela combien il avait trouvé la jambe raide quand il l'avait tirée pour la retourner. Lorsqu'il était policier, il avait eu maintes fois l'occasion de toucher des corps. Il avait toujours été choqué de sentir sous ses doigts la raideur cadavérique. La perte de souplesse des muscles, qui transformait un corps en une sorte de moulage de plâtre, contrastait tellement avec une chair vivante.

Attends un peu, se dit-il soudain, ça ne va pas, ça.

Elle a été tuée il y a moins d'une heure. Je le sais. Je l'ai vue à l'aéroport. Je l'ai suivie jusqu'ici en voiture. La raideur cadavérique ne se produit qu'après des heures, pas en si peu de temps.

Il se pencha et posa la main sur le bras. La chair était encore molle. Puis il toucha à nouveau la jambe, à l'endroit où il l'avait empoignée plus tôt. Elle était toujours aussi rigide.

C'est alors qu'il se souvint de ce qu'avait dit la standardiste du poste de police de Kensington : « Rohan, c'est quelque chose... Toutes ces poches. »

La raideur de la jambe n'avait rien à voir avec la mort. De chaque côté du pantalon étaient cousues deux poches l'une sur l'autre. Celle du dessous était pourvue d'une fermeture Eclair. Il l'ouvrit. La cause de la raideur cadavérique était à l'intérieur.

Il en sortit un gros portefeuille en cuir qu'il ouvrit. Il y trouva un passeport japonais, émis en décembre 1988. L'eau avait pénétré dans la poche et avait détrempé le bord des pages, mais le reste était intact. Tout était en japonais et en anglais. La propriétaire du passeport était Mrs Minori Tanaka, trente-six ans.

Et la photo correspondait bien à la morte.

Elle habitait à Yokohama. Il prit son carnet et nota l'adresse.

Sa fille était également mentionnée sur le passeport : Emi, née le 2 février 1984, sexe féminin.

Il soupira en secouant la tête. Emi... Naomi. Pauvre petite.

Il entendit résonner en bas des voix qui ne pouvaient que sembler familières à quelqu'un qui a été dans la police. Pas de doute : ceux-là ne venaient pas relever le compteur à gaz. Il y eut des pas pesants dans l'escalier, la voix de De Wint qui jouait à l'hôtelier respectable qui n'a jamais eu d'ennuis.

Rapidement, Diamond examina le reste du portefeuille. Il trouva les tickets et les cartes d'embarquement. Ainsi que quelques photos. Il les regarda, en prit une et la fixa avec un certain étonnement avant de la glisser dans sa poche. Pour le coup, décida-t-il, il ne dirait pas tout à la police.

21

Les deux policiers qui arrivèrent n'avaient qu'une seule et unique idée en tête : s'il s'agissait d'un meurtre, il fallait cordonner les lieux avant que la Brigade Criminelle n'arrive. Ayant vu le corps, ils n'allèrent pas jusqu'à ôter leurs chaussures pour revenir dans la chambre, mais ce fut tout comme : ils prirent des précautions infinies à ne rien toucher, voire effleurer, hormis le sol. Une telle discipline aurait dû alerter Diamond, mais il avait autre chose en tête. Il les suivit lorsqu'ils sortirent de la chambre et les informa qu'il y avait quelque chose de plus urgent encore à faire. Il leur donna le signalement de Naomi et de l'homme au blouson, et il leur précisa le numéro de la Buick blanche. Les policiers semblèrent prendre ombrage des ordres que leur donnait ce gros Anglais aux manières bourrues, aussi jugea-t-il prudent de rectifier le tir. Patiemment, avec plus de patience dont n'aurait pu le juger capable quiconque le connaissait, il répéta tout jusqu'à ce que l'un d'eux prenne enfin la décision de transmettre le message au Central : un individu suspecté de meurtre était en fuite avec une petite fille japonaise probablement handicapée mentale. Il ne pouvait rien faire de plus. Désormais, la mécanique était en route.

Le lieu du crime devint rapidement une véritable fourmilière : les inspecteurs de la Brigade Criminelle, l'équipe du laboratoire en blouses blanches, des photographes de la police, l'assistant du coroner et le médecin légiste s'étaient lancés dans une fiévreuse activité dont les procédures réduisaient l'horreur du crime et rendaient la tragédie supportable.

Pendant trois heures, Peter Diamond fut passé sur le grill par des inspecteurs.

Les morts violentes sont communes, à New York, mais l'affaire Minori Tanaka revêtait un caractère inhabituel. Plusieurs policiers déclarèrent que c'était un acte d'une grande cruauté. Même les meurtres ont leur échelle d'acceptation et une balle dans la tête bénéficie de plusieurs points de plus qu'une noyade. On souligna qu'avoir ligoté les mains de la victime était un raffinement particulièrement cruel. L'un des inspecteurs émit l'hypothèse du choix de la noyade parce que c'est une façon de tuer qui ne fait aucun bruit. Il était exact que le gérant, De Wint, n'avait rien entendu de suspect. Si Diamond n'était pas arrivé et ne lui avait pas demandé de le laisser entrer dans la pièce, personne n'aurait découvert le corps avant le lendemain.

Le savon auquel il eut droit fut totalement scandaleux, de son point de vue, étant donné qui il était – et il le leur dit. Les policiers restèrent inflexibles. Pour un ancien policier, déclara l'un des inspecteurs, il s'était conduit comme un éléphant dans un magasin de porcelaine. Bien qu'il n'appréciât pas la comparaison, il fit semblant d'être d'accord avec eux après qu'on lui eut braillé dessus pendant deux heures.

On le conduisit au poste de police du Vingt-sixième District pour élaborer un portrait-robot de l'homme au blouson. C'était une tâche qu'il avait souvent demandée aux témoins, sans se rendre compte à quel point c'était ardu d'arriver à obtenir une ressemblance. Après quoi, il examina les photos du fichier, une corvée supplémentaire dont il dut s'acquitter en vain.

Il était déjà 23 heures et on n'avait toujours aucune nouvelle de la Buick, hormis le fait que c'était une voiture volée dans une rue du Queens le matin même. Si on n'intercepte pas une voiture dans les deux heures qui suivent l'alerte, lui apprit-on, les chances de la retrouver sont très minces. Les criminels abandonnent la voiture et en prennent une autre, si ce sont des professionnels – et quel New-Yorkais avouerait n'être qu'un amateur? Il demanda si on avait bien informé les patrouilles de tous les détails. On lui dit que c'était une alerte rouge. Quand la vie d'un enfant était en jeu, vraiment en jeu comme dans le cas de cette petite Japonaise, l'alerte avait la priorité.

– Alors, est-ce que je peux faire quoi que ce soit?

Il eut droit à la réponse à laquelle il s'attendait.

– Vous me demandez de m'en aller, c'est ça?

– Exactement. Quelle est votre adresse?

– Quoi?

– Où habitez-vous, mon vieux?

Il n'avait même pas encore pensé à ce détail jusqu'à maintenant.

– Eh bien, euh, je n'ai pas encore pris d'hôtel.

– Monsieur, il est un peu tard.

Il décida de prendre une chambre au Firbank. Au rez-de-chaussée, sans salle de bains, à soixante dollars. Probablement un choix sensé. Son sponsor sumo aurait peut-être préféré prendre une chambre dans un cinq-étoiles en plein centre-ville, mais c'était ici que ça se passait. Et puis, un cinq-étoiles aurait pu trouver suspect un voyageur sans bagages.

Que ça *se passait* ? Pourquoi est-ce que je me fais des illusions? se dit-il. Je suis sur la touche, là. Un assassin détient une petite fille handicapée quelque part dans cette ville. Et la police elle-même n'a pas la moindre information.

Patience, autodiscipline, savoir attendre que quelque chose survienne : telles sont les qualités premières auxquelles un policier a recours quand tout a été tenté et que rien ne semble plus devoir arriver. Il avait connu cela à bien des reprises. La tension était insupportable, mais il fallait être fort.

Dans le secret de la salle de bains du premier étage, ne pouvant plus résister à la curiosité, il sortit de sa poche la photographie qu'il avait trouvée dans le portefeuille de Minori Tanaka. Curieuse photo à conserver sur soi, très éloignée du genre que les gens montrent à leurs amis quand ils parlent de leur famille : c'était la photo d'une tombe.

Une grande partie de l'épitaphe était en japonais, à l'exception des dates de naissance et de mort. Il dut écarquiller les yeux pour pouvoir les lire : 2.2.1984 – 12.12.1988.

Il fouilla dans sa poche à la recherche des notes qu'il avait recopiées d'après le passeport et se rendit compte qu'il ne s'était pas trompé. L'enfant mentionnée sur le passeport, Emi Tanaka, était née le 2 février 1984, la même date que celle gravée sur la pierre tombale.

Coïncidence?

Non.

Des sœurs jumelles?

Improbable.

Emi Tanaka était très certainement décédée.

Et si c'était le cas, elle était morte depuis quatre ans. Pourtant, Mrs Tanaka avait fait passer à Naomi les contrôles d'Heathrow et de JFK en utilisant ce passeport, en prétendant que c'était *elle* l'enfant née le 2 février 1984. L'âge coïncidait à peu près. On ne demande jamais d'autre preuve d'identité lorsque les enfants voyagent sur le passeport de leurs parents. Ni de photo. Ni de certificat de naissance. Pas même de fiche signalétique.

Il rentra dans sa chambre et s'allongea sur le lit pour réfléchir aux raisons que pouvait avoir une femme d'emmener une enfant – une enfant autiste – du Japon jusqu'en Angleterre en la faisant passer pour la sienne. L'hypothèse la plus évidente, c'était qu'elle avait kidnappé Naomi. Peut-être faisait-elle partie de ces malheureuses mères qui enlèvent l'enfant d'une autre parce que le leur est mort. Il avait enquêté sur un cas semblable en Angleterre, bien que les deux enfants aient été beaucoup plus jeunes, quelques mois, en fait. Cette tragique situation avait peiné tout le monde, lui tout autant que les autres. Il avait été soulagé que la ravisseuse ait bénéficié de l'indulgence du tribunal. Quiconque a souffert de la perte d'un jeune enfant, ou du chagrin d'une fausse couche, peut comprendre les raisons de ce genre d'actions, si criminelles soient-elles.

Avec les faits dont il disposait jusque-là, il commença à échafauder un scénario. Quelque part au Japon en 1988, la petite fille d'une certaine Mrs Tanaka, Emi, était morte à l'âge de quatre ans et dix mois. La mère, dévastée par le chagrin, n'avait pu accepter ce deuil. Elle était forcée de voir les petites camarades de son enfant morte grandir à la lumière du monde, tout comme Emi aurait dû le faire. Par hasard, ou bien intentionnellement, elle avait observé les enfants d'une école pour handicapés. Naomi était l'une d'entre elles, et Mrs Tanaka l'avait tout particulièrement remarquée parce qu'elle avait à peu près l'âge qu'aurait eu Emi. Elle s'était mise à la convoiter. Ne comprenant pas l'autisme dont souffrait l'enfant, elle s'était mis en tête que cette jolie petite fille, apparemment normale, était une enfant non désirée, qu'elle était malheureuse et qu'elle pourrait devenir une bonne mère pour elle et lui donner tout l'amour dont son cœur débordait.

Et c'est ainsi qu'elle avait réussi à l'enlever de cette école.

Puis elle s'était enfuie en Angleterre en utilisant le nom de son enfant morte inscrit sur le passeport pour faire passer à Naomi les contrôles d'immigration.

A Londres (il poursuivait toujours son scénario) en fait, alors que Mrs Tanaka faisait des courses chez Harrods, Naomi avait réussi à échapper à sa ravisseuse. Elle s'était cachée dans le rayon ameublement, et c'est là qu'on l'avait découverte après la fermeture du magasin.

Désespérée, Mrs Tanaka n'avait pas su comment s'y prendre pour récupérer l'enfant. Craignant de contacter la police ou l'Ambassade du Japon, elle avait attendu d'avoir des nouvelles de l'endroit où Naomi était hébergée. Finalement, peut-être en la reconnaissant à la télévision, elle avait réussi à retrouver sa trace jusqu'à l'école. En s'y rendant tôt le matin, elle avait évité de rencontrer les responsables. Son opiniâtreté avait vaincu l'inflexible Mrs Straw. Et, à nouveau avec Naomi, elle s'était enfuie à New York.

C'est là que la théorie s'effondrait. Ce qui s'était passé en Amérique était inexplicable. L'irruption de l'homme au blouson était totalement illogique. Apparemment, il attendait Mrs Tanaka et l'enfant – avec le projet d'assassiner la femme. Si ce n'était pas le cas, alors c'était un homme qui choisissait au hasard des femmes dans les aéroports et les assassinait. Seulement, est-ce qu'un meurtrier qui opère au hasard irait aborder une femme avec une enfant? Il ne pouvait pas ne pas avoir envisagé les problèmes que cela poserait. D'ailleurs, le type même du crime ne cadrait pas avec un choix dicté par le hasard. On n'y trouvait aucun des mobiles habituels : sexe et vol.

Jusqu'à tard dans la nuit, Diamond se débattit avec les incohérences, essayant de développer le scénario et se rendant compte que c'était impossible. Quelque part en amont de cet enchaînement d'événements, il devait y avoir une connexion avec les Etats-Unis qu'il ne connaissait pas, et ses spéculations s'arrêtaient là. Un peu plus tard, il quitta sa chambre pour aller voir à l'étage si l'enquête avait progressé. Il trouva un flic vautré sur une chaise devant la porte de la chambre du crime. La Brigade Criminelle était partie et l'enquête se poursuivait désormais au Central.

Il retourna à sa chambre, se déshabilla et se mit au lit. En Angleterre, c'était déjà le matin. Il n'avait pas sommeil, mais il était épuisé.

22

La Brigade Criminelle menait l'enquête selon ses méthodes, et Peter Diamond n'en faisait pas partie. Il découvrit ainsi qu'être un simple spectateur était autrement plus éprouvant que diriger les opérations.

Tôt le matin, s'apercevant qu'il n'avait rien mangé depuis son départ d'Heathrow, il partit à la recherche d'un café et en trouva un à l'encoignure de Broadway et de la Cent-quatorzième. La formule numéro 7, qui offrait à peu près toutes les ressources de la carte, lui sembla correspondre à son idée d'un petit déjeuner consistant et il en commanda deux portions. Il s'était installé sur l'un des tabourets du bar – une position plutôt inconfortable pour un homme de son gabarit – de façon à bien voir la télévision. Le Firbank n'étant pas le genre d'établissement pourvu de télés dans les chambres, il n'avait pas encore pu savoir si les informations parlaient du meurtre et de l'enlèvement de Naomi. Et comme s'il n'avait pas été suffisamment frustré comme cela, l'émission qui passait en ce moment était une espèce de jeu idiot que deux clients regardaient avec attention comme s'il s'était agi de l'événement de la semaine.

Il aurait dû comprendre qu'il aurait obtenu le renseignement qu'il voulait auprès du serveur.

– Vous êtes sûr que vous allez pouvoir manger *deux* petits déjeuners?

– Bien sûr.

– Vous êtes touriste?

– Euh, oui.

– Anglais?

– Oui.

– Où vous séjournez?

Il hésita. Il n'avait pas encore fait l'expérience des interrogatoires de ce côté du manche.

– Au Firbank.
– Là où on a decouvert une femme assassinée?
– Oui, répondit-il en essayant de prendre un air dégagé. Eau chaude et froide dans toutes les chambres, serviettes et cadavres fournis par la direction.
– Il y a de ces dingues, de nos jours, fit le serveur, sans indiquer vraiment si cette remarque s'adressait ou s'appliquait à Diamond. Ce type a dormi au Firbank la nuit dernière.
Là, l'équivoque n'était plus possible : c'était bien de Diamond qu'il parlait.
Il y avait beaucoup de monde dans le café, mais apparemment, personne ne se souciait de savoir où avait dormi Diamond.
Lorsque sa platée de bacon, saucisses, œufs et hachis lui arriva avec ses toasts et son café, il eut droit à un petit supplément :
– Il paraît qu'ils ont trouvé la voiture de l'assassin.
– Où ça? demanda Diamond, son couvert suspendu au-dessus de son assiette.
– Un flic l'a repérée quelque part dans Chinatown.
– Vide, évidemment?
– Pensez!
Il engloutit son double petit déjeuner à une vitesse qui allait probablement rester *le* sujet de conversation du café pendant plusieurs semaines et descendit rapidement au poste de police du Vingt-sixième District. Son air imposant lui permit d'obtenir de rencontrer le Sergent Stein, un homme grisonnant et dégingandé en jeans noirs et chemise rose qui était l'inspecteur chargé de l'affaire.
– Ah, c'est vous le flic anglais, fit Stein d'un ton qui sous-entendait qu'on l'avait prévenu de se tenir sur ses gardes.
– Il paraît que vous avez retrouvé la voiture.
– Oui, une patrouille l'a repérée.
– A Chinatown? Ça n'est pas du côté du Bowery?
– On peut le dire.

– Où, alors?
– Chinatown?
– La Buick.
– Elle a été emmenée, dit le sergent, avant d'ajouter, après un long silence : pour les examens de labo.
– A quelle heure on l'a trouvée?
– Nous allons publier une déclaration officielle.
– Oh, ça va, dit Diamond, exaspéré. Je ne suis pas là par curiosité morbide.
– Alors pourquoi êtes-vous là?
– Pour retrouver une enfant qui a été enlevée par un assassin. C'est une raison suffisante, pour la police new-yorkaise?
– Monsieur, répondit Stein, inflexible, c'est moi qui devrais vous poser quelques questions.
– Du genre?
– Du genre : pourquoi vous intéressez-vous tellement à cette gosse?
Diamond se raidit.
– Où voulez-vous en venir exactement, Sergent?
– Nous n'aimons pas tellement les messieurs d'âge mûr qui s'intéressent de trop près aux petites filles.
Il s'en fallut de peu que le sergent ne prenne le poing de Diamond dans la figure, et il s'en rendit compte, car Diamond s'avança jusqu'à ce qu'ils se retrouvent nez à nez comme deux boxeurs qui s'apprêtent à entamer un combat.
– Non seulement c'est une insulte, mais en plus, c'est de la provocation, dit-il. Si vous tenez à votre insigne, évitez de sortir ce genre de conneries à un officier de police d'un rang supérieur.
Le fait qu'il ne fût plus policier n'était qu'un détail : il avait réagi comme s'il l'était encore. Echauffé comme il l'était, il aurait fallu qu'il fasse un effort pour se souvenir qu'il n'occupait plus ses fonctions. Et le Sergent Stein n'était pas censé savoir.
Stein battit en retraite et leva la main droite dans le

geste d'un grand chef indien qui fait une offre de paix.

– Oubliez ce que j'ai dit, OK? J'ai eu une nuit pénible.

– La prochaine pourrait l'être encore plus, répondit Diamond. Alors? A quelle heure on a trouvé la voiture?

– Vers 2 heures du matin sur Mulberry Street.

– Quelqu'un a-t-il vu quoi que ce soit?

– Pas de témoins pour l'instant.

– Où a-t-on emmené la voiture?

– Le labo est sur Amsterdam Avenue.

– Vous m'offrez de le visiter?

– Vous voulez aller voir? Vous pouvez vous y rendre avec une patrouille. Attendez un instant, Mr Diamond.

Et, avec force hochements de tête destinés à lui prouver sa bonne volonté, Stein abandonna Diamond.

Le trajet jusqu'à Amsterdam Avenue en compagnie d'un officier taciturne qui mâchait du chewing-gum donna à Diamond l'occasion de réfléchir à ce que lui avait dit Stein. Le détournement de mineur était un crime qui existait depuis toujours et pourtant, depuis quelque temps, on en parlait de plus en plus. Que cette pratique fût de plus en plus répandue, là n'était pas la question. Tout comme pour le viol et les autres crimes sexuels, c'était parce qu'il était devenu plus facile de découvrir les crimes et que les médias en parlaient davantage que les statistiques augmentaient. Quoi qu'il en soit, l'opinion commune était qu'il valait mieux qu'un homme qui n'était ni le père ni le professeur d'un enfant ne soit pas vu seul en sa compagnie. Il comprenait qu'il était nécessaire d'être vigilant, mais il regrettait tout de même que quelques pervers et une poignée de journaux avides de sensationnel aient pu ainsi rendre improbables, voire impossibles, des liens authentiques entre un adulte et un enfant.

N'ayant pas lui-même d'enfants, il ne pouvait considérer véritablement le problème comme des parents le feraient, mais fallait-il vraiment que les gens sans enfants soient condamnés à être traités commes des pervers potentiels?

L'endroit où les véhicules étaient emmenés pour être examinés n'avait pas grand-chose à voir avec le laboratoire-atelier d'une propreté toute clinique auquel s'attendait Diamond. C'était un ancien garage avec deux ou trois ponts et fosses où s'affairaient quelques jeunes gens en bleus de travail maculés de cambouis. Personne ne s'occupait de la Buick qui était garée devant.

Il trouva rapidement un « technicien » aimable que l'on n'avait apparemment pas encore mis en garde contre l'arrivée de cet empoisonneur de flic anglais et qui était tout à fait disposé à parler.

– La Buick? Ça va nous prendre au moins une semaine. D'après ce que j'ai pu en voir, la moitié de New York a dû baiser et fumer dans cette voiture. A mon avis, elle appartenait à un groupe d'étudiants.

– Vous avez donc déjà procédé à quelques examens, alors?

– J'y ai jeté un coup d'œil et j'ai ramassé les déchets que j'y ai trouvés pour les faire analyser.

– Et qu'est-ce qu'il y avait?

– Dans les déchets? Paquets de cigarettes et mégots, papiers de bonbons, emballages de sandwiches, Kleenex, boîtes de préservatifs, notes de stations-service, comprimés d'Alka-Seltzer, chewing-gums, stylos-billes, contraventions, collants, emballages de fast-foods... Vous voulez que je continue?

– Ça devait faire un de ces tas, fit Diamond. Vous avez déjà tout mis dans un sac?

– Doucement! On nous a amené quatre voitures hier soir.

– Je peux jeter un coup d'œil à votre récolte? Je travaille sur cette affaire.

– Bien sûr, allez-y.

Le technicien le conduisit au fond du garage. Ils traversèrent un petit bureau et arrivèrent dans une grande pièce où les objets qu'on venait de lui décrire se trouvaient étalés sur une longue table. Il en oublia sa première impression de laisser-aller et d'inefficacité : chaque article portait une étiquette où étaient soigneusement inscrits un numéro et la description de l'endroit où il avait été trouvé.

L'intérieur de la Buick n'avait pas été nettoyé depuis le mois de février au moins, à en juger par la date de l'un des tickets de station-service qui étaient tous réunis ensemble avec un trombone. Trouver là-dedans quelque chose qui provenait de l'assassin de Mrs Tanaka, ce serait comme de chercher une aiguille dans la proverbiale botte de foin.

– Vous avez inspecté le coffre, je suppose?

– Oui, bien sûr.

Il se pencha pour examiner les stylos-billes.

– J'imagine que vous pouvez déterminer s'ils ont été utilisés récemment. Ne vous inquiétez pas, je ne vais pas les toucher.

– Comment voulez-vous qu'on le sache?

– Quand on n'utilise pas un stylo pendant un certain temps, il sèche. Et quand on veut l'utiliser à nouveau, il faut gribouiller un petit moment avant que l'encre ne coule à nouveau.

Son interlocuteur accueillit cette évidence avec plus de solennité qu'elle ne le méritait.

– C'est sans doute vrai, mais je ne connais aucun moyen de déterminer depuis combien de temps le stylo n'a pas été utilisé. Trop de variables entrent en ligne de compte, comme la température ou l'endroit où il a été rangé. Mon vieux, on n'arrive déjà pas à dire combien de temps un cadavre est resté à un endroit donné, alors je ne nous vois pas nous y atteler avec un stylo-bille.

– Non, mais si le stylo marche du premier coup, il y a des chances qu'il ait été utilisé très récemment. (On aurait dit du Sherlock Holmes, sauf que cela n'impressionnait personne, et sûrement pas lui. Autant abandonner la question des stylos.) Je peux examiner les tickets?

– Bien sûr. Seulement manipulez-les en les tenant par le trombone et prenez cette baguette pour les feuilleter.

– Je ne crois pas que l'assassin se soit arrêté pour prendre de l'essence, de toute façon, fit Diamond en s'emparant de la liasse de tickets. Il est très peu probable qu'il s'en trouve un avec ses empreintes.

– On peut vérifier d'après la date, ne vous inquiétez pas.

– Je ne cherche pas une date, dit Diamond.

Il lui était venu une idée, tandis qu'il feuilletait les tickets avec la baguette. C'était la présence des stylos qui lui avait fait espérer quelque chose.

– Vous pensez qu'il pourrait y avoir quelque chose d'écrit au dos? demanda le technicien.

– Vous avez déjà vérifié?

– Pas eu le temps. Pourquoi quelqu'un aurait-il fait ça?

– La gosse – celle qui a été kidnappée – elle adorait dessiner.

– Et vous pensez que ça pourrait nous donner un indice?

– On ne sait jamais, dit Diamond. Malheureusement, ajouta-t-il en reposant les tickets sur la table, il n'y a rien là-dessus.

Il prit les contraventions et les examina également. Naomi ne s'en était pas servie pour dessiner non plus. Il eut un claquement de langue exaspéré.

– Vous avez vu ce que vous vouliez?

– Je vous retiens peut-être?

– Non, ça va.

– Dans ce cas, j'aimerais pouvoir regarder le reste de ces trucs. Si vous voulez retourner à votre boulot, je vous promets que je ne laisserai d'empreinte sur rien.

– Pas de problème.

C'était agréable que quelqu'un vous fasse enfin confiance.

Il n'avait qu'une très faible chance de trouver quoi que ce soit, mais fouiller dans un tas de déchets, c'était toujours mieux que ne rien faire du tout. Armé de deux baguettes comme dans un restaurant chinois, il examina chaque objet un à un en cherchant ceux qui avaient été utilisés récemment. Il y avait des rouleaux de pastilles à la menthe entamés et il pensa qu'ils avaient peut-être été destinés à apaiser Naomi, mais le bonbon qui dépassait par l'ouverture était tellement sale que le rouleau ne pouvait qu'avoir été ouvert des mois auparavant.

Toujours guidé par l'idée que l'on avait essayé de calmer l'enfant en lui donnant quelque chose à manger, il s'intéressa aux emballages de plats à emporter. Il y en avait six, de formes variées, qui provenaient de différents endroits. Des relents de sucré-salé s'en dégageaient et il préféra ne pas s'attarder à les identifier – pas plus qu'à imaginer ce que devait sentir l'intérieur de la Buick toutes glaces fermées quand il faisait chaud.

Deux des emballages semblaient assez récents et il les examina. Ils n'étaient pas en polystyrène comme les autres, mais en carton blanc. Collants et tachés de graisse, ils devaient avoir contenu des beignets.

Il en retourna une pour en examiner le dessous, qui aurait constitué une surface parfaite pour dessiner. Malheureusement, il n'y avait rien. Pourquoi ne se résignait-il pas à abandonner cette idée que Naomi avait laissé derrière elle un dessin, et qui plus est, un dessin qui aurait signifié quelque chose? Il avait l'impression d'être mû par une sorte de force, comme la télépathie, comme si l'enfant avait essayé de lui faire découvrir quelque chose. Ce n'était pas totalement illogique, car il avait déjà fait dans sa vie l'expérience de ce genre de prémonitions qui se révèlent justes, comme d'être persuadé de rencontrer tôt ou tard quelqu'un de sa connaissance dans une ville inconnue.

Aussi, lorsqu'il souleva la deuxième boîte et qu'il vit quelque chose dessiné sous le couvercle, si son cœur se mit à battre plus vite, il n'alla pas jusqu'à se frapper le front en s'écriant : « Eurêka ! »

De retour au poste de police, il expliqua très patiemment au sergent Stein que Naomi adorait dessiner, probablement pour compenser son incapacité à communiquer.

– Et vous pensez que c'est elle qui a dessiné cela ? dit Stein.

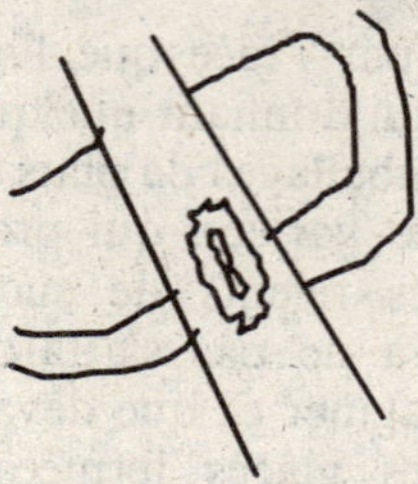

– Pas cela, non. C'est moi qui ai recopié un dessin que j'ai trouvé sur un emballage. J'ai laissé la boîte dans le laboratoire avec les autres objets découverts dans la voiture. L'encre correspondait à celle de l'un des stylos trouvés par terre à l'avant côté passager. Il est impossible de prouver que c'est Naomi qui a dessiné ça, mais je peux vous dire que d'après l'état de la boîte, elle n'était pas dans la voiture depuis longtemps. Je pense que l'assassin a dû s'arrêter à un moment ou à un autre pour acheter à manger pour elle, à moins qu'elle ait tout simplement trouvé la boîte et qu'elle l'ait prise pour dessiner.

– Vous appelez ça un dessin ? dit Stein. Ne le prenez pas mal, mais je trouve que ça a plutôt l'air d'un gribouillis. Qu'est-ce que c'est ?

– Je n'en suis pas très sûr moi-même, avoua Diamond. L'original est à peu près deux fois plus grand, ajouta-t-il en posant son carnet sur le bureau.

Il y eut un silence, puis Stein reprit la parole :

– Vous pensez vraiment que ça représente quelque chose?

– Si c'est Naomi qui l'a fait, oui. Elle a une façon bien à elle de voir les choses, mais ses dessins sont très précis.

– C'est un plan?

– J'imagine que ça pourrait être ça.

– Si c'est quelque chose qui doit nous aider, il *faut* que ça en soit un, dit Stein. Je veux dire, qu'est-ce que c'est, là? Une sorte d'échangeur? Parce que c'est assez peu courant à New York.

Diamond considéra le dessin et vit à quoi Stein faisait allusion : la large bande qui suivait une direction oblique et semblait passer au-dessus de deux voies plus petites.

– Si c'est le cas, le petit rectangle, au milieu, qu'est-ce que ce serait?

– Une auto, j'imagine.

– Vue du dessus, alors?

– C'est possible.

Stein observa le dessin un moment.

– Vous dites que cette gosse a une façon bien à elle de voir les choses. Peut-être que ça représente le dessous de la Buick. Ça, ça pourrait être le pot d'échappement.

– Le *dessous* ? dit Diamond. (Il doutait qu'une enfant de cet âge eût les connaissances techniques nécessaires et le dit à Stein. Il doutait également que Naomi soit capable d'avoir l'esprit suffisant pour conceptualiser un plan.) Elle dessine de mémoire ce qu'elle a réellement vu. En Angleterre, elle a pris un train et elle a dessiné ensuite très clairement le dossier d'un siège, vu de la place de derrière.

– Est-ce que cela vous a aidé dans votre enquête?

– Pas directement, non.

Le Sergent Stein leva un sourcil comme pour signifier qu'il doutait de l'intérêt de continuer à essayer de trouver un sens au dessin de Naomi.

– Ce que vous pensez être une voiture, poursuivit Diamond, je trouve plutôt que ça ressemble terriblement à une lame de rasoir ancien modèle.

– Mm mm, fit Stein, sans trop s'engager.

– Celles qu'on utilisait avant l'apparition des rasoirs jetables.

– Je sais à quoi ressemblent ces lames, dit Stein, mais dans ce cas, je ne vois pas ce que représente le reste.

– Moi non plus.

– Il faut que j'aille m'occuper d'autres affaires.

Laissé seul pour ruminer ce mystère, Diamond retourna son carnet pour voir si le dessin était plus compréhensible orienté différemment. Il n'était aucunement certain que ce qu'il pensait être le haut était vraiment le haut. On peut tourner un couvercle d'emballage dans le sens qu'on veut avant de dessiner dessus. Mais aucune autre interprétation ne surgit. La forme rectangulaire ressemblait toujours à une lame de rasoir quel que soit l'angle sous lequel on la regardait. Et maintenant qu'il l'avait visualisée ainsi, il n'arrivait pas à balayer cette idée.

Vers midi, le Lieutenant Eastland, qui était chargé de l'affaire – celui-là même qui l'avait comparé à un éléphant dans un magasin de porcelaines – vint le trouver pour l'informer qu'on avait progressé dans l'identification de la femme. La police japonaise avait vérifié l'adresse à Yokohama qui figurait dans le passeport. Mrs Tanaka était divorcée et vivait seule. Jusqu'en novembre dernier, elle travaillait comme secrétaire à l'Université de Yokohama.

– Secrétaire? Voilà qui amène quelques questions, commenta Diamond. Cela peut autant signifier qu'elle était assistante de direction ou simple dactylo.

– D'après mes renseignements, elle travaillait à la

faculté des sciences dans l'équipe des dactylos, dit Eastland. Et en ce qui concerne la gosse...

– Lieutenant, l'interrompit Diamond, il faut que je vous dise quelque chose sur la gosse. (C'était une question gênante, mais il allait bien falloir en passer par là.) Je suis pratiquement certain que Naomi n'était pas la fille de Mrs Tanaka. Elle avait une fille qui était morte. J'ai, euh, j'ai trouvé une photo de la tombe. Voici l'enfant qui était mentionnée sur le passeport.

Il sortit la photo de sa poche et s'apprêta à être littéralement lapidé. La dissimulation de preuves n'était pas la meilleure façon de s'attirer les bonnes grâces de la police. Et l'inévitable question arriva :

– Où avez-vous trouvé ça?

Il répondit, expliqua et s'excusa.

– Et pourquoi ne me la montrez-vous que maintenant? demanda Eastland sans se mettre en colère plus que cela.

C'était un flic d'une quarantaine d'années, le genre grand maigre un peu coincé qui pèse chacun de ses mots.

– Parce que c'est peut-être important.

– Vous le saviez déjà hier.

– Je ne l'ai examinée qu'après l'interrogatoire que vous m'avez fait subir.

– Vous n'aviez pas eu le temps de prendre autre chose, hein?

– Mais non, ce n'est pas pour ça.

– Alors pourquoi?

– Question de priorité. Je ne voulais pas compliquer les choses. Il fallait d'abord mettre en route la machine pour retrouver Naomi, et peu importait son identité.

– Avez-vous pris autre chose dans le portefeuille?

– Non.

– Je peux vous faire confiance?

– Absolument.

– Vous savez ce que vous êtes?

– Je sais ce que vous pensez de moi.

– Du moment que nous nous comprenons... lâcha Eastman. Maintenant, seriez-vous assez aimable pour me montrer le dessin dont vous parliez avec le Sergent Stein?

Diamond accusa le sarcasme, qui avait au moins le mérite de montrer qu'on accordait un tant soit peu d'importance aux efforts qu'il faisait.

Il rouvrit son carnet. Soucieux de ne pas influencer l'interprétation qu'en tirerait le lieutenant, il ne mentionna pas l'histoire de la lame de rasoir.

– Vous pensez que c'est la gosse qui a dessiné ça?

Diamond expliqua qu'il avait recopié le dessin. Eastland examina un moment le dessin en fronçant les sourcils.

– Que pensez-vous que ce soit? fut tout ce qu'il trouva à dire.

– Je pense que le petit rectangle représente une lame de rasoir.

– Possible. Dans ce cas, elle est posée sur quoi? Une étagère? Est-ce que nous serions dans une salle de bains? Cette espèce d'arc de cercle, est-ce que ça représenterait un lavabo?

– Je n'avais pas pensé à ça.

– La salle de bains de la chambre du meurtre avait un lavabo à peu près dans le genre de celui-là, sauf que l'étagère est disposée selon un angle différent. Je n'ai jamais vu d'étagère posée en travers d'un lavabo. Remarquez, les mômes dessinent parfois d'après des angles très bizarres.

– Il aurait fallu qu'elle soit plus grande que vous ou moi pour pouvoir voir le dessus d'une étagère dans la salle de bains, fit remarquer Diamond.

– Parfois les gosses dessinent un peu n'importe comment.

– C'est une dessinatrice très rigoureuse.

– Et vous pensez que ça a un sens?

– Comme on n'a pas grand-chose d'autre à se mettre sous la dent, commença Diamond.

Sa phrase resta en suspens : il pensait à quelque chose.

– Même si c'est un dessin de la salle de bains, reprit Eastland, et même s'il y avait une lame de rasoir – et je ne me souviens pas d'en avoir vu une – où ça nous mènerait?

Brusquement, Diamond comprit. Tout devenait clair :

– C'est un tatouage.

– Un *quoi* ?

– La lame de rasoir, c'est un tatouage. Regardez. Ce que vous pensiez être une étagère, c'est de toute évidence un bras posé sur un volant. Elle a dessiné ce qu'elle voyait devant elle. Je crois que ce doit être le bras de l'assassin. C'est ce qu'aurait vu Naomi si elle était assise sur le siège du passager avant.

Eastland observa le dessin pendant un certain temps.

– Ça se pourrait bien que vous ayez raison.

23

L'un des vieux policiers du poste de police se souvenait de ce tatouage qui représentait une lame de rasoir. C'était le signe de reconnaissance d'un gang de la fin des années soixante-dix qui avait sévi dans un quartier délabré de Brooklyn et qui était né du mouvement punk. La bande avait compté jusqu'à quarante membres aux heures de gloire, aux alentours de 1978. Dans les années quatre-vingt, d'autres gangs étaient apparus et l'avaient supplantée.

– J'imagine que vous mentionnez les tatouages sur les dossiers des criminels? demanda Diamond.

– Bien sûr, c'est sur l'ordinateur.

Ils se précipitèrent pour vérifier. Ils trouvèrent onze

hommes correspondant au signalement. Ils n'avaient pas tous fait partie du gang de Brooklyn. Apparemment, un certain nombre avaient simplement ce tatouage par goût. L'un d'eux, un peu excessif, portait même toute une série de lames de rasoir qui allait d'une main à l'autre en passant tout au long du bras et par les épaules.

L'opérateur de l'ordinateur demanda la fiche de chacun d'entre eux. Trois des membres du gang de Brooklyn avaient un signalement très proche du souvenir que conservait Diamond de l'homme au blouson. Il demanda les photos. Ce qui les conduisit aux archives, dans une autre partie du bâtiment. Le temps qu'ils arrivent là-bas, les dossiers étaient déjà préparés sur une table. Son pouls s'accéléra.

Le dessin de Naomi avait servi à quelque chose.

L'une des photos était l'homme au blouson. Sans doute aucun. Le visage mince et mauvais, les mêmes yeux et, sur la photo de profil, le nez à la Charlton Heston.

– C'est lui.

– Lundin? C'est pas un gentil.

L'individu s'appelait Fredrik Anders Lundin. Trente-deux ans. Antécédents de délinquance juvénile, deux condamnations pour attaque à main armée, une inculpation pour meurtre, dont il avait été acquitté en appel. Depuis qu'il était sorti de prison après avoir purgé trois ans pour sa seconde attaque à main armée, Lundin était apparemment tueur à gages. Il était (selon le dossier) sous surveillance de la police, dans l'espoir probable de le mettre à l'ombre pour un bon moment, au lieu de se contenter de l'inculper pour des délits mineurs.

– Donc vous le surveillez?

Toujours aussi mesuré, le Lieutenant Eastland demanda :

– Vous êtes absolument certain que c'est bien lui?

– Absolument.

– Vous l'avez vu accueillir Mrs Tanaka et la môme à l'aéroport?

– Lieutenant, je l'ai vu comme je vous vois.

– OK, on va s'en occuper.

– Comment?

Eastland haussa les épaules et dit que les policiers anglais étaient vraiment pénibles.

– A quoi vous croyez que servent les patrouilles?

– Ecoutez, dit Diamond, ce n'est pas une simple arrestation. Ce type est un tueur. Il a enlevé une enfant. Il ne faut surtout pas mettre la vie de la gosse en danger. Si vous envoyez deux hommes là-bas, il va y avoir des coups de feu.

– Qu'est-ce que vous proposez, alors? Qu'on le file?

– Il est déjà sous surveillance, selon le dossier.

– Ne croyez pas tout ce que vous lisez là-dedans, l'avertit Eastland. Surveillance, ça peut simplement vouloir dire qu'on a un type qui nous donne de ses nouvelles de temps en temps quand il l'aperçoit faire un billard dans un bar.

Diamond se demanda si cette attitude décontractée était la manière new-yorkaise de protéger les citoyens des criminels en liberté. Lui était engagé à fond dans l'affaire et il ne voulait rien laisser au hasard.

– Lieutenant, vous m'avez demandé mon avis. Je vous réponds qu'il est indispensable d'agir d'une manière subtile. Je ne crois pas que vous devriez essayer de l'arrêter s'il a Naomi avec lui. Ce serait mettre sa vie en danger.

– Mr Diamond, je vous suis très obligé, dit Eastland en essayant d'imiter l'accent anglais avec autant de succès que Dick Van Dyke dans *Mary Poppins*. Allons faire un petit tour dans le Queens, où réside ce monsieur et agissons d'une manière subtile. Vous êtes, j'imagine, désireux de participer à cette entreprise?

Diamond ne trouva pas la plaisanterie drôle, mais il accepta de monter dans la voiture de Stein. Lorsqu'ils sortirent du passage souterrain, l'après-midi touchait à sa fin et certains lampadaires étaient déjà allumés.

– Vous avez un flingue? demanda Stein.

– Non.

– C'est normal? Je veux dire, les flics anglais ne sont pas armés?

– En général, non.

– Ça vous est jamais arrivé d'en avoir besoin?

– Pas encore.

Il n'osa pas ajouter qu'il avait une telle réputation de maladresse qu'il valait mieux ne pas lui confier d'arme et qu'il aurait été capable de tirer à n'importe quel moment, comme maintenant, tellement la voiture le secouait. Apparemment, le véhicule n'avait plus d'amortisseurs.

– Moi, fit Stein, je serais mort cinq fois si je n'avais pas eu mon arme.

Le quartier où ils se rendaient n'était pas la meilleure partie du Queens, ni la pire, d'ailleurs. Ces immeubles vieillots avaient dû être très prisés au début du siècle, à l'époque où ils avaient été construits. Sur les terrasses ornées de plantes, il y avait encore les chaises longues, les matelas, boîtes de bière et de pizzas qui témoignaient de l'agréable et chaud après-midi qui venait de s'écouler.

Un policier leur fit signe de s'arrêter au coin d'une rue.

– Impossible d'aller plus loin. Le suspect peut voir la rue depuis son appartement.

– Il est de quel côté?

– A droite.

– Quelqu'un l'a repéré?

– Non, mais il y a de la lumière.

– Alors on a peut-être une chance.

Ils sortirent et rejoignirent le Lieutenant Eastland et deux autres hommes qui venaient d'arriver. Une troisième voiture remplie d'hommes en uniforme arriva de l'autre bout de la rue. Eastland prit contact par radio avec les hommes qui étaient déjà en position auprès de l'appartement. Il donna des ordres. Il opérait avec méthode et Diamond révisa son jugement.

– Les locataires de l'immeuble coopèrent, dit-il à Diamond.

– Ils ont vu l'enfant?

– Non, désolé.

– Ou entendu sa voix?

– Personne ne nous a rien dit de tel.

– Peut-être que les murs sont trop épais.

– Possible.

– Alors, quel est le plan?

– On peut se permettre d'attendre un peu, dit Eastland. Avec un peu de chance, il peut sortir pour faire des courses d'ici peu et on pourra lui sauter dessus. Vous voulez vous rapprocher?

– Pourquoi pas?

Stein reçut l'ordre de l'accompagner. Comme deux habitants du quartier en train de promener leur chien, ils descendirent le long de la rue jusqu'à la hauteur du 224, où la lumière du deuxième étage laissait espérer que Fredrik Lundin soit chez lui. La présence de stores empêchait d'en savoir plus. Quand bien même, il n'était pas conseillé de traîner. Il suffisait que Lundin glisse un regard entre les lames du store pour voir toute la rue.

Ils allèrent presque jusqu'au carrefour suivant avant de s'arrêter. Stein sortit ses cigarettes et lui en proposa une.

Tenté, Diamond se souvint qu'il était censé avoir arrêté.

Le talkie de Stein grésilla.

– Quoi que ce soit en vue? demanda la voix d'Eastland.

– Lumière à la fenêtre, répondit Stein. Stores. Premier étage non allumé, apparemment inoccupé. La porte d'entrée de l'immeuble a l'air facile à forcer. Vous voulez qu'on essaie?

– Pas encore.

– Le problème, avec ça, confia Stein à Diamond après avoir éteint son talkie, c'est que si Lundin commence à avoir des soupçons, on risque d'être obligés d'assiéger l'immeuble.

C'était un risque que Diamond était prêt à prendre, bien que la nuit commençât à tomber rapidement.

– Seulement, ça demande beaucoup de renforts, expliqua Stein, et c'est pour ça qu'on préfère éviter.

Trois cigarettes plus tard, la radio brisa le silence.

– OK, on va pas attendre ce dingue toute la nuit, annonça Eastland. Diamond et vous n'avez qu'à entrer par-devant et investir l'appartement du premier. Soyez prêts à monter dès que le suspect sort et laisse la gosse. OK?

– OK, répondit Stein.

Diamond faillit arracher la radio des mains de Stein pour supplier Eastland de ne pas provoquer de fusillade, mais il se retint : cela ne servirait à rien. C'était Eastland qui dirigeait les opérations et il n'allait pas obéir à un inspecteur anglais sous le nez de la moitié de ses hommes. Il était déjà assez rassurant qu'il ait précisé qu'il fallait attendre que Lundin se sépare de Naomi.

Stein et lui remontèrent jusqu'au 224. Il faisait plus sombre, désormais, et le devant de l'immeuble n'était pas très éclairé. Ils distinguaient à peine les marches qui menaient à la porte d'entrée. Stein glissa sa main à sa poche, manifestement pour saisir l'arme dont il ne pouvait pas se passer. Il fit un signe de tête à Diamond pour qu'il ouvre la porte. Celle-ci céda sans difficulté.

Aucun bruit ne leur parvenait. Ils étaient dans un grand hall, avec un escalier devant eux. A mi-chemin, sur la droite s'ouvrait l'appartement où ils étaient censés prendre position. Diamond posa la main sur la poignée de la porte. Etait-ce trop espérer que cette porte-là aussi veuille bien s'ouvrir sans peine? Elle était fermée. Un bon coup de pied devait pouvoir résoudre le problème, seulement ils risquaient d'éveiller toute la maison.

Heureusement, le Sergent Stein n'était pas venu les mains vides : il avait apporté la petite lame de plastique dont se servent les cambrioleurs et les policiers pour ouvrir une porte discrètement. Elle s'ouvrit vers l'intérieur sans problème. Un air tiède chargé d'odeurs corporelles et de parfum bon marché leur parvint au visage. On aurait dit une odeur de bordel, se dit Diamond, ce que lui confirma une voix de femme qui murmurait d'une voix ensommeillée et sans inquiétude :

– C'est qui? Quelle heure il est?

Un canapé grinça et quelque chose bougea. La femme qui y était allongée reprit :

– Vous êtes deux ou il y en a qu'un? (Elle se leva et trébucha jusqu'à une lampe de chevet.) Désolée, les mecs, je fais pas les deux à la fois. Il y en a un qui devra attendre.

Elle s'apprêtait à allumer la lampe.

– N'y touche pas, chuchota Stein.

– Putain, mais c'est... commença-t-elle.

Mais Diamond se précipita sur elle et plaqua sa main sur sa bouche. Elle se débattit et il dut l'emprisonner dans ses bras. Elle portait une espèce de peignoir en soie glissant qui la rendait difficile à tenir, car elle était manifestement nue dessous. Son « Calmez-vous, nous sommes de la police » n'était pas exactement la phrase qu'il fallait prononcer pour rassurer une femme de ce genre-là, mais ce fut tout ce qu'il trouva.

Stein ne prit pas autant de précautions.

– Tu fais un bruit et je te fais sauter le caisson. On vient pour le mec du dessus. Tu le connais?

Diamond relâcha son emprise.

– Vous voulez parler de Fredrik? demanda-t-elle bien fort. (Ils lui firent tous les deux signe de baisser d'un ton. Elle poursuivit à voix basse :) Qu'est-ce qu'il a encore fait?

– Il y a un gosse avec lui? demanda Stein.

– Un gosse?

– Oui, une petite fille.

Elle hésita :

– Vous voulez dire une mineure?

– Oui, une *petite* fille, une enfant, de cette taille-là, une petite Japonaise.

Elle eut l'air vraiment choquée.

– Fredrik? Il met pas les mômes au tapin. Je suis formelle, il fait pas les mineures. Je bosserais pas pour un mec qui fait bosser des gosses.

Diamond ne bougea pas et ne dit rien, mais il sentit le sang lui battre les tempes. Il avait la bouche sèche. Jusqu'à ce moment, il n'avait pas envisagé la prostitution enfantine comme mobile de l'enlèvement de Naomi, mais là, il fallait affronter cette répugnante éventualité. D'évidence, Lundin tirait ses revenus du proxénétisme. Il n'y avait plus qu'à prier le Ciel que la femme dise la vérité et qu'il n'aille pas jusqu'à prostituer des enfants.

– Tu as entendu du bruit, là-haut? demanda Stein.

Elle secoua la tête.

– Rien du tout?

– On peut pas entendre les voix.

– Mais on peut entendre des pas, non?

– Oui, des fois, ça arrive.

– Hier soir, par exemple?

– Je crois, oui.

– Plus d'une personne?

– Je peux pas dire.

– Tu as parlé à Lundin depuis hier?

– Non.

– Tu crois qu'il est chez lui, là?

– Comment je saurais? Je dormais jusqu'à ce que vous arriviez. Quelqu'un vous a filé la clé?

– Pourquoi tu retournes pas te coucher? dit Stein, pas très aimablement.

Il appela Eastland pour faire le point.

– OK, répondit Eastland. Restez où vous êtes et envoyez-nous la reine du trottoir, elle peut être utile.

– T'as entendu ? fit Stein à la fille qui venait de se recoucher. Habille-toi. Et vite.

– Stein ? continua la voix dans le talkie.

– Lieutenant ?

– Quand il sortira, laissez-le-nous. Vous, occupez-vous directement de la gosse.

En maugréant d'être obligée de participer à une opération de police et de ne pas pouvoir s'habiller dans le noir, la femme finit par sortir en titubant de l'appartement, ses vêtements à la main. Diamond fit à peine attention : il en était encore à ruminer ce qu'avait dit la femme. Un instant plus tôt, il suppliait Eastland d'y aller doucement pour que Lundin puisse être interrogé. Maintenant, si ce qu'il soupçonnait se révélait exact, c'était lui, Diamond, qu'il allait falloir empêcher de se précipiter sur cette ordure.

– Bon Dieu, mais qu'est-ce que tu fiches ? demanda Stein à la femme.

– Je cherche mon matos.

– Ton quoi ?

– Mon sac avec mon maquillage et mes affaires. Il est quelque part par là.

– Non, mais j'y crois pas ! Tu vas tirer ton cul de là, oui !

Elle sortit.

Eastland voulait l'utiliser comme appât. Il y avait plus de chances que Lundin ouvre sa porte à la femme qui travaillait pour lui qu'à la police.

Ils entendirent craquer le plancher au-dessus d'eux. Pas de doute, il y avait quelqu'un là-haut. Immédiatement, Stein appela le lieutenant. Jusqu'à maintenant, l'opération s'était déroulée sans la moindre anicroche. Il y avait sûrement des hommes postés devant et derrière, qui attendaient l'ordre de s'élancer.

Diamond attendait aussi, et faisait de son mieux pour se concentrer sur ce qu'ils étaient censés faire, lui et Stein. Il fallait qu'il se persuade qu'ils allaient trouver Naomi saine et sauve là-haut. Il n'arrêtait pas de se remémorer sa petite main glissée dans la sienne. D'habitude, c'était des yeux des gens qu'il se souvenait. Il se représentait ceux de la gosse aussi, bien sûr, mais ils n'étaient pas aussi expressifs que d'autres, à cause de son état. Et c'était donc le souvenir de sa main qui l'attendrissait.

Stein et lui avaient pris position à la porte, légèrement entrebâillée pour pouvoir surveiller le hall. Ils savaient qu'il allait falloir un peu de temps pour mettre tout en place et ils attendirent une vingtaine de minutes.

C'est alors qu'ils entendirent s'ouvrir la porte d'entrée puis un bruit de pas sur les dalles du hall. La fille passa devant eux et commença à monter l'escalier, les talons de ses cuissardes en cuir, accessoire de sa profession, claquant sur les marches.

Stein dégaina son arme.

Deux silhouettes passèrent dans le hall juste après la femme sans faire aucun bruit.

Elle tourna sur le palier et commença à monter la deuxième volée de marches. Les deux hommes suivirent.

Dans le hall, ils virent passer d'autres flics qui vinrent se poster silencieusement.

La fille avait disparu, mais ils entendirent la sonnette de l'appartement et sa voix :

– Fredrik? C'est moi, Dixie.

Diamond entendit des pas traverser la pièce au-dessus d'eux, mais pas la porte s'ouvrir. Lundin devait regarder par l'œil.

La sonnette résonna une seconde fois.

Les deux policiers devaient déjà être plaqués contre le mur de chaque côté de la porte.

– Fredrik? Tu es là?

On entendit le bruit d'une serrure.

– Salut, Fredrik, dit la fille, tu pourrais pas descendre une seconde?

– Bordel, qu'est-ce que tu veux? demanda Lundin.

– J'ai un problème avec un client. S'il te plaît.

– Quel problème?

– Euh, il veut pas partir.

– Qu'est-ce que tu veux dire?

Vite, vite, supplia mentalement Diamond. *Sors et suis-la!*

– Je t'ai dit, il me fait chier.

– Il veut pas partir de chez toi? Il a eu sa petite affaire et il veut pas se barrer?

– J'arrive pas à m'en débarrasser.

– Qui c'est?

– Un mec, je le connais pas. Je peux pas bosser s'il reste.

– OK, OK, retournes-y, je descends m'en occuper.

Diamond se frappa le front de dépit.

Dixie redescendit nettement plus vite qu'elle n'était montée. Elle passa entre Diamond et Stein.

– C'est tout ce que je fais pour vous, les mecs, dit-elle. Vous avez intérêt à pas le rater, sinon il me fera la peau.

– Boucle-la, dit Stein.

Ce n'était pas en donnant un coup de main aux flics qu'on se faisait bien voir, apparemment.

Les cinq minutes d'attente qui suivirent leur semblèrent une éternité. Puis ils entendirent des bruits de pas et Lundin qui rouvrait sa porte. Cette fois, il avait manifestement dû sortir sur le palier, car ils entendirent crier :

– Pas un geste! Police!

Imprudemment, Lundin décida de passer outre. Ils l'entendirent se précipiter dans l'escalier. Il dut descendre deux ou trois marches quand il y eut un premier coup de feu, suivi presque immédiatement de deux autres. Ils entendirent un cri de douleur puis le bruit d'un corps qui roulait dans les marches.

– Ils l'ont eu, dit Stein. (Il jeta un coup d'œil par l'entrebâillement tandis que le hall retentissait des cris des policiers qui vérifiaient qu'ils pouvaient s'approcher sans danger du blessé.) Allons-y.

Lorsqu'ils ouvrirent la porte, ils virent un homme en T-shirt blanc et jeans noir qui gisait au bas des marches, un policier debout à côté de lui. Stein monta l'escalier quatre à quatre, Diamond sur ses talons.

La porte de l'appartement de Lundin était ouverte. Après cette longue attente dans l'obscurité, la lumière de l'appartement les éblouit. L'endroit était luxueusement meublé : fauteuils en cuir, boiseries claires et tapis chinois, immenses plantes d'appartement et sculptures modernes.

Mais pas de petite fille.

Diamond vérifia les autres pièces – chambre, cuisine et salle de bains. Il souleva les couvertures, ouvrit les placards et, plein d'appréhension, vérifia la baignoire.

Elle n'était pas là.

Il revint dans le salon et regarda tous les coins au cas où il aurait oublié de vérifier quelque part.

– Mr Diamond! dit Stein depuis la salle de bains. (Diamond le trouva agenouillé près des toilettes.) Est-ce que ça pourrait être la gosse? (La question remplit Diamond d'horreur.) Je regarde toujours dans la cuvette des chiottes, expliqua Stein. Ils paniquent toujours et ils jettent des trucs dedans.

Il tenait à la main les morceaux d'une photo déchirée.

Diamond les rassembla sur le sol. Il y avait sept morceaux qui formaient une image incomplète, mais reconnaissable.

– Oui, dit-il. C'est bien elle.

24

Diamond avait recommencé à poser des problèmes.

– Entre autres raisons, dit le Lieutenant Eastland, vous êtes trop gros pour monter dans l'ambulance. Stein peut vous emmener à l'hôpital dans sa voiture.

– J'irai, mais dans l'ambulance, insista Diamond.

Il avait déjà posé un pied sur le marchepied et n'avait plus qu'à monter. Il aurait bien aimé qu'on lui donne un coup de main, car c'était un peu haut pour quelqu'un de sa corpulence.

– L'infirmier doit monter derrière avec un policier.

– Le policier n'a qu'à monter devant, dit Diamond. Je surveillerai le prisonnier. Ecoutez, il va quand même pas s'échapper avec deux balles dans la jambe.

– Vous l'interrogerez une fois arrivé à l'hôpital.

– Je veux les réponses tout de suite, Lieutenant. Vous avez déjà perdu assez de temps comme ça.

Là, il avait touché un point sensible.

– Comment ça, *j'ai* perdu assez de temps? C'est vous qui vouliez que l'opération se déroule en douceur comme un réveillon de Noël, dites donc. Votre approche subtile. Vous vouliez qu'on ne mette pas la vie de la gosse en danger, vous avez oublié?

– Exact. Et je continue.

Sur ce, Diamond plongea la tête dans l'ambulance et se servit du bout de la civière pour se hisser dedans. Les choses faillirent tourner à la catastrophe, car c'était une civière à roulettes qu'il entraîna immédiatement de son poids. Il eut juste le temps de continuer sur son élan et de rattraper la civière avant qu'elle ne s'écrase sur la chaussée et l'infortuné Lundin avec. Il s'assit sur le siège libre à côté de l'infirmier. Pour un homme de sa corpulence, occuper le terrain était encore l'argument le plus persuasif.

– A tout à l'heure, Lieutenant.

Eastland lui lança un regard noir et lui décocha sa flèche du Parthe.

– Si tous les Anglais sont comme vous, ça devrait pas prendre longtemps avant que le pays soit complètement sens dessus dessous.

Puis il fit signe au chauffeur de refermer les portes et de partir.

– Et combien de temps ça prendra? demanda Diamond au jeune homme assis à côté de lui, comme s'il n'avait rien entendu.

– Vous voulez dire le trajet jusqu'à l'hôpital? Six-sept minutes.

– Parfait, dit Diamond en se penchant pour mieux voir le visage du prisonnier à l'autre bout de la civière.

– Faites attention à sa jambe, l'avertit l'infirmier.

– Faites gaffe à ma jambe, répéta Lundin qui était tout de même plus concerné.

On lui avait fait une piqûre d'analgésiques, mais l'idée d'une main maladroite qui se baladait au-dessus de sa blessure devait l'angoisser.

– Je me fiche bien de sa jambe, dit Diamond. Montrez-moi sa main, la droite.

L'infirmier souleva le drap. Lundin portait effectivement un tatouage en forme de lame de rasoir sur le bras droit.

– Si vous croyez que je fais dans la piquouse, vous vous plantez, dit Lundin.

– Ah, mais tu es en état de parler, toi, dit Diamond. Je veux des nouvelles de l'enfant. Où elle est?

– Je veux un avocat.

Ce bon vieux truc, pensa Diamond.

– Tu veux que je te dise quelque chose, Lundin? Personne apprécie les ordures dans ton genre qui s'amusent avec les petites filles. En taule, il leur arrive souvent des problèmes.

– Les petites filles? De quoi vous parlez?

– Me la joue pas à l'étonné. Je t'ai vu l'enlever à JFK. Avec sa mère.

– Alors c'était vous! dit Lundin qui comprenait soudain.

Diamond fut un peu vexé de ne pas avoir été reconnu plus tôt. D'habitude, on ne l'oubliait pas aussi facilement. Mais il fallait être juste : allongé comme il l'était sur sa civière, Lundin ne pouvait pas très bien le voir. Quoi qu'il en soit, il semblait que la question de l'avocat avait été réglée.

– Parfait. Alors on se connaît déjà. C'est moi le type que tu as cogné et toi, tu es un violeur d'enfants.

– C'est faux.

– Pas du tout : tu m'as cogné avec un chariot à bagages.

– Non, le reste : je suis pas un violeur d'enfants.

– Tu travailles juste pour quelqu'un d'autre, c'est ça que tu essaies de me dire?

– J'essaie rien du tout.

– C'est encore plus grave, ça, de fournir des mineurs à des gens comme ça.

– Vous dites des conneries.

– Joue pas avec mes nerfs, Lundin.

– Quoi? Touchez pas à ma jambe!

– Où est la gosse? Qu'est-ce que tu en as fichu?

– J'ai pas à vous parler. Qui vous êtes, d'abord? demanda Lundin.

– Un homme qui a des problèmes de poids, dit Diamond en se penchant ostensiblement au-dessus de la jambe, les mains en avant. Des fois, il faut que je m'accroche à quelque chose pour pouvoir me lever.

– Salaud! Me touche pas!

– Il vaut mieux pas que tu m'insultes, si tu veux pas avoir de problèmes. Alors, où elle est?

– La gosse?

– Oui.

– Elle va bien. Ça a rien à voir avec ce que vous dites.

– Sa mère ne va pas bien, elle. Tu as tué la gosse aussi?

– Non, je vous dis. Non!

– Elle est en vie?

– Oui.

– Alors, je peux la retrouver où, Lundin?

– Non, me touchez pas! Je l'ai refilée à quelqu'un. C'était le deal.

– A qui?

– Je peux pas le dire. Je sais pas.

– Tu tiens à la gosse? demanda Diamond.

– Qu'est-ce que vous voulez dire?

– Oui, je sais que ça fait un peu bizarre de demander à un tueur à gages s'il tient à une gosse, mais je vais t'expliquer. Tu vas passer au tribunal pour avoir assassiné Mrs Tanaka. Si la môme a été tuée aussi, tu es également complice d'un deuxième assassinat.

– Elle est vivante.

– Tu arrêtes pas de répéter ça, mais qu'est-ce que tu en sais? Celui ou celle avec qui elle est en ce moment peut très bien l'avoir tuée.

– Je crois pas.

– On t'a engagé pour tuer la mère. Pourquoi on tuerait pas la gosse aussi?

Lundin hésita et demanda néanmoins :

– Monsieur, qui vous êtes?

– Je m'appelle Diamond.

– Vous êtes flic?

– Non. (Parfois la candeur est récompensée par la vérité. Cela valait la peine d'essayer.) Je suis un civil. Je suis venu d'Angleterre à cause de l'enfant. Naomi a été illégalement enlevée d'une école spécialisée et je tiens particulièrement à savoir ce qui est arrivé à l'enfant.

– Vous êtes pas un flic?

– Je vous l'ai dit.

– Vous enregistrez la conversation?

– Non.

Lundin attendit un peu et sembla rassembler assez de confiance pour poursuivre :

– Le contrat était sur la mère, pas sur la gosse.

– On t'a engagé pour tuer la femme?

C'était une question que Diamond n'aurait pas dû poser et il s'en aperçut immédiatement. Cela ne le faisait pas avancer et n'eut pour tout résultat que de faire taire Lundin.

– Laissez tomber. Je suis pas obligé de vous parler.

– Qui t'a engagé?

Silence.

Diamond passa adroitement à une autre question.

– Tu as dit que tu avais livré la gosse à quelqu'un. Quand?

– Hier soir, répondit Lundin à contrecœur.

– C'était convenu?

– J'ai pas à répondre à toutes ces questions de... commença Lundin qui se reprit aussitôt en voyant Diamond approcher dangereusement ses mains. On m'a dit d'amener la gosse à la Trump Tower et de la laisser en haut de l'escalator du deuxième étage à 21 heures.

– Tu l'as livrée à quelqu'un?

– Non, il fallait simplement la laisser là.

– Et c'est ce que tu as fait?

– Je me suis dit que quelqu'un devait l'attendre.

– Tu n'as vu personne?

– Monsieur, quand on bosse dans ce genre de truc, on a pas envie de voir qui que ce soit.

– Qui t'a donné tes ordres, alors?

– On m'a téléphoné.

– Un homme ou une femme?

– Un homme, il me semble.

Tout cela ne menait nulle part. Fredrik Lundin ne savait pas où était Naomi ni qui la détenait. Il serait inculpé du meurtre de Mrs Tanaka, mais ceux qui avaient loué ses services avaient fait le nécessaire pour qu'il ne puisse pas les dénoncer à la police. La piste s'arrêtait là.

– Revenons à tes premières instructions. Qui a pris contact avec toi?

– Je sais pas, on m'a téléphoné.

Et ainsi de suite. Lundin n'avait rencontré personne. Une voix lui avait dit ce qu'il avait à faire et où il récupérerait l'argent qui constituait son salaire pour l'élimination de Mrs Tanaka. A la façon dont il en parlait, on aurait dit qu'il vendait un appartement, avec 90% payable à la fin de la prestation. Sauf que dans sa bouche, le mot « prestation » avait un côté inquiétant.

Diamond n'eut pas besoin des six ou sept minutes que dura le trajet. Quatre lui avaient suffi pour apprendre tout ce qu'il pouvait tirer de Fredrik Lundin. Les policiers allaient reprendre l'interrogatoire à l'hôpital et lui extorqueraient suffisamment d'informations pour pouvoir le mettre derrière les barreaux pendant un bon moment, mais ils ne découvriraient rien de ce qui préoccupait Diamond, rien qui lui permettrait de retrouver la trace de Naomi.

Ils arrivèrent à l'hôpital et on emmena Lundin pour soigner sa blessure. Diamond exprima sa déception à Eastland.

Le lieutenant lui en voulait encore de leur dernière discussion.

– A quoi est-ce que vous vous attendiez? dit-il en apprenant que Diamond n'était guère avancé. Ce type est un fonctionnaire. Pourquoi se fatiguer à mordre quand on peut acheter un chien qui le fera à votre place?

– J'espère que vous n'abandonnez pas les recherches.

– J'ai dit ça? Vous m'avez entendu dire ça?

– Non, mais...

– OK. Qu'est-ce que vous avez en tête, Diamond?

– Moi? Je, euh.. Je n'ai encore rien décidé.

– Vous séjournez toujours dans cet hôtel miteux, le Firbank?

Diamond réfléchit un instant.

– Je suppose que oui.

– Vous pouvez repartir en voiture avec moi. Je m'en vais dans pas longtemps. Stein va prendre la suite ici.

Diamond comprit qu'Eastland n'avait pas décidé d'enterrer la hache de guerre. Ce qu'il essayait, c'était de l'éloigner de l'hôpital pendant qu'on procédait à l'interrogatoire et il lui parut sensé d'obéir.

– OK, je me suis laissé emporter un petit peu, dit Diamond une fois qu'ils furent installés sur la banquette arrière de la voiture. J'ai plus besoin de vous que vous de moi.

Il ne pouvait pas aller plus loin dans les excuses.

– Je croyais que vous alliez l'étrangler.

– Lundin? Non, je me suis trompé sur son compte. Je croyais vraiment que c'était une histoire de trafic d'enfants. Maintenant, je pense que la gosse a été enlevée pour un autre motif. Il se trouve que Lundin est un mac, mais cela n'avait rien à voir en l'occurrence.

– Il fait tapiner trois ou quatre filles dans sa rue. C'est un petit truand, sans plus, dit Eastland. Alors, qu'est-ce qu'il y a derrière tout ça? Quel est le mobile? Pourquoi est-ce que quelqu'un irait payer pour faire tuer une femme et se faire livrer une petite fille? De quoi est-ce qu'il s'agit? D'un problème de garde d'enfant à la suite d'un divorce?

– Naomi objet d'amour? dit Diamond. Non, je ne crois pas. Personne n'a jamais montré beaucoup d'affection pour elle. Elle a été abandonnée à Londres jusqu'au jour où Mrs Tanaka est arrivée. Et elle n'a pas vraiment fait preuve de tendresse à son égard.

– Ce n'était pas sa mère.

– Exact. Où sont les parents? Ils sont remarquablement discrets. Si jamais ils s'étaient querellés pour en avoir la garde, ils se seraient fait connaître. Les gens qui sont dans ce cas ont besoin que leur affaire soit portée sur la place publique.

– Vous avez une théorie, alors?

– Lieutenant, je suis mort de fatigue avec ce décalage horaire, dit Diamond en réprimant un bâillement. J'arrive à peine à rester éveillé. Je vais vous dire : quelle que soit cette affaire, c'est un truc à haut risque avec beaucoup d'argent derrière. Mais pourquoi une petite fille handicapée y est-elle mêlée, ça, ça reste un mystère pour moi.

– Pour une rançon?

– Il faudrait qu'elle ait des parents sacrément riches.

– Des industriels japonais?

– Si c'était le cas, ils auraient déjà averti la police. Vous avez déjà contacté la police japonaise. Est-ce qu'ils vous ont parlé d'un magnat de l'industrie dont on aurait kidnappé la fille?

– Non, dit Eastland. Mais vous savez comme moi qu'on n'avertit pas toujours la police dans ces cas-là. Les parents traitent peut-être directement avec les kidnappeurs.

– Et que vient faire Mrs Tanaka dans cette histoire? demanda Diamond d'un ton qui montrait bien qu'il ne croyait pas tellement à cette théorie. Pourquoi l'a-t-on tuée?

– Elle a été prise entre le marteau et l'enclume, probablement. Peut-être qu'elle a essayé de doubler ceux qui avaient loué ses services.

– Vous y croyez?

– Vous voyez une meilleure explication?

Il ne répondit pas et pendant un moment, ils n'entendirent plus que le bruit des amortisseurs mis à rude épreuve par les rues de Manhattan.

Eastland reprit finalement la parole.

– Si nous étions certains de l'identité de l'enfant, ce serait tout de même mieux.

– On a essayé depuis le jour où on l'a trouvée, dit Diamond.

Ils s'arrêtèrent devant l'hôtel et il descendit en remerciant Eastland, non sans lui préciser qu'il passerait peut-être au poste de police le lendemain matin.

Il était particulièrement déprimé et la perspective de passer une nuit de plus au Firbank n'avait rien pour lui remonter le moral. En voyant la cabine de téléphone dans l'entrée, il se rendit compte qu'il n'avait pas appelé Stephanie depuis son départ de Londres. Ce n'était pas le genre à paniquer, mais elle devait se demander pourquoi il ne lui avait pas donné de nouvelles. Il chercha de la monnaie dans sa poche, soudain impatient d'entendre la voix de Stephanie, même si elle allait râler un peu.

C'est alors qu'il réfléchit à l'heure qu'il devait être à Londres. 4 heures du matin à peu près.

Décidément, il n'avait pas de chance.

25

Au matin, lorsqu'il essaya d'appeler Stephanie, il avait encore une fois mal calculé son coup. Après avoir laissé sonner jusqu'à en avoir mal à l'oreille, il s'aperçut qu'il était midi en Angleterre et qu'elle devait être partie à l'association. Et c'est convaincu que la journée allait encore être un désastre qu'il alla prendre son petit déjeuner.

De retour au Firbank, il essaya à nouveau. Elle répondit et il comprit qu'il tombait mal une fois de plus. Même à cinq heures de décalage et huit mille kilomètres de distance, il perçut la désapprobation dans sa voix. Il était en disgrâce. Il ne réussit pas à l'apaiser en lui expliquant qu'il avait essayé d'appeler plus tôt. Le légendaire charme de Diamond était à rude épreuve et il fut obligé de ramer.

– Si je t'appelle maintenant – à part le fait que j'avais envie d'entendre ta voix – c'est pour vérifier ce que tu m'as dit à propos des tailles de chaussures avant que je parte. C'est bien ça? Le huit anglais égale du huit et demi ici?

Il y eut un silence durant lequel il eut l'impression que ses reproches fondaient. Puis ils eurent une conversation normale. Il ne lui dit pas que Mrs Tanaka avait été assassinée, mais il lui expliqua que Naomi était toujours introuvable et elle sembla sincèrement s'inquiéter.

– Peut-être que je vais être forcé d'abandonner, avoua-t-il.

– Tu ne vas pas abandonner, dit-elle, choquée. Peter, tu ne vas pas laisser ce pauvre cher ange tout seul à New York. D'ailleurs, qu'est-ce que tu dirais à ce lutteur, à l'homme qui a payé le voyage?

– Je n'y avais même pas pensé.

– Ecoute, si c'est à cause de moi que tu te fais du souci, je peux très bien me débrouiller toute seule pendant quelques jours de plus. Ne t'inquiète pas. Fais ce que tu peux pour cette enfant. Il doit bien y avoir un moyen de la retrouver.

– J'espère que tu as raison, dit-il avant d'ajouter, sincère : je t'aime.

– Moi aussi, je t'aime.

– Merci, Stephanie. Tu es vraiment très compréhensive.

Il y eut un net silence, puis elle reprit :

– Parfois je te comprends plus que tu ne le crois, mon petit chou.

Dehors, il avait commencé à pleuvoir, aussi emprunta-t-il un parapluie à l'hôtel avant de se rendre au poste de police, où régnait une grande agitation. Il apprit rapidement que l'enlèvement de Naomi était passé aux oubliettes. Durant la nuit, il y avait eu un triple meurtre dans une confiserie de West Harlem. Il lui fallut un certain temps pour comprendre que « confiserie » était le terme d'argot pour désigner une maison abandonnée utilisée par les drogués et les revendeurs. On était en train de prendre les empreintes de certains pendant qu'il attendait de pouvoir parler à quelqu'un qu'il connaissait.

Le Sergent Stein entra et lui fit un signe de tête. Il serait passé sans s'arrêter si Diamond ne lui avait pas sauté dessus.

– Vous avez réussi à tirer quelque chose de Lundin?

– Pas grand-chose. Il était endormi.

– Aucun indice sur ce qui pourrait être arrivé à la petite?

– Rien du tout. Maintenant, si ça vous embête pas, j'ai un rapport à taper.

– On n'a rien appris de plus sur elle?

– Pourquoi est-ce que vous ne faites pas un petit peu de tourisme? dit Stein en secouant la tête. Vous pourriez aller visiter l'Empire State Building, non?

– Le Lieutenant Eastland est dans les parages?

– Cet après-midi, peut-être.

Diamond se mordit les lèvres pour ne pas lancer une horreur et sortit pour prendre un taxi. Non pas pour faire du tourisme, mais pour se rendre à l'appartement de Lundin dans le Queens. Une idée lui était venue. Quand il se sentait de mauvaise humeur, son cerveau avait tendance à faire de la surchauffe.

La camionnette garée dans la rue indiquait que l'équipe du labo était en train de travailler dans la maison. Il en rencontra un membre dans l'escalier et lui expliqua qui il était. Il fut accueilli par un regard perplexe. Puis il mentionna le nom d'Eastland, ce qui sembla faire impression.

– Quand nous étions ici hier, nous avons trouvé des morceaux d'une photographie de la gosse disparue.

– Dans les toilettes. Ouais, on est au courant. On a même trouvé les morceaux manquants coincés au fond.

– Je peux les voir?

– Vous feriez mieux de demander au chef.

Les fragments de la photo étaient dans un sachet en plastique dans la camionnette. C'est avec une certaine réticence qu'on laissa Diamond les examiner, mais il expliqua quelle était son idée au plus âgé de l'équipe, en insistant bien comme il avait remarqué que c'était nécessaire ici quand on voulait parvenir à ses fins.

– Le style de la photo, d'après mon souvenir, un portrait en gros plan avec un fond bleu pâle, ça m'a rappelé une photo scolaire. Les photographes spécialisés là-dedans sont des malins. Ils réussissent à persuader les écoles de les laisser photographier les gosses un par un. Et elles sont pareilles d'un bout à l'autre du monde. On retrouve les mêmes mômes souriants avec l'uniforme de leur école sur le bureau des hommes d'affaires ou sur la cheminée de la Maison-Blanche, partout. Vous avez une grande famille?

– Ouais. On a un petit-fils.

– Donc, le photographe doit tirer des dizaines, peut-être même des centaines de photos sur commande, vous suivez? Et il faut qu'il puisse les identifier d'une manière quelconque. Il ne peut pas demander à chaque gosse de tenir une pancarte avec son nom dessus. Alors qu'est-ce qu'il fait? Il inscrit au crayon un numéro au dos. Et si nous avons un peu de chance, on trouvera sur un des morceaux de cette photo le numéro qui correspond à l'enfant.

L'idée intéressa suffisamment l'homme pour qu'il envoie quelqu'un à la camionnette.

Diamond ajouta d'un ton dégagé :

– Evidemment, il se peut aussi que nous n'ayons pas de chance.

Un instant plus tard, on lui étala les morceaux de la photo sur une table. Ils les retournèrent.

– Tenez!

Ce n'était pas une illusion. Exactement comme l'avait prévu Diamond, le numéro 212 était inscrit sur un des morceaux du coin. Enfin la chance semblait lui sourire.

– C'était juste une intuition?
– Oui.
– Chapeau, concéda l'autre.
– Merci.
– Maintenant, vous avez un numéro.
– Oui.
– Donc, maintenant vous allez devoir chercher le photographe qui l'a prise, parmi tous les photographes du monde.
– Exact, dit Diamond sans se donner la peine d'expliquer qu'il y avait un moyen de réduire le champ d'investigation. Il allait faire faire une enquête au Japon et, plus particulièrement, à Yokohama, où Mrs Tanaka habitait et travaillait. Evidemment, il y avait beaucoup d'écoles à Yokohama, mais très peu d'écoles maternelles et encore moins d'enfants à qui on avait attribué le numéro 212.

Ravi de sa découverte il rentra au poste de police et en fit part au Sergent Stein. En moins d'une minute, ils eurent tapé et faxé un mémo adressé à la police de Yokohama. Malheureusement, il était déjà minuit passé, au Japon. Les policiers étaient peut-être de service, mais pas les photographes.

A Londres, on ne dormait pas. Il demanda à Stein s'il pouvait passer un coup de fil en relation avec l'affaire.
– Bien entendu, vous pouvez le passer votre coup de fil sur New York, fit Stein avec un grand clin d'œil. Les coups de fil en local, c'est permis.

Apparemment, la police de New York, comme tout le reste de la ville, d'ailleurs, se souciait pas mal des économies.

Diamond composa le code pour l'Angleterre, prit une carte dans sa poche et chercha le numéro inscrit au dos. Il s'aperçut qu'il ne connaissait pas le nom de la femme.
– Allô? lui répondit une voix d'homme.

– Pourrais-je parler à la dame qui travaille comme interprète japonais?

– Un instant.

Elle prit l'appel, sans dire son nom.

– Oui?

– Peter Diamond. Je vous appelle de New York.

– Je me souviens.

– Mr Yamagata, le lutteur de sumo, s'est très aimablement proposé de payer mes frais.

– C'est bien cela.

– Je me suis dit que je devais lui exposer ce qui se passe. Je suis en train de collaborer avec la police de New York. La petite fille, malheureusement, est toujours...

– Mr Diamond, l'interrompit-elle, avant que vous ne m'en disiez davantage, je dois vous informer que je ne travaille plus pour Mr Yamagata. Le *Basho* est terminé depuis dimanche et tous les lutteurs sont retournés au Japon.

– Ah.

– Si vous vous souvenez bien, je vous ai donné une carte avec son numéro à Tokyo.

– Oui, je l'ai devant moi.

– Dans ce cas, je vous suggère de l'appeler là-bas plus tard dans la soirée.

– Mr Yamagata lui-même?

– Il habite dans le *heya,* l'école de sumo. Ils ont un interprète.

– Vous pensez qu'il tiendra sa promesse? Je risque d'avoir des frais considérables.

– Oh, il n'y a pas de doute.

Sans demander si elle répondait à sa question sur la promesse ou sur son intention de faire de grosses dépenses, il la remercia et raccrocha.

Le reste de la matinée et l'après-midi se passèrent sans rien de bien saillant, hormis le fait qu'il quitta le Firbank pour emménager dans un meilleur hôtel sur Broadway où il y avait le téléphone dans les chambres et un bar dans le hall. Ce n'était pas loin non plus du poste de police, où il allait faire régulièrement une visite et où on lui disait à chaque fois qu'il n'y avait rien de nouveau en ce qui concernait l'enfant disparue. Mais on progressait beaucoup sur l'affaire du meurtre de la veille.

– Est-ce que vous avez mis Lundin sur le gril pour savoir qui l'avait engagé? demanda-t-il à Stein.

– Lundin ne sait rien. La seule chose qui l'intéressait, c'était l'argent, et nous avons de bonnes raisons de penser qu'il a été payé d'avance.

– Combien?

– Probablement vingt plaques.

Vers 5 heures, Yokohama envoya un fax pour leur apprendre que l'enquête serait entreprise comme ils le demandaient. On les tiendrait au courant s'il y avait du nouveau.

– « Si » : ça n'a pas l'air très optimiste, commenta Stein.

– On dirait du langage de programmation ordinateur, fit Diamond. Mais je suis prêt à rester à attendre, même tard.

– Vous pouvez rentrer à votre hôtel. On vous appellera immédiatement s'il y a quelque chose.

Diamond jeta un regard autour de lui dans la salle toujours remplie de drogués, inspecteurs et policiers en tenue et un doute l'envahit.

– Merci, mais je vais rester.

Un peu après 21 heures, il essaya d'appeler Yamagata à Tokyo. Au Japon, il était 11 heures du matin le lendemain. Quelqu'un lui expliqua en anglais que les *sekitori* étaient en train de déjeuner et ne pouvaient pas être dérangés. Il fallait rappeler dans deux heures. Il eut un pincement de cœur compatissant : pour ces gros bonshommes, le déjeuner devait être autre chose qu'une tasse de café et un sandwich sur le pouce. Il rappela plus tard et retomba sur la même personne, dont l'anglais était impeccable. Apparemment, Yamagata ne devait pas être bien loin du téléphone, car les questions et les réponses, traduites, se succédèrent très vite et sans erreur. Diamond raconta ce qui s'était passé au cours de la poursuite de Naomi et finit par avouer qu'il faisait un usage immodéré du numéro de la carte Amex Gold. On lui fit savoir que cela n'avait aucune importance. Yamagata souhaitait faire tout ce qui était en son pouvoir pour aider à l'enquête. En fait, il allait immédiatement contacter la police de Yokohama pour s'assurer qu'on s'occupait bien de rechercher les photographes scolaires.

Le résultat fut impressionnant. Vingt minutes plus tard à peine, un fax de Yokohama lui parvint. Tous les photographes scolaires avaient reçu ordre de vérifier leurs dossiers. Il recevrait un autre fax dès qu'il y aurait du nouveau.

– C'est déjà mieux que leur « si », déclara Diamond.

Mais il n'y avait plus personne pour l'écouter : Stein était parti depuis longtemps.

Juste avant 2 heures du matin, les premières nouvelles positives arrivèrent en bourdonnant dans le fax :

De : Quartier Général de la Police – Yokohama

A : Détective Superintendant Diamond, NYPD

En référence à votre fax, PD/2, les enquêtes effectuées auprès des photographes scolaires de Yokohama révèlent que trente-cinq enfants, (dix-neuf garçons et seize filles) dans neuf écoles maternelles différentes ont été immatriculés avec le numéro 212 au cours des deux dernières années. Veuillez nous faire savoir si vous désirez recevoir plus ample information.

– Tu penses si je veux! dit-il en s'emparant d'un stylo.

De : poste de police du Vingt-Sixième District, NYPD

A : Quartier Général de la Police – Yokohama

Toute ma reconnaissance pour l'attention que vous avez portée à ma requête. Il est vital de découvrir si l'une des petites filles a été déclarée disparue et a quitté l'école depuis les six dernières semaines. Veuillez également enquêter auprès des écoles spécialisées pour handicapés mentaux. Nous vous remercions par avance de votre diligence.

Une inspectrice qui venait de prendre son service lui dit qu'il avait l'air crevé. Il ne pouvait pas dire le contraire. Elle lui proposa de surveiller l'arrivée des fax pendant qu'il irait dormir un peu sur l'un des lits de camp prévus pour les inspecteurs forcés de prendre un service de nuit.

De : Quartier Général de la Police – Yokohama

A : poste de police du Vingt-Sixième District, NYPD

Suite à votre demande d'enquête : parmi les enfants de sexe féminin immatriculés 212 sur les dossiers des photographes, aucune n'a été déclarée disparue. Deux se sont absentées de leur école pour des périodes de deux semaines et dix jours respectivement pour maladie, mais elles sont revenues à leur école. Une a quitté la ville il y a trois mois pour habiter à Nagoya. Les autres sont toujours dans la même école.

Il regarda sa montre. 5 h 20. Il avait mal partout.

– Merci.

– Vous voulez du café? demanda-t-elle.

– Il faut d'abord que je réponde.

De : poste de police du Vingt-Sixième District, NYPD

A : Quartier Général de la Police – Yokohama

Merci infiniment. Veuillez envoyer détails le plus vite possible sur la petite fille qui a déménagé à Nagoya. Pourriez-vous également vérifier si la famille habite là-bas?

Peut-être était-ce parce qu'il était tard, mais il avait l'impression que la nuit avait été perdue – une nuit qu'il aurait pu passer dans son confortable hôtel au lieu de rester à dormir sur un lit de camp. Il décida d'aller prendre son petit déjeuner.

De : Quartier Général de la Police – Yokohama
A : poste de police du Vingt-Sixième District, NYPD

Les recherches faites dans les archives informatiques de l'école de Nagoya n'ont rien donné en ce qui concerne la petite fille que vous nous demandez de retrouver. Nous vous transmettons ci-dessous les détails de son dossier scolaire précédent :

Noriko Masuda, 9 ans, née le 20 décembre 1983. Dernière adresse connue : c/o Yuko Masuda, docteur en médecine (mère), 4-7-9, Umeda-cho, Naka-ku, J227 Yokohama. Le père, Jiro Masuda, médecin, est mort dans un accident d'automobile en janvier 1985. La mère était chargée de recherches au Département de Biochimie de l'Université de Yokohama jusqu'en 1985. L'enfant a fréquenté l'Ecole Spécialisée Noge, de septembre 1987 à mars de cette année, suite à un diagnostic d'autisme. Progrès scolaires : lents, et handicapés par son mutisme. Supérieurement douée pour le dessin. Caractère : agréable. Conduite : bonne. QI (non verbal) : 129.

Il relut le texte une deuxième fois, fasciné par cette mine d'informations qu'il découvrait après avoir passé des semaines à tâtonner et à se désespérer. Avoir obtenu la confirmation de tant de spéculations dépassait toutes ses espérances. Il y avait là toutes raisons de croire que l'enfant était bien Naomi. Ou plutôt, que l'enfant qu'il connaissait sous le nom de Naomi était en fait Noriko. S'imaginer que ce pût être quelqu'un d'autre aurait été pousser le goût de la coïncidence jusqu'au grotesque.

Noriko.

Un nom facile à prononcer pour un Occidental. Pourtant, personnellement, il éprouvait des difficultés à ne pas penser à elle en tant que Naomi et telle elle resterait. Il justifia cette décision en se disant que cela éviterait des confusions en cas d'explications avec la police new-yorkaise. Ils n'étaient pas très souples.

Donc l'autisme était confirmé. Toute l'allégresse qu'il éprouvait était un peu atténuée par ce mot. En dépit de l'évidence, il avait caressé l'espoir que l'on pouvait faire quelque chose pour libérer l'esprit de l'enfant.

D'après le rapport, il imagina la mère, Yuko Masuda. Une brillante jeune femme qui avait abandonné ses études pour se marier et, bouleversée par la mort de son jeune époux, s'efforçait d'élever une petite fille difficile qui refusait de réagir comme les autres enfants. Un problème qu'elle avait dû mettre longtemps à comprendre jusqu'à ce que Naomi atteigne trois ou quatre ans.

La pauvre mère était-elle donc dans une situation si tragique pour que Mrs Tanaka, qui travaillait à l'université, lui ait offert d'emmener la petite en Europe et aux Etats-Unis, un voyage qui aurait temporairement soulagé la doctoresse Masuda de la tâche si éprouvante d'élever une enfant autiste?

Comment une telle gentillesse avait-elle pu mener à un meurtre et à un enlèvement?

Il secoua la tête, soupira et griffonna un mot pour remercier Yokohama et, par gentillesse, y ajouta le seul mot japonais qu'il connaissait : *Sayonara.* Puis il le déchira. Bon sang, voilà qu'il déraillait. Ce n'était pas le moment de faire ses adieux au Japon. Peut-être qu'il était tard, là-bas, mais l'affaire venait juste de donner ses premiers fruits.

De : poste de police du Vingt-Sixième District, NYPD

A : Quartier Général de la Police – Yokohama

Nous apprécions vivement votre coopération. Les détails concordent avec l'enfant que nous recherchons. Nous demandons que vous recherchiez de toute urgence la mère, la doctoresse Masuda. Nous avons besoin de connaître les circonstances qui ont amené l'enfant à arriver en Angleterre un peu avant septembre de cette année. Elle voyageait selon toute apparence avec Mrs Minori Tanaka, 36 ans, ancienne secrétaire de l'Université de Yokohama. Veuillez transmettre le maximum d'informations sur ces deux femmes.

Une fois qu'il eut glissé son fax dans la machine, il quitta le poste de police et se rendit à pied à son hôtel pour prendre une douche et se raser. Il n'avait peut-être réussi à dormir que trois heures tout au plus, mais ce matin, il avait l'impression de valoir des milliards de *yen*.

26

La première personne à qui il parla à la Bibliothèque de l'Université de Columbia lui dit avec l'air d'avoir découvert quelque chose :

– Vous, vous venez d'Angleterre!

– Vous avez tout à fait raison! répondit-il sans s'émouvoir.

Chaque fois que cela lui arrivait – et à New York, ça n'arrêtait pas – il avait l'impression que les gens auraient voulu autre chose de sa part qu'un simple aveu de sa nationalité. Ils avaient l'air d'attendre davantage de lui, peut-être qu'il se mette à entonner le *God Save The Queen* ou qu'il retrousse ses pantalons pour leur montrer qu'il portait des chaussettes aux couleurs de l'Union Jack. Mais il n'était capable de faire ni l'un ni l'autre.

Il se présenta comme un inspecteur attaché à la Police de New York, légère déformation de la réalité, mais il n'avait aucun scrupule à embellir la vérité quand il s'agissait d'aider la justice.

Le vieux bibliothécaire à qui il s'adressait, un étrange monsieur très maigre dont la bouche était figée dans ce sourire que l'on voit habituellement sur le visage des politiciens ou des statues de la Grèce Antique, lui dit qu'il adorait la police anglaise. Etait-il venu à la bibliothèque pour une mission officielle ou pour des motifs personnels?

Diamond expliqua qu'il souhaitait consulter une banque de données internationales des programmes de recherche, si la bibliothèque en possédait une.

Il savait que c'était le cas.

Sur le chemin de la salle des ordinateurs, le bibliothécaire lui confia que sa connaissance de Scotland Yard devait beaucoup à l'industrie cinématographique anglaise.

– Saviez-vous que feu Lord Olivier avait joué un bobby anglais ordinaire dans un film?

Diamond mit un terme à cette prometteuse conversation en répondant : « *The Magic Box* ». Il se trouvait qu'il avait justement vu très récemment le film à la télévision lors d'un après-midi trop pluvieux pour une promenade à Holland Park.

– Oh, vous l'avez vu! L'histoire de l'homme qui a inventé le cinéma.

– Friese-Greene.

– Comme vous avez raison! dit le bibliothécaire, admiratif.

– Mais Friese-Greene n'a pas inventé le cinéma.

– Vraiment?

Le sourire commençait à avoir l'air un rien forcé.

– D'après ce que je sais, plusieurs personnes, dans différents pays, y compris le vôtre, ont fait d'importantes découvertes. Friese-Greene n'était qu'un personnage mineur.

– Vous en êtes certain?

– Vérifiez, si vous y tenez. Vous avez de la chance : nous sommes justement dans une bibliothèque.

– Inutile, Mr Diamond, je vous crois sur parole, bien entendu.

– Le film était surtout un exercice de style nationaliste, poursuivit Diamond, sans beaucoup de tact. L'Angleterre avait besoin de se réconforter, à l'époque.

Nous sommes un pays inimitable, dès qu'il s'agit de faire un héros d'un inconnu.

Il y eut un silence, puis le bibliothécaire reprit, d'un ton résolu :

– Cela ne change pas ce que je voulais dire à propos de ce film. Le jeu des acteurs était superbe. Vous souvenez-vous de cette scène? (Et sans attendre de réponse, il enchaîna :) Ce n'est qu'un tout petit rôle de policier pour Laurence Olivier, lorsqu'on l'invite à venir voir le film qu'on projette, mais c'est l'un de ses plus grands, j'en suis convaincu. S'il n'avait rien fait d'autre après, on aurait su rien qu'en voyant cette scène que l'homme était un génie. Et pourtant, c'était un rôle pratiquement muet.

– Dommage que ce n'ait été qu'un film, dit Diamond en hochant la tête.

– Ah, mais souvenez-vous de *L'Ode à l'Amphore Grecque* : « La beauté est vérité et la vérité beauté. C'est tout ce que tu connais au monde et tout ce qu'il convient de connaître. »

– Pas dans mon boulot, dit Diamond, qui n'avait jamais trouvé très sain de mélanger poésie et enquêtes policières.

Ils arrivèrent dans la salle des ordinateurs, un endroit, songea-t-il, dont un policier plus cultivé aurait sans doute dit qu'il y régnait un murmure semblable au bruissement d'un buisson de lavande par une matinée d'été. Des rangées de terminaux s'alignaient à l'infini. Le bibliothécaire lui indiqua une place vacante et lui expliqua comment accéder aux informations.

– C'est un annuaire des recherches scientifiques, que vous désirez?

– Oui, le Répertoire International des Programmes de Recherches en Biochimie. Je voudrais savoir si une Japonaise a travaillé là-dessus il y a quelques années.

– Nous devrions pouvoir le trouver, dit le bibliothécaire en tapant une touche. Peut-être ferais-je mieux de vous laisser vous débrouiller, maintenant, c'est très facile : il suffit de suivre les instructions qui vous sont données à l'écran.

– Je préférerais que vous restiez, avoua Diamond sans la moindre honte. Je deviens idiot dès que je me retrouve assis devant ces machins.

– Voilà qui est rassurant. D'après certaines de vos paroles, je pensais que vous étiez un féru d'informatique et de rien d'autre. Avons-nous le nom de la personne recherchée?

– Yuko Masuda.

Le bibliothécaire tapa une instruction.

– J'espère que vous n'étiez pas sérieux quand vous disiez que vous ne pouviez apprécier ce film parce que ce n'était pas une histoire vraie.

– Que ça ne vous déprime pas, répondit Diamond. C'est une déformation professionnelle.

– Trop d'hémisphère gauche.

– Trop de quoi?

– Trop d'hémisphère gauche du cerveau. Le côté gauche du cerveau traite les faits. J'ai toujours pensé que les policiers devraient se souvenir qu'ils ont aussi un hémisphère droit, qui est spécialisé dans les intuitions.

– Comment, précisément?

– Pas « précisément » du tout, Mr Diamond. Je vous propose de débarrasser votre esprit de tous les faits que vous y amassez et de vous rendre réceptif aux forces psychiques.

– Vous voulez dire marc de café et tarot de Marseille?

– Non, non, je suis sérieux. Je pense que les policiers tireraient de grands avantages à utiliser de temps à autre leur sixième sens.

– Ne me sortez pas ces trucs-là. C'est comme ça qu'on épingle les gens qu'il faut pas, dit Diamond. Un policier qui pense qu'il connaît la vérité d'avance avant d'en avoir la preuve est un homme dangereux. J'en ai connu des comme ça.

– Et là, votre recherche d'une étudiante, ce n'est pas à cause d'une intuition?

– Non, c'est en désespoir de cause. Je veux tout savoir de cette femme. Il faut bien que je commence quelque part.

– Et je crois que nous l'avons trouvée, dit le bibliothécaire qui avait fait défiler l'écran pendant leur conversation.

Diamond regarda l'écran :

Masuda, Yuko. Doctorat de médecine, Univ. Yokohama. « Une Insulte au cerveau : le coma et ses caractéristiques ». A979-81. S. Manflex. « Narcose et états comateux » (Revue Américaine de Chimie, mai 1981.) « Le traitement du coma éthylique ». Article présenté à la Conférence de Pharmacologie de Tokyo, 1983. « Comas éthyliques et médicamenteux », 1983, S. Manflex.

– Vous parlez d'une insulte au cerveau, dit-il. Mes neurones tournent les talons et fichent le camp quand je me retrouve devant des trucs comme ça. S. Manflex. Narcose. Vous y comprenez quelque chose?

– Cette expression, « une insulte au cerveau » m'est vaguement familière, dit le bibliothécaire. Où est-ce que j'ai entendu ça? Donnez-moi un instant. (Et une fois qu'on lui eut donné l'instant en question, il s'écria soudain :) J'ai trouvé! Ce merveilleux poète de votre pays, Dylan Thomas.

– Pas de mon pays, coupa Diamond. Il est gallois.

– N'est-ce pas la même chose? Enfin, quoi qu'il en soit, c'est ce qui a été écrit sur son certificat de décès : « une insulte au cerveau ». Non sans humour, si l'on songe à l'alcool qu'il ingurgitait. Je crois que le docteur devait avoir des inclinations poétiques. Je ne savais pas que c'était aussi un terme médical.

– Je parlais des autres mots, dit Diamond, qui commençait à s'impatienter de ces continuelles digressions.

– Attendez. (Le bibliothécaire tapa quelque chose sur

la console et un lexique apparut au-dessus du texte pour indiquer le sens des abréviations.) « S » signifie « sponsorisé par », d'accord? La recherche était donc sponsorisée par Manflex. J'imagine que ce doit être un géant du secteur pharmaceutique. Vous avez entendu parler de Manflex?

– Vaguement.

– Si vous achetez un médicament contre les maux de tête, ici, il y a de grandes chances que ce soit un produit Manflex.

– Et l'autre truc, qu'est-ce que c'est?

– Je n'en ai pas la moindre idée. La science n'est pas du tout mon domaine.

– Ni le mien non plus. Parlez-moi de Manflex. Est-ce que ce serait un labo japonais, par hasard?

– Vous voulez dire un laboratoire à capitaux japonais? J'en doute.

– Il finance bien des recherches japonaises.

– Cela n'en fait pas une entreprise japonaise pour autant.

Il en convint. En fait, il avait réfléchi à haute voix en essayant de trouver des rapports qui n'existaient pas, mais qui auraient dû exister.

– Vous avez peut-être raison, cela dit, concéda le bibliothécaire. Ils sont basés aux Etats-Unis, c'est certain, mais qui sait d'où viennent les capitaux? Les Japonais ont acquis une grande partie de Manhattan. Jusqu'au Rockefeller Plaza. Vous voulez leur adresse?

Cette fois, elle n'apparut pas sur l'écran. On tendit à Diamond l'annuaire du téléphone. Deux minutes plus tard, il appelait le siège de Manflex Corporation sur West Broadway. En tout cas, il essayait, car le numéro était occupé. Après dix minutes passées à recomposer le numéro et à pester, il finit par obtenir une standardiste qui était encore plus énervée que lui.

– Qui est-ce?

– Je suis bien à Manflex Corporation?

– Mmm.

– Je m'appelle Diamond et je souhaiterais parler au directeur.

– Désolée, pas possible. Vous êtes journaliste?

– Non, pas du tout.

– Mr Flexner n'est pas joignable.

– Quand pensez-vous qu'il sera joignable?

– Pas de commentaires.

– Ecoutez, je ne sais pas qui vous imaginez que je suis. Je souhaiterais simplement parler à quelqu'un qui fait partie de la hiérarchie. Y a-t-il quelqu'un de disponible?

– Vous êtes vraiment collants, vous autres, dit la voix d'un ton accusateur. Un communiqué sera publié prochainement.

– Un communiqué sur quoi? Je veux juste un renseignement.

– Désolée, fit-elle. Je suis trop occupée pour poursuivre cette conversation.

Et elle raccrocha.

Il sentait bien que ce manque de courtoisie n'était pas dirigé contre lui. Manifestement, elle n'en pouvait plus.

– Est-ce que quelqu'un pourrait m'expliquer pourquoi un laboratoire pharmaceutique du nom de Manflex serait assiégé par la presse? demanda-t-il au comptoir des bibliothécaires.

Il eut droit à quelques haussements d'épaules et à des hochements de tête avant que quelqu'un ne dise :

– J'ai entendu des bruits sur Manflex. Leur cote est en train de monter en flèche. Ils avaient chuté et maintenant ils repartent de plus belle.

Si Manflex se rétablissait après une chute des cours sur le marché boursier, des gens gagnaient de l'argent. Et si Manflex avait financé les recherches de la mère de Naomi, c'était peut-être pour cela que l'enfant avait été kidnappée au moment pile où la cote remontait.

Il essaya de rappeler, mais la ligne était occupée.

Il avait de quoi faire en attendant. Il trouva quelques

ouvrages de référence sur la médecine écrits dans un anglais qui lui était compréhensible et il fit de considérables efforts pour ingurgiter le charabia qu'il avait lu sur l'écran de l'ordinateur. Les recherches de Yuko Masuda portaient toutes sur les comas produits par l'ingestion d'alcool ou de médicaments. Tous étaient attribués à ce qui était si poétiquement appelé une « insulte au cerveau ». La doctoresse Masuda s'était spécialisée dans les comas causés par un empoisonnement du cerveau et non pas des suites d'une blessure, de la pression artérielle, d'une infection ou d'une hypoglycémie.

Cette demi-heure studieuse n'avait peut-être pas fait de Peter Diamond un spécialiste en neurologie, mais il était désormais mieux armé pour affronter les gens de Manflex.

Il appela à nouveau. Personne ne répondit.

Du coup, il quitta la bibliothèque et se mit à la recherche d'un taxi.

L'immeuble Manflex était l'un des plus anciens et des plus remarquables de West Broadway : bien que très haut, il avait l'air d'un nain à côté des tours jumelles du World Trade Center voisin. Une fois devant, Diamond s'aperçut que les deux portes tournantes de l'entrée semblaient fermées à clé. Des gardes armés empêchaient quiconque d'utiliser les portes de côté. Deux jeunes femmes qui avaient l'air de secrétaires récemment engagées sortirent et se retrouvèrent entourées d'une forêt de micros tendus machinalement par des journalistes.

Tout aussi machinalement, elles dirent qu'elles n'avaient aucune déclaration à faire. On aurait dit que c'était un rituel qui durait depuis un petit moment déjà.

Diamond s'approcha d'une journaliste vêtue d'un manteau en daim trop grand et de bottes blanches.

– Excusez-moi, pourriez-vous m'expliquer ce qui se passe? Il y a une célébrité, là-dedans? (Puis il ajouta :) Je viens d'Angleterre.

– C'est le Manflex Building, répondit-elle avec un regard de commisération.

– C'est connu?

– Les médicaments.

– Ah? Et ça intéresse la presse?

Là, elle le regarda comme s'il venait de la lune.

– La cote de Manflex est montée en flèche à la bourse suite à des rumeurs de découverte d'une molécule miraculeuse. Ils sont censés faire une déclaration mardi et tout le monde se perd en conjectures depuis.

– Manflex... C'est une entreprise cent pour cent américaine?

Manifestement, elle commençait à penser qu'elle était tombée sur un crétin.

– Vous n'avez jamais entendu parler de Manny Flexner? C'était une légende de l'industrie pharmaceutique. Un type très dynamique. Son fils David vient de lui succéder à la tête de la compagnie.

– David. Quel genre de type est-ce?

– Personne n'en a encore la moindre idée. Il n'y a que quelques semaines qu'il a commencé. Il se fait très discret, pour l'instant.

– Si la rumeur est vraie, il part d'un bon pied.

– Il en a bien besoin. Il y a eu une grave perte de confiance après que Manny a sauté.

– Sauté?

– Oui. De la fenêtre de son bureau, au vingt-et-unième.

Diamond leva les yeux.

– Il est tombé de l'autre côté, lui expliqua la journaliste. Sur un petit parking réservé aux cadres.

Diamond la remercia, repartit sur Broadway et dépassa l'Hôtel de Ville en se demandant ce qu'il allait faire. Il en avait assez appris sur les hauts et les bas de Manflex pour avoir envie d'enquêter davantage, mais il doutait de pouvoir convaincre le Lieutenant Eastland qu'il y avait à fouiner de ce côté-là. Pour l'heure, il préférait suivre seul le fil ténu qui lui servait de piste.

Cela dit, il n'allait pas pouvoir passer l'obstacle des gardes en la jouant au bluff. Il allait falloir recourir à une autre stratégie.

Il trouva une papeterie et entra y acheter un bloc et une enveloppe. Puis il écrivit une lettre à David Flexner, Président de Manflex, où il se présentait comme un policier anglais enquêtant sur une affaire de meurtre et d'enlèvement d'enfant. Il sollicitait d'urgence une entrevue avec les responsables de Manflex pour obtenir des renseignements sur la mère de l'enfant, la doctoresse Yuko Masuda, qui avait mené à l'Université de Yokohama des travaux de recherche financés par Manflex au début des années quatre-vingt. Il précisa l'adresse et le téléphone de l'hôtel où il était descendu et ajouta « Détective Superintendant » sous sa signature. Puis il inscrivit « Personnel – Extrêmement Urgent » sur l'enveloppe adressée à David Flexner. Il retourna ensuite au Manflex Building et la confia à l'un des gardes en insistant sur la nécessité de la porter immédiatement en main propre au Président. Là encore, sa vieille plaque de police lui fut utile : les agents de sécurité sont presque toujours eux-mêmes d'anciens policiers.

Avant de rentrer à son hôtel, il passa à une banque et retira du liquide avec sa carte de crédit pour pouvoir retourner dans une boutique de sandwiches devant laquelle il venait juste de passer. Quand il serait revenu, se dit-il, il pourrait dire à Stephanie qu'il se contentait toujours d'un sandwich pour déjeuner quand il était à New York. Il faut dire qu'elle n'avait jamais vu la taille d'un sandwich américain.

Et, considérant cela, il n'y avait rien d'étonnant à ce qu'il fît une petite sieste après ce déjeuner.

Le téléphone le réveilla.

– Allô?

– Superintendant, euh... Diamond?

Il se rassit sur son lit. Le réveil digital indiquait 15 heures 36.

– Oui.

– David Flexner. Vous souhaitiez me parler à propos d'une Japonaise.

– Exact.

– Je n'ai pas grand-chose à vous apprendre pour le moment, et vous devez comprendre que nous sommes plus qu'occupés, ici.

– Je suis au courant, mais la vie d'une enfant...

– Certainement. (Un silence.) Je peux vous voir, mais ce serait mieux ailleurs que dans mon bureau. Laissez-moi réfléchir. Vous connaissez le ferry de Staten Island?

– Je peux le trouver.

– Battery Park. A New York, tout le monde connaît. Je vous retrouverai devant les guichets à 19 heures 15. Je ne peux pas me libérer avant. Comment je vous reconnaîtrai?

– Je porte un imperméable beige.

– Comme Columbo?

– Comme cinq Columbo. Je suis un peu enveloppé. Et chauve, aussi, mais vous ne le verrez pas, car j'ai un chapeau, un feutre.

– Très bien. Vous, essayez de repérer un grand échalas blond avec des cheveux longs et un coupe-vent rouge. Ça ne devrait pas être difficile de se retrouver, Super.

Il se leva et prit une douche. Super. C'était la première fois qu'il s'entendait donner des diminutifs pareils. A l'entendre, on aurait dit que Flexner avait seize ans. En tout cas, s'il avait cherché à dissimuler quelque chose, cela ne se sentait pas dans sa voix. Et si c'est une impasse, se dit Diamond, où est-ce que je vais bien pouvoir me tourner? Il n'y avait pas de messages pour lui de la police, donc il n'y avait rien de nouveau. Ces longs moments d'inaction étaient une véritable torture. Du temps où il était encore dans la police, il ne laissait pas ses hommes en paix une minute. D'ailleurs, eux disaient qu'il faisait de leur vie un calvaire. Et là, dans sa chambre d'hôtel solitaire, il n'avait personne d'autre à harceler que lui-même.

Il sortit dans Central Park se dégourdir les jambes – une promenade, tout au plus, en comparaison des forcenés de sport qui ne cessaient de le croiser et de le dépasser. Il s'assit à peine sur un banc que quelqu'un l'aborda et lui proposa de composer une ode en son honneur. Pour cinq dollars. Il répondit d'un ton ronchon qu'il avait assez entendu de poésie comme ça pour la journée et le poète lui cracha sur ses chaussures.

Il s'essaya lui-même à la créativité en échafaudant divers scénarios dans lesquels la mère de Naomi avait abandonné ses recherches parce qu'elle était déçue par l'industrie pharmaceutique. Ou parce qu'elle avait découvert des malversations chez Manflex. Ou encore qu'elle avait été victime d'une expérience qui avait mal tourné. Il n'arrivait pas à comprendre pourquoi elle s'était séparée de sa fille si elle était toujours en vie.

Vers 18 heures, n'ayant toujours pas avancé dans ses conclusions, il prit le métro en direction du sud et arriva à Battery Park. La Statue de la Liberté était déjà devenue une silhouette bleutée qui disparaissait dans le crépuscule. Il observa un ferry qui arrivait et débarquait sa foule de passagers. Avec le vent qui soufflait, il était content d'avoir mis son imperméable – qui ne lui avait jamais fait penser au Lieutenant Columbo. C'était plutôt un trench, d'ailleurs, bien coupé, doublé, avec des revers qui se boutonnaient sur le devant. Et avec son chapeau, il était définitivement beaucoup plus Bogart que Peter Falk.

Il regarda le ferry se remplir et quitter le quai et se dirigea vers les guichets. Il était juste 19 heures passées, un peu trop tôt pour chercher Flexner. Les bancs se remplissaient déjà des passagers du prochain ferry. Il se dit qu'il allait peut-être devoir attendre une vingtaine de minutes au moins, et il décida de s'asseoir.

Dix minutes passèrent. Une mère assit son moutard à côté de Diamond et se livra à une lutte acharnée pour l'empêcher de manger du chocolat qui, menaçait-elle, le rendrait malade après tout ce qu'il avait déjà ingurgité. Le gamin ayant suffisamment hurlé pour qu'elle finisse par céder, Diamond se dit que la mère n'avait pas dû plaisanter. Pour épargner son trench, qui serait difficile à retrouver dans sa taille, il se leva et s'éloigna.

Il n'y avait personne en vue qui ressemblât à David Flexner.

– Seriez-vous Mr Diamond, par hasard?

Il se retourna. Quelqu'un qu'il n'avait pas remarqué s'était approché. C'était une jolie jeune femme brune qui portait un bombers bordeaux et des jeans.

– Oui, c'est moi.

– Mr Flexner vous prie de l'excuser. Il n'a pas pu échapper aux journalistes. Le lieu du rendez-vous sera donc changé. Je m'appelle Joan, je vais vous y conduire.

– Me conduire où, exactement?

– Je suis désolée, mais je ne le sais pas encore moi-même. Il y a un téléphone dans la voiture. Il nous appellera.

– Vous voulez que je vienne avec vous maintenant?

Ce qu'elle lui proposait semblait assez raisonnable. Il jeta un coup d'œil à sa montre et vit que l'heure de son rendez-vous avec David Flexner était déjà largement passée.

– Ce doit être un tel supplice, ces médias qui l'assiègent, dit-elle en emmenant Diamond à travers le parc vers sa voiture.

– Je m'en rends compte, dit-il. Vous êtes sa secrétaire ou quelque chose de ce genre?

– Ou quelque chose de ce genre? dit-elle dans un sourire. Je ne vois pas du tout de quoi vous voulez parler.

– Donc vous êtes employée?

– Je conduis une voiture. C'est tout.

C'était une belle voiture, une longue limousine noire, du genre qui se remarque en Angleterre, mais auquel personne ne fait attention à New York. Joan ouvrit les serrures avec une télécommande. Les feux clignotèrent quelques secondes et les serrures claquèrent. Machinalement, Diamond s'apprêta à monter du côté gauche.

– C'est moi qui conduis, dit-elle vivement.

– Excusez-moi, dit-il en se rendant compte de son erreur.

Une fois montée dans la voiture, elle prit le téléphone et appela.

– Cela ne prendra qu'une minute, dit-elle.

Il s'adossa nonchalamment en essayant d'écouter sans en avoir l'air, mais la voix dans l'écouteur était inaudible.

– Oui, nous sommes dans la voiture, disait-elle. Bien sûr, il était... Oui, Mr Flexner, je sais. Vous voulez lui parler?... Très bien, nous arrivons tout de suite. (Elle reposa le téléphone entre les deux sièges et démarra.) Vous parlez d'un mystère. Vous n'imaginez pas où il nous envoie.

– A la Trump Tower? demanda-t-il, histoire d'en savoir plus.

– Non.

Apparemment, cela n'avait pas eu l'effet escompté.

– Où, alors?

– Dans le West End.

– Vous êtes bien mystérieuse aussi. Il y a des chances que je connaisse l'endroit?

– Je ne pense pas, mais en tout cas, c'est un endroit très couru.

Il eut la vision déprimante d'une boîte à la mode, le genre de lieu qu'un jeune lion fringant et fortuné comme David Flexner pouvait fréquenter.

– Je suis habillé comme il faut?

– C'est parfait.

Elle allait continuer comme ça à tous les coups et il ne connaissait pas assez bien New York pour la coincer. Il détestait les secrets quand c'était lui qu'on laissait dans le noir. Ils se dirigeaient vers le nord, en suivant l'Hudson. De temps en temps, ils pouvaient apercevoir les lumières du New Jersey. Puis un détour les fit quitter le bord de la rivière et ils continuèrent par la Dixième Avenue. Des panneaux annonçaient le Lincoln Tunnel, mais ils dépassèrent les bretelles d'entrée et ralentirent peu après. Joan la chauffeuse était d'évidence en train de compter les rues, aussi Diamond l'aida-t-il.

– Quarante-septième.

– Merci.

– Laquelle vous cherchez?

– La Quarante-neuvième, ça ira.

Ils prirent à gauche et s'enfoncèrent jusqu'au bout de la rue, jusqu'aux poutrelles de soutien de l'autoroute. Puis rapidement, ils retrouvèrent les quais. Un instant plus tard, elle tournait sur une bande goudronnée entre les hangars. Des lampes rouges signalaient les mâts des grues.

– C'est *là* qu'il nous attend? demanda Diamond, incrédule.

– Je vous avais dit que c'était ambiance mystère, dit-elle en faisant des appels de phares.

Une silhouette sortit de l'ombre d'un des hangars.

– Il ne ressemble pas vraiment à David Flexner, dit Diamond, comme s'il le connaissait bien.

– C'est un de ses assistants, dit-elle en appuyant sur l'abaisse-vitre électrique du côté passager.

– J'espère que vous allez m'attendre, dit Diamond qui remarquait que Joan s'apprêtait à descendre de voiture. Je n'ai pas envie de rentrer à pied jusqu'à mon hôtel.

– Je ne suis pas pressée, dit-elle.

L'homme se pencha à la portière.

– Mr Diamond?

Il était mal rasé et empestait l'alcool. Pour un assistant de PDG, il n'était pas très convaincant.

Diamond se tourna pour regarder la femme qui disait s'appeler Joan. Elle lui rendit son regard sans la moindre trace de perfidie. Si c'était un guet-apens – et il en était désormais convaincu – elle avait joué son rôle à la perfection. Avec son assurance, elle avait réussi à lui faire baisser sa garde.

L'homme tendit la main vers la poignée. Diamond appuya prestement sur le blocage.

– Pourquoi avez-vous fait ça? demanda Joan.

Et avant même d'avoir terminé sa phrase, elle avait déjà appuyé sur le bouton situé à côté d'elle qui libérait la condamnation centrale.

L'homme ouvrit la porte d'un seul coup. Il était bâti comme un docker. Ce qu'il était probablement.

– Attrape-le! hurla Joan.

Diamond s'écarta de la portière et agrippa le volant. Joan lui planta ies clés dans la main et sous la douleur, il relâcha son emprise. Elle ouvrit la porte et bondit dehors en criant quelque chose.

Au même instant, l'homme se pencha dans la voiture et empoigna Diamond à la gorge. Malgré la douleur, il se renfonça sur le siège et chercha à atteindre à tâtons le visage de l'homme, qui était près du sien. Il toucha une mèche de cheveux, mais il avait autre chose en tête. Les yeux et les oreilles.

Il laissa glisser sa main sur le visage, se fit mordre méchamment le pouce, mais réussit à l'enfoncer profondément dans quelque chose de mou et d'humide qui ne pouvait être que l'orbite d'un œil.

Il y eut un hurlement et l'homme relâcha son étreinte.

Mais il entendit des voix. Quelqu'un qui criait :

– Tire-toi de là!

Quelqu'un assena à Diamond un coup terrible sur le crâne. Il ne réussit pas à l'éviter. Il leva le bras une fraction de seconde trop tard. Le choc fut effroyable : son visage heurta le tableau de bord et fracassa le pare-brise. Un second coup lui broya l'épaule.

– Tu l'as eu, dit une voix.

Et maintenant? pensa-t-il. Je me relève, ou je fais le mort?

Quelqu'un l'attrapa sous les aisselles et le tira hors de la voiture. Il se laissa tomber mollement sur le sol.

– Enculé.

Des mots, pensa-t-il. Mais ça ne suffira pas à celui dont j'ai amoché l'œil. Deux coups de pied s'abattirent dans ses reins. Il ne put s'empêcher de hurler de douleur. Et du coup, il reçut un dernier coup sur la tête.

Il allait perdre conscience.

– Prends-le par les pieds.

Il ne s'en tirerait pas vivant. Joan avait dit que c'était un endroit « très couru » et désormais, il comprenait ce qu'elle avait voulu dire. On allait le balancer dans l'Hudson.

27

Il avait avalé des litres d'un liquide nauséabond. Ses yeux lui faisaient mal et il avait le nez bouché. A plusieurs reprises, il cracha et vomit, sans se sentir mieux pour autant. Une ou deux fois, il ouvrit les yeux, mais il ne vit rien. Il sentait de temps en temps quelque chose qui le cognait à l'épaule et au bras droit. Et surtout, il avait froid, incroyablement froid. Il aurait dû avoir mal partout, mais le froid l'avait anesthésié.

Le visage tourné vers le ciel, il était pratiquement sous l'eau.

Il ne se souvenait de rien. Il aurait tout aussi bien pu être dans un marais.

En train de recevoir en pleine figure une dose supplémentaire de liquide qui lui remplit à nouveau la bouche et les narines.

Si c'était ça, se noyer, il n'était pas prêt de le conseiller comme manière de se suicider.

Il tourna la tête et se vida la bouche.

Il toussa.

Il hoqueta.

Il geignit.

Tes forces t'abandonnent, Diamond. Si tu ne réagis pas, tu vas y passer pour de bon.

Il sortit son bras de l'eau. Sa main rencontra quelque chose de gluant, mais de solide. Il commençait à peine à essayer de savoir ce que c'était que la chose s'éloigna. Il essaya de la rattraper en vain et s'aperçut que c'était lui qui s'éloignait. Il était entraîné sur la droite. Il essaya encore, toucha à nouveau quelque chose de dur sous la surface visqueuse. A nouveau, l'eau le déporta.

Son cerveau recommençait à fonctionner, maintenant. Il s'aperçut que ce qu'il avait pris pour des petits coups sur son bras était dû au courant qui le cognait contre un obstacle. Il tendit la main dans cette direction, saisit quelque chose de tellement déplaisant au toucher qu'il le relâcha en s'apercevant que c'était un grand oiseau mort. Puis il sentit sous ses doigts quelque chose de plus mou, une boîte, peut-être une boîte de bière. Il était revenu dans le vingtième siècle. Il était empêtré dans un flot d'ordures charriées par le courant.

Mais il y avait bien une raison pour que toutes ces ordures restent sur place. Le courant aurait dû les emporter. Il devait être arrivé devant un obstacle.

A mesure qu'il réfléchissait, il prenait de plus en plus conscience du froid qui le rongeait, qui exigeait qu'il reconnaisse sa présence et tentait de le convaincre qu'il était inutile de lutter. Faiblement, il tendit à nouveau la main.

Ses doigts rencontrèrent quelque chose qui ne bougea pas, de la forme et de l'épaisseur d'un barreau de prison, mais horizontal. Il tira dessus.

Le barreau tint bon. Sans relâcher sa prise, il le palpa, découvrit un angle à quatre-vingt-dix degrés, un autre morceau plus court et, couvert d'algues, la maçonnerie où le barreau était fixé.

Il se hissa plus près. Puis il tendit la main gauche vers le haut pour voir s'il y avait un autre barreau au-dessus.

Sa main tâtonna dans les algues et la pierre.

Oui. Ses doigts se crispèrent sur un second barreau. Il y avait une échelle fixée au mur.

Mais aurait-il la force de se hisser hors de l'eau? Un tel exercice lui demandait déjà un effort considérable en temps ordinaire. Et il se sentait si affaibli.

Vas-y, sinon tu y restes, se dit-il. Un échelon à la fois.

Il lâcha la main droite et empoigna le deuxième barreau. Il tira. Il n'avait pas la force.

Il posa les deux mains sur le barreau et se détendit. Ses épaules étaient maintenant hors de l'eau et il sentit une douleur qu'il n'avait pas remarquée jusque-là. Il était encore dans l'eau à mi-poitrine et il resta là à se maudire d'être aussi gros. Il était incapable d'aller plus loin.

C'est alors qu'il sentit quelque chose contre ses cuisses. Il y avait quelque chose de dur au-dessus de ses genoux.

Il y avait un barreau sous l'eau. L'échelle descendait plus bas. Pas aussi bas que ses pieds, malheureusement, mais s'il parvenait à hisser ses jambes suffisamment haut pour poser les pieds sur ce barreau, il avait des chances d'y arriver.

Il leva les genoux à la hauteur voulue, mais il s'aperçut qu'ils étaient si faibles qu'ils ne pouvaient pas le soutenir. Le seul moyen de sortir de l'eau, c'était de s'aider des bras et de ses bras seulement.

Il prit une profonde inspiration et leva la main. Il entoura le barreau suivant de ses doigts et sentit une douleur tellement fulgurante dans l'épaule qu'il dut lâcher prise. Son bras droit était pratiquement inutilisable.

A l'idée de retomber dans cette eau répugnante, il se ressaisit et tenta à nouveau de se hisser en s'aidant de la main gauche, tandis qu'il se maintenait de l'autre bras au prix d'une effroyable douleur.

Il saisit le barreau suivant, se hissa d'une seule main, et soulagea aussitôt l'autre bras. D'avoir réussi lui donna un coup de fouet. Sans s'arrêter, il s'obligea à recommencer la manœuvre tout en essayant de poser les pieds sur le barreau du bas.

Et il réussit.

Maintenant, il ne s'agissait plus que de grimper au lieu de tirer en force et en serrant les dents. Les deux pieds solidement posés sur le barreau, il réussit à sortir à moitié de l'eau. Puis, d'échelon en échelon, il commença à monter le long de l'échelle jusqu'en haut du quai.

Pendant cette escalade, il commença à réfléchir à cette étrange situation. Vaguement, tout d'abord, puis avec une clarté d'esprit croissante, il se souvint de l'endroit où il était et de la raison de sa présence. Il comprit pourquoi il ressentait une telle douleur, non plus seulement dans l'épaule, mais – car sa circulation s'était progressivement rétablie – dans le bas du dos et au crâne. Il s'était fait sauvagement tabasser et ses agresseurs avaient pensé qu'il s'était noyé. Peut-être bien que c'étaient les nombreux kilos en trop qu'il avait déplorés lorsqu'il essayait de monter sur l'échelle qui l'avaient sauvé. Hormis ceux qu'il avait reçus sur le crâne, les coups avaient été amortis. Et dans l'eau, c'était cette même couche de graisse qui l'avait protégé du froid.

Mais il se sentait tout de même en piteux état.

Et pas en sécurité non plus. Arrivé aux derniers échelons, il hésita : si quelqu'un l'avait repéré, on risquait de le jeter à nouveau à l'eau. Une pichenette suffirait. Et il ne survivrait pas à un second plongeon.

L'obscurité était son alliée. Il passa la tête au-dessus

du bord du quai, fut rassuré en voyant qu'il n'y avait personne alentour, puis il monta les derniers échelons et s'affala sur le sol comme une baleine qui s'échoue.

N'ayant pas d'autre solution que de rester immobile, il attendit que se calment les battements de son cœur et sa respiration. Il sentait maintenant d'autres douleurs dont il n'avait pas encore conscience. Son visage le brûlait. Il toucha son œil gauche et s'aperçut qu'il était enflé. Et il avait une profonde entaille au nez.

Impossible de savoir combien de temps il était resté dans l'eau. Il était sûrement resté inconscient pendant un bon moment. C'était sûrement le contact de l'eau glacée qui l'avait ranimé.

A découvert, l'obscurité n'est jamais complète. Il roula sur le côté et scruta l'espace qui séparait le quai du hangar d'où étaient sortis ses agresseurs. La limousine était partie, peut-être – se réconforta-t-il avec optimisme – en les emmenant avec elle. Les tueurs abandonnent toujours instinctivement le lieu de leurs méfaits.

Et maintenant?

Il était clair qu'il fallait qu'il aille à la police. Il était crucial de les informer de ce qui s'était passé, car la relation avec Manflex n'était plus une spéculation. Ces gens étaient prêts à tuer et il voulait qu'on les interroge dès que possible. Il voulait que David Flexner fournisse des explications.

Il espérait simplement qu'il pourrait tenir debout jusque-là.

Tenir debout ? Il s'aperçut qu'il fallait encore qu'il se *mette* debout. Il essaya. L'effort demandé était immense. Il réussit à se mettre d'abord à quatre pattes, puis en appuyant ses mains sur ses cuisses, il se leva en titubant et en grognant sous la douleur. Bouger allait être un supplice et il aurait accueilli avec plaisir un déambulateur comme pour les bébés. Même la petite brise qui venait de la rivière menaçait de le renverser.

Il fallait évidemment qu'il trouve le chemin qui le

ramènerait dans la rue, mais y parvenir allait être pire que de finir un marathon. Il y avait tout de même un point positif : il avait encore ses chaussures. Tout ce qu'il avait perdu, apparemment, c'était son chapeau.

Il lui fallut vingt minutes pour traverser un terrain vague encombré d'ordures et arriver à une descente à laquelle aboutissait l'une des rues du West Side. Le pâté de maisons qui s'élevait non loin n'évoquait guère un refuge pour un Anglais qui venait d'échapper à un tabassage en règle suivi d'une noyade, mais il parvint en titubant jusqu'à la première porte venue et chercha la sonnette. Il n'y en avait pas. Il frappa. Personne ne répondit. Il n'entendit pas le moindre bruit à l'intérieur.

Il essaya sans plus de succès deux autres maisons et à la troisième, quelqu'un apparut. C'était un petit garçon noir qui le regarda ébahi. Dans l'état où il était, n'importe qui en aurait fait autant.

– Salut! fit Diamond, qui essayait d'être imaginatif.

Le gamin continua de le regarder fixement.

– Tes parents sont là?

Il cilla et recommença aussitôt à le dévisager avec stupeur.

– Ton papa et ta maman, gamin! J'ai besoin d'aide.

Le gamin fronça les sourcils et demanda :

– D'où tu viens?

Il était hors de question qu'il se lance dans des explications, mais comme le gosse avait répondu :

– D'Angleterre.

– D'Angleterre?

Le gamin leva une main comme pour le frapper.

Diamond comprit juste à temps et tendit sa paume ouverte pour accueillir le salut du gosse.

Un instant plus tard, enveloppé dans une couverture, il était assis dans un fauteuil en rotin, dans le salon, entouré de tous les membres d'une famille nombreuse jamaïcaine. On lui apporta un café allongé au rhum et on lui mit un sparadrap sur le nez.

Au bout de vingt minutes de ces soins attentionnés, il se sentit revivre. Il était prêt à se remettre en route. Comme ils voulaient savoir où il allait, il leur donna le nom du poste de police du Vingt-sixième District.

Une fois que toute la famille eut bien ri, le père lui proposa de l'y conduire en voiture.

Et c'est ainsi que vers 22 heures, le Sergent Stein, du poste de police du Vingt-sixième District, passant par hasard devant le comptoir de l'entrée, fut confronté au troublant spectacle d'un homme bien connu des services de police pour attaque à main armée, qui portait en souriant un paquet de vêtements trempés et accompagnait le Superintendant Diamond, vêtu seulement d'une couverture, avec un sparadrap sur le nez et l'œil gauche au beurre noir.

Il fallut raconter deux fois la même histoire, car le Lieutenant Eastland, qui n'était pas de service, fut appelé pour prendre les décisions qui s'imposaient. Il n'osa pas sourire en voyant l'état de Diamond, mais il compatit.

– Donc, résuma-t-il, ce que nous avons, c'est un lien entre Manflex par le biais de la mère de l'enfant. Vous étiez en train d'enquêter lorsqu'on vous a tabassé et balancé dans l'Hudson? Mais qui a fait ça?

– Arrêtez, répondit Diamond, exaspéré. Il n'y avait pas de lumière à part les phares de la voiture. Tout ce que je sais, c'est que la fille disait s'appeler Joan. Seulement, c'est David Flexner qui a forcément dû donner des ordres à ces types. J'ai dû dire quelque chose qui l'aura ennuyé.

– Comme c'est étonnant, fit Eastland.

– Qu'est-ce que vous lui avez dit? demanda Stein.

– Simplement que je voulais des renseignements sur les recherches qu'entreprenait la doctoresse Masuda il y a quelques années à Yokohama grâce à une bourse de Manflex.

– Je n'aurais jamais cru ça suffisant pour provoquer un meurtre, commenta Eastland. Vous êtes sûr de la relation entre les deux?

– Que voulez-vous dire?

– Etes-vous certain que les gens qui vous ont sauté dessus étaient envoyés par Flexner?

– Ça ne se peut pas autrement. La fille m'a dit qu'elle travaillait pour lui. Elle était au courant du rendez-vous. Elle savait où et quand me retrouver.

– OK, on va le convoquer et on verra de quoi il retourne.

– Il y a encore autre chose, dit Diamond.

– Vous voulez voir un médecin?

– Je veux faire nettoyer mes vêtements.

– OK. Comment vous sentez-vous, maintenant?

– Impatient... de voir Flexner.

– Vous devriez vous reposer.

– Allez vous faire foutre.

En fait, il fit une petite sieste d'une heure sur le lit de camp où il avait déjà dormi la veille. Il fallut le réveiller lorsqu'on amena Flexner et, du coup, d'avoir si peu dormi, il se sentit encore plus fatigué.

Il fut convenu qu'il observerait le premier interrogatoire sur un moniteur vidéo. Le Lieutenant Eastland lui fit remarquer qu'il n'y avait aucune raison pour que Flexner pense que Diamond avait survécu. L'un des principes premiers d'un bon interrogatoire était de ne jamais dévoiler quoi que ce soit.

Le jeune homme aux cheveux longs qu'il voyait sur l'écran n'avait certes pas l'air très à l'aise. Ses gestes et son comportement montraient combien il était nerveux à l'idée de cet interrogatoire. Il ne cessait de s'humecter les lèvres et de passer ses mains sur son visage comme un Hamlet qui en fait un peu trop.

Eastland commença par les formalités d'usage.

– Vous nous autorisez à enregistrer cet interrogatoire?

Flexner hocha la tête.

– Cela ne vous ennuierait pas de répondre par un mot?

– Non.

– Vous acceptez que nous enregistrions cet interrogatoire?

– J'accepte.

– OK.

Pendant qu'Eastland procédait aux questions habituelles sur l'identité et l'adresse de Flexner, Diamond observa le jeune homme avec un vif intérêt. Pour un magnat des affaires, il avait un drôle de genre, avec son T-shirt, son jean, son coupe-vent et sa crinière blonde qui lui tombait sur les épaules. C'était tout à fait la description qu'il avait eue au téléphone.

– Vous connaissez un type nommé Diamond? Un flic anglais? demanda Eastland, dont on entendait seulement la voix, car la caméra était braquée sur Flexner.

– Je le connais de nom, c'est tout. Il m'a appelé cet après-midi.

– Il vous a appelé? C'est bien cela, Mr Flexner?

Flexner se passa une main nerveuse dans les cheveux.

– Non, je veux dire, il m'a écrit un mot et je l'ai rappelé à son hôtel.

– Tenons-nous-en à la vérité, hein?

– Excusez-moi. C'était un détail important?

– Tout est important. Vous avez encore ce mot?

– Pas sur moi.

– Pouvez-vous m'en donner la teneur, avec précision?

Flexner ferma les yeux en parlant pour tenter de visualiser le mot.

– Il m'a écrit qu'il était un inspecteur anglais qui enquêtait sur une affaire de meurtre et d'enlèvement, l'enlèvement d'un enfant. Il voulait me rencontrer pour que je le renseigne sur la mère de l'enfant, qui avait mené des recherches financées par mon entreprise à

Yokohama, au Japon, dans les années quatre-vingt. Elle s'appelait Yuko Masuda. La lettre était signée Peter Diamond, Détective Superintendant.

– Et il vous donnait un numéro à rappeler?

– Le Brightside Hotel, sur la Cent-sixième Ouest. Je l'ai pris au sérieux. J'ai cherché dans nos archives le dossier de cette femme, puis j'ai appelé Mr Diamond et je lui ai fixé rendez-vous à Battery Park, devant les guichets du ferry.

– Curieux endroit pour un rendez-vous.

Flexner haussa les épaules.

– Ces derniers temps, nous sommes dans une situation particulière, qui n'a rien à voir avec cette histoire. C'était beaucoup plus simple de le retrouver ailleurs qu'à mon bureau.

– A Battery Park? Et pourquoi pas à son hôtel?

– Battery Park est à cinq minutes en taxi de mon bureau. C'est aussi un endroit que même un étranger peut trouver facilement.

– Donc vous êtes allé à ce rendez-vous?

– Evidemment, mais j'étais en retard. Il était déjà parti. (Flexner se pencha en avant comme si quelque chose venait de lui traverser soudainement l'esprit.) Qu'est-ce qui lui est arrivé? Il va bien?

– Dites-moi plutôt ce qui vous est arrivé à vous.

– Je suis arrivé à Battery Park et...

– Non, coupa Eastland qui ne laissait décidément rien passer. Dites-moi ce qui vous a retardé.

– Une alerte à l'incendie.

– Quoi?

– Une alerte à l'incendie dans un débarras du vingtième étage.

– A quelle heure?

– Vers 18 heures 45, au moment même où j'allais partir. Quelqu'un avait laissé tomber une cigarette allumée dans une poubelle et ça a mis le feu à des papiers.

– Dans un débarras?

– C'est là qu'on l'a trouvée. Du coup, je n'ai pas pu arriver à Battery Park avant 19 heures 25 et le type n'était plus là. J'ai regardé alentour, j'ai demandé...

– OK, dit Eastland. Tirons tout ça au clair. Avez-vous, à un moment ou à un autre, demandé à quelqu'un d'aller au rendez-vous que vous aviez fixé à Mr Diamond?

– Non, je vous l'ai dit : je m'y suis rendu moi-même.

– Qui d'autre connaissait ce rendez-vous? Votre secrétaire?

– Non, j'ai appelé directement moi-même.

– Votre ligne est-elle saine?

– Pour autant que je sache, oui.

– Vous dites que vous avez consulté le dossier de cette femme. Quelqu'un s'est-il chargé de le rechercher pour vous?

– Non, les dossiers sont sur informatique. Nous conservons en archives tous nos programmes de financement de recherches. J'y ai accès par le biais d'un modem dans mon bureau.

– Est-ce que quelqu'un vous a vu le faire?

– J'étais tout seul. Ecoutez, vous pourriez me dire ce qui s'est passé?

– L'inspecteur Diamond a été abordé par une femme qui lui a dit être envoyée par vous. Vous êtes au courant?

Flexner se renfonça dans son siège et fronça les sourcils.

– Envoyée par moi? Non, je ne suis pas au courant. Je n'en avais parlé à personne.

– Prenez votre temps, Mr Flexner. Réfléchissez. Vous êtes tout à fait certain de n'avoir mentionné ce rendez-vous à personne?

– Certain.

– Peut-être quelqu'un a-t-il surpris votre conversation au téléphone? Est-ce que c'est envisageable?

– J'étais seul dans mon bureau. La porte était fermée.

– Pourtant, cette femme – qui disait s'appeler Joan, au fait – a retrouvé l'inspecteur Diamond devant les guichets, lui a dit que vous ne pourriez pas venir et l'a emmené dans une limousine noire jusqu'aux quais, à la hauteur des Quarantièmes Ouest, où des truands l'attendaient pour le tabasser et le balancer dans l'Hudson.

– Je n'arrive pas à croire ça.

A sa décharge, Flexner avait vraiment l'air sincère. Il était devenu tout pâle.

– Vous devriez plutôt le croire, répondit Eastland, et aussi commencer à réfléchir à l'identité de cette femme et aux raisons qu'il pouvait y avoir à agir ainsi envers le type que vous deviez rencontrer. Vous n'êtes pas obligé de répondre tout de suite.

– Il est mort? demanda Flexner.

– Réfléchissez bien, Mr Flexner. Peut-être avez-vous oublié quelque chose. Je reviens.

Flexner resta seul, frappé de stupeur. Il y eut le bruit de la porte qui se refermait.

Eastland retrouva Stein et Diamond dans l'autre pièce.

– Alors?

– Je voudrais l'interroger, dit Diamond. J'ai toujours besoin des renseignements qu'il était censé me donner.

– Vous pensez qu'il dit la vérité?

– Il en donne bien l'impression.

– Ah ouais? fit Eastland avec une ironie un peu lourde. Et ce qui vous est arrivé, c'est une impression? Et votre œil au beurre noir, c'est une illusion, aussi?

– Je veux quand même l'interroger.

– Pas tout de suite.

– C'est urgent.

– On peut le briser, aucun problème, se vanta Eastland. Il prétend qu'il n'a parlé à personne de votre rendez-vous. C'est forcément du pipeau.

Diamond se retint avec difficulté. Il y avait le risque que Naomi soit oubliée, à force de vouloir absolument briser David Flexner. Le briser, comme le disait si naïvement Eastland, ce n'était pas le meilleur moyen d'obtenir ces renseignements vitaux.

– Ecoutez, je crois qu'on peut vérifier s'il dit la vérité ainsi : il était d'accord pour me rencontrer, c'est clair. Donc, c'est qu'il avait quelque chose à me dire sur la mère de Naomi.

– C'était un truc pour vous tendre un piège.

– On va bien voir. Demandons-lui ce qu'il peut nous en dire. Et s'il dit vraiment la vérité, cela pourra peut-être nous conduire à Naomi.

Manifestement, le lieutenant n'était pas impressionné. Il écarta les bras comme si Diamond apportait de l'eau à son moulin.

– Peter, mon vieux, vous lui demandiez des renseignements sur les recherches que faisait la mère il y a sept ou huit ans. Ce n'est pas ça qui va nous dire où est Naomi en ce moment.

– Quelqu'un a eu suffisamment peur que j'apprenne quelque chose pour vouloir me tuer. Ça ne doit pas être si éloigné que ça, dit Diamond. Faites-le parler pendant qu'il est encore prêt à coopérer. Si vous recommencez à le terroriser, on n'obtiendra rien.

– Il faut lui faire des câlins, peut-être?

– Non, lui parler gentiment. Ça ne prendra pas des heures, bon sang.

Eastland réfléchit, puis :

– Peut-être que vous avez raison.

– Je vais m'en occuper, proposa Diamond.

– Vous? Pas question. Il est persuadé que vous êtes dans un tiroir à la morgue et on ne va pas le détromper. OK, Diamond, on va suivre votre tactique pendant un petit moment. Dites-moi simplement ce que vous aviez prévu de lui demander.

Diamond expliqua la stratégie dans ses grandes

lignes. Sans paraître totalement convaincu, Eastland sembla cependant s'y ranger.

Quelques minutes plus tard, l'interrogatoire reprit et Eastland attaqua de front.

– Parlez-moi de Yuko Masuda.

– Je ne sais pas grand-chose, je ne l'ai jamais vue, dit David Flexner. C'est juste une parmi des milliers de personnes qui ont reçu une bourse de Manflex ou de l'une de ses filiales.

– Quantité négligeable?

– Je n'ai pas dit ça. Selon nos archives, nous avons financé ses recherches pendant dix ans au moins. Elle a écrit quelques articles sur le traitement des comas induits par l'alcool ou les médicaments grâce à des molécules sympathico-mimétiques.

– Des quoi?

– Des molécules qui agissent sur le système nerveux sympathique. L'adrénaline et l'éphédrine, par exemple.

– Je connais l'adrénaline

Flexner poussa un soupir qui trahit une certaine impatience.

– Comas éthyliques, vous disiez? reprit Eastland. Vous voulez parler de ces médicaments qui raniment les gens? Qui leur font reprendre conscience?

– Inspecteur, toutes les informations que je vous donne proviennent de ce que j'ai lu sur mon écran d'ordinateur. Je ne suis ni biochimiste ni médecin.

– OK, OK. Et qu'est-ce qu'il vous a dit d'autre, votre ordinateur?

– Les trucs habituels. Son âge, son adresse, ses diplômes. Ce n'est pas une employée de chez nous, voyez-vous, c'est simplement une chercheuse.

– Le dossier dit-il si elle est mariée?

– Oui. Masuda est son nom marital.

– Est-il fait mention d'un enfant?

– Même si elle en avait un, ça ne serait pas inscrit dedans, ça ne nous sert à rien.

– Elle habite au Japon?
– A Yokohama, oui.
– Et depuis quand fait-elle ses recherches?
– 1979.
– Ça fait longtemps.
– Il arrive que les recherches prennent effectivement longtemps.
– Vous êtes informé de son travail?
– Pas personnellement, mais l'entreprise suit tous les programmes de recherche.
– Saviez-vous qu'elle a disparu depuis deux mois?
– Non, je ne savais pas. Nous ne sommes pas forcément avertis de ce genre de chose, tant qu'on ne nous en informe pas officiellement.

Il y eut une pause, comme si Eastland avait des réticences à poursuivre dans cette direction mais ne trouvait pas d'autre piste. Finalement, il reprit :
– Y avait-il autre chose dans le dossier de cette femme que vous aviez l'intention de communiquer à l'inspecteur Diamond?
– Non, répondit Flexner. Naturellement, je voulais l'aider dans la mesure de mes possibilités, mais c'est tout ce que j'aurais pu lui dire. Vous avez tout appris.
– Pardonnez-moi, mais ça n'a pas l'air particulièrement sensationnel, tout ça, dit Eastland. Pourquoi fallait-il que vous donniez un rendez-vous façon agent secret à Diamond? Pourquoi ne pas l'avoir tout simplement appelé?
– Je suppose que c'est parce que je voulais savoir à qui j'avais affaire, dit Flexner en haussant les épaules. Nous avons pour règle de ne pas divulguer de renseignements sur nos collaborateurs.
– Vous ne lui faisiez pas confiance?
– Je me suis dit qu'il fallait le voir pour en être certain. Je ne pouvais pas le faire venir au bureau, il aurait fallu qu'il réussisse à passer par-dessus les journalistes qui assiègent notre immeuble.

– J'ai vu, oui. On s'intéresse énormément à vous, dit Eastland. C'est à cause de ce fameux médicament miracle que vous êtes sur le point de lancer?

Flexner s'agita sur sa chaise.

– Ecoutez, ça n'a rien à voir avec l'histoire de cette Japonaise.

– Qu'est-ce que vous en savez?

– Ça n'a aucun rapport.

– C'est à nous d'en juger, Mr Flexner.

– Je préférerais éviter de parler de ce médicament. S'il y avait la moindre fuite suite à mes déclarations, nous pourrions être mis en péril sur le marché boursier.

– Tout ce que vous me dites ne sortira pas d'ici, l'assura Eastland.

David Flexner passa nerveusement une main sur sa bouche.

– Vous me mettez dans une situation délicate.

– Sur des charbons ardents.

– Pardon?

– Je vous mets sur des charbons ardents.

– Ah, fit Flexner tandis qu'un sourire chagrin passait sur ses lèvres. N'oubliez pas que je ne suis Président de Manflex que depuis récemment. Depuis que mon père est décédé. Pour tout vous dire, les affaires n'étaient pas très brillantes depuis quelque temps. Nous avons perdu des places au classement des laboratoires. Des concurrents comme Merck et Lilly ont développé de nouvelles molécules et nous ont distancés. Et tout récemment, notre cote a brusquement chuté à cause d'un incendie qui s'est déclaré dans l'une de nos principales usines en Italie. Elle a été complètement dévastée.

– Et ça a eu des conséquences jusqu'ici?

– Manflex Italie est notre principale filiale. L'enquête continue. Il se pourrait qu'il s'agisse d'un incendie d'origine criminelle.

– Et vous espérez regagner la confiance du marché

en lançant ce nouveau médicament, c'est ça? demanda Eastland.

– Un produit qui se vend massivement peut tout changer, dit David en hochant la tête. Sans vous en dire plus que je n'y suis autorisé, je peux vous apprendre que le Prodermolate...

– Prodermolate?

– PDM3. C'est l'une des milliers de molécules que nous avons déposées au cours des années. La plupart n'aboutissent à rien. Enfin, toujours est-il qu'il se trouve que cette molécule, sur laquelle nous avons travaillé depuis vingt ans, est plus efficace que nous le pensions.

– Pour quoi?

– Pardonnez-moi, mais je ne peux pas vous le dire, inspecteur. Nous devons publier un communiqué de presse dans quelques jours et l'avenir de Manflex en dépend. Donc celui de milliers d'employés. On essaie de nous extorquer des informations avant cette date. Je ne peux rien dire, pas même à vous, pas même ici.

– Vous ne pouvez pas dissimuler d'information, répondit Eastland sur un ton plus offensé que menaçant. Il faut que je sache.

– Pardonnez-moi, mais...

– Vous vous imaginez que je vais aller acheter des actions Manflex dès demain matin?

– Euh, non.

– J'ai mieux à faire que de jouer en bourse, Mr Flexner. Si je voulais être riche, je ne ferais pas le métier que je fais.

– Mais je suis tenu par le secret.

Eastland haussa légèrement le ton.

– Vous êtes tenu par le secret, *vous* ? Et moi, alors? Je dois retrouver une enfant, une enfant handicapée, pour tout vous dire, qui est en danger de mort. On ne joue pas à cache-cache, c'est d'un meurtre, qu'il s'agira, si je ne la retrouve pas.

– D'un meurtre?

Après un silence étudié, Eastland consentit à répondre.

– Nous en avons déjà eu un.

La rapidité de la réaction de Flexner, un rictus horrifié, montra qu'il s'attendait au pire. Manifestement, il avait compris que c'était Diamond la victime. C'était ce qu'il craignait le plus. D'une voix qui montrait qu'il était prêt à capituler, il dit :

– J'aurais préféré que vous me le disiez plus tôt.

– Vous n'avez pas été totalement franc avec moi non plus. Parlez-moi de ce médicament, répondit Eastland, avec l'à-propos d'un interrogateur chevronné.

Flexner avait sensiblement blêmi.

– Vous me donnez votre parole que ceci restera entre nous ?

– Le secret fait partie de ma profession.

– OK. Euh, je ne suis pas la personne la mieux informée pour vous parler du potentiel de ce médicament, mais je crois qu'il a été déposé en 1975 par Cornell. Les recherches originelles ont été menées grâce à une bourse de Beaver River Chemicals, qui est devenu l'une de nos filiales quand mon père les a acquis vers 1976. Personne ne voyait la moindre utilité à ce truc. Ça se passe toujours comme ça. Vous découvrez des milliers de molécules et vous les déposez sans savoir si elles serviront à quelque chose. On en développe très peu sur le total, car c'est extrêmement coûteux. Des millions, parfois. Le professeur Churchward a découvert que le PDM3 peut régénérer les cellules du cerveau.

– Et c'est sensationnel ?

Flexner eut l'air vexé qu'on lui pose une telle question.

– J'ai dit régénérer. C'est totalement nouveau. C'est un immense progrès. Cela signifie qu'on peut enrayer le processus de sénescence du cerveau.

– Et la maladie d'Alzheimer ?

– Oui, mais ce n'est pas tout. Il y a des tas d'implications. Le PDM3 accélère la production de nouvelles cellules. Nous pouvons envisager de l'utiliser pour conserver à notre cerveau toutes ses facultés jusqu'à un âge avancé.

– Pour tout le monde?

– Exactement.

– Donc c'est une poule aux œufs d'or, dit Eastland qui entrevoyait rapidement les conséquences financières. C'est mardi que vous lancez le médicament?

Flexner leva les mains comme si on braquait un revolver sur lui.

– Non, non. Il faut encore attendre au moins une année. Nous préparons une conférence de presse pour informer des progrès obtenus et annoncer que nous passons à la troisième étape de tests, les essais précliniques à grande échelle.

– Mais le simple fait que vous annonciez cela suffira à provoquer un investissement massif dans les actions Manflex.

– Probablement.

– Vous avez parlé d'un professeur, il y a un instant.

– Churchward. Il est à l'Université Corydon d'Indianapolis. Je suis allé le voir la semaine dernière. C'est lui qui dirige nos recherches sur le PDM3.

– Vous vous êtes fait une bonne opinion?

– Que voulez-vous dire?

– Vous avez apprécié ce type?

– Rien ne m'y obligeait.

– Vous lui faites confiance?

– Je pense que c'est un bon scientifique, sinon je ne financerais pas ses travaux.

– Donc, vous voyez l'avenir en rose, Mr Flexner.

– Pour l'humanité, avec un tel progrès? Certainement.

– Pour les laboratoires Manflex.

– Je pense, oui, dit-il d'un air un peu gêné.

– Vous vous passeriez bien d'une affaire de meurtre, en ce moment.

– Ça oui.

– Et vous dites que vous n'avez parlé de l'inspecteur Diamond à personne?

– A personne, répondit Flexner, qui ajouta vivement : On peut faire en sorte que ce ne soit pas dans les journaux d'ici à mardi?

Eastland fit comme s'il n'avait rien entendu.

– Quand vous l'avez appelé, vous avez fait le numéro vous-même?

– Oui.

– Vous n'avez pas demandé au standard de le composer pour vous.

– Non.

– Peut-on écouter les coups de fil à l'extérieur depuis le standard?

– Je suis pratiquement sûr que ce n'est pas possible.

– Voyons les choses sous un autre angle, proposa Eastland. Qui d'autre que vous sait ce que vous avez l'intention d'annoncer mardi?

– Le PDM3? (Il leva les yeux comme si les noms avaient pu être inscrits au plafond.) Mon bras droit, Michael Leapman, et le professeur Churchward, évidemment. Ils assisteront tous les deux à la conférence de presse.

– Le professeur est à New York?

– Il est arrivé ce soir. Il est au Waldorf Astoria.

– Personne d'autre n'est au courant du PDM3?

– Je ne vois pas qui d'autre pourrait. Il y a bien des gens qui travaillent sur différentes étapes du programme de recherche, mais seuls Michael et le professeur Churchward en ont une vision globale.

– Votre femme?

– Je ne suis pas marié.

– Votre petite amie?

Flexner secoua la tête.

– Bon, qui est votre adversaire, demanda Eastland.

Qui a intérêt à foutre le bordel pour vous empêcher de faire votre grand coup médiatique?

– Les concurrents, c'est de ça que vous voulez parler?

– Si vous voulez. *Quelqu'un* a enlevé l'enfant. Qui soupçonnez-vous, Mr Flexner?

– Je n'en ai aucune idée. J'écarterais nos concurrents. Ils ne tremperaient pas dans quelque chose de criminel. Vous ne pouvez pas demander à la mère si elle a été contactée par quiconque?

– Je vous ai dit qu'elle avait disparu.

Flexner poussa un long soupir.

– Je ne vois aucune explication à tout ça.

– Il est tout à fait évident que quelqu'un chez Manflex a immédiatement réagi quand Diamond a pris contact avec vous. Je crois que votre bureau est sur écoute. Vous y avez pensé? (David écarquilla les yeux.) Je ne vois absolument pas comment tout cela aurait pu se passer : organiser le guet-apens, engager une équipe de tueurs et provoquer une alerte incendie dans l'immeuble pour vous retarder. Le coupable est dans vos murs, Mr Flexner. Il n'y a pas de doute.

Le jeune homme secoua à nouveau la tête moins pour tenter de nier que d'accepter une chose aussi impensable.

– Où puis-je trouver Michael Leapman?

– Michael? Mais il n'a aucune raison de...

– Etait-il dans l'immeuble cet après-midi?

– Oui, mais...

– Son adresse, je vous prie.

– Je ne la connais pas. Il habite dans le New Jersey.

– Vous avez son numéro?

– Oui, quelque part, dit-il en fouillant dans sa poche arrière. Mais Michael serait le dernier homme sur terre à vouloir faire capoter nos projets. Le PDM3, c'est son bébé.

28

Ça n'aurait pas pu arriver en Angleterre. Au fin fond du Chinatown de New York, un policier était allé aux environs de minuit dans un magasin de vêtements spécialiste des très grandes tailles du nom de Big Chang, pour acheter une paire de pantalons en coton blanc (taille 60), un T-shirt XL, un pull en coton rose, des chaussettes et des tennis blanches. Diamond avait donc de nouveau des vêtements – même s'ils n'étaient pas exactement son style. Et pour l'heure, il traversait en voiture le Holland Tunnel avec le Lieutenant Eastland et le Sergent Stein en direction du New Jersey.

– Alors, qu'est-ce qu'on sait de ce type? demanda Eastland.

C'était à Stein qu'avait incombé la délicate mission d'appeler en route le central par radio afin d'obtenir des informations sur Michael Leapman.

– Pas de casier, dit-il. Vice-Président de Manflex depuis cinq ans. Célibataire. Trente-sept ans, originaire de Detroit. Il travaillait là-bas dans un laboratoire du nom de Fredriksson & Lill. Il a grimpé les échelons et est devenu directeur général, puis la firme a été reprise par Manflex. Vous voulez savoir la kyrielle de diplômes et de titres qu'il a?

– On voit le genre, dit Eastland. Le vieux Flexner avait eu le nez creux en faisant de lui son Vice-Président.

– David Flexner a aussi une bonne opinion de Leapman, fit Diamond, histoire de justifier sa présence. Et si nous en croyons le jeune Flexner – ce à quoi je suis enclin, ayant suivi l'interrogatoire – Leapman a personnellement contribué au succès du PDM3. C'est lui qui l'a poussé et qui a fait en sorte que Flexner puisse rencontrer le professeur à Indianapolis.

La voiture traversa plusieurs carrefours avant que quelqu'un relève.

– Alors, dit Stein, pourquoi un bon élément comme Leapman irait-il tout risquer la veille de la grande annonce en mettant un contrat sur un policier anglais?

– Vous voulez savoir ce qui faisait de moi une menace? demanda Diamond.

– Non, mais pourquoi la petite fille constituait une menace? Vous, vous êtes juste un pion sur l'échiquier.

De l'expérience de Diamond, il valait mieux traiter ce genre de remarque désobligeante avec indifférence.

– Je crois que ça a un rapport avec le médicament, non? dit-il sans manifester la moindre humeur. Le PDM3 est probablement le gros lot, d'après ce qu'a dit David Flexner. Leapman fait tout ce qu'il peut pour le faire breveter. On ne sait pas encore jusqu'à quel point il s'est personnellement engagé là-dedans, mais il est possible qu'il y ait vu l'occasion de sa vie et qu'il ait investi ses propres capitaux dans l'entreprise. Ça a dû lui flanquer un sacré coup quand il a vu que c'était David Flexner qui succédait à son père. D'après ce que je vois, il utilise ses connaissances du secteur pour retirer une énorme compensation grâce à la montée du titre en bourse.

– Est-ce que vous voudriez dire par là que cette histoire de molécule est un gigantesque bluff? demanda Stein.

– Non, je crois que ce serait trop difficile de tromper autant de monde. Il y a tout un tas de garde-fous dans l'industrie pharmaceutique. Ils ont dû obtenir des résultats très encourageants des premiers tests précliniques. C'était impossible de les falsifier. Mais la coïncidence est étonnante, n'est-ce pas? C'est comme par hasard au moment où Manflex pique du nez qu'ils arrivent à temps pour faire cette annonce sensationnelle. Alors que la molécule existe depuis vingt ans.

– Il a expliqué pourquoi, fit remarquer Eastland. Ils

ne savaient pas à quoi elle pourrait servir jusqu'au jour où le professeur a commencé à travailler dessus.

– Mais cela fait des années qu'il y travaille.

– Vous croyez qu'ils ont attendu exprès?

– J'essaie simplement de comprendre le comportement de Leapman – à condition que ce soit vraiment lui le méchant dans l'histoire. Evidemment, il est possible que Manny Flexner ait été au courant du PDM3 et qu'il n'ait pas été aussi enthousiaste que son bras droit. Peut-être que Manny a freiné des quatre fers.

– S'il y a quoi que ce soit de suspect sur ce médicament, dit Eastland, ça ne restera pas un secret bien longtemps. Vous l'avez dit, tous les labos du monde entier vont vouloir connaître la formule et analyser les résultats de très près. Sans parler des analystes financiers qui conseillent la bourse.

Diamond restait convaincu que c'était la décision d'annoncer le PDM3 qui avait déclenché la série de crimes sur lesquels ils enquêtaient.

– C'est sûr, les résultats qu'ils ont obtenus doivent être béton, sinon ils ne se risqueraient pas à les publier. Admettons que tout ce qu'on nous a dit sur cette molécule est vrai et que c'est la découverte la plus extraordinaire depuis la pénicilline. Dans ce cas, est-ce qu'il n'est pas certain – aussi certain que la terre est ronde – que le monde du crime a dû être mis au courant des gains boursiers qui en découleront?

– La pègre?

– Oui, les barons du crime de chez vous, quels qu'ils soient. Ils ont peut-être envie d'avoir leur part.

– Peut-être, dit Eastland, peut-être. (Puis il ajouta après un moment de réflexion :) C'est plausible.

– C'est un coup financier du tonnerre, dit Stein d'un air songeur.

– Tout ça est très bien raisonné, reprit Eastland, qui ne voulait pas en rester à ses « peut-être ». Seulement, c'est sur un enlèvement d'enfant que nous enquêtons et non pas sur un coup financier. Le seul lien que nous avons, c'est qu'il se trouve que la mère de la gosse a reçu une bourse de recherche de Manflex.

Diamond était bien le seul à qui il n'était pas nécessaire de rappeler Naomi, mais il refusait de laisser ébranler sa conviction.

– Allons, il y a suffisamment de preuves de l'implication de truands professionnels. Le meurtre de Mrs Tanaka était un contrat. Et ceux qui m'ont attaqué n'étaient pas des amateurs.

– Dans ce cas, pourquoi a-t-on assassiné Mrs Tanaka? demanda Stein.

– Je crois qu'on lui avait donné une mission et qu'elle a échoué. On a dû considérer qu'elle n'était pas digne de confiance.

– On pouvait la sacrifier.

– Ce n'était qu'un pion, tout comme moi.

– Et la gosse? dit Stein. On peut la sacrifier, elle aussi?

– Non, dit vivement Diamond qui ne voulait pas envisager l'impensable. S'ils voulaient lui faire du mal, ils l'auraient fait depuis longtemps.

– Je suis peut-être un crétin, dit Eastland, mais personne ne m'a expliqué pourquoi une petite fille muette et handicapée mentale avait une telle importance dans cette histoire.

Diamond n'avait pas de réponse à cela. Mais cela faisait longtemps qu'il s'était aperçu aussi que le Lieutenant Eastland était tout sauf un crétin.

La maison de Leapman était logée avec cinq autres dans une impasse au nord de Hoboken. C'étaient de spacieuses demeures en bois à deux étages avec garage qui devaient appartenir (c'est ce que se dit Diamond) à des gens qui ne pouvaient pas encore s'offrir un immense appartement avec vue sur Manhattan, mais qui avaient bon espoir. Des mâts à drapeaux étaient plantés sur chaque pelouse.

Il n'y avait pas de lumière à la dernière maison, mais cela n'avait rien d'étonnant étant donné qu'il était déjà

1 heure du matin. Dans deux des maisons, on regardait la télévision et les autres étaient plongées dans l'obscurité.

La voiture s'arrêta devant la maison de Leapman. Diamond tendit la main pour ouvrir la portière et étouffa un cri de douleur. Il avait encore très mal au bras droit.

– Je ne vous le conseille pas, dit Eastland. Vous avez vu assez d'action pour la soirée. Et nous avons nos méthodes. Prêt, Stein?

Docile pour une fois, Diamond resta dans la voiture et les regarda s'approcher discrètement de la maison, arme au poing. Arrivé à la porte, Stein se plaqua sur le côté pour appuyer sur la sonnette. Sans doute se souvenait-il de collègues qui avaient pris des balles tirées à travers des portes.

On entendit le carillon dans toute la rue.

Mais la maison resta plongée dans le noir.

Eastland contourna la demeure et laissa Stein sonner encore plusieurs fois en vain.

Il y eut une lumière, mais c'était seulement la torche d'Eastland qui réapparaissait de l'autre côté et passait devant la porte du garage. Il dirigea le faisceau de sa lampe par une fenêtre et fit signe à Stein de le rejoindre. Ils restèrent ensemble à regarder par la fenêtre dans la maison jusqu'à ce que Peter Diamond finisse par trouver l'attente intolérable.

– Ça commence à bien faire, dit-il au chauffeur. Ils ont repéré quelque chose, j'y vais.

S'extirper de la voiture lui rappela désagréablement les efforts qu'il n'avait cessé d'exiger de lui-même depuis le début de la soirée. Il n'était pas question qu'il s'avance d'un pas furtif : il clopinait.

Le Lieutenant Eastland se retourna et vint à sa rencontre.

– Qu'est-ce que vous avez découvert? demanda Diamond.

Mais le lieutenant passa sans répondre et alla appeler par radio.

– Qu'est-ce que c'est? demanda-t-il alors en arrivant près de Stein.

Mais la question était superflue.

On aurait dit que le salon de Michael Leapman avait été ravagé par un troupeau de bisons. A la lueur de la torche, il vit une bibliothèque renversée en travers sur le sofa et des livres et bibelots éparpillés un peu partout. La télévision était fracassée et une chaise gisait sur une table.

– Il est dedans?

– On ne peut pas voir, dit Stein, qui avait toujours son arme à la main. On n'en sait rien.

– On devrait peut-être entrer?

– Le lieutenant veut être couvert.

– Je suis là. Vous avez essayé toutes les portes? Les fenêtres?

– Ne le prenez pas mal, mais il préfère que ce soit quelqu'un d'autre qui le couvre.

– Pourquoi?

– Vous avez un feu?

– Vous voulez dire une arme? Non.

Stein haussa les épaules d'un air qui signifiait qu'il refusait de se laisser couvrir par quelqu'un qui appelait un feu une arme et qui en plus, n'en avait pas.

– Il y a des traces d'effraction? demanda Diamond.

– Non.

Eastland revint et leur apprit qu'une patrouille spéciale était en route.

– Ceux qui ont fait ça sont peut-être encore là. Je ne veux prendre aucun risque.

Une camionnette arriva six minutes plus tard, suivie peu après de deux voitures. Des hommes armés se postèrent tout autour de la maison. Des projecteurs furent allumés. Il y avait des maîtres-chiens et des hommes en combinaisons blanches qui parlèrent un moment avec Eastland avant de forcer la porte et d'entrer.

Diamond resta avec Eastland qui suivait l'inspection par radio. La maison était vide, apprirent-ils, mais il y avait d'autres traces de violence, dont des taches de sang sur le mur dans un coin du salon. Il y avait aussi des empreintes ensanglantées sur le téléphone, qui avait été arraché de sa prise et gisait sur le sol à côté d'une batte de baseball maculée de sang.

– On dirait que quelqu'un a utilisé le téléphone après que la victime a été frappée, grésilla la voix.

– Ou a essayé, dit Eastland. Vous avez inspecté toutes les pièces?

– Ouais. Aucun désordre à part le salon. Ça n'a pas l'air d'un cambriolage, Lieutenant. Les tiroirs et les placards sont fermés.

Il y eut un grésillement, puis la voix de l'autre homme :

– Je n'en suis pas si sûr que ça. Sa voiture n'est pas dans le garage.

– Ils ont pris la voiture, dit Eastland.

Il demanda à Stein de demander le numéro d'immatriculation de la voiture au fichier central.

Diamond s'impatientait.

– On peut aller jeter un coup d'œil, maintenant?

– Pas encore. La Brigade Criminelle n'est pas encore passée.

– Combien de temps ça va leur prendre? Ecoutez, je ne vous demande pas de me laisser me balader dans la pièce où il y a eu l'agression, je veux voir le reste de la maison.

– Qu'est-ce que vous avez encore? Vous n'êtes pas satisfait des résultats de l'inspection?

– Je veux jeter un coup d'œil par moi-même, c'est tout.

– Il n'y a aucune preuve que les criminels se sont introduits ailleurs que dans le salon.

– Eh bien, dans ce cas, je ne risque pas de déranger quoi que ce soit.

Mais Diamond n'eut pas l'autorisation d'entrer avant une heure et demie plus tard, une fois que la Brigade Criminelle fut passée. Diamond était tellement frustré qu'il soupçonna qu'Eastland se vengeait ainsi des libertés que Diamond avait prises sur le lieu du crime au Firbank. Mais sans doute avait-il tort. Les policiers new-yorkais avaient des procédures qu'ils observaient scrupuleusement. Malgré tout, c'est de mauvaise humeur qu'il remonta l'allée en boitillant.

Il n'avait pas la moindre idée de ce qu'il voulait trouver, si encore il trouvait quelque chose. Il se sentait simplement mû par une intuition. Peut-être, se dit-il, avait-il pris trop au sérieux l'avis du bibliothécaire qui lui conseillait de libérer son sixième sens ou son hémisphère droit enfin, peu importe comment l'autre avait appelé ça : ce n'est pas très facile de se souvenir à 2 heures du matin par une nuit glacée.

La Brigade Criminelle avait enfin fait savoir que le champ était libre pour inspecter la maison, hormis le salon. Diamond abandonna ses chaussures sur le seuil et entra avec Eastland.

– Vous cherchez un indice de la présence de la gosse ici, n'est-ce pas? demanda le lieutenant.

– Je garde l'esprit ouvert.

– Ah ouais?

La lumière était allumée partout dans la maison. C'était l'habitation typique du célibataire, qui évoque plus le magasin de meubles que la maison. Leapman semblait être quelqu'un de soigneux qui appréciait le chêne clair et les couleurs pâles. Chaque meuble était fonctionnel et il y avait peu d'objets de décoration – et en tout cas aucune accumulation.

– On commence par l'étage? proposa Eastland.

– Les chambres.

Ce n'était pas entièrement le sixième sens de Diamond qui le guidait. Si Naomi avait été retenue prisonnière ici pendant un certain temps, il était probable qu'elle avait dû être enfermée dans une pièce hors de vue des voisins.

Arrivés en haut, ils jetèrent un coup d'œil dans les pièces pour s'orienter. Une chambre d'amis attira l'attention de Diamond. De petite taille, elle était située sur l'arrière de la maison. Cependant, rien ne laissait penser qu'elle avait été occupée. La couette était pliée sur le divan et l'oreiller intact. Eastland inspecta un à un les tiroirs de la commode et ne trouva qu'une seule couette de rechange dans celui du bas.

– Satisfait? demanda-t-il à Diamond.

– Presque.

Son intuition le poussait davantage. Il venait de se souvenir de quelque chose que Julia Musgrave lui avait dit.

– Les enfants autistes aiment cacher des objets, dit-il à Eastland, des jouets, des choses auxquelles ils tiennent. Si je ne me trompe, elle a peut-être tout simplement utilisé une cachette qu'elle avait déjà utilisée ailleurs. (Il s'accroupit près du lit.) C'était de ce côté-ci, la dernière fois. (Il glissa sa main entre le matelas et le sommier du divan, le cœur battant probablement autant que Lord Carnavon lorsqu'il avait pénétré dans le tombeau de Toutankhamon. Ses doigts rencontrèrent quelque chose de dur. Il ressortit triomphalement la main : c'était un stylo.) Je peux vous dire qu'il y a quatre-vingt-dix chances sur cent que Naomi ait séjourné ici.

– Vous saviez que vous le trouveriez? demanda Eastland.

Plein d'allégresse, Diamond risqua un douloureux effort supplémentaire et souleva le matelas. L'intuition a peut-être du bon, mais on n'a pas toujours de la chance : il n'y avait pas de bloc sous le matelas. Pas même une feuille de papier.

Il y avait de bonnes raisons de se réjouir : Naomi était vivante – ou du moins l'avait-elle été le temps de son séjour ici. Et de bonnes raisons de se faire du souci : la piste donnait une fois de plus nulle part. Impossible de savoir où elle était désormais. Les analyses du labo donneraient peut-être des indices, mais les hommes en blouses blanches mettaient toujours des jours et des jours à faire part de leurs conclusions.

– Est-ce que le Sergent Stein a appris quoi que ce soit sur la voiture volée? demanda-t-il à Eastland.

– La voiture de Leapman? C'est une Chevrolet Citation bleu foncé. On a eu le numéro d'immatriculation auprès du central et toutes les voitures de patrouilles en ont été informées.

Plus rien ne les retenait ici. Conscient qu'il allait s'écrouler s'il ne se décidait pas enfin à dormir, Diamond demanda à être raccompagné à son hôtel.

29

On ne peut qu'imaginer ce que pensa le Lieutenant Eastland le lendemain matin lorsqu'il arriva au poste de police et trouva son bureau occupé par un Peter Diamond portant simplement une chemise déboutonnée et un caleçon rouge. Le gros Anglais était debout, le téléphone coincé entre son épaule et sa joue charnue. Le bureau était envahi de vêtements, certains jetés n'importe comment, d'autres apparemment provenant d'une teinturerie. A en juger par l'amoncellement d'annuaires, carnets, stylos et kleenex chiffonnés, cela faisait un moment que Diamond était installé là.

– Du bœuf, pour commencer, disait-il. Vous avez du bœuf?... Parfait. Quoi d'autre? Du foie, je pense. De l'agneau, oui... Eh bien, autant que vous pourrez m'en trouver en si peu de temps... Excellent. Quand?... Oh! Mais à l'heure du déjeuner, aujourd'hui... Oui, *aujourd'hui*... Oui, je sais. Je vous rappelle vers midi... OK,

1 heure, alors. Pas plus tard. (Il raccrocha.) Bonjour, lieutenant. Vous vous êtes réveillé en retard?

Eastland le regardait avec des yeux bouffis et tout rouges.

– Mes vêtements sont revenus de chez le teinturier, annonça Diamond.

– C'est ce que je vois.

– Nous avons tout juste le temps d'arriver au Sheraton Center.

– C'était mon bureau, dit Eastland.

– La conférence de presse commence à 11 heures, continua Diamond, qui continuait sur le même mode debout-les-gars-réveillez-vous.

– Quelle conférence?

– Manflex. Vous vous souvenez? C'est un grand moment, on va nous présenter le médicament. David Flexner sera là-bas avec le professeur Churchward. Et nous aussi.

– Comment ça, *nous* ?

– Eh bien, vous et moi. Et le Sergent Stein, si vous voulez.

Eastland se passa une main sur la joue comme pour vérifier s'il s'était rasé.

– Au Sheraton Center, vous avez dit?

– Oui, sur la Septième Avenue et la Cinquante-troisième.

– Je sais où est le Sheraton, grogna Eastland.

– Eh bien, bougez-vous, alors!

– Diamond, vous avez autant de finesse qu'un fusil à canon scié.

Il fallait rendre justice à Eastland : il n'avait jamais vu Diamond aussi excité. Il n'y avait plus moyen de l'arrêter. En trois minutes, ils étaient déjà dans une voiture en route pour le Sheraton.

– J'ai beaucoup réfléchi, dit Diamond, comme pour expliquer son état. La nuit dernière, chez Leapman, ça sonnait faux.

– Faux?

– Ce que j'ai découvert.

– Le stylo?

Diamond dévisagea le lieutenant avec surprise.

– Non, pas le stylo. Ça, c'était une vraie découverte. Mais tout le reste était faux.

– Par exemple?

– Les dégâts dans le salon. Ça avait l'air impressionnant au premier abord, comme s'il y avait eu une bagarre, mais finalement, qu'est-ce qu'il y avait comme dégâts? Une télé cassée. Une bibliothèque renversée sur un sofa et des livres et bibelots éparpillés par terre. Une chaise retournée sur une table. Rien de plus.

– Et un téléphone arraché de sa prise.

– Exact, mais il n'était pas cassé. D'après moi, c'était une mise en scène organisée par un propriétaire trop soigneux pour vouloir abîmer son salon plus que nécessaire.

– Alors, vous pensez que c'était une mise en scène?

– Je crois que c'est plus que probable.

– Et les taches de sang, vous les avez oubliées?

– Non, je ne les ai pas oubliées. D'abord, pensez à l'état de la chambre où l'enfant était détenue. Intacte – à part le stylo. Il n'y avait pas d'autre preuve que Naomi était jamais passée par là. Pas même un cheveu sur l'oreiller. Ne vous seriez-vous pas attendu à trouver des indices d'un départ précipité?

– Peut-être qu'elle était déjà en bas quand la bagarre a éclaté, dit Eastland.

– Habillée avec ses chaussures et son manteau et tout ça? Il n'y avait aucun vêtement à elle dans la maison.

– Celui ou celle qui l'a enlevée a dû prendre ses affaires.

– Les prendre avec des mains pleines de sang avant de l'aider à mettre son manteau? Ça vous paraît vraisemblable?

– Vous voyez une meilleure explication? demanda Eastland.

– Ce n'est pas tout, il y a aussi la voiture, continua

Diamond en éludant la question. Comment l'agresseur est-il venu jusqu'à la maison? A pied? S'il est venu en voiture, où est-elle? On ne peut pas conduire *deux* voitures en même temps.

– Ils étaient deux, répondit Eastland faute de mieux. L'un a conduit la voiture, l'autre celle de Leapman.

– En emmenant Leapman avec lui?

– Ouais.

– Très bien. Dans ce cas, était-il nécessaire d'emmener Leapman *et* l'enfant?

– Peut-être qu'ils l'ont tué. Il y avait assez de sang là-bas. Ils se sont débarrassés du corps.

– Pour vous rendre l'enquête plus difficile, c'est ça?

– Evidemment, dit Eastland. Ils l'ont emmené dans le garage par la porte qui donne sur la maison, ils l'ont mis dans la voiture, puis ils sont partis avec. Comme ça, ils n'avaient pas à le traîner dehors devant les voisins.

– C'est comme ça que vous voyez les choses?

– Vous voyez une meilleure explication? demanda Eastland pour la seconde fois.

– Permettez -moi de vous ramener un petit peu en arrière, reprit Diamond. Il ne fait aucun doute que Leapman a emmené l'enfant chez lui à un moment ou à un autre. Nous avons trouvé le stylo où je soupçonnais qu'il serait. Vous êtes d'accord?

– Mm mm.

– Regardez les choses du point de vue de Leapman. Hier, lorsque David Flexner m'a donné rendez-vous au ferry, Leapman écoutait. C'est soit le bureau, soit le téléphone qui est sur écoute. Il a des relations avec la pègre et il a averti ses amis pour leur demander d'aller au rendez-vous et de me faire disparaître, tandis qu'il créait diversion avec une fausse alerte à l'incendie pour retarder David Flexner. Cela vous paraît-il un scénario logique, d'après les faits que nous connaissons?

– C'est concevable.

– Comment ça concevable? J'ai été balancé à l'eau! Vous ne remettez pas ça en question?

– Non, je ne remets pas ça en question.

– Leapman a dû penser que j'étais mort, mais il avait un problème, parce que vous – les flics – vous aviez convoqué David Flexner pour l'interroger le soir même. Il ne comprenait pas comment vous aviez fait le rapprochement, mais il a compris que ça sentait le brûlé. Ça se rapprochait dangereusement de chez lui. Et chez lui, il y avait Naomi.

Eastland se réveilla.

– Et il ne voulait pas que les flics débarquent. Ce n'était pas le moment qu'il se fasse arrêter.

– Exact. S'il a l'intention de tirer profit du PDM3, il faut absolument que la conférence ait lieu. Vous me suivez?

– Disons que j'ai écouté, fit Eastland en haussant les épaules.

– Bon. Leapman n'est pas la personne responsable du PDM3. Il est seulement le Vice-Président. Ce n'est absolument pas nécessaire qu'il soit présent à la conférence de presse. David Flexner et le professeur peuvent très bien s'en charger. La seule chose qui peut compromettre l'événement – et donc la montée en flèche de ses actions – c'est que les flics lui rendent visite et découvrent qu'il retient l'enfant prisonnière. Là, ce serait la catastrophe.

– Et alors?

– Alors il s'arrange pour disparaître. Il emmène l'enfant avec lui en ne laissant rien derrière lui qui indique la présence de Naomi dans la maison. D'abord, il habille l'enfant et la met dans la voiture. Ensuite, il range la chambre, si bien qu'on ne peut pas soupçonner qu'elle est passée par là.

– Sauf si on est assez malin pour aller regarder sous le matelas, lâcha Eastland d'un ton qui ne contenait nulle ironie, mais qui n'était pas non plus plein d'admiration.

Diamond plissa les yeux. Ce qui lui fit mal à la

paupière droite. Il avait toujours l'œil enflé. Il sentait qu'on n'était pas convaincu, mais il ne désarma pas.

– Ensuite, il met en scène une agression. Il renverse quelques petites choses et casse sa télévision.

– Et le sang? C'est du ketchup, peut-être?

– Non.

– Il s'est blessé exprès?

– Je ne sais pas.

– Ah, ça nous change!

Il y eut un silence. Diamond avait besoin de reprendre son souffle et Eastland réfléchissait aux arguments nécessaires pour pouvoir contrer cette hypothèse.

– C'est un sacré scénario que vous nous construisez rien qu'à partir d'un petit stylo, dit-il enfin. Bref, vous pensez que Leapman a tout mis en scène lui-même pour que nous pensions qu'il a été agressé et probablement assassiné?

– Oui, je pense que vous découvrirez que les seules empreintes, ce sont les siennes. Il a probablement porté des gants pour manier la batte et le téléphone.

Eastland lui fournit un soutien inattendu.

– Il est exact que celui ou celle qui a touché ces objets portait des gants. Ça, nous en sommes certains. Et vous pensez que Leapman est vivant? Qu'il est parti avec la petite avant notre arrivée?

– C'est ça.

– Pour aller où?

– Je n'en ai pas la moindre idée, mais en tout cas, nous savons qui nous recherchons. Nous pouvons donner son signalement.

– Nous l'avons fait hier soir, dit Eastland dans un bâillement.

– Pas de résultat?

– Aucun.

Diamond avait fait l'expérience des problèmes que cela pose de retrouver une voiture à New York.

– Qu'en pensez-vous, alors?

– De quoi? demanda Eastland.

– De ce que je viens de vous dire.
– Je n'achète pas.
Et ce fut tout.

Ils arrivèrent au Sheraton Center et prirent un ascenseur en même temps qu'une foule de gens qui portaient des badges d'identité ornés du logo Manflex. La conférence de presse devait se tenir dans le Salon Géorgien. Des jeunes femmes en blazers rouges et jupes blanches distribuaient des dossiers de presse. Diamond constata avec une satisfaction lugubre, qu'un correctif avait été imprimé à part : *Mr Michael Leapman, Vice-Président, ne présentera finalement pas cette conférence avec le Professeur Churchward. Il sera remplacé par le Président, David Flexner.*

Assis discrètement dans le fond, Diamond et Eastland observèrent David Flexner qui entrait, accompagné du professeur, un homme mince, aux cheveux courts, vêtu d'un costume brun, qui s'assit à côté de l'estrade. Flexner fut le premier à prendre la parole. Il prononça son discours avec assurance, apparemment pas affecté par les événements des dernières vingt-quatre heures. Après avoir souhaité la bienvenue à tous, il fit un bref historique de Manflex sous la présidence de son père et énuméra les principaux médicaments les plus connus produits par le laboratoire. Pendant ce temps, quelques retardataires arrivaient encore et nombre des personnes présentes se retournaient pour voir s'il y avait des visages connus.

C'est ensuite sous quelques applaudissements polis que l'homme au costume brun fut présenté comme le Professeur Alaric Churchward. Blême, l'air sinistre, mais sans perdre sa maîtrise de soi, Churchward parcourut l'assistance de ses yeux bleus perçants avant de commencer par une déclaration qui capta immédiatement l'attention de tous. Quatre millions d'Américains environ, dit-il, n'étaient plus capables de se rappeler les noms de leurs amis et de leur famille. Ils étaient incapables de donner le nom d'objets familiers, tels que chaises ou tables. Ils souffraient de la maladie d'Alzheimer et il se trouvait parmi eux des gens qui occupaient des fonctions importantes et des postes à responsabilité. La liste des victimes de la maladie était aussi impressionnante que consternante : il y avait notamment l'actrice Rita Hayworth, le réalisateur Otto Preminger, l'auteur de romans policiers Ross Macdonald et le peintre Norman Rockwell. La cause en était inconnue et semblait attribuable à différentes zones du cerveau. Les scientifiques du monde entier avaient travaillé d'arrache-pied pendant ces quinze dernières années pour découvrir un traitement efficace.

Il résuma les principaux objectifs de la recherche d'une manière qui signifiait qu'il allait annoncer quelque chose de nouveau et de révolutionnaire. Il expliqua que l'ensemble des travaux s'étaient concentrés sur la manière d'augmenter l'apport au cerveau d'acétylcholine, une substance qui jouait un rôle vital et mystérieux dans le fonctionnement de la mémoire. Il était connu que la quantité de cette substance dans le cerveau diminuait dans le cas de la maladie d'Alzheimer.

Churchward expliqua alors que son approche à lui avait été différente (et là, tout le monde sortit les stylos et enclencha les magnétophones), car elle s'attachait aux cellules nerveuses elles-mêmes. Pendant douze ans, sous sa direction, des équipes de scientifiques d'Europe, d'Asie et d'Amérique avaient procédé à des études sur des animaux pour tester l'efficacité de certaines molécules qui pourraient retarder, voire prévenir, la mort des cellules nerveuses. Au cours des huit dernières années, leurs recherches s'étaient concentrées sur une molécule connue sous le nom de Prodermolate, ou PDM3, qui semblait être plus qu'un agent protecteur.

Alaric Churchward était un vrai professionnel du spectacle. Arrivé à son produit, il ménagea le suspense en présentant un film de patients atteints de la maladie d'Alzheimer qu'il avait testés cinq ans plus tôt, avant de leur administrer du PDM3.

Les individus ahuris qui défilaient sur l'écran et à qui on demandait de dire quel jour on était, qui était le président des Etats-Unis ou de donner leur date de naissance, n'étaient pas toujours des gens âgés, comme Diamond se l'imaginait en entendant le mot « Alzheimer ». Bien que la majorité eût dans les soixante-cinq ans, il y avait néanmoins une femme de quarante-sept ans et un homme de cinquante-deux ans. Le spectacle de ces gens, apparemment intelligents, qui restaient perplexes devant des questions de base était profondément troublant, en particulier deux hommes qui demandèrent d'un ton exaspéré qu'on leur dise qui ils étaient et d'où ils venaient.

– J'imagine que c'est la séquence « avant », chuchota Eastland à Diamond.

– Vraiment? Je ne crois pas que je... Ah – d'accord, je vois ce que vous voulez dire.

Concentré comme il l'était sur le film, voilà qu'il se mettait à avoir l'air lui aussi atteint de sénilité. La tragédie de ces gens le touchait bien plus qu'il ne l'aurait cru. Il avait lui-même affreusement peur de perdre un jour la mémoire et il n'avait aucune peine à s'identifier à leur pénible situation.

Une fois les lumières rallumées, le professeur s'étendit longuement sur le PDM3 dans un discours technique émaillé de termes scientifiques que Diamond trouva de plus en plus difficile à comprendre. Il repensa aux poignantes images des malades.

La pièce fut à nouveau plongée dans l'obscurité pour la projection de la séquence « après ». Churchward expliqua que certains des volontaires (il insistait pour utiliser ce terme, de préférence à « patients » ou « sujets ») avaient reçu du PDM3, tandis que d'autres avaient reçu un placebo.

Le film parlait de lui-même. Les effets produits sur ceux qui avaient pris du PDM3 étaient stupéfiants. Non seulement ils répondaient sans problème aux questions qui les laissaient perplexes auparavant, mais ils racontaient, sans qu'on leur demande, combien leur état s'était amélioré. Ils arrivaient à s'habiller tout seuls, à aller se promener, faire des courses, écrire des lettres. Lors du test d'écriture, on constatait une amélioration de l'ordre de sept points. Les résultats contrastaient cruellement avec ceux de l'autre groupe, qui n'avaient absorbé qu'un placebo. Diamond, si cynique qu'il fût sur les implications commerciales, avait du mal à rester indifférent et à ne pas souhaiter que chacun de ces malheureux eût pu prendre ce médicament.

Lorsque les lumières revinrent, Churchward avait ménagé un coup de théâtre : il était accompagné d'un homme et d'une femme qu'il présenta comme deux des volontaires du film, dont la vie avait été transformée par le PDM3. Tous deux répondirent avec lucidité à quelques questions et certifièrent que le médicament avait considérablement amélioré leurs facultés. Ils quittèrent l'estrade sous une salve d'applaudissements spontanés.

David Flexner reprit la parole pour jouer son rôle de Président en invitant l'assistance à poser ses questions.

Un barbu du premier rang signala que certaines molécules déposées par d'autres laboratoires avaient elles aussi semblé produire de remarquables effets sur les patients, mais qu'ils avaient été temporaires et que la maladie avait reconquis le terrain perdu en deux ans. Y avait-il une réelle possibilité, demanda-t-il, que le PDM3 ait des effets durables?

Churchward répondit si aimablement à la question qu'on aurait pu croire que le barbu était un comparse – ce qui était peut-être le cas.

– Bien entendu, je connais les produits auxquels vous faites allusion, monsieur, et je conviens qu'ils n'ont pas tenu leurs promesses sur le long terme. D'après ce que je sais, des tests ont été effectués sur six molécules censées produire une augmentation du système cholergénique, celui qui produit l'acétylcholine. Il est indiscutable qu'un certain succès a été obtenu. Malheureusement, comme vous le souligniez, ce n'était qu'un succès très temporaire. Selon moi, cet échec est dû à la mort des cellules nerveuses qui produisent l'acétylcholine. Notre approche, avec le PDM3, est radicalement différente, car nous régénérons ces cellules. Les expérimentations menées en Indiana et dans nos autres centres de Tokyo et de Londres ont duré pendant sept ans, et aucune diminution des effets bénéfiques n'a été observée. Il est clair que les patients vieillissent – n'oublions pas que nous sommes ici dans le domaine de la gériatrie – mais nos tests et entretiens sont encourageants. Nous avons, bien entendu, des documents explicatifs qui seront présentés par mes collègues cet après-midi. Question suivante.

Une femme à la droite de Diamond demanda si le PDM3 avait des effets secondaires nocifs.

– Un nombre remarquablement faible, répondit Churchward. Tous les médicaments ont des effets secondaires indésirables, mais ils sont en l'occurrence négligeables. La majorité de nos volontaires n'ont rapporté aucun effet déplaisant.

– Peut-être qu'ils avaient oublié, murmura Diamond à Eastland pour détendre l'atmosphère.

Il commençait à être exaspéré par l'aspect trop lisse de la présentation de Churchward.

– Moins de vingt pour cent de nos volontaires nous ont fait part de légers étourdissements, mais c'est quelque chose de difficilement vérifiable, et les symptômes duraient très peu de temps. D'ailleurs, cinq pour cent des volontaires sous placebo ont également fait état d'étourdissements. Selon nous, ce n'est pas un problème très grave.

Diamond se pencha sur Eastland pour lui dire à voix basse qu'il allait passer un coup de fil. On aurait pu croire à l'excuse d'un fumeur qui quitte une pièce pour tirer quelques bouffées dans le couloir, mais c'était vrai.

Il était assis près de l'allée, aussi put-il sortir sans déranger personne.

Lorsqu'il revint dix minutes plus tard, le jeu de questions-réponses durait toujours. Quelqu'un demanda si on pouvait dire que le PDM3 était une *smart drug*.

– Ce n'est pas un terme qu'un biochimiste sérieux consentirait à utiliser, madame, répondit Churchward, mais je vois à quoi vous faites allusion et vous avez touché là à une question de réelle importance. On estime à cent mille le nombre d'Américains en bonne santé qui prennent quotidiennement des médicaments censés augmenter leurs facultés mentales. Qu'on appelle ces médicaments des dynamiseurs cognitifs ou des *smart drugs,* il n'en demeure pas moins que leurs effets sont loin d'être prouvés. J'ai lu quelque part que pas moins de 160 de ces produits sont en développement, et un grand nombre sont en fait des vaso-dilatateurs. Savez-vous ce que c'est qu'un vaso-dilatateur? C'est un produit qui a pour effet de dilater les vaisseaux sanguins et donc d'augmenter la quantité de sang apportée au cerveau. Cela dit, si votre circulation sanguine est normale en temps ordinaire, rien ne prouve qu'un apport supplémentaire de sang va vous rendre plus intelligent. Je ne suis pas encore convaincu que ces prétendues *smart drugs* aient le moindre effet. Et cependant... (Le professeur ménagea une pause en souriant légèrement. Puis il se pencha légèrement en avant comme un prêcheur, un doigt levé pour attirer l'attention de son auditoire. Ce n'était pas la peine de se donner tant de mal, car tout le monde était suspendu à ses lèvres.) Cependant, le PDM3 ouvre d'extraordinaires horizons. Cet après-midi, je vous donnerai des détails sur une expérience à petite échelle que nous avons entreprise avec un groupe d'étudiants volontaires. Il est connu que certains sujets très intelligents ont une mémoire très faible. Nous avons administré du PDM3 à vingt étudiants de l'Université Corydon d'Indianapolis. Trois d'entre eux faisaient des performances médiocres dans les tests de mémoire et il est indiscutable que le médicament a produit chez eux une exceptionnelle amélioration de leurs facultés mentales. Il n'est plus question ici de personnes âgées qui perdent la mémoire. Nous abordons quelque chose de tout à fait différent. Et c'est pourquoi aujourd'hui... (Churchward croisa les bras et laissa tout le monde en plein suspense.)... Je voudrais que nous allions plus loin. Dans les tests de Phase Trois, je me propose d'étudier sur une large échelle la capacité de cette remarquable molécule à régénérer et prolonger les facultés mentales des gens en bonne santé. Si nos hypothèses sont confirmées, les implications – pour les individus, la société, l'économie, le bien-être des nations, le progrès de l'humanité – sont véritablement...

– Hallucinantes? suggéra son interlocutrice.

Churchward sourit.

– Je suis tenté de dire que quiconque prend du PDM3 ne court aucunement le risque d'avoir des hallucinations. Mais, en effet, nous pouvons à peine imaginer le potentiel d'une telle découverte.

Cela semblait une bonne note sur laquelle conclure, ou du moins c'est ce que David Flexner sembla penser, car il s'approcha du micro.

– A moins que vous n'ayez d'autres questions, mesdames et messieurs...

– Oui, j'en ai une, si vous me permettez.

Tout à coup, Peter Diamond avait bondi sur ses pieds. Il n'avait pas prévu d'intervenir ainsi en public et n'en avait pas parlé au Lieutenant Eastland (qui murmura « Mon Dieu! »). Seulement, au cours des dernières minutes, il avait pris la décision de tirer à boulets rouges sur ces deux messieurs si sûrs d'eux. A un pareil moment, ce genre de chose pouvait les faire paniquer et les amener à révéler quelque chose de vraiment coupable – s'ils étaient impliqués.

– Cette conférence de presse devait avoir lieu en

présence de Mr Michael Leapman. Quelle est la raison de son absence?

Flexner se passa une main dans les cheveux.

– Mr Leapman est... Euh, excusez-moi, monsieur, c'est une question qui ne regarde que notre firme. Je ne vois pas le rapport avec ce dont nous parlons.

– Ah, mais si, il y en a un, insista Diamond. Tout le monde sait que Mr Leapman est l'un des initiateurs de ce programme de recherches. C'est lui qui a promu la molécule au sein de votre laboratoire. C'est lui, plus que toute autre personne, qui est à l'origine de cette conférence, et de la décision de passer en Phase Trois. Pourtant, il n'est pas là aujourd'hui. Que devons-nous en penser, Mr Flexner. Cela signifie-t-il que Mr Leapman ne soutient plus ce produit?

Flexner le regarda fixement.

– Monsieur, voudriez-vous avoir l'obligeance de me dire qui vous représentez?

– Je m'appelle Diamond.

Cette simple phrase produisit l'impact souhaité. Il est assez rare que les hommes reviennent d'entre les morts, et David Flexner ignorait que Diamond avait survécu à son plongeon dans l'Hudson. Si ses cheveux ne se dressèrent pas sur sa tête, tout le reste de sa personne donna la nette impression qu'il voyait un fantôme.

Pour lui donner le temps de retrouver sa voix, Diamond continua :

– Je devrais peut-être me présenter plus précisément. Je suis un inspecteur qui collabore avec le Lieutenant Eastland de la Police de New York, que vous avez déjà rencontré. Il est assis à côté de moi, au cas où vous ne pourriez pas le voir de votre place. Mais ma question porte sur Mr Leapman. Comme vous le savez sans doute, il a disparu. Je pense que nous sommes en droit d'avoir des explications.

Flexner sembla encore plus exsangue que le spectre qu'il croyait voir devant lui.

– C'est une question sans rapport avec le sujet de cette conférence, réussit-il à articuler.

Churchward se leva et vint murmurer quelque chose à Flexner. Mais il avait parlé suffisamment près du micro pour que tout le monde entendît :

– Expédions cette question au plus vite.

Personne n'avait plus envie de partir.

– Peut-être souhaiteriez-vous expédier cette question au plus vite, messieurs, reprit Diamond, mais cela ne nous impressionnera guère. Mr Michael Leapman a disparu de son domicile dans des circonstances douteuses. Sa maison du New Jersey a subi un certain nombre de dégâts. On y a relevé des traces de lutte. Meubles renversés. Taches de sang. Sa voiture a disparu. Je crois que vous avez été informé de cela lorsque vous avez essayé de le joindre ce matin.

Flexner sembla hocher la tête.

Voyant que le Président était privé de parole, Churchward s'empara du micro et répondit.

– Il s'agit d'une conférence scientifique et non d'une enquête de police. Nous sommes navrés d'apprendre que Michael a été victime d'une agression, mais avec tout le respect que nous lui devons, cela n'a rien à voir avec ce qui nous occupe aujourd'hui.

– Je crois que vous vous trompez, répliqua Diamond, en pensant que Mr Leapman a été victime d'une agression.

– C'est vous qui venez de nous le dire, répondit Churchward.

– Non, professeur. Je vous ai décrit ce que nous avons découvert dans la maison. Nous avons la preuve que cette agression est une mise en scène. (Il y eut des hoquets de stupéfaction. Tout le monde se retourna vers Diamond.) Comme je me doutais que c'était un coup monté, j'ai demandé à notre labo d'analyser les taches de sang. Je viens d'avoir les résultats il y a une minute. (Savourant ce moment, il trouva une manière cruellement raffinée de le prolonger.) Comme nous avons dans notre auditoire un grand nombre de scientifiques, ils seront sans doute intéressés d'apprendre que notre laboratoire vérifie si le sang est humain en le diluant et en le mettant en contact avec du sérum animal. En pareil cas, un précipité se forme entre une protéine humaine et le sérum animal. Une ligne blanche apparaît. En l'occurrence, rien ne s'est produit. Nos laboratoires ont un grand nombre d'échantillons de sang animaux différents. (Il fit une pause. Il était tout aussi capable que Churchward de chauffer son public.) Les taches de sang du salon de Michael Leapman étaient d'origine bovine, et provenaient probablement de foie de veau. (Il attendit à nouveau pour que chacun se pénètre bien de ce qu'il venait de dire.) Aussi suis-je forcé de vous demander si l'un de vous, messieurs, a la moindre idée de la raison pour laquelle Mr Leapman serait parti dans des circonstances aussi suspectes à un moment aussi crucial.

Churchward prit la précaution d'éteindre le micro avant de venir parler à Flexner, qui portait un verre d'eau à ses lèvres.

Diamond restait debout.

– Vous auriez pu me prévenir, lui murmura d'un ton de reproche le Lieutenant Eastland.

– Je n'ai pas eu le temps.

– Est-ce que c'était ça que vous maniganciez ce matin quand je suis arrivé?

– Oui. Je viens de les rappeler. C'est le sang de bœuf qu'ils ont testé en premier.

– Je croyais que vous étiez en train de commander des sandwiches.

David Flexner ralluma son micro et fit de son mieux pour prendre un air assuré.

– Nous ne connaissons pas la raison de l'incident que vous venez de nous décrire. Michael Leapman occupe depuis cinq ans avec honneur et distinction le poste de Vice-Président de notre firme. Nous regrettons ce qui vient de nous être rapporté, mais nous n'y voyons aucune relation avec ce qui nous occupe aujourd'hui. Nous reprendrons cette conférence après déjeuner. C'est tout ce que j'ai à déclarer.

La presse se rua sur Diamond.

– Satisfait? demanda Eastland, une fois que Diamond se fut débarrassé du dernier journaliste.

– Je ne suis pas venu là pour me faire plaisir, mais pour découvrir jusqu'à quel point Flexner et le professeur sont au courant des activités de Leapman.

– Alors, qu'avez-vous découvert?

– Flexner, en tout cas, était sincèrement stupéfait. Je suis moins certain en ce qui concerne le professeur.

– Ce n'est pas le même genre, renchérit Eastland. Il est plus mature. Et puis, il était surtout préoccupé par son sujet.

– C'est aussi mon impression. Le genre qui ne se laisse pas impressionner facilement. Je réserve mon jugement sur lui.

– C'est le genre de type qui resterait de marbre si King Kong faisait irruption dans la salle.

– Mais ce n'est pas ça qui en fait un coupable pour autant.

– Vous voulez qu'on l'observe un petit peu plus? C'est lui qui présente la suite, cet après-midi.

Diamond répondit qu'il avait d'autres projets. Pendant que les grosses légumes étaient occupées, il avait l'intention de visiter le Manflex Building. Il voulait découvrir si Flexner avait dissimulé quoi que ce soit d'important sur Yuko Masuda lors de l'interrogatoire de la veille.

– Vous n'entrerez pas là-dedans sans mandat, lui dit Eastland. Ils ont un service de sécurité pire qu'à la Maison-Blanche.

– On parie?

– OK.

– Je vous parie un déjeuner?

– Un de *vos* déjeuners? Fichez le camp!

Les deux hommes sourirent. Ils collaboraient mieux maintenant qu'ils se connaissaient.

Un peu plus tard, il s'acheta un sandwich (ou deux) et, rassasié, descendit d'une limousine et s'approcha d'un pas assuré de l'entrée du Manflex Building. Le garde – qui par bonheur n'avait pas été de service la fois précédente – lui demanda son laissez-passer.

Diamond avoua qu'il n'en avait pas. Mais il avait mieux que cela.

– C'est-à-dire?

– Un passeport anglais.

– Monsieur, j'espère que vous plaisantez.

– Non, je vous permets de vérifier mon nom. Je m'appelle Peter Diamond.

– Et je suis censé avoir entendu parler de vous? demanda le garde, un tantinet plus prudent.

– Je suis content que vous m'ayez posé cette question. Vous devriez réfléchir à la réponse, (Diamond jeta un coup d'œil au badge de l'homme.) Officier William Pinkowitz.

Quiconque a déjà joué le jeu du pouvoir sait qu'il suffit d'user du nom de son interlocuteur pour le mettre sur la défensive.

– Vous faites quelque chose chez Safe Haven Security?

– Quelque chose? répéta Diamond d'un ton scandalisé.

– Vous travaillez pour nous?

– Je ne dirais pas cela, mais vous brûlez.

Diamond se livrait à un exercice de devinettes psychologiques qu'il avait déjà couramment utilisé dans sa carrière.

– Mais vous n'êtes pas américain.

– Ne vous l'ai-je pas déjà dit? (Il laissa le pauvre type dans l'incertitude pendant un instant avant de poursuivre :) Safe Haven n'est qu'une filiale de Diamond Sharp International.

– Diamond Sharp...

– ...International. Vous voulez vérifier avec vos supérieurs?

Il y eut une légère hésitation, puis William Pinkowitz jugea apparemment qu'il valait mieux ne plus douter des paroles de Peter Diamond.

– Je vais jeter un coup d'œil à votre passeport, monsieur.

– Certainement.

Après un instant il eut droit à l'inévitable et respectueux :

– Vous êtes Détective Superintendant?

– Vous faites du bon travail, Pinkowitz. Continuez.

Et il entra dans le hall en entendant derrière lui Pinkowitz claquer des talons.

Il sortit de l'ascenseur au vingt-et-unième étage, celui d'où, lui avait-on dit, Manny Flexner s'était jeté. Il vit arriver dans le couloir une femme qui n'était apparemment pas du genre à passer timidement à côté de lui sans rien dire. La trentaine, très maquillée, les cheveux bruns et – oui, c'était bien ça – un accroché-cœur sur le front, elle était très impatiente de savoir ce qu'il faisait là avec son air fatigué et son œil au beurre noir. Elle était encore à une quinzaine de mètres qu'elle s'écria :

– Vous cherchez quelqu'un?

– Les archives du personnel?

– Elles sont sur ordinateur.

– Où pourrais-je, euh...

– Vous êtes australien?

– Anglais.

– Oh! Pas possible! fit-elle en vérifiant que son accroche-cœur était toujours bien en place. J'ai des amis très chers en Angleterre. D'où est-ce que vous êtes?

– De Londres.

– Vraiment? Mes amis habitent à Welwyn Garden City. Est-ce que c'est proche de Londres?

– Tolérablement proche.

– Tolérablement proche – j'adore cette façon de

parler! Mais qu'est-ce qui vous est arrivé? J'espère que vous n'avez pas eu de problème dans notre pays.

– Non, je suis juste tombé. Je vais très bien.

– On ne dirait pas! Vous êtes là pour les vacances?

– Pour des recherches, dit-il en essayant de trouver un moyen de revenir rapidement à ce qui l'occupait. (Il ne savait pas combien de temps l'Officier Pinkowitz serait capable de rester sans se vanter de son extraordinaire rencontre.) Mr... euh... Leapman m'a proposé de consulter les dossiers du personnel, car je recherche un membre éloigné de ma famille.

– Michael Leapman? Il n'est pas là aujourd'hui. N'est-ce pas dommage?

– Ce n'est pas très grave. Mais si quelqu'un pouvait me montrer comment me servir de l'ordinateur...

– Je ne sais pas s'il y a un bureau de libre. Attendez, je vais réfléchir.

– Celui de Mr Leapman?

– Mais oui, bien sûr!

Rien de plus simple. Au moins, se dit-il, je fonctionne à nouveau à plein régime.

Elle le conduisit au bureau de Leapman, dont on sentait qu'il était occupé par la même personne depuis longtemps : les bras du confortable fauteuil incliné étaient usés, le bureau portait des taches de dessous de tasse rebelles à tout nettoyage et des gadgets pour cadre un peu datés, dont un puzzle que Diamond ne résista pas à tripoter, et une affiche de Stockholm aux angles écornés. Certaines touches du clavier de l'ordinateur, posé sur une table à part, étaient plus usées que les autres.

Il s'assit devant et sa nouvelle assistante l'alluma. Tandis que la machine se mettait en marche, elle eut un dernier sursaut de doute :

– Vous êtes certain que Michael est d'accord pour que vous examiniez les dossiers du personnel? Nous sommes très peu nombreux à avoir le mot de passe nécessaire, vous savez.

– Ne vous inquiétez pas, l'assura-t-il. Je ne suis pas venu pour savoir combien gagnent les gens ou quel âge ils ont. Je cherche simplement une scientifique qui a fait des recherches financées par Manflex.

– Pas de problème, dit-elle, visiblement soulagée. C'est même plus facile de consulter le fichier des chercheurs que celui du personnel permanent. Quel nom voulez-vous trouver?

– Masuda. Dr Yuko Masuda.

– Ça ne fait pas très anglais.

– Ça ne l'est pas non plus. J'ai un cousin qui est allé vivre au Japon.

– Bon, essayons. Masuda. Vous voulez bien épeler?

Quand le nom apparut sur l'écran, les espoirs de Diamond s'écroulèrent. C'était un peu maigre, pour résumer douze ans de recherches.

> Nom : MASUDA, Dr Yuko (sexe féminin)
> Date de naissance : –
> Adresse : Département de Biochimie, Université de Yokohama, Japon.
> Diplômes : Maîtrise de Sciences, Doctorat.
> Dates d'obtention des bourses de recherche : A partir de septembre 1979
> Sujet : Comas éthyliques et médicamenteux.
> Médicaments testés : Sympathomimétiques.
> Publications : « Une Insulte au cerveau : le coma et ses caractéristiques ». Thèse de doctorat, 1981. « Narcose et états comateux », Journal Américain de Biochimie, mai 1981. « Le Traitement du coma éthylique », article présenté au Congrès de Pharmacologie de Tokyo, 1983.

– Ça ne fait pas grand-chose, se plaignit Diamond. Elle n'a rien publié depuis 1983? Je croyais que les chercheurs publiaient constamment des articles.

– Peut-être que le dossier n'a pas été mis à jour, dit la femme en haussant les épaules.

Du moins le contenu du dossier confirmait-il que David Flexner avait été tout à fait sincère en ce qui concernait Yuko Masuda. Ce qu'il lisait lui rappelait ses déclarations lors de l'interrogatoire.

– Y a-t-il une possibilité de savoir quand ce dossier a été modifié pour la dernière fois?

– Bien sûr. Il y a un historique, dit-elle en appuyant sur une touche. Voyez : il n'a été modifié que deux fois. Lors de sa création le 10 septembre 1987, et également il y a trois mois.

Il hésita. Quelque chose n'allait pas.

– Mais la dernière date donnée dans le dossier est celle d'une conférence en 1983. Dans toutes ces données, laquelle est nouvelle? Qu'est-ce qu'on a bien pu rajouter il y a trois mois alors que la dernière date remonte à 1983?

– Navrée, je n'en ai aucune idée.

– L'ordinateur ne peut pas nous le dire?

– Non.

Il soupira. Trois mois plus tôt, cela correspondait à peu près au moment où Naomi était arrivée à Londres. Il y avait des chances qu'il y ait un rapport, mais apparemment, impossible de le vérifier. Il eut une idée.

– *N'importe qui* peut modifier ces dossiers?

– Seulement ceux qui peuvent y accéder, et ils sont très peu nombreux.

– Le Président, par exemple?

– Et le Vice-Président, le Chef du Personnel, le Directeur de la Recherche, l'Analyste Système et quelques secrétaires, moi y compris.

– Vous êtes la secrétaire de qui?

– De Mr Hart, le Chef du Personnel.

– Et vous êtes...?

– Molly Docherty. J'ai cru que vous ne me le demanderiez jamais.

– Moi, c'est Peter Diamond. Et qui est le Directeur de la Recherche?

– Mr Greenberg. Vous voulez le voir?

– Depuis combien de temps occupe-t-il cette fonction ?

– Deux ans environ.

– Dans ce cas, je ne veux pas le voir, dit Diamond en pianotant sur l'écran. Dites-moi, Molly, où étaient stockées ces informations avant 1987 ?

– Elles étaient sur des fiches. Mr Flexner – Manny Flexner, je veux dire – était un homme charmant, mais il lui a fallu du temps avant de se mettre à l'heure des ordinateurs. Il ne faisait pas confiance à la technologie moderne.

Moi non plus, pensa Diamond.

– Et toutes les informations de ces fiches ont été saisies sur ordinateur ?

– Oui, toutes. Et vérifiées trois fois. C'est moi qui m'en suis occupée, entre autres.

Avant de poser une autre question, il pria intérieurement. Il était athée, mais il avait besoin de toute l'aide possible, d'où qu'elle vienne.

– Et est-ce que ces fiches existent encore ?

Il y eut un angoissant silence avant que Molly ne réponde.

– Je crois qu'on les a archivées quelque part.

– Où ça ?

– Là, vous me posez une colle. Dans le sous-sol, j'imagine.

– Vous voudriez bien m'accompagner y faire un tour ?

Elle éclata de rire, probablement, se dit-il, à la façon dont il avait présenté les choses.

– Il faut que je voie ça avec mon boss.

– Ce n'est pas la peine de lui parler de moi.

– Vous devez être drôlement intéressé par votre famille, lui dit-elle dans l'ascenseur qui les emmenait au sous-sol.

– Pourquoi ? dit-il, oubliant la raison qu'il avait invoquée pour pouvoir consulter les dossiers. Oh, ce n'est pas seulement une histoire d'arbre généalogique. Je veux avoir une idée du passé de tous ces gens.

Il ne trouva pas sa réponse très convaincante.

Le sous-sol était un endroit glacial et plein d'écho où étaient entassés des meubles de bureau démodés : bureaux en bois verni, placards en métal gris du genre qui avait eu tant de succès dans les années soixante, sièges de toutes sortes, au rembourrage déchiré ou défraîchi. Les anciennes fiches du personnel furent faciles à trouver : elles étaient rangées dans cinq casiers métalliques, fermés à clé – mais Molly avait eu la présence d'esprit d'emmener les clés.

– Ça remonte à plus de trente ans, dit-elle. Il doit y en avoir un millier dans chaque casier.

– Ouvrons-en un.

Elle se pencha et trouva le casier qu'ils cherchaient.

– C'est comme une chasse au trésor, dit-elle tout en essayant les clés. J'espère que ce que vous cherchez vaut la peine que vous vous donniez tant de mal. (Elle feuilleta les fiches du bout d'un ongle long et verni avant d'en sortir une qu'elle tendit à Diamond.) *Voilà!*

Il ne lui fallut pas longtemps pour répondre :

– Ça ne correspond pas au dossier de l'ordinateur.

– C'est normal, le dossier sur ordinateur est constamment mis à jour.

– En effaçant des informations?

– Non, en en ajoutant.

– Alors, qu'est-ce que c'est que ça? dit-il en lui tendant la fiche.

> Nom : MASUDA, Dr Yuko
> Adresse : Département de Biochimie, Université de Yokohama.
> Diplômes : Maîtrise de Sciences, Doctorat.
> Dates d'obtention des bourses de recherche :
> De : septembre 1979
> A : Juillet 1985
> Sujet : Comas éthyliques et médicamenteux.

Médicaments testés : Jantac.

Publications : « Une Insulte au cerveau : le coma et ses caractéristiques ». Thèse de doctorat, 1981. « Narcose et états comateux », Journal Américain de Biochimie, mai 1981. « Le Traitement du coma éthylique », article présenté au Congrès de Pharmacologie de Tokyo, 1983.

– Quel est le problème?

D'évidence, les détails n'étaient pas inscrits très précisément dans la mémoire de Molly Docherty.

– Cette fiche dit que le financement s'est arrêté en juillet 1985. Et sur l'ordinateur, il n'y a rien de tout ça. Il y est dit que le financement continue. C'est tout de même une grosse différence.

– Sans doute qu'elle a repris ses recherches plus tard.

– Et ce n'est pas précisé sur l'ordinateur?

– Le problème est qu'elle est à nouveau financée par nous. Je suppose que celui ou celle qui a modifié son dossier s'est contenté de remplacer « de septembre 1979 à juillet 1985 » par « A partir de septembre 1979 ».

Cette réponse ne le satisfaisait pas.

– Dans ce cas, on peut comprendre qu'elle n'a pas cessé ses recherches, alors qu'il y a dû y avoir une période d'arrêt.

– Très courte.

– Deux ans, vous trouvez ça court? Les ordinateurs ont été installés en 1987, vous m'avez dit. Et tout a été vérifié trois fois?

Comme si elle lui en voulait d'insinuer que quelqu'un avait fait une erreur, elle reprit ses recherches.

– Je vais voir si je n'en trouve pas une autre. Peut-être que le dossier ordinateur a été fait à partir de deux fiches.

Mais il n'y en avait pas d'autre pour Yuko Masuda.

– Ce médicament, le Jantac, il n'apparaît pas non plus sur le dossier ordinateur, remarqua Diamond. A la place il y a quelque chose de différent et de tout à fait imprononçable. Sympatho quelque chose. Qu'est-ce que c'est exactement, le Jantac?

– Navrée, dit-elle, mais il y a des milliers de molécules. Je n'en ai aucune idée.

– C'est un produit Manflex?

– Ce n'est pas un nom familier, mais on peut vérifier sur la liste.

– Et pourrais-je aussi avoir une photocopie de cette fiche?

– Vous êtes sûr que c'est une histoire de famille? dit-elle d'un air dubitatif.

– Eloignée, disons. Je suis un policier à la recherche d'une petite fille qui a disparu. Sa mère est la doctoresse Yuko Masuda.

– Et qu'est-ce que vous avez découvert à propos de ce médicament?

Eastland avait l'air plus à l'aise, maintenant qu'il était assis à son bureau du poste de police.

– Le Jantac? Pas grand-chose, avoua Diamond. Il figurait sur la liste des médicaments expérimentaux de Manflex.

– *Figurait*?

– Oui, à l'imparfait, parce qu'ils l'ont retiré en 1985.

– L'année où votre Japonaise a arrêté ses recherches.

– Exactement.

– Savons-nous pourquoi il a été retiré?

– Non, mais j'ai bien l'intention de le découvrir.

– Vous pensez que c'est peut-être important?

– Quelqu'un l'a effacé des archives de l'ordinateur. Je suis certain qu'originellement, le dossier informatique était conforme à la fiche. Molly – la femme qui m'a aidé – m'a affirmé que tout avait été vérifié trois fois lors de la saisie. Mais le plus stupéfiant, c'est que le dossier de l'ordinateur n'a été modifié qu'une seule fois, et c'était il y a trois mois.

– A l'époque où on a découvert Naomi à Londres?

– Oui.

Eastland se radossa dans son fauteuil.

– Où allez-vous obtenir des renseignements sur le Jantac?

– A l'Université de Yokohama, je suppose. C'est là qu'étaient effectuées les recherches. Je vais leur envoyer un fax.

– Avant que vous ne le fassiez, il faut que je vous dise quelque chose. On a trouvé la voiture de Leapman.

– Où?

– A JFK.

– A l'aéroport...

– Elle était dans le parking. Depuis un moment.

– Comment est-ce que vous le savez?

– Il est parti hier soir. Japan Airlines, direction Tokyo. J'ai passé l'après-midi à passer les listes de passagers au peigne fin.

– Tokyo? Vous avez appelé là-bas?

– Trop tard. Il avait déjà débarqué et disparu. Avec Naomi.

30

Le Boeing 747 de la Japan Airlines prit lentement la piste de dégagement qui menait aux arrivées de l'Aéroport International de Narita, à soixante kilomètres à l'est de Tokyo. Par le hublot qui donnait sur l'aile, Peter Diamond voyait la tour de contrôle, des canons à eau et des policiers en tenue de combat. Il avait lu quelque chose sur les manifestations qui avaient eu lieu ici dans le milieu des années quatre-vingt à cause de conflits avec les paysans des environs pour l'installation de l'aéroport. Quand bien même, ce déploiement de sécurité était inquiétant. Il se demanda si les services d'immigration allaient être pointilleux. Narita n'était pas l'aéroport idéal pour débarquer avec pour tout bagage un sac en plastique contenant un pull rose, des pantalons en coton blanc, un rasoir jetable, un gant de toilette, du dentifrice et une brosse à dents. Son appréhension fut confirmée lorsqu'il donna son passeport et qu'on lui demanda de passer dans un bureau où il resta pendant vingt minutes sous la surveillance d'une caméra vidéo pendant qu'on devait vérifier qu'il ne figurait pas sur la liste des personnes recherchées.

Finalement, il put dire à un officier de l'Immigration (qui parlait un anglais impeccable) qu'il était policier et qu'il menait une enquête.

Le jeune homme le considéra d'un œil soupçonneux.

– Vous faites partie de la branche Spéciale de Scotland Yard?

– Non. (Il avait l'impression que tout ce qu'il dirait serait soigneusement vérifié, aussi préférait-il s'en tenir à la vérité.) Je travaille avec la police de New York. Vingt-sixième District.

– Vous faites partie de la Police de New York?

– Je coopère avec eux. Je suis inspecteur. Si vous voulez bien examiner mon passeport...

– Nous l'avons déjà fait. Vous avez toujours le grade de Détective Superintendant, Mr Diamond?

Il remarqua que l'autre avait insisté sur le « Mr ».

– Ancien Détective, pour tout vous dire. J'ai démissionné de la police officielle.

– Démissionné? Donc vous êtes un privé?

– Euh, oui, en un certain sens.

– Et la police japonaise est-elle au courant de votre mission actuelle?

– Non, euh, pas encore. Je n'ai pas eu le temps de les prévénir. Ils sont au courant de l'affaire, mais ils ne savaient pas que j'allais arriver. Ecoutez, il s'agit d'une urgence. Je suis à la poursuite d'un suspect qui a enlevé une enfant. Quand j'ai appris qu'il avait pris l'avion de Tokyo, j'ai pris le vol suivant.

– Le suspect est...?
– Américain. Il se nomme Michael Leapman.
– Et l'enfant?
– Elle est japonaise.
– Japonaise? Et vous dites que la police japonaise n'a pas encore été informée?
Il y avait comme un reproche dans la voix. Diamond se voyait déjà passer le reste de la journée à répéter son histoire à des policiers – et pas à des policiers qui parlaient forcément aussi bien anglais que celui-ci.
– C'est une affaire extrêmement urgente, dit-il. Evidemment, je compte prévenir la police, mais nous parlons et pendant ce temps-là, la piste se refroidit, si vous voyez ce que je veux dire.
– Je vois, Mr Diamond. Mais je ne suis pas certain que vous compreniez les difficultés que vous allez avoir à retrouver un suspect à Tokyo. Vous parlez japonais?
– Non.
– Vous connaissez quelqu'un à Tokyo?
– Oh, oui.
– Et qui cela?
– Un lutteur de sumo du nom de Yamagata.
– Yamagata? (Le nom eut un effet extraordinaire sur l'officier de l'Immigration. Il agrippa le rebord de la table, cligna des yeux plusieurs fois et vacilla.) Vous connaissez l'*Oseki* Yamagata?
– Oui.
– Vous en êtes tout à fait sûr?
– Je ne vous le dirais pas si ce n'était pas le cas.
– Vous l'avez vraiment rencontré?
On aurait dit qu'il parlait de l'Empereur-Dieu lui-même.
Voilà une excellente occasion, se dit Diamond. Sans essayer d'en faire trop, il s'étendit un peu sur ses relations avec Yamagata.
– Nous nous sommes rencontrés lorsqu'il était à Londres. C'est lui qui me paie. Pour tout dire, c'est lui

qui m'a embauché. Il s'intéresse personnellement à cette affaire.

– Vous auriez dû me le dire.

– Je viens de le faire.

– Yamagata-Zeki? répéta-t-il comme s'il avait du mal à croire ce que lui racontait Diamond.

– Il habite à Tokyo. Je suis sûr qu'il se portera garant de moi. Voulez-vous l'appeler et vérifier auprès de lui?

– Certainement, dit l'autre, rayonnant. Certainement. Merci.

Voilà qui avait été une idée inspirée. Un honneur qu'il lui faisait. L'officier de l'Immigration prit un annuaire. Il avait le visage tout rouge et les mains tremblantes.

Il se leva pour appeler, raide comme un soldat. Sans comprendre un seul mot, Diamond observa, fasciné, le visage du jeune homme passer de l'austérité à l'obséquiosité, puis à la gratitude et enfin à l'allégresse. Une fois la conversation terminée, le jeune homme garda le téléphone à la main en le dévorant des yeux comme s'il s'était agi d'un trésor.

– Vous avez réussi à lui parler?

– Oui, répondit l'autre d'une voix rêveuse. Je viens de parler à Yamagata-Zeki.

Il posa le téléphone et s'effondra sur sa chaise.

– C'est réglé, alors?

– Je ne pourrai jamais assez vous remercier.

– Je peux avoir mon passeport?

– Il faut que je vous appelle un taxi, fit le jeune homme en le lui tendant. Yamagata-Zeki est impatient de vous accueillir au *heya* où il habite.

– Nous n'avons pas le temps, dit Diamond.

– Vous ne pouvez pas refuser.

C'était exaspérant. Comment pouvait-il faire une visite de politesse alors qu'il était lancé à la poursuite de Leapman? Mais, alors qu'il cherchait désespérément une solution pour s'échapper, il se rendit compte qu'une visite au *heya* de Yamagata était peut-être en fait nécessaire. Comme l'officier de l'Immigration le lui avait fait remarquer, un étranger lâché en plein Tokyo allait au-devant des difficultés. Il lui serait impossible de continuer ses recherches sans poser des questions, ce qui serait difficile, car la plupart des Japonais ne parlaient pas anglais.

Un peu plus tard, tout en maugréant contre le temps perdu, il se retrouvait dans un taxi qui l'emmenait au *heya*. L'officier de l'Immigration l'avait informé que c'était l'une des trente « écuries » de lutteurs de sumo de Tokyo et qu'elles se trouvaient presque toutes dans le quartier de Ryoguku, à l'est de la rivière Sumida. Son nouvel ami pour la vie (« Je resterai éternellement votre obligé, Superintendant ») l'avait assuré qu'il n'aurait pas à payer la course. Diamond se demanda si ce serait l'Immigration ou Yamagata qui s'en chargerait. Il refusait de croire que le taxi l'emmenait simplement pour l'honneur. Apparemment, l'appui du célèbre sumo allait être très utile.

Il ne s'intéressa pas beaucoup à la nouveauté de cette première visite au Japon. Il était trop occupé à essayer de comprendre pourquoi Leapman s'était enfui ici. Il était évident qu'il fallait qu'il quitte New York, mais se rendre dans un pays étranger dont il ne parlait (sans doute) pas la langue était inconcevable, à moins que quelque chose ne fût prévu. Quelque chose que Leapman considérait comme vital.

Dans l'avion, Diamond avait pu lire le *New York Times*. On y parlait de la conférence de presse du Sheraton dans le cahier « Affaires », sous le gros titre « LE MYSTÉRIEUX VICE-PRÉSIDENT DE MANFLEX ». Il y était question de la disparition inopinée de Leapman dans quelques paragraphes pleins de sous-entendus, mais il semblait que le marché avait été malgré tout très favorablement impressionné par ce que Flexner et Churchward avaient dit du PDM3. La cote de Manflex avait pris plus de cinq dollars, offrant de gros bénéfices à ceux qui, bien informés, avaient acheté des parts à bas prix. Selon toute probabilité, Leapman était tout de même destiné à empocher une fortune s'il réussissait à échapper à la loi. Pour récupérer ses bénéfices, il lui suffisait d'appeler son courtier de Tokyo. Ou de n'importe où.

Mais pourquoi était-il venu au Japon?

Etait-il possible que l'homme ait finalement eu assez d'humanité pour revenir rendre Naomi à sa mère? Il était clair qu'il ne voulait pas continuer à se charger de l'enfant. Il savait qu'elle était recherchée. La retenir plus longtemps était aussi dangereux qu'encombrant. C'était un escroc qui marchait main dans la main avec la pègre, mais peut-être que le meurtre d'une enfant, sous prétexte qu'elle lui barrait le chemin, était une frontière qu'il ne pouvait pas franchir. Mais cela pouvait-il être aussi simple?

Probablement pas.

Les cheminées du Tokyo industriel commencèrent à laisser la place à des rues fourmillant de gens affairés en costumes sombres. Le chauffeur de taxi lui dit quelque chose en japonais, qu'il accompagna d'un gloussement universel et désigna une enseigne allumée où était inscrit en anglais *Soapland.*

– Un salon de massage? hasarda Diamond.

– Oui. Vouloir?

– Non, non. Sumo.

Il faisait de son mieux pour essayer de s'orienter en lisant les étranges mots d'anglais inscrits sur les enseignes. Ils traversèrent un quartier rempli de cinémas, théâtres et restaurants et finirent par arriver au métro Kuramae. Juste à côté se trouvait un panneau annonçant le Stade de Sumo Kuramae-Kokugikan, dont tout ce qu'il voyait était un long mur blanc coiffé d'un vaste chapiteau pyramidal.

– C'est ça?

Non, ce n'était pas ça. Ils traversèrent un pont qui enjambait la Sumida et entrèrent dans un quartier signalé par un panneau : Ryoguku. Le *heya,* un bâtiment d'un style beaucoup plus ancien que le Stade de Sumo, n'en était qu'à trois minutes en taxi.

Le chauffeur descendit de la voiture et lui ouvrit aimablement la porte. Diamond voulut lui laisser cinq dollars de pourboire (il n'avait pas de yen), mais le chauffeur refusa. D'évidence, il se trouvait dans une autre civilisation.

Une troupe d'adolescentes, manifestement des groupies – qui devaient avoir un nom spécial dans le jargon du sumo – étaient massées près de l'entrée. Elles le regardèrent avec intérêt, mais avec réserve. Il était assez gros pour être un sumo, mais quelque chose ne devait pas coller. Dans l'entrée, il trouva une table et un jeune homme qui portait un kimono à rayures et le fameux chignon huilé.

Diamond s'inclina gauchement et annonça.

– Je viens voir Mr Yamagata.

– Vous êtes?

– Peter Diamond.

– Vous attendez, s'il vous plaît, répondit le jeune homme en décrochant le téléphone.

Comme il n'y avait nulle part où s'asseoir, Diamond s'intéressa à l'affiche du prochain *basho* en essayant de deviner si l'imposant postérieur qui figurait au premier plan appartenait à son sponsor.

L'endroit était extrêmement propre, avec des murs ornés jusqu'à mi-hauteur de lambris de bois clair comme on en voit dans certains clubs de gym. Il baissa les yeux et vit que son sac en plastique débordant était déchiré. Dans un pareil décor, cela faisait un peu mauvais genre.

Un second jeune homme du même gabarit apparut et s'approcha de Diamond. Après la courbette rituelle, il s'adressa à lui en bon anglais :

– Bienvenue à notre écurie, Mr Diamond. Je m'appelle Nodo. J'ai l'honneur de vous escorter jusqu'à Mr Yamagata-Zeki.

Les tongs de Nodo claquaient sur le parquet tandis qu'il conduisait Diamond jusqu'à une salle d'entraînement où avait lieu un combat sur un ring circulaire en argile recouverte de sable. Devant une dizaine de lutteurs, deux masses de chair se jetaient l'une sur l'autre, encouragées par un entraîneur aux cheveux argentés qui n'hésitait pas à user de sa canne en bambou sur les fesses de ses élèves. Personne n'accorda un regard à l'occidental en costume qui passait auprès.

– Ce sont des lutteurs de rang inférieur, expliqua Nodo avec la royale assurance de celui qui sait que les lutteurs de rang inférieur ne comprennent pas l'anglais.

A l'autre bout de la pièce, sur une étagère au-dessus d'un radiateur se trouvait une sorte d'autel avec des cierges. Nodo frappa dans ses mains et inclina brièvement la tête en passant devant. Avant d'ouvrir la porte, il expliqua :

– Autel shinto. Nous appelons cela *kamidana*.

– Ah, répondit Diamond en faisant de son mieux pour avoir l'air au courant.

– Vous allez maintenant voir Yamagata-Zeki. Il est en train de faire des *tegata*. Vous allez voir.

Ils entrèrent dans une vaste pièce où Diamond repéra immédiatement son célèbre sponsor. Yamagata avait l'air encore plus imposant, si c'était possible, que la première fois, avec son énorme masse et son large visage posé sur des plis de chair où l'on ne distinguait plus menton et cou. Il était assis en tailleur entre deux acolytes. Devant lui se trouvait une grosse pile de cartes vierges sur lesquelles il posait l'empreinte de sa paume en l'abattant à toute volée après l'avoir enduite d'encre rouge sur un tampon encreur, tandis que l'homme à sa gauche ôtait aussitôt la carte imprimée. Le grand lutteur lui jeta un regard et inclina négligemment la tête. Diamond lui rendit son salut. Il y eut un bref conciliabule en japonais.

Nodo expliqua que Yamagata-Zeki avait de nombreux fans et sponsors qui aimaient recevoir des *tegata,* c'est-à-dire des empreintes, à titre de souvenir personnel. Ils envoyaient les cartes au *heya* avec un don en liquide et le *rikishi* répondait en imprimant jusqu'à un millier de cartes. Avec la permission de Diamond, il continuerait sa tâche tout en parlant.

– Il vous prie de vous asseoir, ajouta Nodo.

Il n'y a pas de chaises dans les écuries de sumo. Elles ne tiendraient pas longtemps le choc. Diamond n'aimait guère s'asseoir en tailleur, mais il montra sa bonne volonté en s'asseyant sur le sol, genoux relevés, en face de Yamagata. Jusqu'à cet instant il s'était senti simple observateur, mais cette sensation n'avait pas survécu au contact de ses fesses sur les planches que cognait Yamagata. Il faisait désormais partie du décor.

Les coups assenés régulièrement ne lui facilitèrent pas la tâche au début, mais avec un peu d'attention et l'aide de Nodo, il réussit à mettre Yamagata au courant des derniers événements comme il l'aurait fait lorsqu'il s'adressait à ses hommes à l'époque où il était encore policier.

Yamagata se lança dans un discours sans s'interrompre dans son travail.

– Il dit que vous devriez aller à Yokohama le plus vite possible, dit Nodo. C'est là que se trouve la solution de tous ces mystères.

– J'en conviens, répondit Diamond en se disant qu'il n'avait pas besoin de venir spécialement ici pour apprendre cela. Et comment ferai-je pour m'y rendre?

– Par le train. Ce sera mieux qu'un taxi à cette heure de la journée.

– L'express? demanda-t-il pour montrer qu'il avait quelques connaissances de la civilisation locale.

– Non, la ligne de Yokosuka est encore plus rapide. Je vais appeler un taxi qui vous emmènera à la Gare Centrale. Avez-vous besoin d'argent?

Il allait répondre lorsque l'un des apprentis lutteurs

entra avec un téléphone portable qu'il tendit à Yamagata. Sans hésiter, celui-ci s'en empara de sa main droite pleine d'encre. Apparemment, c'était un appel. Il écouta, grogna quelque chose et rendit l'appareil taché d'encre au malheureux qui venait de le lui apporter. Puis il s'adressa à ses deux assistants. Apparemment, la séance d'impression était terminée, car les cartes restantes furent mises de côté. En se balançant, Yamagata s'apprêta à se lever. Il posa sa main propre sur le sol, s'appuya dessus et se mit debout avant de s'adresser à Nodo.

Les nouvelles, une fois traduites, étaient déplaisantes.

– C'était un appel de l'Immigration de l'Aéroport de Narita. L'officier qui vous a vu a vérifié si quelqu'un se souvenait d'avoir aperçu un Américain accompagné d'une petite fille japonaise. Il semble qu'on les ait remarqués et ils n'étaient pas seuls. Ils étaient accompagnés de deux autres Américains, des hommes, entre vingt et trente ans, très grands, répondant aux noms de Lanzi et Frizzoni.

– Je vois, dit Diamond, soucieux. Il a des gardes du corps.

– Les douanes ont inspecté leurs bagages, mais il n'y avait rien de suspect dedans.

– Ils pourront s'acheter des armes ici. Ils ont sûrement des contacts. J'ai été bien naïf de croire pendant un moment qu'il agissait seul. Le risque devient trop élevé, c'est grave.

– Yamagata-Zeki est d'accord avec vous. Il va venir avec vous à Yokohama.

C'était difficile à croire.

– Il a décidé de m'accompagner?

– Il dit que vous ne vous en tirerez pas tout seul.

Diamond émit un petit sifflement en essayant d'imaginer la scène.

– Je suis très reconnaissant, mais il ne pense pas qu'il

risque de se faire remarquer? Je veux dire, il est très connu.

– Je ne crois pas qu'il soit sage de remettre en cause sa décision, répondit Nodo.

– Vous venez aussi?

– Oh, non.

– Pourquoi? Nous avons besoin d'un traducteur.

– Ce n'est pas nécessaire. Vous êtes au Japon.

Les événements s'accélérèrent comme pour les préparatifs d'un *basho*. En quelques minutes, Yamagata, simplement vêtu d'un kimono imprimé de motifs de couleurs vives et chaussé de tongs, s'engouffra sur la banquette arrière dans un taxi. Il était hors de question que Diamond partage le siège avec lui, aussi voyagea-t-il devant. A intervalles réguliers sur le chemin, dès que le taxi devait ralentir ou s'arrêter aux feux, les gens s'attroupaient en voyant le passager à l'arrière. Quels que fussent les bénéfices qu'il pouvait retirer du soutien d'un célèbre sumo, il pouvait en tout cas dire adieu à la discrétion.

Les choses empirèrent à la gare. Un attroupement se forma aussitôt et des gens les accompagnèrent depuis les guichets jusqu'au train. Yamagata supportait cette célébrité comme faisant partie de son rôle. En fait, il arborait exprès un air pas commode qui dissuadait les gens de lui demander des autographes ou d'entamer la conversation. Les gens parlaient entre eux, mais ne l'importunaient pas, hormis de leurs regards et en les empêchant de voir ce qui se passait autour d'eux. En revanche, dès qu'il bougeait, personne n'était assez imprudent pour rester sur son chemin.

L'avantage de voyager avec un héros du sumo fut qu'on leur offrit immédiatement de libérer des sièges dans un train bondé. Deux chacun. Une fois installé, Yamagata ferma les yeux comme pour décourager toute tentative importune. Quelqu'un s'adressa en japonais à Diamond, qui du coup, suivit l'exemple de Yamagata. Il n'y avait aucun risque de s'endormir et de manquer l'arrêt, car une voix ne cessait de vociférer des annonces dans les haut-parleurs avec une férocité à réveiller les morts.

Ils arrivèrent à Yokohama en une demi-heure et ils changèrent de train. Yamagata ouvrait le chemin, en prêtant toujours aussi peu d'attention aux attroupements qu'il provoquait. Diamond se rendit compte qu'il n'aurait jamais réussi à comprendre la complexité du réseau ferroviaire sans aide.

Deux arrêts plus loin, ils descendirent à nouveau et prirent un taxi. Il y avait d'autres gens qui attendaient une voiture, mais tous s'effacèrent lorsque Yamagata arriva, entouré de sa cohorte d'admirateurs.

Ils prirent le premier taxi et Yamagata donna ses instructions au chauffeur.

Prochain arrêt : l'Université. Ou bien je me suis fait avoir, se dit Diamond.

31

La façon dont les gens réagirent en voyant arriver une célébrité du sumo à l'Université de Yokohama fut un peu différente de la Gare Centrale de Tokyo. Le personnel s'agglutina dans le hall de réception pour dévisager l'illustre visiteur, qui avait toujours le même comportement impérial et regardait dans le vague comme pour témoigner son mépris à un adversaire. Sa conduite changea cependant une fois qu'il fut arrivé au comptoir, lorsqu'il expliqua en japonais la raison de sa venue avec force gestes. Désorientée et bouleversée, la jeune femme sembla ne pas comprendre et il dut répéter. La situation devenait embarrassante lorsque l'une des employées, une timide jeune fille rougissante avec de grands yeux intelligents et une bouche minuscule délicieusement soulignée de rouge vif, prit Diamond à part et lui demanda s'il était américain.

– Non, anglais. Il y a un problème?

– Nous ne sommes pas habitués à recevoir de visites de *sumotori*.

– Je comprends.

– Bien entendu, nous sommes très honorés. Nous regrettons de n'avoir pas été avertis à temps, nous aurions pu organiser une visite.

– Nous ne sommes pas venus pour visiter, merci. Nous voulons seulement parler à quelqu'un du Département de Biochimie. Une chercheuse. C'est très urgent.

– Il a parlé d'une enfant enlevée.

– C'est cela. Nous voulons parler à sa mère, la doctoresse Yuko Masuda. Pourriez-vous savoir si elle est ici aujourd'hui?

– Je vais demander.

Elle revint avec une instruction :

– Il faut que vous alliez au bâtiment des sciences et ensuite au Département de Biochimie.

– Comment vous appelez-vous?

Elle sembla légèrement affolée par la question.

– Miss Yamamoto.

Diamond essaya de répéter le nom avec la prononciation correcte. Il n'était pas familier ainsi simplement parce qu'elle était jolie :

– Voudriez-vous nous accompagner et me servir d'interprète?

– Ce sera un honneur, monsieur, dit-elle en inclinant solennellement la tête.

– Excellent. Ah, autre chose.

– Oui?

– Il ne serait pas sage de faire savoir à la doctoresse Masuda qui sont ses visiteurs. Inutile de l'alarmer.

– Je vais en informer le personnel.

Ils traversèrent un labyrinthe de cours intérieures à colonnades jusqu'au bâtiment des sciences, un immeuble moderne en béton de plusieurs étages. Les nouvelles étaient allées vite : il y avait des têtes à toutes les fenêtres et un attroupement d'étudiants à l'entrée, certains qui prenaient des photos, d'autres qui sortaient déjà stylos et papiers, mais aucun n'osa demander à Yamagata un autographe. Il n'avait pas un regard particulièrement amène.

Le Département de Biochimie était au deuxième. Diamond craignait d'infliger à l'ascenseur une telle charge, mais leur guide n'hésita pas et l'engin survécut à cette épreuve.

Lorsque les portes s'écartèrent, un homme en blouse blanche aux cheveux argentés s'avança et les accueillit dans la tradition japonaise.

– Je vous présente le Dr Hitomi, qui dirige les recherches de troisième cycle, expliqua l'indispensable Miss Yamamoto.

On les emmena jusqu'au bureau des études et on leur offrit des sièges. Yamagata jeta un regard dubitatif à la chaise en plastique qu'on proposait à son imposante personne et secoua la tête. Par tact, Diamond resta aussi debout. De toute façon, ils étaient censés voir rapidement la doctoresse Masuda, donc ce n'était pas la peine de s'asseoir pour se relever aussitôt après.

Il fut cruellement déçu. Il se trouvait que la mère de Naomi n'était finalement pas sur le campus. Elle ne travaillait plus ici depuis sept ans, date à laquelle elle faisait des recherches sur un médicament pour traiter les comas.

– Le Jantac? demanda Diamond une fois qu'on lui eut traduit l'information.

Le Dr Hitomi hocha la tête.

– Mais on nous a informés qu'elle menait toujours des recherches ici, avec une bourse de Manflex, dit Diamond.

Cette déclaration suscita une certaine perplexité.

– Il répète que la doctoresse Masuda ne travaille plus

ici, dit Miss Yamamoto. Il a été mis un terme à ses recherches en 1985.

– Un terme? Définitif?

– Définitif.

Le Dr Hitomi reprit la parole.

– Il dit qu'il connaissait personnellement Yuko Masuda. C'était une bonne chercheuse. Elle a cessé ses recherches lorsque Manflex a pris la décision de ne plus poursuivre les essais du Jantac.

– Pourquoi? Pourquoi les a-t-on arrêtés?

Elle traduisit au Dr Hitomi qui haussa les épaules avant de répondre.

– Il dit que la doctoresse Masuda a travaillé sur le Jantac pendant plus de deux ans et qu'elle avait obtenu d'excellents résultats avant de découvrir qu'il avait des effets secondaires.

– Des effets secondaires? demanda Diamond, sa curiosité soudain en éveil.

Le Dr Hitomi avait pris un dictionnaire japonais/anglais et montra un mot.

– Cirrhose? demanda Diamond. Maladie du foie?

Il était déjà en train de spéculer sur ce que cela impliquait.

Miss Yamamoto traduisit la suite des explications.

– C'était difficile de déceler les effets nocifs de ce médicament, car les patients étaient des alcooliques et l'alcoolisme est une des principales causes de – comment dites-vous?

– Cirrhose.

– Il dit que l'alcoolisme provoque toujours une cirrhose. Cependant, la doctoresse Masuda avait découvert que le Jantac provoquait une augmentation des enzymes hépatiques, ce qui causait une cirrhose. Un effet secondaire mineur est acceptable, mais celui-là était trop grave. Quand elle a communiqué sa découverte à Manflex, ils ont abandonné le programme de recherche.

Le Dr Hitomi ajouta quelque chose.

– Il vient de parler de Manny Flexner, c'est bien ça?

– Oui, Manny Flexner.

– C'est Manny Flexner lui-même qui a pris la décision d'arrêter les essais sur le Jantac. Mr Flexner était toujours très soucieux de la sécurité des patients.

Diamond hocha la tête tout en réfléchissant à ce que tout cela signifiait. Ce qu'on venait de lui dire ne concordait pas du tout avec ce qu'il avait lu sur l'écran de l'ordinateur chez Manflex, mais confirmait en revanche les informations qu'il avait trouvées dans les archives du sous-sol. Le Jantac était un produit dangereux et c'est pour cela que les recherches de Yuko Masuda avaient été abandonnées.

– Voulez-vous demander au Dr Hitori s'il a ici des traces de la correspondance qui aurait un rapport avec ceci? demanda-t-il.

Il se trouvait que la correspondance avait été renvoyée à Manflex sur la demande du laboratoire, quelques mois plus tôt.

Suspect.

– Cette année?

– Oui.

Quelqu'un à New York s'était donné beaucoup de mal pour faire disparaître toutes les traces. Diamond soupira et se croisa les bras. C'était une curieuse situation, étant donné qu'il était entouré d'un groupe de gens désireux de l'aider et qui le regardaient avec attention, mais sans comprendre le problème. C'était à lui de décider, et il était loin d'être certain d'avoir une idée de la marche à suivre.

– Y a-t-il à l'Université des exemplaires des articles publiés par la doctoresse Masuda?

– Certainement, à la bibliothèque.

– En anglais et en japonais?

– Très probablement.

Toute la troupe plia bagage et se rendit à la bibliothèque, où il ne put rien se passer à cause de l'inévitable confusion provoquée par leur arrivée. Au bout du compte, on apporta un exemplaire anglais de l'article de Yuko Masuda sur le traitement des comas éthyliques, présenté à la Conférence de Pharmacologie de Tokyo en 1983. Il s'assit pour voir s'il y trouverait quelque chose. Pendant ce temps, tout le monde attendit.

Il maugréa intérieurement. Le texte dépassait largement sa compréhension. Il fixa longuement la première page avant de compter combien il y en avait d'autres. Treize. C'est alors qu'il remarqua un paragraphe vers le bas de la dernière page :

Les travaux de recherche se poursuivent. Les prochaines études porteront sur une molécule des Laboratoires Manflex déposée sous le nom de Jantac, et les premiers résultats sont encourageants.

Au-dessous une note donnait la formule chimique.

Les idées viennent rarement comme l'inspiration. Elles ont plutôt tendance à mûrir dans le cerveau de façon subconsciente, pendant des heures, des jours, voire des années, et la plupart n'aboutissent à rien. Il avait mis de côté une petite idée depuis qu'il était descendu dans les sous-sols de Manflex et qu'il avait examiné la fiche de Yuko Masuda.

– Puis-je téléphoner? demanda-t-il. Je voudrais appeler New York.

On l'emmena dans le bureau du conservateur. Par bonheur, il se souvenait du numéro qu'il souhaitait appeler.

– Police, j'écoute, répondit une voix de femme fatiguée.

– Je suis bien au poste de police du Vingt-sixième District? Le Lieutenant Eastland, je vous prie.

– De la part de qui?

– Peter Diamond. Superintendant Diamond. J'appelle de Yokohama.

– Le Lieutenant Eastland n'est pas là à cette heure-ci, monsieur.

– Dans ce cas, voulez-vous me donner son numéro personnel? C'est extrêmement urgent.

– On ne peut pas le déranger, monsieur. Vous savez quelle heure il est ici?

Diamond explosa. Il n'en avait rien à foutre de l'heure qu'il était à New York. La vie d'une enfant était en jeu et il avait besoin de parler à Eastland sur-le-champ.

L'opératrice prit son numéro et promit de faire en sorte que le lieutenant rappelle dans quelques minutes.

Elle tint sa promesse.

Une voix familière, mais ensommeillée, commença à protester.

– Diamond? Mais bon Dieu...

– Ecoutez. La conférence du Sheraton. Vous me suivez?

– Ouais, dit Eastland.

Il devait vraiment être *très* fatigué : il capitulait déjà.

– Vous avez encore la littérature?

– La littérature?

– Le dossier de presse. Les paperasses sur le PDM3.

– Je ne sais pas. Je l'ai peut-être balancé ou alors il est en bas. Vous voulez que j'aille voir?

– Oh, arrêtez! Pourquoi vous croyez que je vous téléphonerais, sinon?

– Quittez pas. Je reviens.

Par la porte entrebâillée, Diamond vit Yamagata se livrer à un exercice d'assouplissement en posant son pied gauche sur une étagère de la bibliothèque. On allait au-devant du désastre.

– Peter? Vous êtes toujours là?

– Evidemment. Vous l'avez?

– Ouais.

– Bon. Maintenant, prenez la première page du dossier bleu, celui de la présentation du PDM3. Quelque part, il y a la formule chimique. Vous voyez de quoi je parle?

– Attendez... OK. Vous voulez que je vous la lise?

– Non, laissez-moi faire. Ecoutez-moi bien. Vérifiez chaque terme, OK? C_{18}.

– C'est ça.

– H_{18}.

– Exact.

Le cœur de Diamond s'accéléra. Il était en train de lire la formule du Jantac. – NO_3.

– Ouais.

Ce ne pouvait qu'être la même. La voix tremblante, il termina la lecture de la formule. C'était tout à fait la même. Le Jantac, la molécule abandonnée par Manny Flexner en 1985, avait été ressuscitée sous le nom de Prodermolate : le miraculeux PDM3.

– C'est tout ce que vous vouliez? demanda Eastland d'un ton rien moins que cordial.

– Oui, c'est tout, à moins que vous puissiez me donner des renseignements sur deux tueurs répondant aux noms de Lanzi et Frizzoni.

– Jamais entendu parler d'eux. Je peux retourner me coucher, maintenant?

Diamond le remercia et raccrocha. Il fit signe à Yamagata de le rejoindre dans le bureau et l'énorme lutteur attrapa Miss Yamamoto au passage pour l'emmener avec lui. Rougissant comme seule peut le faire une jeune Japonaise, mais pas mécontente – car il ne la brutalisait pas non plus – elle resta auprès de lui même une fois qu'il l'eut lâchée.

Il fallait absolument que Yamagata comprenne la portée de ce qu'il venait de découvrir. D'autres personnes, dont le Dr Hitomi, l'avaient suivi, mais Diamond s'expliqua dans des termes compréhensibles pour le sumo.

– Vous voyez ce que ça implique? demanda-t-il pour conclure. Le Jantac était discrédité ici. C'est un produit dangereux qui ne devrait pas être utilisé. Maintenant, nous savons qu'une autre équipe de chercheurs, menée par le Professeur Churchward, a travaillé de son côté sur la même molécule et a abouti à ces résultats sensationnels dans le traitement de la maladie d'Alzheimer. Je ne vais pas essayer de savoir si Churchward était au courant des dangers du produit qu'il expérimentait, mais il y avait quelqu'un chez Manflex qui le savait certainement, et c'est pour cela que toute mention du Jantac a été effacée du dossier informatique de Yuko Masuda.

Il attendit que l'on traduise et il s'aperçut qu'il allait falloir répéter plus lentement. Il en avait trop dit d'un seul coup. Et puis il avait l'impression que Miss Yamamoto était toute chavirée de la présence de Yamagata.

Yamagata prononça très clairement :

– Leapman.

– Oui, ça ne peut être que Leapman. Sa façon d'agir confirme que c'est lui le responsable. Et il y avait autre chose qui avait été modifié sur le dossier informatique. Les recherches de la doctoresse Masuda ont été arrêtées en 1985, seulement, le dossier prétendait qu'elles continuaient, en mentionnant un autre type de molécules, mais ce n'était qu'un écran de fumée. Tout bien réfléchi, ajouta-t-il précipitamment, ce n'est pas la peine de traduire la fin.

Une fois que Miss Yamamoto en eut terminé, Diamond reprit :

– Ça ne se limite pas à des archives falsifiées. Leapman est en cheville avec des membres de la pègre qui ont prévu de tirer de gros profits de Manflex grâce au PDM3. Manflex était sur la mauvaise pente au début de l'année. (Il dessina du doigt une courbe descendante.) Juste avant le suicide de Manny Flexner, il y a eu un incendie dans l'une des usines en Europe. A Milan. La cote de Manflex a chuté littéralement en bourse. Une enquête policière est encore actuellement en cours et on envisage un incendie criminel. A mon avis, cela montre que tout a été manigancé depuis des mois.

Il attendit que Miss Yamamoto traduise. Yamagata hocha gravement la tête. On aurait dit qu'il avait déjà tout compris.

– S'ils sont capables de faire ce genre de choses, ils sont capables de tuer Yuko Masuda, qui risque de les trahir. Je ne peux pas me prononcer encore, mais je suis presque sûr qu'elle est déjà morte. Je crois que sa petite fille – l'enfant que je connais sous le nom de Naomi – a été confiée à Mrs Tanaka, qui voulait désespérément adopter un enfant. Peut-être qu'ils avaient renoncé à aller jusqu'à tuer un enfant. Mrs Tanaka a reçu l'ordre d'emmener l'enfant en Europe. Elle a été horrifiée de découvrir que c'était une enfant autistique. Elle n'a pas pu le supporter et elle l'a abandonnée. Je suis désolé, je ne vous laisse pas de répit, ajouta-t-il à l'attention de Miss Yamamoto.

– Ne vous inquiétez pas, répondit-elle.

Et elle se lança immédiatement dans la traduction en levant un regard énamouré vers le sumo.

– Comme vous le savez, reprit Diamond, en Angleterre nous avions fait tout ce que nous avions pu pour que l'histoire de Naomi soit rendue publique. Après notre passage à la télévision, Mrs Tanaka a paniqué et est revenue chercher Naomi en catastrophe. Elle avait des problèmes. Elle ne pouvait plus rester en Angleterre, alors elle a téléphoné à son contact pour avoir des instructions. On lui a dit de venir à New York. Bien entendu, les gens qui étaient derrière tout cela avaient jugé que Mrs Tanaka, n'étant pas digne de confiance, devait disparaître. Et c'est ainsi qu'ils ont engagé quelqu'un pour la tuer.

Il s'arrêta. Il avait presque tout raconté. Toutes les pièces du puzzle s'étaient mises ensemble. Et pourtant...

Yamagata écouta la traduction et répondit en quelques mots qui, une fois retraduits, montrèrent quel était le problème.

– Si la doctoresse Masuda est morte, pourquoi Leapman est-il venu au Japon avec l'enfant et deux gardes du corps?

Diamond allait avouer qu'il était coincé et ne voyait pas de solution, lorsque quelqu'un intervint en japonais. C'était le Dr Hitomi, qui prit la parole de sa même voix calme.

Calme, peut-être, mais elle lui valut une vive repartie de Yamagata.

La traduction suivit.

– Le Dr Hitomi dit qu'il pense que vous vous trompez quand vous dites que Yuko Masuda est morte. Il l'a vue la semaine dernière sur le campus.

Diamond s'efforça de rester calme.

– Il est sûr? Quand la police a vérifié à sa dernière adresse, elle n'y était pas.

Du coup l'une des bibliothécaires intervint d'une petite voix flûtée, dans un anglais incertain, mais compréhensible.

– C'est vrai. Elle est vivante. Elle venez parfois à bibliothèque. Si vous voulez, je montre son nom sur ordinateur.

– Pas la peine, dit Diamond. Je vous crois, tous les deux. (Il poussa un grand soupir pour se détendre.) Maintenant, nous savons pourquoi Leapman et ses deux amis sont venus au Japon. Ils veulent faire le boulot correctement cette fois et réduire au silence la doctoresse Masuda une bonne fois pour toutes.

– Avec une petite fille? demanda Miss Yamamoto.

– Elle va leur servir d'appât. Maintenant, toute la question est : ont-ils déjà trouvé la mère?

Une fois qu'on lui traduit cette dernière phrase, Yamagata prit la parole.

– Il dit que toute la question est plutôt de déterminer où est la doctoresse Masuda.

Il avait raison. Ils firent ce qu'il y avait de plus

évident et cherchèrent une adresse dans le registre de la bibliothèque. C'était la même que celle qu'avait eue Diamond et pour laquelle la Police de Yokohama avait précisé que quelqu'un d'autre y habitait. Un coup de fil le confirma.

– Alors, où est-ce que nous allons chercher? dit-il à voix haute, plus pour lui-même que pour l'assistance, mais il fut le premier surpris quand il entendit Miss Yamamoto traduire immédiatement.

Cette fois, personne n'avait la réponse.

Ils arrivaient au moment le plus déprimant de l'enquête. C'était le creux de la vague. Avoir fait tout ce chemin et se retrouver dans une impasse était déjà assez pénible, mais savoir en plus que chaque minute rapprochait davantage Naomi et sa mère de la mort, cela, c'était intolérable.

Il demanda qu'on appelle la police. On lui apprit qu'elle était au courant depuis un moment. Apparemment, grâce au jeune homme plein de zèle de l'Immigration.

– Alors, qu'on les appelle pour savoir s'ils ont du nouveau.

Ce qui fut fait. Mais la police n'avait pas progressé. On n'avait même pas aperçu les Américains.

Quelqu'un proposa du café. Diamond n'avait pas le cœur à ça.

– Qu'est-ce qu'il y a d'autre, sur cet ordinateur? demanda-t-il à Miss Yamamoto.

– Uniquement les titres des livres empruntés.

– Et quels sont-ils? demanda-t-il, plus pour se donner l'illusion d'une activité que pour autre chose.

Yuko Masuda avait emprunté un seul livre. Sur les comas.

Il réfléchit.

– Y a-t-il un hôpital dans cette ville, ou à Tokyo, qui est spécialisé dans le traitement des alcooliques?

Il y en avait trois.

– Voudriez-vous les appeler et leur demander si une doctoresse Masuda y mène des recherches?

Le second hôpital répondit que la doctoresse Masuda leur rendait des visites régulières.

32

Diamond apprit que l'hôpital était situé au sud de la ville, dans le quartier des étrangers, Yamate-Machi, plus connu sous le nom de Bluff. Le taxi prit une route qui se dirigeait vers le nord pendant presque trois kilomètres en suivant la rivière Nakamura. Sur les ordres de Yamagata, qui ne cessait de lui répéter de doubler les autres véhicules, il allait à toute allure et appuyait sur son klaxon les trois quarts du temps, le tout sans se plaindre. C'était de toute évidence un fan du sumo qui était en train de faire la course de sa vie. S'il s'en sortait vivant, il serait jalousé de tous les chauffeurs de taxis de Yokohama à qui il raconterait le voyage.

Assis devant à la place du mort, Diamond serrait les dents et se ramassait sur lui-même en vue d'une éventuelle collision. On ne devrait pas forcer les gens de mon âge à subir cette façon de voyager, se dit-il lugubrement. C'était un peu excessif, quand on songeait que la vitesse la plus folle qu'il connaissait était celle d'un bus qui remonte Kensington High Street dans les embouteillages. Mais il priait quand même le Ciel de le laisser atteindre Yuko Masuda avant Leapman et ses deux gorilles.

La voiture tourna à droite en hurlant, tandis que les garde-boue raclaient la chaussée à cause du poids supplémentaire qui lui était infligé à l'arrière. Ils traversèrent un pont, zigzaguèrent sur une artère encombrée le long de la gare d'Ishikawacho, puis sur une bretelle d'autoroute. Dieu nous aide, pria Diamond, maintenant, il va pouvoir *vraiment* accélérer. Heureusement, le taxi ne pouvait pas aller plus vite. Ils passèrent dans un tunnel jusqu'à la sortie suivante, qui menait à Yamate-Machi. Enfin, l'hôpital apparut sur leur gauche, dominé par quatre tours, au milieu d'une vaste zone de constructions modernes desservie par une série de voies privées.

Yamagata avait ouvert sa porte bien avant qu'ils se soient arrêtés devant le hall d'entrée. Faisant signe à Diamond de rester dans le taxi, il entra à une vitesse étonnante pour un homme de son gabarit. Il aurait été intéressant de voir les réactions qu'il suscitait à l'intérieur : quand on voit arriver un *sumotori* qui charge et exige qu'on lui indique l'unité de réanimation, on a tendance à penser qu'il a dû être désagréable avec quelqu'un.

Yamagata ressortit en courant et en hurlant des ordres, puis il se précipita dans la voiture qui vacilla et se mit en route. Le véhicule roulait à une allure encore plus démente dans le parc de l'hôpital, où il y avait des panneaux de limite de vitesse dans tous les coins, mais le chauffeur ne ralentissait même pas, ni devant les ambulances, ni devant les chariots de restauration ou les déambulateurs. Pour quoi faire, puisqu'il savait braquer?

Ils contournèrent la sortie en faisant une embardée pour éviter un malade inconscient qu'on transférait entre deux bâtiments sur un chariot, et foncèrent dans l'étroit espace qui restait entre les voitures garées de chaque côté. Devant eux se dressait le bâtiment qu'ils cherchaient, si tant est que les ordres frénétiques que proférait Yamagata avaient un sens. C'était une construction de bois à un étage, au toit plat, qui avait l'air d'avoir été monté à la dernière minute. Le taxi freina en crissant et les passagers bondirent hors du taxi pour se ruer à l'intérieur.

Ils se retrouvèrent dans un petit couloir sur lequel s'ouvraient des portes. Une femme s'avançait vers eux.

A ce stade critique des opérations, à un moment qu'on ne peut que qualifier de mal choisi, Diamond s'aperçut d'une chose assez ennuyeuse. Il n'avait pas la moindre idée de ce à quoi ressemblait Yuko Masuda. Si c'était la femme qui arrivait vers eux, il n'en savait rien. Pas plus, d'ailleurs, qu'il n'avait jamais vu Michael Leapman.

Bref, il était à la recherche de parfaits inconnus.

– On a besoin d'aide, dit-il à Yamagata.

Le gros homme sembla comprendre, car il s'adressa à la femme. Quand elle entendit le nom de Masuda, elle ne réagit pas comme si c'était le sien. Elle posa une question, à laquelle Yamagata répondit. Puis elle désigna une porte qui se trouvait juste derrière eux.

Diamond l'ouvrit et pénétra dans une salle commune d'une quarantaine de mètres de long, avec cinq zones séparées par des murs de verre. Dans la plus proche, il vit un patient entouré de tout l'appareillage nécessaire pour assurer la survie d'un comateux. Le mur était recouvert en grande partie de photos et de cartes et il y avait un mobile de poissons rouges en carton suspendu au-dessus du lit. Une infirmière qui portait un masque chirurgical était en train de s'occuper du goutte-à-goutte. Elle se retourna et écarquilla les yeux de stupéfaction.

Yamagata lui parla.

L'infirmière désigna la dernière zone à l'autre extrémité de la salle, la plus proche de la fenêtre, et le cœur de Diamond fit un bond dans sa poitrine.

Un petite Japonaise en blouse blanche était en train de parler à deux blancs. Ils n'avaient pas l'air d'appartenir au personnel de l'hôpital. L'un était grand et blond et portait un costume d'allure coûteuse, une chemise blanche et une cravate club, tandis que l'autre avait des cheveux brun-roux coupés en brosse. Le deuxième homme était légèrement moins grand, mais particulièrement large d'épaules et habillé d'une façon moins recherchée, avec un blouson en daim et des jeans noirs. Sans doute était-ce l'un des costauds qui avaient été aperçus à l'aéroport. Dans ce cas, il était raisonnable de penser que le blond était Michael Leapman. Ils étaient tellement absorbés dans leur discussion qu'ils n'avaient pas vu Diamond et Yamagata entrer.

Diamond s'approcha à quelques mètres sans attirer leur attention.

– Mr Leapman?

Les deux hommes firent volte-face.

– Restez où vous êtes! Qui êtes-vous? demanda le blond avec un accent américain.

– Quelqu'un dont vous pensiez vous être débarrassé, répondit Diamond.

– Vous êtes le flic anglais.

Voilà qui confirmait, si besoin était, que c'était bien Michael Leapman.

– Lâchez ça, fit Diamond.

Le costaud avait sorti un couteau.

– Tu rigoles!

Diamond voulait éviter toute violence. Mais si c'était nécessaire, il y avait toujours Yamagata, même contre un homme armé d'un cran d'arrêt. De la main droite, il fit signe à la femme de s'éloigner des deux Américains.

– Dr Masuda.

Elle eut comme une grimace de douleur et pinça les lèvres, mais elle ne bougea pas et se contenta de secouer la tête et de croiser les bras.

– Nous allons sortir d'ici avec Mrs Masuda et vous ne ferez rien du tout, dit Leapman d'un ton plein d'assurance. Allons-y, Dino.

Yuko Masuda semblait pétrifiée. Elle avait tout à fait la possibilité de leur échapper. Ce n'était pas comme si elle avait eu le couteau sous la gorge. Elle tourna la tête et regarda derrière elle.

Diamond perçut un léger mouvement sur sa gauche et vit que Yamagata s'était mis dans la position qu'adoptent les *sumotori* avant de s'élancer sur leur adversaire. C'est alors que la doctoresse Masuda cria quelque chose en japonais.

– Hé, dites à votre gros lard de se calmer, dit Leapman. La dame a pris sa décision.

Quoi qu'ait dit la doctoresse Masuda, cela semblait confirmer les paroles de Leapman, car Yamagata agrippa soudain le bras de Diamond pour le retenir.

Un champion de sumo qui bat en retraite? C'était difficile à avaler.

Leapman eut le sourire de celui qui a gagné sans même avoir à se battre.

– Je n'irai pas jusqu'à dire que ça a été un plaisir de vous rencontrer, messieurs. Passez une bonne journée tout de même. (Il fit signe à la doctoresse Masuda d'avancer et elle obéit.) Vous voyez ce que je veux dire? ajouta-t-il en s'apprêtant à la suivre.

Le garde du corps se mit en route également, à reculons, pour couvrir leur sortie, en brandissant son couteau.

Yamagata resserra son emprise sur le bras de Diamond. Il refusait de le laisser les poursuivre.

Une fois qu'ils furent hors de portée, il comprit pourquoi Mrs Masuda s'était montrée si obéissante. Yamagata le mena à la fenêtre et lui montra une silhouette qui se tenait devant une limousine rouge. Deux silhouettes, en fait. Au premier abord, on n'en distinguait qu'une seule, car l'homme tenait une petite fille japonaise juste devant lui. Elle avait l'air pâle et soumise, les bras ballants, malgré la corde qui lui enserrait la gorge.

C'était Naomi.

S'être rongé les sangs pendant autant de temps en se demandant ce qui lui était arrivé, s'être démené pour la retrouver ainsi : c'était un cauchemar. Ne rien tenter maintenant, alors qu'elle était là, devant lui, menacée de mort, ce serait impardonnable.

Leapman avait atteint la porte.

– Elle vient avec nous parce qu'elle veut revoir sa fille. Elle en a été privée depuis des mois, dit Leapman.

– Vous allez les tuer toutes les deux.

– Peut-être, mais ça, elle ne le sait pas. Elle ne comprend pas un mot de ce que nous disons. Et juste au cas où vous auriez l'intention de nous suivre, je laisse Dino garder la porte le temps que nous soyons en sécurité.

Yuko Masuda était déjà sortie et Leapman la suivit. Le gorille attendit sur le seuil, gardant la seule issue en brandissant son couteau.

Diamond était écœuré, mais il savait que Yamagata avait eu raison. Faire la moindre tentative maintenant, c'était mettre la vie de Naomi en danger. Un tueur n'aurait pas eu grand-chose à faire pour l'étrangler. D'ailleurs, il était probable qu'on l'avait engagé pour tuer l'enfant et la mère. Et un mouvement imprudent pouvait précipiter l'issue fatale. Mais cela avait dû beaucoup coûter à Yamagata de se retenir, quand on songe que toute sa vie, tout son entraînement et tout son amour-propre reposaient sur l'esprit du combat.

Et pourtant, il continuait à retenir Diamond d'une main de fer.

– Ils fichent le camp, bon sang!

La scène qui se déroulait sous leurs yeux de l'autre côté de la vitre semblait aussi distante que sur un écran de télévision. D'ailleurs, les fenêtres étaient à peu près de la taille d'une télévision portable, beaucoup trop étroites pour qu'on puisse s'y faufiler.

– Allez-vous me lâcher? exigea Diamond.

Il voyait Yuko Masuda courir vers sa fille, les bras tendus.

Le garde du corps relâcha l'enfant, probablement sur un signe de Leapman, qui suivait la femme. Naomi resta immobile, impassible, et sa mère la prit dans ses bras.

– Il est trop tard, maintenant, c'est foutu!

Leapman avait ouvert la voiture et poussait la mère et la fille sur la banquette arrière avant de s'asseoir avec elles. L'autre homme monta devant.

Ce n'est qu'alors que Yamagata relâcha Diamond, qui était crispé de fureur.

– C'est foutu! hurla-t-il.

D'évidence, Yamagata n'était pas d'accord. Bien calculer le moment idéal est fondamental dans les combats de sumo et pour lui, le combat n'était pas terminé. L'énorme masse se mit en branle à une vitesse surprenante, avant que Diamond ait pu finir sa phrase. Il fonça sur le lit qui se trouvait au bout de la pièce. Heureusement, il était vide : Yamagata passa ses mains dessous, le renversa, l'empoigna et le souleva comme s'il avait été en polystyrène. Et du même mouvement, il le jeta sur la fenêtre qu'il fracassa avec une force incroyable. L'impact fut tel que tout le chambranle céda et qu'une partie du mur s'effondra du premier coup, laissant une brêche encadrée de débris de bois et de plâtre. Il avait laissé exploser la fureur et l'humiliation qu'il avait subie un instant auparavant.

Yamagata faillit tomber sur le lit lorsque celui-ci atterrit, renversé, sur un parterre de fleurs, mais il réussit à rester debout et l'enjamba. Son kimono était à moitié défait, aussi l'arracha-t-il complètement sans quitter pour autant des yeux l'objet de sa rage.

La voiture avait démarré, mais il allait falloir qu'elle passe à côté de Yamagata par une voie étroite.

Le sumo se baissa, les jambes écartées, et se frotta les mains en se préparant à affronter la voiture comme s'il s'était agi de son adversaire lors d'un match. D'ailleurs, il se donna même le luxe d'un petit numéro menaçant : il posa sa main gauche sur sa poitrine, étendit la droite, leva la jambe droite pour le *shiko* et frappa violemment le sol.

Mais ce n'était pas le moment de se lancer dans un rituel. La voiture fonçait sur lui. Il se baissa à nouveau et attendit le choc. Il était absolument hors de question de céder le passage à deux tonnes de ferraille : ce n'était pas seulement son amour-propre qui était en jeu.

Au dernier moment, il se jeta droit sur la voiture à l'instant où elle allait lui fracasser les jambes. Son énorme masse s'éleva au-dessus du capot dans un mouvement qui évoquait un plongeon vers le pare-brise. L'effet fut encore plus spectaculaire à cause de la vitesse de la voiture, car tout ce qu'il eut à faire, ce fut de s'arc-bouter et de laisser le capot passer au-dessous de lui. Son crâne fracassa le pare-brise et frappa à toute volée le conducteur. La voiture fit une embardée et alla s'encastrer contre un panneau de limitation de vitesse.

Peter Diamond était resté debout dans un nuage de plâtre, littéralement hypnotisé par le spectacle auquel il venait d'assister. Yamagata s'en était-il sorti vivant? La tête et le haut du corps avaient pénétré dans la voiture et le reste de son corps était encore allongé sur le capot et demeurait d'une inquiétante immobilité.

Diamond se secoua et reprit ses esprits. Il s'apprêtait à enjamber les débris pour aller prêter main-forte, lorsqu'il entendit un cri inintelligible derrière lui. Il eut juste le temps de se retourner pour voir l'autre homme de main de Leapman se ruer sur lui, son couteau à la main.

Diamond n'était pas un lutteur de sumo. Ni quelqu'un de particulièrement sportif. Son bras droit lui faisait encore mal. Mais il avait encore des réflexes assez vifs et sa formation de policier comprenait quelques éléments de judo. Jusqu'alors, il n'avait jamais eu l'occasion d'utiliser une prise d'épaule dans une vraie bagarre. Il dut faire un effort et se contorsionner pour pouvoir attraper l'homme par la manche droite et par le revers de sa veste tout en évitant le couteau, mais il y parvint. Il plia les genoux pour se trouver sous le centre de gravité de son adversaire et le tira à lui d'un coup sec. L'homme fit un quasi-saut périlleux par-dessus le dos de Diamond et s'aplatit lourdement sur le sol. Pas mal, pour un amateur. Diamond s'empara du couteau, mais c'était inutile : l'homme était complètement assommé.

C'était probablement l'infirmière à laquelle ils avaient parlé en entrant qui avait poussé le cri. Elle était sortie et courait maintenant vers la voiture. Diamond lui emboîta le pas.

L'une des portes de derrière s'ouvrit et Leapman en sortit en époussetant les débris de verre de son costume. Voyant le couteau que tenait toujours Diamond, il leva les mains. Ce n'était pas le genre qui se bat lui-même. Diamond lui ordonna de se coucher à plat ventre sur le bas-côté.

Naomi sortit à son tour en poussant un petit geignement, apparemment effrayée, mais saine et sauve. Sa mère la suivit et la prit dans ses bras.

Yamagata avait le corps couvert d'entailles, mais au grand soulagement de Diamond, il bougea. Il avait dû s'assommer, ce qui n'avait rien de surprenant. Lentement, mais sans l'aide de personne, il s'extirpa, ensanglanté, de la voiture. Puis, assis les jambes écartées sur le capot de la voiture, il entreprit de se recoiffer.

L'infirmière examina le conducteur en lui tâtant le pouls, puis elle se retira en secouant la tête. D'après les apparences, il avait dû avoir le cou brisé : il avait reçu le crâne de Yamagata en pleine figure.

Le personnel de l'hôpital commençait à arriver de tous côtés. Certains se contentaient de regarder ou de prendre des photos – car un Japonais n'est jamais très loin de son appareil –, d'autres pour leur porter assistance.

Diamond se baissa pour ramasser l'une des tongs de Yamagata, une *geta,* qu'il avait perdue en route. Puis il retrouva la seconde. Un médecin qui parlait anglais vint parler à Diamond et appela la sécurité qui se chargea de Leapman et de son garde du corps rescapé, qui reprenait maintenant conscience. On appela la police.

Les gens s'attroupaient autour de Yamagata, mais une infirmière réussit à le convaincre de descendre du capot et de se laisser panser. Il portait de nombreuses marques, mais les coupures étaient superficielles. Dans quelques jours, il n'y paraîtrait plus. Diamond se fraya un chemin parmi les admirateurs et rendit les tongs à leur propriétaire. Il aurait bien voulu s'excuser de s'être débattu pour essayer de lui échapper, mais il résolut de s'incliner. L'autre s'inclina également. Puis Yamagata eut un geste généreux. Il désigna le garde du corps que relevaient des hommes de la sécurité, puis il tapa de l'index sur la poitrine de Diamond en hochant la tête en signe d'approbation. Puis il s'inclina à nouveau et tendit solennellement les tongs à Diamond. Toute parole était superflue. Il y eut quelques applaudissements. Diamond fut bien content de ne pas avoir à prendre la parole, car il avait la gorge serrée.

Yamagata regarda autour de lui. Il y avait encore quelque chose qui ne lui allait pas. Il repéra la doctoresse Masuda qui se tenait un peu à l'écart et tenait Naomi par la main. Il se dirigea vers elle, s'inclina et prononça quelques mots avant de prendre la petite fille dans ses bras.

Elle n'eut pas l'air de s'en faire. Elle avait même l'air contente.

Les appareils photo cliquetèrent.

33

– Regardez-moi ça! Mon Dieu, mais qu'est-ce qu'ils s'imaginent que je vais essayer de faire?

Il n'était pas vraiment nécessaire d'avoir mis les menottes à Michael Leapman, mais comme la police de Yokohama avait insisté pour qu'il les porte pendant qu'il l'interrogeait, Diamond avait laissé faire. Ils étaient assis l'un en face de l'autre dans les fauteuils en cuir du bureau du commissaire, qui assistait à l'interrogatoire avec un interprète.

Diamond attendit sans répondre. Il savait que l'indignation passerait d'elle-même. S'il y avait quelqu'un qui voulait se mettre à table, c'était bien Leapman, qui avait désespérément besoin de justifier ses actions à quelqu'un.

Et il ne fut pas long à devenir raisonnable.

– Vous savez, d'une certaine façon, je suis soulagé. Je ne maîtrisais plus ma vie. Je peux vous raconter ma version des faits?

Il suffit à Diamond de hocher la tête pour qu'il se mette en route tout seul.

– J'ai du mal à croire que j'aie pu être aussi bête. Il y a moins d'un an, tout était pour le mieux. J'étais Vice-Président, j'avais un bon salaire, l'entreprise était prospère. Cependant, je dois dire que je voyais l'orage arriver à l'horizon. Manny – le Président – refusait d'admettre que nous étions en train de perdre des places. C'était un très grand bonhomme, un type vraiment bien, un gestionnaire fantastique comme on en faisait dans le temps, mais seulement, il n'était plus dans le coup. Le monde des affaires, aujourdhui, c'est un panier de crabes, et Manny n'était pas fait pour ça. Je connais le secteur de la pharmacie. Je voulais prendre sa place et j'espérais lui succéder rapidement.

– En faisant un putsch au Conseil d'Administration?

– Exactement. J'avais un plan en béton pour renverser la tendance, mais je savais qu'il refuserait de le soutenir. A son insu, j'avais déjà donné le feu vert à un certain nombre de programmes de recherche qu'il ignorait. Pas de manquements à la déontologie, mais simplement des choses qu'il me paraissait que Manflex devait entreprendre pour rester compétitif. J'ai détourné très légitimement des fonds attribués à d'autres programmes que nous abandonnions et, lorsque la comptabilité a commencé à devenir un peu compliquée, je suis même allé jusqu'à mettre de l'argent de ma poche. C'était un investissement, pour moi. Le programme de recherche d'Indianapolis avait un potentiel fabuleux.

– Celui de Churchward?

– Oui, dit Leapman. Tous les laboratoires du monde cherchent un remède pour la maladie d'Alzheimer. Alaric Churchward avait obtenu des résultats sensationnels avec le PDM3. J'étais convaincu que nous détenions là un médicament champion et j'avais l'intention de torpiller Manny grâce à ça. Je savais qu'il ne soutiendrait pas le projet sans toute une série de garanties que nous ne pouvions lui fournir. Le Conseil d'Administration n'était plus satisfait de Manny et je m'apprêtais à poser ma candidature au poste de Président d'un moment à l'autre. Une fois que je serais devenu le chef, j'allais pouvoir soutenir le programme de recherche et redonner à Manflex sa position leader.

– Le Conseil d'Administration vous soutenait?

– Bien sûr. Mais ils n'étaient pas encore au courant du PDM3. C'était l'atout que je gardais dans ma manche. Je n'en avais parlé à personne.

– Si, à la mafia.

– Il me fallait de l'argent pour financer le programme. Bien plus que je n'en possédais.

– Mais la mafia, tout de même...

Leapman écarta les bras comme un homme qui pense avoir agi en toute bonne foi, mais les menottes transformèrent son geste en une parodie.

– Au début, je ne savais pas que ces gens appartenaient à la pègre. Ils sont venus me voir. Il fallait qu'on me donne des fonds en liquide et qu'on ne me pose pas de questions. Alors j'en ai parlé à quelqu'un que je connaissais, qui m'a dit qu'il en parlerait à son tour à un investisseur, etc. Et un jour, j'ai reçu une énorme quantité d'argent. Je ne savais pas que c'était de l'argent de la mafia jusqu'au moment où j'ai remonté la filière. Et je me suis retrouvé à parler à Massimo Gatti, que tout le monde connaît comme mafioso.

– Et vous n'avez pas fait machine arrière?

– Essayez de faire machine arrière, une fois que vous êtes dans les griffes de quelqu'un comme Gatti, dit Leapman en lui jetant un regard noir.

– Donc vous lui mangiez dans la main.

– Ils voyaient là une occasion de se faire un tas d'argent en jouant en bourse. Ils ont mis le feu à une usine Manflex en Italie. Elle a été réduite en cendres. Et vous savez pourquoi? Pour que la cote de l'entreprise chute et qu'ils puissent acheter à un prix intéressant. Je n'étais pas complice de cela, croyez-moi. Je n'en ai été informé qu'ensuite. Et c'est là que j'ai compris que j'étais mouillé jusqu'au cou.

– A cette époque, vous saviez que le PDM3 était dangereux?

– A l'époque où j'avais emprunté l'argent? Mon Dieu, non. Quel genre de monstre vous imaginez que je suis?

– Vous faisiez confiance au Professeur Churchward?

– Evidemment. C'est un grand scientifique. Croyez-moi, il n'est pas impliqué dans cette histoire. OK, il savait qu'il y avait quelques effets secondaires indésirables, mais il pensait qu'on pouvait les minimiser en observant une posologie adéquate.

– Quand avez-vous découvert la vérité?

– Sur le Jantac? Il y a six ou sept mois. Mais à ce stade, il était impossible de faire machine arrière.

– Comment l'avez-vous appris?

– Alaric m'a appelé un jour pour me poser quelques questions techniques. Il m'a dit qu'il avait appris qu'un certain nombre d'études préliminaires avaient été entreprises puis abandonnées. C'est tout à fait inhabituel. Quand on teste de nouvelles molécules, c'est parfois long et frustrant et en plus, on sait qu'il y aura une quantité d'échecs lorsqu'on essaie de découvrir si elles ont un potentiel médical quelconque. Il voulait savoir s'il y avait quelque chose dans nos archives sur le sujet.

Je lui ai promis de vérifier sur l'ordinateur. J'ai donc tapé la formule chimique...

– Et vous êtes tombé sur le dossier Jantac?

Leapman se souvint et fit une grimace.

– Ça a été une vraie déception. La décision avait été prise en 1985, quelques années avant que je ne sois engagé dans l'entreprise. La doctoresse Masuda avait mené des tests au Japon pendant deux ans au cours de ses recherches sur les comas éthyliques en utilisant la même molécule que le PDM3, mais sous le nom déposé originellement : Jantac. J'ai appris que c'était Manny qui avait personnellement mis un terme à l'étude, après que la doctoresse Masuda eut découvert que le Jantac causait des troubles hépatiques. Et le nom Jantac avait été effacé de nos listes de molécules en cours de tests. J'ai pris un sacré coup en apprenant ça. Entre-temps, j'avais mis en jeu ma carrière et mes fonds personnels sur le même foutu médicament.

– Vous n'en avez pas informé Churchward?

– Non. (Leapman secoua la tête avec regret.) Je lui ai faxé différentes autres études que j'avais découvertes, mais je n'ai rien dit sur le Jantac. J'espérais que ce ne serait pas un problème aussi grave qu'on l'avait tout d'abord cru. Parfois Manny Flexner prenait des précautions excessives. Il refusait de prendre le moindre risque avec un médicament. Tous les médicaments ont des effets secondaires indésirables, et je me suis dit que l'alcoolisme causait de toute façon des troubles hépatiques et que peut-être les effets seraient moins graves sur des individus qui buvaient normalement. Il était hors de question de compromettre les brillants travaux d'Alaric Churchward sous prétexte que Manny avait été trop précautionneux.

– Bon, d'accord, vous avez raisonné, dit Diamond, qui s'impatientait. Et qu'est-ce que vous avez fait ensuite? Vous avez falsifié les archives, pour commencer.

– C'était très facile. Je pouvais le faire depuis mon bureau et c'est ce que j'ai fait.

Diamond faillit lui faire remarquer qu'il aurait dû descendre dans les sous-sols s'occuper aussi des anciennes archives papier.

– Les archives informatiques sont faciles à effacer, continuait Leapman. Mais là, il y avait un facteur humain.

– Et on n'efface pas aussi facilement que ça un être humain, enchaîna Diamond en hochant la tête.

Leapman lui jeta un regard méfiant.

– Je ne suis pas un assassin. Evidemment, je prévoyais que nous aurions des problèmes avec la doctoresse Masuda. Elle constituait un risque si jamais elle entendait parler du PDM3. Peut-être même qu'elle en voulait à Manflex d'avoir cessé de financer ses recherches. J'ai fait faire une petite enquête et j'ai appris qu'après l'arrêt de l'étude, elle avait aussi cessé de travailler. Elle n'était pas revenue à l'Université. Alors je suis venu ici pour la voir.

– A titre personnel? Sans en parler à la mafia?

– Oui. Mon intention était d'acheter son silence. J'allais la faire retravailler sur les comas en lui donnant des molécules sans risques que nous avions récemment mises au point. Après quoi, je modifierais son dossier pour qu'on croie que nous n'avions jamais cessé de la financer. Mais il y a eu un problème.

– Naomi?

– Pardon?

– L'enfant. C'est moi qui l'appelle Naomi.

– Ah, je comprends. Oui. Lorsque j'ai découvert qu'elle avait une petite fille, cela a été une surprise, d'autant plus que j'ai appris qu'elle était autiste. Il fallait s'occuper d'elle constamment. La seule façon de persuader la doctoresse Masuda de reprendre ses recherches, c'était de trouver une famille d'accueil pour l'enfant. J'en ai parlé avec la doctoresse Masuda. Après sept ans de soins et d'attention à une enfant qui ne réagissait jamais, elle acceptait cette relève si nous pouvions trouver quelqu'un. J'ai accepté de payer. Elle connaissait déjà une femme à l'Université dont la petite fille était morte et qui aurait bien voulu adopter une autre enfant, mais comme elle était célibataire, aucun service d'adoption n'avait accepté.

– C'était Mrs Tanaka?

– Exact. Il était hors de question de la laisser adopter la petite, mais nous étions d'accord pour la lui confier. En fait, elle pouvait même l'emmener en vacances. En théorie, tout devait marcher comme sur des roulettes. Mrs Tanaka connaissait déjà un peu l'enfant. Je lui ai donné l'argent nécessaire pour faire un voyage en Angleterre en emmenant – comment vous l'appelez, déjà?

– Naomi.

– En emmenant Naomi au moment pile où j'avais prévu de détrôner Manny Flexner. Le PDM3 devait en fournir le prétexte et il fallait que mon plan soit absolument sans faille.

– Mais pourquoi, pourquoi avoir pris tant de peine pour une petite fille?

– Parce qu'elle était la preuve vivante que la doctoresse Masuda avait cessé ses recherches en 1985. Je pouvais acheter le silence de Mrs Masuda, mais je ne pouvais donner aucune explication plausible pour la présence de l'enfant si quelqu'un s'était mis à fouiner.

– Et qui craigniez-vous? Manny?

Leapman secoua la tête.

– Il était improbable qu'il fasse le rapprochement avec le Jantac, même si c'était lui qui avait abandonné la recherche. Ce n'était pas un véritable scientifique. Non, les gens que je redoutais étaient extérieurs à l'entreprise. La presse médicale, les analystes boursiers, nos concurrents du secteur pharmaceutique. Ils sont sacrément rapides quand il s'agit de dénicher quoi que ce soit de négatif dans les nouveaux produits d'un concurrent. Rien n'avait été publié sur le Jantac, mais quelqu'un aurait très bien pu en entendre parler.

– Donc, vous avez envoyé Mrs Tanaka à Londres avec Naomi.

– Ça semblait une excellente solution, mais elle a tout foutu en l'air. Tout. Peut-être que les services d'adoption avaient toujours refusé de lui confier un enfant parce qu'ils se doutaient que Mrs Tanaka ne pouvait pas faire face à la situation. Une enfant autiste, c'était trop pour elle et un beau jour, elle a été prise de panique et l'a abandonnée chez Harrods. En un rien de temps, l'histoire était dans les journaux et à la télévision. C'était la nouvelle du jour. Il y avait même eu un article dans le *New York Times*. Au lieu de dissimuler l'existence de l'enfant, tout ce que nous avions réussi à faire, c'était alerter tout le monde. Notre projet d'un milliard de dollars allait nous passer sous le nez à cause d'une petite gamine.

– Mais personne ne connaissait l'identité de l'enfant, lui rappela Diamond.

– Mais bon Dieu! explosa Leapman. Le moindre journal anglais ou japonais faisait ses gros titres sur l'enfant mystérieuse découverte chez Harrods. C'était une affaire d'un extraordinaire intérêt humain. On en a parlé partout. Tout le problème était de savoir quel petit malin allait être le premier à remonter jusqu'à sa mère.

– Par l'intermédiaire de Mrs Tanaka? Vous voulez me faire croire que c'est pour cela qu'il a fallu la tuer?

– Ecoutez, je risquais d'être anéanti. A peine quelqu'un aurait réussi à joindre Mrs Tanaka qu'elle aurait craché le morceau. Elle aurait raconté l'arrangement pris avec la doctoresse Masuda. La relation avec Manflex serait apparue au grand jour. Et tous les petits malins qui cherchaient à reprocher quelque chose au PDM3 auraient eu la puce à l'oreille. Il fallait que j'agisse vite, et je ne pouvais pas agir seul.

– Donc vous avez expliqué votre problème à vos amis de la mafia et ils ont mis un contrat sur Mrs Tanaka.

– Ce ne sont pas mes amis. Je n'ai jamais été complice d'un meurtre.

– Mais c'est pourtant vous qui les avez informés. Elle a dû vous contacter avant de revenir à New York avec Naomi.

– Ecoutez, il faut que vous compreniez que j'avais moi aussi ces gens sur le dos. Quand Manny s'est suicidé en désignant David comme successeur, mes projets...

– Se sont envolés par la fenêtre? suggéra Diamond.

Il avait eu un léger sourire, mais il ne risquait pas de provoquer l'hilarité de Leapman dans un moment pareil. Et effectivement, Leapman n'eut pas même un sourire.

– J'ai été horrifié quand j'ai appris ce qu'ils avaient fait à Mrs Tanaka. J'étais effondré. Et, vous savez, la première chose que j'ai pensée, c'est que l'enfant avait dû aussi être tuée.

– La mafia tuer un enfant? Ça ne s'est jamais vu.

– Oui, vous avez raison, en fait.

– En revanche, ça ne leur a pas posé de problème de conscience de me jeter dans l'Hudson en me laissant pour mort, ajouta Diamond.

– Vous approchiez trop de la vérité. Quand vous avez fixé un rendez-vous à David Flexner, il a fallu qu'ils agissent.

– Oui, mais comment cela s'est-il passé? Je me trompe, en soupçonnant que le bureau de David Flexner était sur écoute et que vous avez informé vos amis de la mafia?

– Ecoutez, à ce moment-là, moi aussi j'étais menacé. Ces gens ne pardonnent rien.

– Mais c'est bien comme ça que les choses se sont passées?

– Grosso modo, oui. (Il hésita.) Vous voulez que je vous fasse mes excuses?

Diamond haussa les épaules. Maintenant, il pouvait se permettre d'être magnanime.

– Et quelle était la raison exacte de votre venue à Yokohama?

– Eh bien, tout simplement pour liquider Yuko Masuda. Mais je veux qu'une chose soit claire : on m'y a forcé. On m'a constamment menacé de me tuer. Les deux types qui m'accompagnaient étaient des tueurs de la mafia. J'étais censé les mener à elle et Naomi devait être utilisée comme appât. Ils avaient prévu de venir jusqu'ici en voiture, de tuer Mrs Masuda et d'abandonner Naomi.

– Vous croyez vraiment qu'ils vous auraient laissé la vie sauve?

Leapman réfléchit un moment, puis :

– Peut-être pas. Je vous l'ai dit, je suis content que tout cela soit terminé. J'accepte de témoigner quand tout cela passera au tribunal. J'ai été un sacré imbécile, Mr Diamond, mais je n'ai jamais participé à cette violence qu'à mon corps défendant.

Diamond eut un élancement dans le dos lorsqu'il se leva. Finalement, il n'était pas la machine à tuer dont il avait donné l'impression un peu plus tôt.

– C'est ce que vous dites, Mr Leapman, mais vous étiez prêt à condamner sans remords un nombre incalculable de malades d'Alzheimer à de graves troubles hépatiques peut-être mortels. Et tout ça pour pouvoir être riche et avoir une brillante carrière. Pour moi, cela va de pair avec le meurtre.

– Vous partez? demanda Leapman en éludant la question.

– Dès que j'aurai un avion, oui.

– Que va-t-il m'arriver?

– Vous feriez mieux de demander ça à un avocat. J'imagine qu'on va vous extrader en temps utile pour témoigner contre Massimo Gatti et ses acolytes. (Leapman frémit.) Vous serez en sécurité derrière les barreaux pendant un petit bout de temps, le rassura Diamond. Et puis si ça ne suffit pas, il y a toujours la chirurgie esthétique.

Lorsqu'il sortit, une secrétaire l'arrêta et l'invita à pénétrer dans un autre bureau où, à son insu, Yuko Masuda et Naomi l'attendaient. L'interprète le suivit.

La doctoresse Masuda était debout et tenait l'enfant par la main. Elle s'inclina et s'adressa à lui.

– Elle dit qu'on l'a mise au courant de toute la peine que vous avez prise pour sauver sa fille malgré tous les dangers. Elle dit que vous leur avez sauvé la vie à toutes les deux.

– C'est Mr Yamagata qui a tout fait, dit Diamond.

– Elle insiste. Elle dit que c'est à vous qu'elle doit la vie. Elle voudrait vous remercier d'une manière ou d'une autre.

– Ce n'est pas nécessaire.

– Pardonnez-moi de prendre la liberté de parler en mon nom, dit l'interprète. C'est l'usage au Japon. Si vous pensez à quelque service qu'elle puisse vous rendre, cela la déchargera de la dette qu'elle a contractée envers vous. Elle veut vous prouver sa reconnaissance. C'est peu de chose, mais c'est très important.

Il jeta un coup d'œil à la doctoresse Masuda.

– Dans ce cas, ce que j'aimerais vraiment, c'est tenir la main de sa fille un petit moment.

– Je crois que cela conviendra.

Une fois qu'on lui eut traduit, la doctoresse Masuda hocha la tête.

Naomi était toujours à côté d'elle, le regard dans le vague.

Diamond fit un pas vers elle et tendit la main.

La doctoresse dit quelque chose en japonais.

Naomi mit sa main dans celle de Diamond. Elle ne leva pas les yeux, et ne réagit pas davantage, mais c'était suffisant. Cela convenait à une dame japonaise et l'Anglais qui se défendait d'être un tendre s'en trouva tout retourné.

Le plafond n'avait toujours pas été repeint dans l'appartement d'Addison Road.

– Je vais acheter de la peinture demain, promit-il.

– Ça va être un peu terre à terre, comme expédition, après toutes ces péripéties, répondit Stephanie.

– Pas du tout. La vie domestique a aussi son charme.

Elle eut un petit sourire.

– Voilà qui ne ressemble pas à l'homme d'action dont j'ai lu les aventures dans les journaux de ce matin.

– L'homme d'action? Tu as vu comment je suis gros? dit-il en balayant l'idée d'un éclat de rire.

– Tu ne te vois pas en lutteur de sumo, alors?

– Sûrement pas.

– Le journal disait que tu as fait passer un homme par-dessus ton épaule avec une prise de judo. Ils ont écrit que tu étais le champion de sumo britannique.

– Arrête un peu ton cinéma.

– Je te jure. Tu veux voir?

– Non, ce sont des âneries et tu le sais aussi bien que moi. Je suis simplement content d'être à nouveau à la maison avec toi.

Son sourire s'élargit.

– Au fait, tu as pensé à m'acheter mes tennis, par hasard?

Il était peut-être énorme, mais en ce moment même, il aurait voulu pouvoir se réfugier dans un trou de souris.

– Je n'ai pas eu le temps. Je suis désolé, mon ange.

– Je ne t'en aurais pas parlé si tu ne m'avais pas appelée de New York pour vérifier la taille.

Il se leva brusquement pour aller fouiller dans le fourre-tout qu'il avait ramené du Japon. Il en sortit une boîte à chaussures.

– En revanche, je t'ai acheté ça dans un magasin de chaussures de Yokohama. Elles n'ont pas l'air aussi confortable que des tennis américaines, mais on m'a dit que c'était mieux pour les pieds. Ça s'appelle des *geta*.

Impatiente, elle souleva le couvercle. Puis elle regarda Diamond avec un froncement de sourcils. Elle sortit de la boîte une paire de tongs traditionnelles en bois et en tissu tressé.

– Pas de tennis?

Il secoua la tête. Il avait failli lui prétendre que c'étaient des tennis japonaises, mais il y avait des limites à la plaisanterie.

Elle ôta ses chaussures et essaya les *geta*.

– Elles te vont?

Elle vint à lui en trottinant et fit semblant de lui donner un coup de poing.

– Tu es vraiment impossible. Enfin, je suppose que je pourrai les porter dans la maison.

– Tant mieux, dit-il en sortant les *geta* de Yamagata de son sac. On m'en a donné une paire et j'aimerais bien les porter de temps en temps aussi.

IMPRIMÉ EN FRANCE PAR BRODARD ET TAUPIN
Usine de La Flèche (Sarthe).
ISBN : 2 - 7024 - 2461 - 9
ISSN : 0768 - 1089

H 52/0632/1